CORINNE MICHAELS
Mein Herz sagt Ja

Weitere Titel der Autorin:

Mein Herz in deinen Händen
Mein Herz will dich

Über die Autorin:

Das Schreiben half Corinne Michaels über den Trennungsschmerz während der langen Einsätze ihres Mannes, einem Ex-Navy-Offizier, hinweg. Seitdem finden sich ihre Romane auf den Bestsellerlisten der *New York Times*, *USA Today* und des *Wall Street Journal*. Als unverbesserliche Optimistin lässt sie ihre Helden gern leiden und viele Hürden überwinden, bevor sie schließlich doch ihr Happy End bekommen.

Corinne
Michaels

Mein HERZ *sagt* JA

RETURN TO ME

ROMAN

Aus dem amerikanischen Englisch von
Michaela Link

lübbe

Dieser Titel ist auch als E-Book erschienen.

MIX
Papier aus verantwortungsvollen Quellen
FSC® C014496

Vollständige Taschenbuchausgabe

Deutsche Erstausgabe

Textredaktion: Anne Schünemann, Lektorat am Meer, Schönberg
Umschlaggestaltung: Sandra Taufer, München unter Verwendung von Illustrationen von © shutterstock: Angie Makes | Eisfrei | Judy Kennamer | Tanya Sun | tomertu
Satz: hanseatenSatz-bremen, Bremen
Gesetzt aus der New Century Schoolbook
Druck und Verarbeitung: GGP Media GmbH, Pößneck
Printed in Germany
ISBN 978-3-404-18064-6

2 4 5 3 1

Sie finden uns im Internet unter
www.luebbe.de
Bitte beachten Sie auch: www.lesejury.de

Für meine Großmütter …

Oma Cory, ich weiß, du wirst das hier nie lesen, weil du nicht mehr unter uns weilst, aber ich bin sicher, du passt auf mich auf. Danke, dass du mir gezeigt hast, wie schön es ist, Spaß zu haben. Du hast dich im Leben für nichts gerechtfertigt und dein Faible für Liebesromane an mich weitergegeben. Danke, dass du die Bücher von Danielle Steel auf meine Augenhöhe ins Regal gestellt hast, dass du mir Geschichten aus deiner wilden Jugend erzählt und Zigaretten in der Küchenschublade liegen gelassen hast (auch wenn du nicht weißt, dass ich mir welche stibitzt habe). Ich liebe dich und vermisse dich jeden Tag.

Oma Mary, du hast mir die Augen geöffnet und mir die Frau gezeigt, die ich sein möchte. Ich wünsche jedem eine Oma, die nur halb so unglaublich ist wie du. Du hast meine Liebe zum Lesen und Schreiben mein ganzes Leben lang unterstützt. Mehr noch, du hast mir das Licht gezeigt, das ich in der Dunkelheit finden kann. Du bringst mich zum Lachen, du zauberst mir ein Lächeln ins Gesicht, und nur mit dir ist mein Herz vollkommen. Ich liebe dich!

Oma Gert, du bist der Inbegriff von Stärke und Schönheit. Du hast in deinem Leben mehr ertragen, als ich mir vorstellen kann. Dennoch hast du von ganzem Herzen geliebt. Danke, dass du mir gezeigt hast, wie man sich durchkämpft. Ich hoffe, ich kann wenigstens annähernd so sein wie du. Ich liebe dich!

»Du hast einen Platz in meinem Herzen,
den niemand sonst einnehmen könnte.«

F. Scott Fitzgerald

Kapitel 1

»Geh nicht weg!«, ruft Trent, als ich mich in Bewegung setze. »Grace!«

Ich stocke. Diesen Tanz haben wir bereits hundertmal getanzt. Ich kenne die Schritte auswendig – zwei vor, zehn zurück. Wir umkreisen die Tanzfläche und finden nie unseren Rhythmus.

»Ich habe die Nase voll«, antworte ich mit dem Rücken zu ihm. »Davon, nur dann gut genug zu sein, wenn es dir gerade in den Kram passt. Zu warten und zu hoffen, dass du mir endlich sagst, dass du mich liebst. Ich kann so nicht weitermachen.«

Als ich ihn näher kommen höre, rast mein Herz. Wenn es etwas in meinem Leben gibt, dem ich nicht widerstehen kann, dann ist er es. Er weiß, was er tut, und hat es immer gewusst. Ich kann Trent einfach nicht loslassen. Mein Herz hat immer ihm gehört. Jedes Mal, wenn ich fortgehe, renne ich gleich wieder zu ihm zurück.

Dumm, ich weiß.

Es ist hart, einen Mann zu lieben, der meine Liebe niemals erwidern wird. Fast zwanzig Jahre lang habe ich darauf gewartet, dass Trent Hennington mir sein Herz schenkt. Endlich habe ich begriffen, dass das niemals passieren wird. Jetzt gebe ich auf, ich werde nicht mehr darum kämpfen.

»Bitte.« Dieses eine Wort lässt seine Stimme brechen. »Geh nicht. Nicht jetzt. Ich gebe mir wirklich Mühe, Liebling. Ich tue alles, um es auf die Reihe zu kriegen.«

Bei seinen Worten krampft sich mein Magen zusammen.

Aber dieses Mal werde ich nicht weich. Dieses Mal komme ich nicht zurück.

Er packt meine Schultern, zieht mich an sich und drückt seine Lippen auf mein Haar. Sein Atem ist warm, ich schließe die Augen. Diese Sehnsucht, dieses Verlangen sind der Grund, warum ich doch immer wieder zu ihm zurückkehre. Die Art, wie er mich berührt und meinen Körper dazu bringt, mit seinem verschmelzen zu wollen, wie er jeden Nerv in mir zum Leben erweckt, gibt mir Hoffnung. Aber ich weiß, dass diese Hoffnung nur ein Traum ist. Weil ich mich der Realität nie stellen wollte.

Ich muss gehen.

Ich muss ihn loslassen. Nicht, weil ich ihn nicht liebe, sondern weil er sich niemals ändern wird.

Und ich brauche eine Veränderung.

»Wenn es dir endlich gelungen ist, hoffe ich, dass du glücklich wirst.« Ich drehe mich zu ihm um, damit er sieht, dass ich es ernst meine. »Ich hoffe, du findest die Frau, der dein ganzes Herz gehört, aber die bin nicht ich. Auch wenn ich versucht habe, es zu sein.« Eine Träne läuft mir über die Wange, ich lasse es geschehen. »Weiß Gott, das habe ich. Ich habe dir alles gegeben, während du mich hingehalten hast. Es ist die Hölle für mich, und das will ich nicht mehr. Ich liebe dich. Ich habe dich *immer* geliebt. Du bist der einzige Mann, mit dem ich mir jemals ein gemeinsames Leben vorgestellt habe.« Ich habe genug davon, hungrig zu sein. Ich möchte endlich das ganze verflixte Festmahl.

»Grace«, sagt Trent und tritt einen Schritt vor.

»Nein.« Ich weiche einen Schritt zurück. Dann hebe ich die Hand und wiederhole: »Ich bin nicht die richtige Frau für dich. Ich spiele da nicht mehr mit. Es tut zu weh. Erst letzte Woche habe ich dir gesagt, dass es vorbei ist, aber dann bist du gestern Nacht aufgetaucht, und alles ging wieder von vorn los. Erst bist du süß und liebevoll, dann ziehst du mir den Boden unter den Füßen weg. Das machst du nicht noch mal mit mir. Wenn du mich jemals auch nur ein bisschen geliebt hast, lässt du mich jetzt gehen.«

Trent Hennington wird mich vernichten, wenn ich noch länger bleibe.

»Du *bist* diese Frau! Du bist es immer gewesen!« Er kommt näher. »Du bist diejenige, die ich will, Gracie.«

»Nein, bin ich nicht.« Ich schlüpfe aus der Ecke, in die er mich getrieben hat.

»Ich brauche dich!«, ruft Trent. »Ich will dich!«

Ich halte inne und sage über die Schulter hinweg: »Bitte, ich flehe dich an, lass das.«

Ohne seine Antwort abzuwarten, laufe ich zügig weiter.

Als ich endlich wieder den Saal betrete, in dem der Hochzeitsempfang meiner besten Freundin Presley stattfindet, bleibe ich stehen.

Obwohl die Musik laut aufgedreht ist, höre ich nur das Echo von Trents Worten. Meine Füße sind wie gelähmt, ich starre meine Freunde an, die das Fest genießen. Presley und ihr Mann, Zachary Hennington, liegen einander in den Armen, freudestrahlend. Sie haben um ihr Glück gekämpft und es nie als etwas Selbstverständliches betrachtet. Presley war schon einmal verheiratet und hat zwei Söhne im Teenageralter, und trotzdem haben Zach und sie ihren Weg gefunden. Auch Trents jüngerer Bruder Wyatt ist heute hier, mit seiner frischgebackenen Ehefrau Angie. Sie alle sind glücklich, während ich mich fühle, als würde ich zerbrechen.

Ausgerechnet ich musste mich in *den* Hennington verlieben, der niemals klüger und erwachsen wird.

»Bitte, Gracie. Verlass mich nicht.«

Ich höre Trents tiefe Stimme und atme kurz aus.

»Ich möchte das hier«, sage ich und betrachte die Szene vor mir. »Ich will heiraten. Ich will eine Liebe, die erst der Tod scheidet. Eine Liebe, wie deine Brüder sie gefunden haben. Ich will, dass du mich liebst, aber du tust es nicht. Du wirst mir niemals dein Herz schenken.«

Er steht so nah hinter mir, dass ich seine Wärme im Rücken spüre, als er murmelt: »Du irrst dich.«

Nein. Tue ich nicht. Ich habe ihm so viele Chancen gegeben, mich an sich heranzulassen. Ich habe ihm Jahre geschenkt, die ich niemals zurückbekommen werde. Zorn kocht in mir hoch, weil er mich wieder nicht freigibt. »Ich bin sechsunddreißig Jahre alt, und ich habe es satt zu warten.«

»Du brauchst nicht zu warten, Grace. Ich stehe direkt hier bei dir.«

Ich begegne Presleys Blick, und sie runzelt die Stirn. Dann macht sie einige Schritte auf mich zu, aber ich schüttele den Kopf. Es ist ihre Hochzeit, sie muss mir nicht zu Hilfe kommen. Es wird höchste Zeit, dass ich anfange, mir selbst zu helfen.

Ich drehe mich um, damit Trent sehen kann, dass ich es ernst meine. »Es sollte nicht so schwer sein, mich zu lieben. Ich bin kein liebeskranker Teenager mehr. Das mit uns ist zu Ende. Es ist schon seit Jahren zu Ende. Es war zu Ende, als ich vor drei Monaten Schluss gemacht habe, und heute ist es definitiv zu Ende. Egal, was du sagst, es wird nichts daran ändern.«

Mit ernster Miene greift er nach meinen Armen. Er drückt seine Lippen auf meinen Mund. Obwohl ich es nicht will, schlinge ich ihm meine Arme um den Hals und halte mich an ihm fest. Unsere Lippen bewegen sich im Einklang miteinander, aber mein Herz zieht mich fort.

Das hier ist mein Lebewohl.

Es ist das allerletzte Mal, dass meine Lippen seine berühren.

Es war mein voller Ernst, als ich gesagt habe, dass es zu Ende sei.

In diesem Kuss liegt eine schreckliche Verzweiflung. Ich spüre, wie er darum kämpft, dass ich an uns festhalte, aber ich habe bereits losgelassen.

Er beendet unseren Kuss und lehnt sich zurück, um mir in die Augen zu schauen. »Ich werde es auf die Reihe kriegen«, verspricht er. »Ich werde dir zeigen, dass wir zusammengehören. Ich weiß, dass ich es vermasselt habe. Ich habe dir allen Grund gegeben zu gehen. Aber ich will dich nicht verlieren.«

»Warum?«, frage ich. Das verwirrt mich wirklich. Warum will er jetzt um mich kämpfen, wo er mich doch vor einer Woche bereitwillig hat ziehen lassen? »Warum jetzt?«

Trent streicht mir über die Wange. »Weil du zu mir gehörst. Du bist meine Frau.«

Ich schüttele den Kopf. »Da irrst du dich gewaltig.« Bestimmt schiebe ich seine Hand weg und nehme all meine Kraft zusammen. Es ist Zeit, endlich einen Schlussstrich unter unsere Geschichte zu ziehen. »Ich gehöre nicht zu dir, Trent.«

Meine Beine zittern, aber ich schaffe es, mich abzuwenden und davonzugehen. Tränen trüben meine Sicht, und mein Herz fühlt sich so schwer an wie Blei. Jeder Schritt, den ich mache, schmerzt, aber ich gehe weiter und erlaube einer einzelnen Träne, über meine Wange zu rollen, als ich meine Vergangenheit hinter mir lasse.

»Auf die Braut und den Bräutigam!« Ich hebe mein Glas, um meiner besten Freundin und ihrem frisch angetrauten Ehemann zuzuprosten. Alle wiederholen meine Worte, während wir auf Presley und Zach trinken.

Als ich meinen Blick durch den Raum schweifen lasse, setze ich ein unechtes Lächeln auf, das sofort verschwindet, sobald ich Trent sehe. Ich blicke in das Spiegelbild meines Schmerzes. Mir bleibt die Luft weg, und die Zeit scheint stillzustehen. Er schaut mich an, während er sich mit den Händen durch sein sandfarbenes Haar fährt und leicht auf seinem Stuhl hin und her rutscht. Er weigert sich, den Blickkontakt zu beenden. Alles an ihm strahlt Selbstbewusstsein und Männlichkeit aus, doch nun lese ich in seinen Augen auch großen Kummer.

Ich sollte wegschauen. Ich sollte aufstehen und gehen und dem auf der Stelle ein Ende bereiten, aber ich kann den Blick nicht von ihm losreißen. Ich bin offensichtlich nicht ganz bei Sinnen, wiederhole ständig meine Fehler, in der Hoffnung, dass diesmal alles anders wird. Aber das wird niemals geschehen. Ich habe es satt, es sattzuhaben. Mehr als alles andere habe ich die ständige Zurückweisung satt. Aber auch wenn ich mit ihm Schluss gemacht habe – alte Gewohnheiten lassen sich nur schwer ablegen, und er ist die älteste Gewohnheit, die ich habe.

»Hey.« Angie, Wyatts Frau, versetzt mir einen sanften Stups. »Hör auf, ihn anzustarren. Er ist keine einzige weitere Sekunde deiner Zeit wert.«

»Ich weiß. Ich wünschte, es wäre anders. Ich wünschte, er wäre ein anderer.« Das Eingeständnis tut weh.

»Er wird sich niemals ändern«, mahnt Angie.

Obwohl wir noch nicht sehr lange befreundet sind, weiß sie mehr über meine Beziehung mit Trent als irgendjemand sonst. Bei einem gemeinsamen Mittagessen vor einigen Monaten habe ich ihr mein Herz ausgeschüttet: wie verletzt ich war und dass ich schon überlegt hatte, mit einem anderen Mann auszugehen, was unglaublich dumm war – und immer noch ist –, wenn man bedenkt, dass dieser andere Mann der Bruder meiner besten Freundin ist.

Zu meiner Verteidigung muss ich sagen, dass es nicht viele Alternativen gibt. In Bell Buckle aufzuwachsen ist eine echte Herausforderung. Es gibt kaum Privatsphäre, das Angebot an jungen Männern ist knapp, und es ist ein Ding der Unmöglichkeit, gewissen Leuten aus dem Weg zu gehen. Angie versteht das und ist wahrscheinlich die einzige Menschenseele, die ich kenne, der ich mein Herz ausschütten kann, ohne verurteilt zu werden.

Es ist Wahnsinn.

Es ist frustrierend.

Es ist das Leben in einer Kleinstadt.

»Ich hasse ihn«, murmele ich mit Tränen in den Augen.

»Nein, das tust du nicht, aber es wäre besser, wenn du es tätest.«

Sie hat recht. Ich habe – verrückt, wie ich nun mal bin – gehofft, dass Trent mich ebenfalls lieben würde, aber das war offensichtlich ein Irrtum.

»Ich glaube, er sieht mich jetzt nur deshalb, weil ich ihn endgültig verlassen habe.« Ich greife nach meinem Glas und kippe einen großen Schluck Wein hinunter.

Angie nimmt meine Hand. »Was daran liegt, dass du ihn nie dazu bringst, etwas anderes zu sehen.« Sie richtet sich auf ihrem Stuhl auf. »Hör mal, ich bin weit davon entfernt, die weltbeste Expertin in Sachen Männer zu sein. Aber als ich Wyatts Rückzug nicht länger ertragen konnte, bin ich gegangen. Es war die einzige Möglichkeit, ihn zu der Entscheidung zu zwingen, ob unsere Liebe es wert ist. Du musst das Gleiche tun, Liebes. Du kannst so nicht weiterleben. Du bist zauberhaft, und dein Mann sollte dich so behandeln, als seist du sein Ein und Alles. Also, zeig ihm, dass du es ernst meinst und nicht mehr warten wirst.«

Das ist ein weiterer Grund, warum ich Angie so mag und ihr vertraue. Sie ist unabhängig und hat viel mehr Mut als ich. Wyatt und sie haben einiges durchgemacht. Selbst als es mit ihrer Beziehung bergab ging, war sie so viel tapferer, als ich es jemals sein könnte. Als Wyatt sie zurückgewiesen hat, hat sie ihre Sachen gepackt und ist gegangen. Ich wünschte, ich wäre genauso stark. Denn am Ende hat ihr Mann sich endlich richtig verhalten. Er hat alles aufgegeben, um sie zurückzugewinnen.

»Ich bin nicht wie du.«

Angie schüttelt den Kopf. »Du traust dir nur nicht genug zu.« Sie schaut durch den Raum und hält dann inne. »Es gibt hier jemanden, der dich sieht. Ich meine, der dich *wirklich* sieht.«

Ich drehe mich gerade weit genug auf meinem Stuhl herum, um festzustellen, wen sie meint. Zugegeben flattert mein Magen ein ganz klein wenig, als ich ihn entdecke. Cooper Townsend. »Ich kann nicht.« Ich wende mich wieder zu ihr um und schüttele den Kopf. »Wir haben schon darüber gesprochen. Erstens ist er Presleys Bruder!«, zische ich. »Zweitens liebe ich Trent immer noch, auch wenn ich Schluss gemacht habe.«

Ihr Blick wird mitfühlend. »Das weiß ich. Und Cooper weiß es ebenfalls. Das ist auch der Grund, warum er die Sache nicht weiter forciert hat. Der Mann ist nicht blind, aber vielleicht hat er noch eine Chance verdient?«

»Ich will ihm nicht wehtun.«

Angie zuckt mit den Schultern. »Ich denke, Cooper ist mehr als bereit, dieses Risiko einzugehen. Und ich denke, dass es ihm großen Spaß machen würde, meinen Schwager zu ärgern. Die beiden haben nicht mehr viel füreinander übrig.«

Das ist die Untertreibung des Jahres. Cooper und Trent mochten früher mal Freunde gewesen sein, mittlerweile aber trennt sie so gut wie alles. Im letzten Monat ist es noch schlimmer geworden. Ich denke, Trent weiß, dass Cooper mehr als freundschaftliche Gefühle für mich hegt. Bei dem Gedanken daran muss ich seufzen. Mein Leben ist zu einer Südstaaten-Seifenoper geworden.

»Angie, du hast deinen Verstand verloren.«

»Über einen Mann kommt man am besten mit einem anderen Mann hinweg, das ist mein Motto.«

Ich mache große Augen. »Das ist nicht dein Ernst.«

»Und wie. Du bist keine Nonne. Du bist frei und ungebunden und hast nichts falsch gemacht. Es ist dein gutes Recht, mit wem auch immer du willst zu schlafen. Wenn du meinem neuen Schwager damit nebenbei eine Lektion erteilen kannst, umso besser. Das Ego der Henningtons ist groß, meine Liebe. Es wird Zeit, es anzukratzen.«

Ich schaue über meine Schulter, und Cooper lächelt mich an. Das Beste, was ich zustande bringe, ist ein zaghaftes Winken, bevor ich mich wieder zu Angie umdrehe. »Und wenn ich Cooper dabei wehtue?«

Sie lacht spöttisch. »Wenn du ehrlich zu ihm bist, wirst du ihm nicht wehtun.«

»Ich glaube, ihr Yankees vergesst, wie die Dinge hier unten laufen.«

»Wenn du das sagst. Ich werde jetzt nach Presley sehen. Tu nichts, was ich nicht auch tun würde. Denk dran, da ist ein wirklich toller Typ, der sich für dich interessiert ...«

Angie steht auf, und ich unterdrücke den Drang zu schreien. Mit Cooper ausgehen? Wie soll das überhaupt funktionieren? Er ist nicht einmal mein Typ. Er ist nett, liebevoll, aufmerksam ... normal.

Ich stehe mehr auf den gebrochenen Typ Mann, der sich nicht binden will.

Während ich die Hochzeitsgäste auf der Tanzfläche beobachte, denke ich daran, wie anders alles hätte sein können. Trent und ich hätten verheiratet sein und Kinder haben können, wir hätten glücklich sein können, aber das ist nicht der Fall. Stattdessen vollführen wir immer wieder den gleichen Tanz: Er zieht sich zurück, ich klammere erst und lasse dann los.

Ich sehe, wie Angie und Presley glücklich lächeln, und es versetzt mir einen schmerzhaften Stich.

In Gedanken versunken schenke ich mir noch ein Glas Wein nach und nehme einen großen Schluck. »Ein anderer Mann«, wiederhole ich Angies Worte und schnaube verächtlich. »Wer denn? Schließlich stehen die Männer nicht gerade Schlange, um mit einer ehemaligen Miss Bedford County auszugehen.« Entschlossen schüttele ich den Kopf. »Cooper? *Pfft.* Cooper hat kein Interesse an …«

»Kein Interesse an was?«

Oh nein. Fettnäpfchen. Nur ich kann mitten im Satz dabei ertappt werden, wie ich laut mit mir selbst rede wie eine Irre. »Cooper, hi.« Meine Wangen werden heiß, als er mich angrinst. »Nichts. Ich habe nur mit mir selbst geredet. Du weißt schon, ich beobachte und kommentiere.«

Weil ich eine Idiotin bin.

Er streicht mir mit dem Zeigefinger über die Wange, die daraufhin umso heißer brennt. »Und was hast du in meinem Fall beobachtet?«

»In deinem Fall?«, piepse ich und räuspere mich dann. »Ich habe nicht die leiseste Ahnung, wovon du sprichst. Ich hab dich nicht mal angesehen.«

Er grinst. »Aber ich habe dich meinen Namen sagen hören, Grace Rooney.«

Am liebsten würde ich mich unter diesem Tisch verkriechen und nie wieder zum Vorschein kommen. »Es ist nichts. Ich habe eine Bemerkung über etwas gemacht, das Angie erwähnt hatte. Darüber, dass du … ein … ein … Pferd kaufen willst«, lüge ich. »Jep. Ein Pferd.«

Er schmunzelt. »Klar.« Cooper schnappt sich einen Stuhl und setzt sich verkehrt herum darauf. »Ich kenne Angie, und sie redet für gewöhnlich nicht über Pferde. Außerdem hat sie gar nichts mit dem Geschäft zu tun. Also, woran genau habe ich kein Interesse?«

Mein Puls beschleunigt sich, während ich versuche, mir etwas auszudenken. »Es ist nichts.«

»Grace«, beharrt er mit warmer Stimme.

»Fordere die Dame zum Tanzen auf, Junge.« Mrs Townsend taucht wie aus dem Nichts auf. »Sie hat fast den ganzen Abend *allein* hier gesessen.«

Na wunderbar. Jetzt verkuppelt mich die Mutter meiner besten Freundin. Wahrscheinlich kann sie meine Verzweiflung riechen. Sechsunddreißig, ehemalige Schönheitskönigin, nie verheiratet gewesen und außerstande, endlich unter die Haube zu kommen. Ich bin der Traum jeder Südstaatenmutter.

»Ich glaube, Cooper will nicht tanzen, Mrs Townsend. Er ist ...«

»Tatsächlich«, widerspricht er und steht von seinem Stuhl auf, ohne mich aus den Augen zu lassen, »wäre es mir eine Ehre.« Er hält mir die Hand hin und wartet. Ich starre ihn an und warte darauf, dass mir einfällt, was ich antworten soll, während mein Magen sich verkrampft. Es ist ja nicht so, dass ich nicht bereits seit einer Weile mit dem Gedanken gespielt hätte, aber wenn wir jetzt hier tanzen, wird das ein Statement sein. Und ich weiß nicht, ob ich es wirklich setzen will.

Mein Herz rast, als ich seine ausgestreckte Hand betrachte. »Grace?« Cooper sieht mich mit seinen grünen Augen eindringlich an.

Es ist nur ein Tanz. Trent ist nicht mein Freund. Wenn ich jetzt so darüber nachdenke, haben wir unserer Beziehung nie eine offizielle Bezeichnung gegeben. Außerdem habe ich beschlossen, was immer das zwischen uns war, zu beenden, und Angie zufolge hat Presley nichts dagegen einzuwenden, wenn ich mit ihrem Bruder tanze. Also gibt es keinen Grund, es nicht zu tun, oder?

Richtig.

Ich setze ein Lächeln auf, lege meine Hand in seine und sage: »Ich würde liebend gern tanzen.«

Seine warme Hand umschließt meine, und er führt mich zur vollen Tanzfläche hinüber. Wir bleiben am Rand der Menschenmenge stehen, und er dreht sich zu mir um. »Entspann dich.« Er legt seine kräftigen Arme um mich. »Es ist nur ein Tanz, und ich bin derjenige, der mit dir tanzt. Wie früher, als wir noch Kinder waren.«

Ich schüttele den Kopf und grinse, obwohl der Vergleich hinkt. Damals war er ein Freund, fast ein Bruder, aber das hier hat nichts Geschwisterliches an sich. »Ich weiß.«

»Dann hör auf zu zittern wie Espenlaub.«

»Es ist eben einfach so, dass du du bist ...«

Und wahnsinnig heiß.

»Und du bist ...«

Ich zucke mit den Schultern. »Ich bin ich. Wir kennen uns, seit ich sieben war. Ich meine, du bist Cooper! Der Junge, der an meinen Zöpfen gezogen und Dreck auf mein Sandwich geschmiert hat.«

Er lacht. »Das war nur ein einziges Mal, und ich war davon überzeugt, dass du ›Cooper Townsend isst Popel‹ an die Wand auf der Toilette geschrieben hast.«

Das war tatsächlich ich, auch wenn es nie rausgekommen ist. Damals glaubte ich, ich sei in ihn verliebt, während er allen Jungs erzählte, ich würde wie Käse riechen. Daraufhin rächte ich mich, so wie Mädchen sich eben rächen: indem sie dumme Sprüche an die Toilettenwand kritzeln. In unserer winzigen Stadt hat es nicht lange gedauert, bis sich die Neuigkeit über das Kunstwerk verbreitet hat. Natürlich stritt ich alles vehement ab, woraufhin Cooper es sich zur Mission machte, den Urheber zu finden.

»Möchtest du die Wahrheit wissen?« Ich grinse.

Cooper zieht die Mundwinkel hoch, als er versteht.

»Wusste ich's doch! Ich wusste, dass du es warst.« Seine Augen funkeln.

»Nun, du warst gemein zu mir! Und ich war damals in dich verknallt.«

»Wirklich?«, fragt er.

»Ähm.« Ich kichere. »Ja. Das hast du genau gewusst!«

Er schüttelt den Kopf. »Ich hatte keine Ahnung.«

»Egal. Es hat nur ungefähr zwei Tage angehalten. Dann hast du irgendeine eklige Jungensache gemacht, und ich war darüber hinweg, aber in diesen zwei Tagen … war ich hin und weg. Außerdem, wenn meine Mom je in Erwägung gezogen hätte, dass du und ich … also, dann hätte ich nicht mehr bei Presley übernachten dürfen. Und so wichtig warst du mir auch wieder nicht.«

Ich habe Cooper nicht *wirklich* gemocht. Sicher, er war gut aussehend und witzig, aber er hat mich immer angesehen, als sei ich ein nerviges kleines Mädchen. Was ich zugegebenermaßen auch war. Allerdings hing er ständig mit Trent zusammen, als wir jünger waren. Und für den hatte ich auch damals schon Gefühle entwickelt.

Doch jetzt bin ich mit Trent fertig, und Cooper steht vor mir.

Er hält mich fest in seinen Armen. Trent und er sind ganz unterschiedliche Typen. Cooper hat dunkelbraunes Haar, grüne Augen und einen Dreitagebart, wie ihn Frauen lieben. Außerdem ist er sehr groß und dank der Arbeit auf der Farm muskulös.

»Also?«, reißt Cooper mich aus meinen Gedanken. »Hast du noch mal über mein Angebot nachgedacht?«

Ich habe gehofft, er würde dieses Thema nicht noch einmal zur Sprache bringen. Ich bin hin- und hergerissen. Mich auf ein Date mit Cooper einzulassen, würde vieles ändern. Trent und ich sind erst seit einer Woche getrennt, und ich weiß nicht, ob ich schon bereit bin, wieder mit jemandem auszugehen, so kurz nach meinem Streit mit Trent – der mit einem Kuss endete. Ich brauche einfach etwas Zeit.

»Ich habe darüber nachgedacht, aber noch keine Antwort.«

»Kein Problem, ich kann warten.«

Ich seufze, und er wirbelt mich erneut herum, vollkommen unbeeindruckt von meinem Ausweichmanöver. »Du musst vielleicht noch eine ganze Weile warten.«

»Das bin ich ja schon gewohnt.« Er zieht unsere verschränkten Hände zwischen unsere Oberkörper. »Ich kann geduldig sein, wenn es sich lohnt.«

Jedes seiner Worte ist ehrlich gemeint.

»Was, wenn wir niemals mehr sein werden als gute Freunde? Was, wenn sich deine Gefühle als nicht echt erweisen?«

»Nun.« Cooper grinst. »Was ist das Schlimmste, das passieren könnte? Ich darf eine heiße Braut ausführen.« Er zieht mich auf, aber sein Blick ist feurig.

Ich verdrehe die Augen. »Wie auch immer.«

»Ernsthaft, Grace. Dunkelbraunes Haar und hellblaue Augen, das ist selten. Du bist die Verkörperung der Xena-Fantasie, die ich mit vierzehn hatte.«

»Ich weiß nicht, ob ich mich geschmeichelt oder gekränkt fühlen soll.« Aber schön zu wissen, dass er mich heiß findet. »Also bin ich nur eine Eroberung? Damit du dich besser fühlst, nach deinem Date mit Betsy?«

Im vergangenen Jahr hatte Cooper eine Verabredung mit Betsy Barker – ohne es vorher zu wissen. Es ist allgemein bekannt, dass sie einander hassen. Immer gehasst haben. Betsys Mom hat Vivienne Townsend irgendwie dazu gebracht, ihn zu einem Blind Date mit Betsy zu schicken.

Natürlich haben Presley und ich gewusst, wen er treffen sollte, aber seine Ahnungslosigkeit hat es umso unterhaltsamer gemacht, das Ganze zu beobachten.

Er schaudert. »Du belegst den zweiten Platz direkt hinter dieser Teufelin. Ich weiß nicht, ob du ihr Level an Abscheulichkeit erreichen wirst. Obwohl du es vielleicht schaffen könntest.«

Ich schlage ihm auf die Brust und lächele. »Blödmann. Aber ernsthaft, ich brauche mehr Zeit zum Nachdenken.«

Cooper schaut mich ernst mit seinen olivgrünen Augen an. »Genau damit musst du aufhören. Du denkst viel zu viel nach, und es wird Zeit, dass du anfängst zu handeln. Hör ausnahmsweise einmal auf dein Herz.«

»Und du denkst, mein Herz sagt, es will dich?«, frage ich mit aufrichtiger Miene.

»Ich schätze, darauf werden wir es ankommen lassen müssen, nicht wahr?«

Als Cooper mich wieder herumwirbelt, fange ich Trents Blick auf. »Ja.« Ich schaue nicht weg. »Ich schätze, das müssen wir.«

Kapitel 2

Als Cooper und ich unseren Tanz beendet haben, gehe ich hinüber zur Theke. »Also«, erklingt Presleys Stimme hinter mir, »du und Cooper, hm?«

Ich stoße einen tiefen Seufzer aus. »Es war nur ein Tanz, Pres.«

Sie hebt kopfschüttelnd die Hände. »Ich sage ja nicht, dass es was Schlechtes ist, Süße.«

Vielleicht tut sie das nicht, aber es ist gewiss auch nichts Gutes. Ich bin mir nicht sicher, ob aus Cooper und mir jemals mehr werden kann als das, was wir jetzt sind – nämlich Freunde. Nicht nur, weil mein Herz einem anderen gehört, sondern auch, weil es schwerwiegende Folgen hätte, wenn es nicht funktioniert. Unsere Mütter sind beste Freundinnen, Presley ist eine meiner engsten Freundinnen, Cooper hat geschäftlich mit den Henningtons zu tun … eine vorprogrammierte Katastrophe. Und ich mittendrin. Darauf kann ich wirklich verzichten.

Der Barkeeper reicht mir meinen Drink, und ich kippe den Alkohol herunter und bestelle dann ein Glas Wasser. »Da läuft nichts.«

»Ihr habt beim Tanzen sehr süß ausgesehen.«

»Sicher.«

Sie schaut zu ihm hinüber und dann wieder zu mir. »Er mag dich schon seit einer ganzen Weile, weißt du?«

Ich habe es in der Tat gewusst, aber mir war nicht klar, dass sie es ebenfalls wusste. »Wann hast du das bemerkt?«

Sie grinst und hakt sich bei mir unter. »Gleich nach meiner Rückkehr nach Bell Buckle, da hat er dich anders angesehen. Erinnerst du dich an den Abend, an dem wir zum ersten Mal wieder zusammen ausgegangen sind?« Ich nicke. »Da ist es mir aufgefallen. Ich dachte, ich bilde es mir vielleicht nur ein, aber als du und Trent wieder zusammen wart, hat er damit aufgehört. Und als du dann wieder Schluss gemacht hattest, war offensichtlich, dass er dich wirklich mag.«

All das war mir damals nie aufgefallen, aber ihre Beobachtungen kommen mir äußerst plausibel vor. »Als Trent und ich mal wieder eine Beziehungspause eingelegt haben, hat Cooper mich zum Essen eingeladen«, gestehe ich.

Ich wollte es ihr schon früher erzählen, schließlich haben wir nicht viele Geheimnisse voreinander. Aber auch nur die Erwägung, mit Cooper auszugehen, fühlte sich so falsch an, dass ich beschloss, dass es auch falsch *ist*. Dann kam die Hochzeit, und Presley hatte andere Sorgen, und Angie zog hierher – und je mehr Zeit verging, umso merkwürdiger fühlte es sich an, ihr davon zu erzählen.

»Aber du hast Nein gesagt?«

»Er ist dein Bruder! Und er ist mit Trent befreundet, der nicht nur mein Ex, sondern auch der Bruder deines frischgebackenen Ehemanns ist. Ich meine, geht es eigentlich noch komplizierter?«

Wehmütig lässt sie den Blick durch den Raum schweifen. »Ich habe vor nicht allzu langer Zeit gelernt, wie kostbar das Leben ist. Man bekommt nichts geschenkt. Es gibt für rein gar nichts eine Garantie. Ich stehe hier und schaue mich voller Ehrfurcht um. Ich habe nichts Weltbewegendes getan. Ich rette keine Leben oder unterrichte Kinder.« Sie stupst mich mit dem Ellbogen an. »Aber jetzt habe ich zwei unglaubliche Söhne und einen Mann, den ich nicht verdiene. Warum solltest du weniger Glück verdienen als ich, Grace? Warum solltest du allein bleiben, weil ein Mann, den du liebst, seinen Hintern nicht hochbekommt?«

Darauf weiß ich keine Antwort.

Presley fährt fort: »Eins sage ich dir – wenn du dir eine Chance durch die Lappen gehen lässt, werde ich dir in deinen hübschen Hintern treten.«

Die letzte Bemerkung klingt aus ihrem Mund so absurd, dass ich prustend lachen muss. »Presley!«

»Ich meine es ernst!« Sie reicht mir eine Serviette, und wir kichern. »Du bist eine meiner besten Freundinnen, und ich habe dich viel zu lieb, um zuzusehen, wie du eine Chance vertust. Also, triff dich mit Cooper. Wer weiß, vielleicht steht ihr ja wirklich aufeinander. Was, wenn er der Mann deiner Bestimmung ist?«

Ich schaue in ihre grünen Augen, die voller Liebe und Verständnis leuchten. »Was, wenn es schiefgeht?«

Sie zuckt mit den Schultern. »Nun, das wirst du nie herausfinden, wenn du es nicht versuchst, oder?«

Mein Blick wandert zu Cooper hinüber, der mit seiner Mutter tanzt. Er strahlt, während er sie mühelos über die Tanzfläche wirbelt. Ich erinnere mich an das Gefühl seiner starken Arme unter meinen Händen und denke über Presleys Worte nach. Was, wenn er der Richtige ist? Was, wenn ich den Mann direkt vor meiner Nase übersehen habe, während ich darauf gewartet habe, dass Trent endlich erwachsen wird?

Cooper schaut zu mir herüber, und ich ziehe schnell den Kopf ein. Ertappt – wieder einmal.

Langsam drehe ich mich zu meiner Freundin um, weil ich unbedingt Coopers Blick meiden will. Presley steht da und beißt sich auf die Lippen. »Sag jetzt bloß nichts.«

Sie hebt die Hände. »Meine Lippen sind versiegelt«, antwortet sie und lächelt mich an.

»Ich werde darüber nachdenken. Vielleicht«, lenke ich ein, obwohl ich weiß, dass ich es nicht sollte. Das Letzte, was ich im Moment brauche, ist ein anderer Mann. Noch dazu Cooper Townsend. Das ist die dümmste Idee, von der ich je gehört habe.

»In Ordnung.« Presley lächelt. »Jetzt gehen wir tanzen!«

Die Musik wechselt zu einem Line Dance, den ich nur allzu gut kenne. Sie greift nach meiner Hand, und wir stürzen uns ins Getümmel.

Den Rest des Abends verbringe ich mit einem Lächeln auf dem Gesicht und erfreue mich am Glück meiner besten Freundin, denn wenn irgendjemand diesen Tag verdient – dann sie.

»Grace!«, brüllt meine Mutter in den Hörer. »Bist du das, Süße?«

Mama ist auf ihrem Mädelsausflug mit Mrs Kannan, Mrs Townsend und Mrs Hennington. Einmal im Jahr nehmen sie sich eine Auszeit, trinken Gott weiß was und tun so, als seien sie immer noch jung. Es ist entzückend und ein wenig albern, wenn sie uns nach ihrer Rückkehr die Fotos zeigen. Das Bild von meiner Mutter, wie sie in New Orleans einen persönlichen Striptease bekommt, hat sich auf ewig in mein Gehirn eingebrannt.

»Ja, Mama. Ich bin's, du brauchst nicht zu brüllen. Ich bin nicht taub – noch nicht.«

»Na ja, wir sind weit weg in Mexiko.«

Wie oft ich es ihr auch sage, sie begreift einfach nicht, dass ich sie hören kann, egal wie weit sie entfernt ist.

»Dein Handy funktioniert auch in Mexiko hervorragend. Amüsiert ihr euch?«, frage ich und werfe mich aufs Sofa.

»Und wie!« Sie lacht spöttisch, als sollte ich es inzwischen besser wissen. »Morgen wollen wir mit dem Gleitschirm fliegen. Macie hat gesagt, entweder das, oder wir gehen schnorcheln. Du weißt, was ich davon halte, mir das Haar nass zu machen, daher habe ich dem Gleitschirmflug zugestimmt.«

Ich unterdrücke ein Lachen. Sie ist verrückt. Gut, diese Damen sind alle verrückt, aber dass sie sich mehr Sorgen um ihr Haar macht, als mit einem Gleitschirm *über* dem Wasser in der Luft zu schweben … unglaublich. »Nun, Mama, klingt so, als sei das eine vernünftige Entscheidung gewesen.«

»Wir werden garantiert Spaß haben. Du kennst uns, wir sorgen überall für Stimmung, ganz gleich, wo wir sind.« Oh, das weiß ich nur zu gut. »Da dein Vater in seinem Männerdomizil ist … müsstest du mir einen Gefallen tun.«

»Klar, was brauchst du?«

Meine Mutter ruft einmal täglich wegen irgendwelcher Gefälligkeiten an. Mit dem Beginn der Sommerferien vor einer Woche hat sie mir ihre gesamte Das-macht-normalerweise-mein-Ehemann-Liste übergeben. Keine Ahnung, wer von meinen Eltern diese Auszeiten mehr genießt. In der Woche, in der Mom fort ist, schließt Daddy sich in seiner Jagdhütte ein. Kein Handy, kein Fernsehen und keine Menschen. Er nennt es sein Stückchen vom Paradies.

Ich denke, nächstes Jahr werde ich mich ihm anschließen.

»Du müsstest zu Vivienne fahren und etwas von Cooper holen. Ich wollte es erledigen, bevor wir aufgebrochen sind, aber ich habe es vergessen.«

Mein Magen gerät ins Schlingern. »Kann das nicht warten?«

»Nein, Grace.« Sie schnaubt. »Es kann nicht warten. Oder gibt es etwa einen Grund, deiner Mama *nicht* zu helfen?«

Es überrascht mich, dass sie so lange gebraucht hat, um sich einzumischen. Ich kann eigentlich noch froh sein, dass sie und ihre Freundinnen mich nicht dazu verdonnert haben, tausend Cupcakes zu backen. »Und weiß Cooper, dass ich rüberkomme, um das zu holen, was du brauchst?« Ich zwirbele eine Haarsträhne zwischen den Fingern, während ich darauf warte, dass sie mir ihre miserable Lüge auftischt.

Genau das verblüfft mich jedes Mal: Die alten Damen dieser Stadt – meine Mutter eingeschlossen –, die es für ihre Bürgerpflicht halten, sich in alles einzumischen, sind nicht einmal gute Lügnerinnen. Sie lassen sich die verrücktesten Dinge einfallen, und die Hälfte davon ergibt keinen Sinn. Doch ganz gleich, wie lächerlich diese Pläne auch sind, die Leute in der Stadt spielen mit.

»Das kann ich dir nun wirklich nicht sagen, Schatz.«

»Mama«, sage ich warnend.

»Also, Grace. Ich bitte dich um Hilfe. Aber wenn du zu beschäftigt bist, dann werde ich deinem Daddy Rauchzeichen schicken müssen, und er wird ziemlich unglücklich über diese Störung sein.« Ich lege den Kopf in den Nacken und stöhne leise. »Wenn du das möchtest, mache ich es, aber dann kannst du dich um deinen Vater kümmern.«

Wenn es eine olympische Disziplin wäre, anderen Leuten Schuldgefühle einzureden, hätte meine Mutter schon längst eine Goldmedaille darin gewonnen. »Na schön«, brumme ich. »Ich werde rüberfahren und Cooper bitten, mir diesen überaus wichtigen Gegenstand zu geben, von dem ich immer noch nicht weiß, was es überhaupt ist.«

»Du bist so lieb.« Ihre Stimme klingt nun wieder verdächtig munter. »Ich muss Schluss machen, sie fangen mit der Karaoke-Party an! Adios!« Sie legt auf, bevor ich noch etwas sagen kann.

Seit Presleys Hochzeit sind zwei Wochen vergangen, und ich habe es ziemlich gut hinbekommen, sowohl Cooper als auch Trent aus dem Weg zu gehen, was in dieser Stadt eine echte Herausforderung darstellt. Cooper hat sich seitdem überhaupt nicht bei mir gemeldet. Anders habe ich es von ihm auch nicht erwartet. Trent hat hingegen keine Ruhe gegeben. Als hätten meine Gedanken ihn heraufbeschworen, piept mein Handy und kündigt eine neue Nachricht von dem Mann mit der Bindungsphobie an.

Trent: Ich hab's kapiert. Es ist Schluss, aber wir waren Freunde. Du warst meine beste Freundin. Ich weiß, du willst jetzt nicht reden, und ich respektiere das. Du sollst nur wissen, wenn du mich jemals brauchst ... Ich bin da. Ich werde immer da sein.

Warum tut er mir das an? Ich will schreien und weinen und mit etwas um mich werfen, aber im nächsten Moment möchte ich wieder zu ihm laufen. Das Ganze ist nicht leicht für mich. Vor allem, wenn er so was schreibt. Ich würde lügen, wenn ich behaupten würde, dass ich ihn nicht vermisse. Ja, ich vermisse ihn. Auch wenn ich genug davon habe, auf ihn zu warten, werde ich ihn immer lieben. Er ist tief in meinem Herzen und meiner Seele verankert. Das einzige Problem ist, dass seine Liebe mir nicht guttut, dass sie Gift für mich ist und ich sie deshalb ein für alle Mal auslöschen muss, bevor sie mich umbringt.

Ich schnappe mir meine Schlüssel und fahre zu den Townsends. Wenn ich Glück habe, wird Cooper nicht da sein, und ich kann den ominösen Gegenstand holen und wieder verschwinden, ohne ihm zu begegnen.

Als ich in die Einfahrt einbiege, sehe ich, dass das Glück natürlich nicht auf meiner Seite ist. Das Glück ist niemals auf meiner Seite, und diesmal scheint es sich sogar zurückzulehnen und mich auszulachen.

Cooper ist nicht nur zu Hause, er steht auch mit bloßem Oberkörper auf der Veranda und repariert die Kette der Hollywoodschaukel.

Großartig.

Ich steige aus dem Wagen, und er dreht sich zu mir um, mit einem trägen Lächeln auf den Lippen. »Grace.« Der warme Klang seiner Stimme hüllt mich ein.

»Coop.« Ich erwidere sein Lächeln, während ich meinen Blick über seine nackte Brust schweifen lasse. Die Sonne, die hinter mir untergeht, bringt jeden Zentimeter seines herrlichen Körpers zum Leuchten. »Meine Mom hat mich hergeschickt, deine Mutter hat etwas für sie?«

Er prustet. »Und das hast du geglaubt?«

Ich schüttele den Kopf. »Nein, aber ich weiß, dass sie überprüfen wird, ob ich ihren Auftrag erfüllt habe. Also gehe ich lieber auf Nummer sicher.«

Er steigt von der Leiter und kommt auf mich zu. »Findest du nicht, dass wir ein wenig zu alt sind, um uns verkuppeln zu lassen?«

»Du hast nicht angerufen«, gebe ich zurück.

»Ich dachte, du wärst am Zug.«

»Und ich dachte, du wüsstest, dass das nicht passieren wird.«

Cooper kommt näher, während ich still dastehe. Ich weiß nicht, was ich noch zu ihm sagen soll. Ich fühle mich seltsam und leicht unbehaglich. »Aber ich habe darauf gehofft.« Seine Stimme ist leise und heiser.

Ich wende den Blick nicht von ihm ab. »Ach ja?«

Er streicht mir eine Haarsträhne aus dem Gesicht. »Habe ich mich nicht klar ausgedrückt?«

Doch, eigentlich schon … Er und Presley waren ziemlich deutlich. Aber ich bin an diese direkte Art nicht gewöhnt. Ich habe über zwanzig Jahre voller versteckter Andeutungen und Halbwahrheiten mit Trent hinter mir. Bei Männern weiß ich nicht, ob mein Kompass in die richtige Richtung zeigt oder ob ich auf der falschen Fährte bin. Männer behaupten, Frauen seien verwirrend, aber ich halte dagegen – sie sind keinen Deut besser.

»Nun ja, wir haben miteinander getanzt, das war schön, aber danach haben wir nichts vereinbart.«

Er umfasst mein Handgelenk mit seiner großen Hand. »Ich denke, wir tanzen schon seit einer ganzen Weile um diese Sache herum.«

»Seit wann bist du denn so offensiv?«, frage ich und versuche, das Zittern in meiner Stimme zu kontrollieren.

»Seit du Single bist.«

Gute Antwort. »Oh.«

»Oh?«

Ich bin mir nicht sicher, was er von mir hören möchte. »Ich weiß nicht, was ich davon halten soll, Coop. Ich kenne dich seit einer Ewigkeit. Ich kenne all deine Jugendsünden, sogar dass du mal auf *NSYNC standest.« Herausfordernd ziehe ich eine Augenbraue hoch. »Es ist ein komisches Gefühl, dass du dich plötzlich für mich interessierst, als Mann, meine ich.«

Er zupft an meinem Arm und grinst. »Das ist schon immer so gewesen. Du hattest einfach einen anderen Mann im Kopf. Ich habe abgewartet.«

Wer hätte das gedacht? Offensichtlich habe ich alle Anzeichen übersehen.

»Und«, fährt Cooper fort, »ich stand nie auf *NSYNC.«

»Und ob! Auch wenn du es nicht wahrhaben willst.«

Ihm entfährt ein raues Lachen. »Es gibt eine Menge, was wir übereinander wissen, und noch viel mehr, wovon keiner von uns einen Schimmer hat. Ich bitte dich nur um eine Chance, mit dir zu reden, dich kennenzulernen. Es gibt eine Menge Themen, denen ich mich gern widmen würde.«

»Darauf möchte ich wetten.« Als sein Blick über meine Brust wandert, ist klar, dass die Themen, denen er sich widmen möchte, weder Angeln noch Sport sind, aber ich lasse es dabei bewenden. Ich muss mir nicht vorstellen, wie er sich mir widmen würde. »Geh und zieh dir ein Hemd an«, sage ich und schüttele den Kopf.

»Bring ich dich durcheinander?« Er strahlt mich zufrieden an.

»Neiiin.«

Ja.

»Aha.« Seine Augen leuchten auf, und er deutet in Richtung Haus. »Komm mit rein. Ich werde das geheimnisvolle Päckchen holen, das unsere Mütter instrumentalisiert haben, um uns zusammenzubringen.«

Ich nicke und bin dankbar, dass Cooper mich nicht weiter in dieses äußerst unangenehme Gespräch verwickelt. Dabei fühle ich mich gar nicht wirklich unbehaglich. Es ist einfach völliges Neuland für mich. Cooper hat recht. Als erwachsenen Mann kenne ich ihn noch nicht.

Nachdem Presley aufs College gegangen ist, habe ich ihn zwar immer noch gesehen, aber wir haben nie wirklich Zeit miteinander verbracht. Wenn wir uns begegnet sind, waren unsere Gespräche oberflächlich. Ich weiß nicht, warum er in Bell Buckle geblieben ist oder warum er aufgehört hat, an Autos zu schrauben oder Rodeos zu reiten. Ich habe keine Ahnung, ob er immer noch Rockmusik mag oder ob er jetzt mehr auf Country steht. Offensichtlich mag er keine Boygroups mehr, aber die Wahrheit ist … Ich weiß nichts über den Mann, zu dem Cooper geworden ist.

Diese Erkenntnis trifft mich mit voller Wucht. Auf einmal begreife ich, dass ich Cooper niemals wirklich als Erwachsenen wahrgenommen habe. Mein Blick schnellt zu seinen gestählten Muskeln, als er sich in Bewegung setzt, und dann zu den beiden Grübchen an seinem unteren Rücken. Ich werde rot und starre auf den Boden. Es besteht kein Zweifel daran, dass Cooper erwachsen geworden ist.

Wir gehen ins Haus. In der Küche hält er mir einen Umschlag hin. »Hier.«

»*Das* musste ich unbedingt sofort für sie holen?«

»Ich denke, es geht mehr darum, wer es dir aushändigt«, mutmaßt er. »Und ich lasse mir eine solche Gelegenheit nicht durch die Lappen gehen.« Er kommt näher.

Oh nein. Auf so etwas bin ich nicht vorbereitet. Ich weiß

nicht, wie ich das alles finden soll. Es ist zwei Wochen her, eigentlich drei, seit ich mit Trent Schluss gemacht habe, aber trotzdem! Obwohl ich Cooper heiß finde, weiß ich tief im Herzen, dass ich nicht wirklich etwas für ihn empfinde, zumindest nicht im Moment. Mein Herz hängt immer noch an Trent. Auch wenn ich wünschte, ich hätte dieses Band definitiv gekappt, als ich beschlossen habe, mich endgültig von ihm zu trennen, aber das war unmöglich. Das Band, das uns seit so vielen Jahren verbindet, ist stark, und es braucht Zeit, es komplett zu lösen.

Es wäre Cooper gegenüber nicht fair – oder mir selbst gegenüber.

»Cooper«, warne ich ihn. »Hör zu, ich weiß es wirklich zu schätzen, dass du so … direkt bist. Es ist schön, ausnahmsweise einmal mit einem Mann zu tun zu haben, der weiß, was er will, aber ich muss ehrlich zu dir sein.«

Er kommt noch einen Schritt näher, und ich weiche zurück. »Ich weiß, was du als Nächstes sagen wirst.«

»Das bezweifle ich.«

»Du wirst sagen, dass du immer noch in Trent verliebt bist. Dass es zu früh ist und dass du nicht bereit für etwas Neues bist. Bin ich nah dran?«

Ja, könnte man sagen. Ich nicke.

»Das ist mir alles klar. Ich weiß, dass du Angst hast …«

»Hey, halt! Ich habe nicht gesagt, dass ich Angst habe.«

Er grinst. »Das musst du auch gar nicht.«

Dieser Mann hat vielleicht Nerven. Ich habe keine Angst. Ich tue das Richtige. Es ist einfach nicht fair, jemanden an der Nase herumzuführen, gerade ich kenne mich damit nur zu gut aus. Außerdem könnte alles Mögliche passieren. Es wäre töricht zu denken, dass niemand verletzt würde, wenn die Sache schiefgeht. Ganz zu schweigen davon, dass für mich – ebenso wie für ihn – eine Freundschaft auf dem Spiel steht.

Also bedeutet es jetzt, dass man Angst hat, wenn man vernünftig ist?

Da bin ich anderer Meinung.

»Weißt du was?«, frage ich und schnaube aufgebracht. »Ich tue das Richtige. Du magst mich, oder zumindest glaube ich, dass du mich magst. Aber ich habe bereits selbst eine Liebe erlebt, die nicht erwidert wurde. Ich habe keine Angst. Du machst mir keine Angst, Cooper Townsend.« Ich bohre den Finger in seine Brust, und meine Worte überschlagen sich. »Was mir Angst macht, ist die Vorstellung, dich zu verletzen. Dich glauben zu lassen, es bestünde eine Chance, während mein Herz so schlimm gebrochen ist, dass ich nicht mal weiß, ob ich jemals wieder etwas für einen anderen Mann empfinden kann. Ich bin nett. Ich bin eine Freundin. Ich tue das Richtige für uns beide.«

»Ich bin nicht auf Freundschaft aus.« Cooper packt mich an den Armen. »Ich frage nicht danach, was fair oder richtig ist. Ich bitte um eine Chance, dir zu zeigen, dass dein Herz nicht gebrochen ist. Ich weiß, dass du Trent geliebt hast. Da mache ich mir nichts vor.« Ich schüttele den Kopf, während er meinen Blick festhält. »Ich weiß, es zerreißt dich innerlich immer noch, aber du kannst ihn loslassen. Du verdienst mehr als das, was er dir gegeben hat. Zwischen uns ist etwas. Ich weiß, dass du es spürst.«

»Das heißt nicht, dass wir dem nachgeben müssen, Coop.« Er lockert seinen Griff, und meine treulose Hand wandert ganz automatisch zu seiner Brust. »Ehrlich, ich weiß nicht, was ich fühle. In meiner Welt war alles so lange auf den Kopf gestellt, dass ich jetzt nicht mehr wirklich weiß, wo oben und unten ist. Kannst du das verstehen?«

Ich warte darauf, dass meine Worte zu ihm durchdringen, denn auf keinen Fall will ich ihn verletzen. Das Leben ist kurz, und die Menschen um einen herum sind alles, was wir haben. Cooper gehört, seit ich denken kann, zu meiner erweiterten Familie. Ich weiß nicht, ob meine Gefühle für ihn stärker sind als die, die ich schon immer für ihn hatte. Und bevor ich das nicht herausgefunden habe, komme ich nicht weiter.

»Ich bitte dich nur um ein Date. Du hast versprochen, darüber nachzudenken. Und du schuldest mir eins, weil du diesen Mist über mich an die Toilettenwand geschrieben hast.«

Ich seufze und schüttele den Kopf.

Wenn ich eines über die Männer hier weiß, dann, dass sie nicht aufgeben. Mittlerweile bin ich mir nicht mal mehr sicher, ob es tatsächlich meine Mutter war, die das hier eingefädelt hat. Wie es aussieht, war es Cooper selbst. Ich kann mich einfach nicht entscheiden, was ich tun soll. Gehe ich mit ihm aus? Bleibe ich standhaft und sage Nein?

Aber warum sollte ich eigentlich Nein sagen? Cooper ist Single und attraktiv, und Presley hat mir bereits ihren Segen gegeben. Wegen Trent? Wenn ich mit ihm so fertig bin, wie ich behaupte, warum erlaube ich ihm dann immer noch, über mein Glück zu bestimmen?

»Ein einziges Date?«, frage ich zögernd.

»Ein einziges Date.«

»Als Freunde?«

Er legt mir seinen freien Arm um den Rücken. »Gute Freunde.«

Okay, ein Date als Freunde, von mir aus. Dann können wir diese alberne Idee abhaken.

»Und danach wirst du geduldig sein und mir ein wenig Zeit geben?«, verlange ich als Bestätigung.

»Danach wirst du ein weiteres wollen.« Coopers Augen glänzen siegesgewiss.

»Mach dir da keine allzu großen Hoffnungen, Coop. Ich stimme einem Abend mit einem *Freund* zu.«

Seine Lippen kommen näher, und mein Herz rast. Er kann mich nicht küssen. Auf keinen Fall bin ich dazu bereit.

»Entspann dich, ich werde dich nicht küssen«, versichert er mir. Seine Lippen berühren meine Wange, und ich stoße einen tiefen Seufzer aus. »Aber wenn du es einen Abend mit einem Freund nennst statt ein Date, nehme ich an, du willst das Date aufschieben. Schließlich haben wir uns auf *ein Date* verständigt.«

Ich weiche einen Schritt zurück und entziehe ihm die Hand. »Na schön, es ist also ein Date. Damit du herausfindest, dass du mich gar nicht wirklich magst.«

»Oder du kannst feststellen, dass zwischen uns mehr ist.«

Er ist einfach unerbittlich.

»Wir werden sehen.«

Ich sollte dringend verschwinden, bevor er mich noch zu etwas anderem völlig Verrücktem überredet. Deshalb schiebe ich ihn weg, schnappe mir den Umschlag und wende mich zum Gehen. Typisch Cooper lässt er mir natürlich nicht meinen großen Abgang.

»Grace?«

Ich drehe mich zu ihm um.

»Ich muss an den nächsten beiden Wochenenden arbeiten, also sehen wir uns in drei Wochen.«

»In Ordnung.«

»Gekniffen wird nicht, ich gebe nicht so leicht auf.«

Ich schüttele den Kopf, weil ich nicht weiß, was ich sagen soll. Ich fürchte, es wird eine Katastrophe werden. Alles, was schiefgehen könnte, schwirrt mir durch den Kopf, und das ergibt eine beachtliche Liste. Aber als ich Cooper anschaue, sehe ich, wie begeistert er ist. Vielleicht irre ich mich, und es ist doch etwas zwischen uns. Womöglich war meine Zeit mit Trent reine Verschwendung.

Vielleicht war ich einfach zu blind, um Cooper vor meiner Nase zu entdecken.

Es gibt nur eine Möglichkeit, das herauszufinden: Wir müssen es versuchen.

Coopers Grinsen wird breiter, als könnte er meine Gedanken lesen.

»Bis bald bei diesem Date.«

Er nickt, und ich gehe zur Tür hinaus und hoffe, nicht den größten Fehler meines Lebens gemacht zu haben.

Kapitel 3

Ich stehe an der Theke des Gemischtwarenladens meiner Familie. Eigentlich wollte ich nur auf einen Sprung vorbeischauen und ein paar Sachen fürs Wochenende einkaufen, aber Mama hat mit einer Menge Leute ein Hühnchen zu rupfen. Glücklicherweise betrifft es nicht mich, aber ich muss es mir trotzdem anhören.

Emily Young, eine meiner engen Freundinnen, ist nach ihrer letzten Musiktournee wieder in der Stadt, um ihre Eltern zu besuchen. Wir haben beschlossen, die hiesige Bar zu meiden, damit wir auf keinen Fall Cooper oder Trent begegnen. Am sichersten ist es also, wenn wir uns bei mir zu Hause treffen.

Als ich meine Lebensmittelvorräte überprüft habe, musste ich feststellen, dass ich weder Snacks noch sonstige Leckereien daheim habe, die für einen Mädelsabend unerlässlich sind. Im Moment brauche ich eine hohe Kalorienzufuhr, um mein Leben zu ertragen.

Und jetzt kann Mama gar nicht genug Dampf ablassen über die Probleme, die sie mit ihrer Clique – den Freundinnen, die sich in alles einmischen – hat.

»Hörst du mir überhaupt zu?«, fragt sie, als ich auf die tickende Uhr schaue.

»Ich habe dir zugehört. Mrs Hennington hat dich nicht zurückgerufen, und Mrs Townsend hat am Sonntag ein schreckliches Lied für die Kirche ausgewählt.«

»Gut«, seufzt sie. Ich überlege fieberhaft, wie ich am schnellsten bekomme, was ich brauche, und in fünfzehn Minuten wieder zu Hause sein kann, während meine Mutter über Mrs Kannan plappert, die beim letzten Kartenspiel gemogelt hat. Ich weiß nicht, warum Mama das überrascht, das tut sie doch jede Woche. »Und dann hatte sie den Nerv, mir vorzuwerfen, ich hätte beim Bingo gemogelt. Wie kann man nur so etwas behaupten?«

»Ich weiß nicht, Ma.« Ich mache Anstalten, endlich meine Einkäufe zu erledigen, aber sie lässt nicht locker.

»Weißt du was, ich habe gute Lust, zu ihr zu fahren und unser Geld zurückzuverlangen.« Sie nickt bestätigend. »Und danach werde ich Vivienne klarmachen, dass sie lauter singen muss, wenn wir proben. Der Herrgott kann ihr Gemurmel doch gar nicht verstehen.«

Oh ja, das wird großartig funktionieren.

»Ich halte das für keine so gute Idee. Ihr seid schon so lange befreundet, aber Mrs Townsend wird es mit Sicherheit nicht gut auffassen, wenn du ihr erzählst, ihr Gesang sei für Gott nicht gut genug. Also, was regt dich wirklich so auf?«

Meine Mutter liebt diese Frauen mehr als meinen Vater oder mich. Auf keinen Fall wird sie wegen ein paar Dollar zum Angriff übergehen. Mrs Kannan mogelt, Mrs Hennington backt, Mrs Townsend kümmert sich um die Musik, und Mama ist die Reiseorganisatorin. Sie haben alle ihre Aufgabe und kommen dieser leidenschaftlich gern nach.

Sie setzt sich auf ihren Stuhl und schnaubt.

»Mama?«, dränge ich.

»Dein Vater hat den Verstand verloren!« Sie springt auf und wirft die Hände in die Luft. »Ich habe genug von diesem Mann. Wenn ich nicht befürchten müsste, dass er verhungert, hätte ich ihn schon längst hochkant rausgeworfen.« Dieses Mal muss mein Vater den Bogen tatsächlich überspannt haben. »Er hat mir gesagt, wenn ich abnehmen will, soll ich aufhören, Kuchen zu essen. Ist das zu fassen? Vielleicht würde er noch so wie bei unserer Hochzeit aussehen, wenn er nicht alles auffuttern würde, was im Haus zu finden ist.«

Offenbar ist mein Vater lebensmüde, denn so etwas sollte kein Mann jemals sagen, der bei klarem Verstand ist. Vor allem, da mein Vater mit seinem Bauch selbst aussieht wie der kleine, weniger grauhaarige Bruder vom Nikolaus.

»Ich bin mir sicher, dass er es nicht so gemeint hat.«

»Immer schlägst du dich auf seine Seite.« Sie kneift die Augen zusammen. »Übrigens, was höre ich da über dich und Cooper? Es kursiert das Gerücht, dass du bald mit ihm ausgehst.«

Das ist mein Stichwort, den Rückzug anzutreten, und zwar schnell. »Emily steht in ein paar Minuten bei mir vor der Tür. Ich muss los, wir reden ein andermal weiter.«

»Aufgeschoben ist nicht aufgehoben!«, ruft sie mir hinterher, als ich zwischen den Regalen verschwinde.

»Okay«, antworte ich und mache mich daran, meinen Korb zu füllen. Meine einzige Chance, dieses Gespräch zu vermeiden, besteht darin, innerhalb der nächsten zwei Minuten von hier zu verschwinden.

Chips.

Kekse.

Beef Jerky.

M&M's.

Reese's Peanut Butter Cups.

Ein Glas Nutella.

Ich weiß, dass mir noch erheblich mehr fehlt. Schließlich habe ich mir vorgenommen, dafür zu sorgen, dass Emily mich zum Bett rollen muss. Ich habe eine Menge Frust wegzufuttern, aber an der Stelle im Regal, an der mein Snack für unterwegs normalerweise liegt, befinden sich jetzt Tüten mit Trockenfrüchten. Ich schneide eine Grimasse angesichts der unverschämt gesunden Nahrung, drehe mich um und rufe über meine Schulter: »Ma! Wo ist die ...«

»Suchst du die hier?« Eine tiefe Stimme ertönt hinter mir, und meine Lieblingssüßigkeit erscheint vor meinen Augen.

Ich bekomme Gänsehaut, und mein Puls beschleunigt sich. Nachdem ich es wochenlang geschafft habe, ihm aus dem Weg zu gehen, reichen bloß vier Worte aus, meinen Körper in Alarmbereitschaft zu versetzen.

»Danke.« Ich nehme ihm die Tüte mit schwarzer Lakritze ab und wende ihm den Rücken zu. »Ich konnte sie nicht finden.«

»Emily ist in der Stadt. Ich habe ihren Wagen gesehen und mir schon gedacht, was ihr vorhabt«, erklärt er.

»Ja?« Ich will ihn nicht ansehen. Brauche ich auch nicht, denn ich habe ihn deutlich vor meinem inneren Auge. Meine Distanziertheit hindert Trent nicht daran, näher zu kommen, und ich weiß, wenn ich mich ein klein wenig zurücklehne ... nur ein klitzekleines bisschen, würde ich alles von ihm spüren. Aber wir sind getrennt, und das wäre unverantwortlich. Ich umklammere das hölzerne Regal vor mir noch fester. Ich muss mich an etwas festhalten, das nicht Trent ist.

»Ich weiß, dass du nicht ohne deine Lakritze leben kannst.« Seine Lippen streifen mein Ohr, und ich verstärke meinen Griff.

»Es überrascht mich, dass du dich daran erinnerst.«

Trent lacht, und der Klang seiner Stimme fährt mir durch den ganzen Körper. »Ich weiß alles über dich, Schätzchen.«

Ich schließe die Augen und zwinge meine Knie, nicht nachzugeben. Ich habe ihn vermisst. Ich hasse es, dass ich ihn vermisst habe.

Er macht mich schwach.

Er macht mich dumm.

Er bringt mich dazu, ihn zu lieben.

Langsam drehe ich mich um. Trent sieht mich mit undurchdringlicher Miene an. »Du kennst meine Lieblingssüßigkeit. Ich bin mir nicht sicher, ob das als *alles* durchgeht.«

Er hebt die Hand, streicht mir das Haar aus der Stirn und umfasst meine Wange. »Ich weiß viel mehr als das, Gracie.«

»Was zum Beispiel?« Ein Teil von mir will ihn herausfordern, weil er mich eben nicht kennt. Oder wenn doch, bedeute ich ihm offensichtlich nichts.

»Ich weiß, dass du mich liebst.«

»Falsch. Versuch's noch mal.«

Er betrachtet mich mit diesem schiefen Grinsen, das ich so sehr liebe. Es ist frech und sehr sexy. Es verleitet mich dazu, dumme Dinge zu tun, zum Beispiel mir vorzustellen, wie es wäre, seine Lippen auf meinen zu spüren. Und das wäre wirklich eine schlechte Idee.

»Ich weiß, dass du das Wort *Marshmallow* hasst«, fährt Trent fort, und ich schaudere. Ich hasse dieses Wort tatsächlich. »Ich weiß, dass du *das* jedes Mal tust, wenn jemand es sagt. Ich weiß, dass du im Schlaf redest, du magst keine Spinnen, und du schreibst in dein Tagebuch, gibst aber vor, es nicht zu tun. Ich weiß, du behauptest, du hättest deine Miss-Bedford-County-Tiara nicht behalten, und doch liegt sie im obersten Fach deines Kleiderschranks. Ich weiß, dass du sie aufsetzt, wenn du das Gefühl hast, zu viel gegessen zu haben, aber ich habe keine Ahnung, warum. Doch eines Tages wirst du es mir erzählen.«

Blödmann.

»Ich weiß, dass du dir auf die Lippen beißt, wenn du müde bist oder mir am liebsten eine verpassen würdest.« Er zieht mit dem Daumen an meiner Unterlippe. »Ich weiß, dass du *das* machst, wenn du nervös bist.« Er hält meine Hand zwischen uns. »Du bohrst dir mit dem Daumen in die Handfläche.«

Ich entziehe ihm meine Hand und versuche, mich von

seiner Berührung nicht beeindrucken zu lassen. Meine Haut kribbelt, und ich sehne mich nach mehr. »Du hast vergessen, dass ich mir wünsche, für jemanden die Welt zu bedeuten.«

Sein Blick wird sanft, und er legt mir die Hand in den Nacken. Wie er mit seinem rauen Daumen über mein Kinn fährt, bringt meinen Magen noch mehr zum Flattern. Er kommt mir näher und wendet den Blick nicht ab. »Du hast vergessen, dass du das bereits tust.«

Ich schüttele den Kopf und versuche, dem hier Einhalt zu gebieten. »Nicht für dich.«

Tränen brennen in meinen Augen. Genau das ist es, was ich nicht länger aushalte. Er kommt einfach her und gibt mir das Gefühl, ich sei verrückt und alles spiele sich nur in meinem Kopf ab. Er berührt mich, als sei er der einzige Mensch, der das tun sollte. Und dabei entzündet er einen Funken Hoffnung in mir, dass ich die bin, die er will. Und dafür hasse ich ihn.

»Du weißt, dass das nicht wahr ist«, flüstert er und kommt noch näher.

Er wird mich küssen, und ich werde jede Sekunde genießen. Aber wenn er geht, wird es mir das Herz brechen.

»Tu das nicht«, flehe ich in einem letzten Versuch, stark zu bleiben.

»Ich habe dich vermisst, Gracie.«

»Du vermisst mich nur, weil du mich nicht mehr haben kannst«, bringe ich heraus.

Er lacht leise, bevor seine Lippen über meine streichen. »Ich vermisse dich, weil ich es hasse, von dir getrennt zu sein.«

Ich muss all meine Willenskraft aufwenden, um ihn nicht zu küssen. »Ich wäre nicht gegangen, wenn du mich nicht dazu getrieben hättest.«

Trent zieht sich ein wenig zurück und sieht mir fest in

die Augen. »Gib mir noch eine Chance, Liebling. Du brauchst mich genauso sehr, wie ich dich brauche. Hör auf, mich wegzustoßen, und komm dorthin zurück, wo du hingehörst.«

Jetzt reicht es. Etwas in mir macht *Klick*. Ich wende schnell den Kopf ab, und sein Mund berührt meine Wange. Ich stoße ihn von mir und versuche, meine Atmung unter Kontrolle zu bringen. Endlich habe ich meine Beherrschung wiedergefunden. Ich bleibe stark.

Er kapiert einfach nicht, was er mir angetan hat, und dass er denkt, ich würde ihn brauchen, ist genau das Problem. Ich brauche einen Neuanfang. Jemanden, der nicht glaubt, er könne Spielchen mit meinem Herzen spielen. Vielleicht ist Cooper dieser Mann, vielleicht auch nicht. Jedenfalls will er nichts beweisen, er mag mich ehrlich – sagt er zumindest.

Und nicht ich stoße Trent weg. Er ist derjenige, der mich gehen ließ.

Ich bin es mir selbst schuldig, nicht rückfällig zu werden. Es wird Zeit, nach vorn zu schauen. Und Trent Hennington befindet sich jetzt in meinem Rückspiegel – wo er hingehört.

»Ich brauche dich nicht. Ich brauche das alles hier nicht. Deshalb lasse ich es hinter mir, und du solltest es ebenfalls tun. Du hattest alle Zeit der Welt, mein Herz für dich zu gewinnen. Aber du hast mich jedes Mal weggestoßen, und wenn ich dir noch eine Chance gebe, würdest du dich trotzdem nicht ändern, Trent. Es würde nicht funktionieren, denn wenn es uns bis jetzt nicht gelungen ist, werden wir es niemals schaffen.«

Trents Ausdruck wechselt von gekränkt zu entschlossen. »Aber du liebst mich. Ich sehe es. Ich spüre es.«

»Ja, ich liebe dich. Aber mich selbst liebe ich noch mehr. Man sieht sich.«

Sie lebt seit drei Jahren in Nashville, und ich vermisse sie schrecklich. Aber natürlich freue ich mich über ihren Erfolg. Sie ist eine großartige Sängerin. Nachdem Presley Bell Buckle verlassen hatte, sind Emily und ich enge Freundinnen geworden. Jetzt ist sie so beschäftigt in der Countrymusikszene, dass ich sie kaum noch zu Gesicht bekomme. Dennoch habe ich sie auf dem Laufenden gehalten, was mein Liebesleben betrifft.

Sie kennt die Antwort auf ihre Frage, aber ich weiß, was sie von mir hören will.

»Weil er ein guter Kerl ist. Ich weiß, dass man das leicht vergisst bei all den Problemen, die wir im Laufe der Jahre durchgemacht haben, aber für mich geht es eher um die Gefühle, die er in mir geweckt hat, wenn es gut lief. Und dann heute!«

»Heute?«

Ich habe ihr von unserer Begegnung im Laden erzählt, aber ein paar Dinge habe ich dabei ausgelassen.

»Ja, er kennt mich, Em. Und dann hat er all diese Sachen gesagt …«

»Was zum Beispiel? Was macht es dir so schwer, über ihn hinwegzukommen, wovon er weiß?«

»Er weiß, dass ich Lakritze liebe. Er weiß, dass ich gewisse Worte verabscheue. Er kennt mein Herz!« Ich klinge furchtbar verzweifelt, selbst in meinen eigenen Ohren.

»Da wird einem ja schlecht. Wer mag denn schon Lakritze?«

Entsetzt hebe ich den Kopf und starre sie an. »Du weißt doch, dass ich eine ganze Tüte pro Woche verputze!«

»Nein, davon hatte ich keine Ahnung. Ist ja eklig. Niemand mag Lakritze. Mr Meyer hat sie immer an Halloween verteilt, und wir haben sie alle weggeworfen.«

Ich stöhne, schnappe mir die Tüte und stecke mir meine Lieblingssüßigkeit in den Mund. »Wir kennen uns, seit ich sieben bin, und du weißt nicht, was meine Lieblingssüßigkeiten sind?«

Sie zuckt mit den Schultern. »Vielleicht hab ich versucht, es zu vergessen, weil … es eklig ist?«

»Du bist albern.«

»Und du magst eklige Süßigkeiten!«

»Darum geht es nicht.« Ich tausche die Lakritztüte gegen mein Weinglas. »Sondern darum, dass Trent diese Dinge weiß. Es war nicht alles schlecht. Es gab auch eine Menge Gutes. Und das vermisse ich. Er ist der einzige Mann, den ich jemals an meiner Seite gesehen habe.«

Sie greift nach ihrem Bier und schüttelt den Kopf. »Hör mal, ich weiß, dass es immer diesen *einen* gibt, der uns um den Verstand bringt. Wenn Bobby jemals in die Stadt zurückkäme, würde ich ihn heiraten, ja, so blöd bin ich. Aber Trent hat dir wehgetan, Grace. Oft. Außerdem hat er dich zutiefst enttäuscht.«

Ich habe immer noch das starke Verlangen, ihn zu verteidigen. »Und *ich* habe *ihm* wehgetan!«

Sie stellt die Flasche langsam auf den Tisch. »Inwiefern? Indem du ihn zu einem Erwachsenen gemacht hast?«

Emily ist immer auf meiner Seite, aber wenn ich ehrlich bin, habe ich wirklich Dinge getan, die ihn verletzt haben. Ich habe ihn ignoriert, ihn bedrängt, gegen ihn gekämpft, und zwar nur deswegen, weil er nicht nachgeben wollte. Und ich habe zugelassen, dass er mich so behandelt, wie er mich behandelt hat.

»Ich sage ja nur, dass er nicht der Einzige ist, der etwas falsch gemacht hat. Außerdem verhält er sich so, weil ich es so lange zugelassen habe.«

»Okay, klar, aber erklär mir, warum das alles diesen Schmerz wert ist? Warum erlaubst du dir, zu ihm zurückzukehren? Denn ich habe die Tränen gesehen. Ich weiß, dass du ihn liebst, und ich weiß, dass er dich liebt, auch wenn er zu stolz ist, es auszusprechen. Aber warum? *Warum* liebst du ihn?«

Nicht zum ersten Mal versucht Emily, mich dazu zu bringen, die Zeichen der Zeit zu erkennen. Und nicht zum ersten Mal habe ich sie erkannt. Ich weiß nicht, wie ich erklären soll, was er an sich hat. Es ist etwas, das ich tief in mir fühle.

»Wenn er meine Nähe zulässt, ist es wunderschön. Er kann vollkommen selbstlos sein. Wenn es notwendig wäre, würde er durch ein brennendes Haus laufen, um jemanden zu retten.«

»Das weiß ich. Alle Hennington-Jungs sind tief im Innern gut, aber sag mir, warum du weiter an ihm festhalten willst.«

Ich nehme mir einen Moment Zeit, um mir all die guten Dinge, die ich verdrängt habe, vor Augen zu führen. Die Dinge, die zu vergessen ich mich so sehr bemühe, weil sie es mir so leicht machen, das Schlechte zu übersehen. Im Laufe von fast zwanzig Jahren hat es einige fantastische Momente mit ihm gegeben.

»Weißt du noch, als ich vierzehn war und keine Begleitung für den Schulball hatte, weil Johnnie mich versetzt hat?« Emily nickt. »Trent ist sofort in seinem Zimmer verschwunden, um sich in seinen Anzug zu werfen. Ohne dass seine Mutter ihn drängen musste. Er ist mitgekommen, weil er gesehen hat, dass ich geweint habe. An dem Tag, an dem mein Pferd gestorben ist, ist er zwölf Stunden lang mit mir in der Box geblieben, nur um mir zur Seite zu stehen. Ohne sich ein einziges Mal zu beklagen. Er hat mich sogar in den Armen gehalten, bis ich eingeschlafen war. Und bei unserem ersten Mal hat er alles dafür getan, dass ich mich wohlfühle. Er hat sich um mich gekümmert.« Ich lehne den Kopf zurück. »Ich weiß, es klingt naiv, aber ich erinnere mich daran, wie er meinen Blick festgehalten hat, als unsere Körper miteinander verbunden waren. Wir waren gerade erst erwachsen geworden, aber es fühlte sich vollkommen anders an.«

»Und in der jüngeren Vergangenheit?«

Ich schließe die Augen und versuche, die Tränen zurückzuhalten. »Weißt du, dass Trent zwei Wochen bei mir geblieben ist, als meine Schwester starb? Er hat sich freigenommen, hat mich nach Baileyton gefahren und mir bei der Organisation der Beerdigung geholfen. Er war stets an meiner Seite. Ich brauchte mir keine Sorgen zu machen, denn er war da.«

»Daran erinnere ich mich.« Ein betrübter Ausdruck tritt in Emilys Augen. »Ich weiß, dass er dich wieder aufgerichtet hat.«

»Mehr als das. Er hat sich um alles gekümmert. Nicht einmal hat er sich beschwert, wenn ich mal wieder zu nichts zu gebrauchen war. Er hat alles unternommen, um mich aufzubauen.« Eine Träne rinnt mir über die Wange. »An diesem Tag geriet meine Welt aus den Fugen, aber Trent hat alles ein wenig leichter gemacht. Er hat meine Hand gehalten, hat meine Tränen weggeküsst, er hat mir alles gegeben, was ich brauchte, und ich musste nie darum bitten. Er kennt mich in- und auswendig.«

Es kommt mir wie eine Ewigkeit vor, dabei ist es erst fünf Jahre her, dass meine Schwester uns genommen wurde. Sie hätte alles haben können. Und sie hätte es auch verdient, aber sie heiratete einen Mann, vor dem ich sie eindringlich gewarnt hatte. Einen Mann, der bei jeder Gelegenheit die Fäuste sprechen ließ. William hat das wunderschöne Mädchen, mit dem ich früher Puppen gespielt habe, zerbrochen, bis nur noch eine Hülle von ihr übrig war. Doch wenn es um ihn ging, entwickelte Scarlett einen ungeahnten Trotz. Sie hat nur gesehen, was sie sehen wollte. Dabei haben wir sie angefleht, uns zu glauben. Mein Vater hat William vom ersten Augenblick an gehasst. Er sagte, er könne den Zorn in seinen Augen erkennen und dass dieser Zorn eines Tages explodieren würde. Scarlett war überzeugt davon, sie könne ihn retten. Am Ende hat er sie umgebracht.

»Weißt du, dass Trent William gefunden hat?«, frage ich.

»Ja.« Sie greift nach meiner Hand und hält sie fest. »Ich erinnere mich, dass er als Sheriff Kontakt mit seinen Freunden in einem anderen Bezirk aufgenommen und dafür gesorgt hat, dass man ihn aufspürt.«

»Er hat mir versprochen, das Verbrechen aufzuklären, wenn er kann. Er war sich so sicher. Damals habe ich mich noch mehr in ihn verliebt.«

»Scarlett hat sich William ausgesucht. Sie hat einen Mann geliebt, der vollkommen falsch für sie war. Vielleicht ...«

Mein Blutdruck steigt, als ich mich empört zu ihr umdrehe. »Trent hat niemals die Hand gegen mich erhoben!«

»Ich weiß! Das habe ich auch nie gesagt. Beruhige dich. Ich sage nur, dass Trent dir zwar körperlich niemals wehgetan hat, aber auch nicht nett zu deinem Herzen war.«

Ich hole tief Luft, damit mein Puls sich beruhigt. Ich weiß, was sie zu sagen versucht, aber ein Vergleich zwischen Trent und William ist nicht einmal ansatzweise okay. Er mag mich verletzt haben, aber niemals auf diese Art. Er würde eher sterben, als die Hand gegen mich zu erheben.

»Tut mir leid, dass ich ausgeflippt bin«, sage ich zu Emily.

»Ich wollte nicht, dass es so rüberkommt. Ich meine nur, dass wir uns manchmal selbst belügen. Wir wollen in allem das Gute sehen, und das kann unser Urteil trüben.«

»Ich weiß nicht, was sich in ihm verändert hat, aber er scheint plötzlich so eine Wut auf alles mit sich herumzutragen. Den witzigen, süßen, sexy Typ, den ich gekannt habe, gibt es nicht mehr. Je mehr ich ihn dazu gedrängt habe, mit mir zu reden, umso mehr hat er mich von sich gestoßen. Je mehr Raum ich ihm gegeben habe, umso mehr hat er sich genommen, bis es sich anfühlte, als lägen Ozeane zwischen uns.«

Ich habe mit ihm Schluss gemacht, woraufhin er auf meiner Veranda aufkreuzte und mich angefleht hat, ihm noch eine Chance zu geben. Ich habe nachgegeben. Ich kenne den echten Trent Hennington. Den Mann, der auf dem schmutzigen Boden sitzt, während seine Freundin weint. Den Mann, der viereinhalb Stunden mit dem Auto fährt, um den Leichnam meiner Schwester zu identifizieren, und der dann eine Jagd nach dem Ehemann anzettelt, der sie zu Tode geprügelt hat. Den Mann, der an meiner Seite steht, wenn ich ihn brauche. Er ist zärtlich, stark, süß, nachdenklich und so viel mehr.

Er hat nur niemals ganz mir gehört.

Wir hatten gute Zeiten, in denen er meine große Liebe war. Wir haben zusammen gelacht, ferngesehen, sind ausgeritten und haben uns stundenlang geliebt. Aber wenn es zwischen uns zu behaglich wurde, änderte sich jedes Mal etwas. Alles an ihm wirkte dann auf einmal finster und dunkel, dabei hatte er kurz zuvor noch so hell gestrahlt wie die Sonne. Ich konnte förmlich beobachten, wie er sich veränderte.

Ganz gleich, was ich ihm gegeben habe, es reichte nicht, um ihn da wieder herauszuziehen.

Ich wische die Tränen weg, die bei der Erinnerung an die schlechten Zeiten zu fließen beginnen. »Ich wünschte, ich könnte ihn retten. Ich wünschte, ich wäre es ihm wert, dass er sich retten lässt.«

Emily nimmt einen großen Schluck Bier. »Ich denke, Trent leidet. Keine Ahnung, warum. Ich glaube nicht mal, dass seine Brüder es wissen, aber bis diesem Mann irgendeine Art von Erleuchtung kommt, wird er dir nur wehtun, Schätzchen. Wer weiß, wenn du mit Cooper Townsend ausgehst, wird er vielleicht endlich aufwachen.«

Womit wir wieder bei meiner SOS-Nachricht an Emily sind, in der ich sie zu diesem Mädelsabend eingeladen habe. Angie und Presley sind großartig, aber sie gehören zur Familie … von beiden Männern. Presley wird natürlich auf der Seite ihres Bruders stehen. Angie wird sich mit Trent verbünden, denn für ihn wird Wyatt Partei ergreifen. Ich komme mir vor wie eine einsame Wölfin. Ich brauche ein Rudel. Im Moment brauche ich Emily und ihre Lebensratschläge mehr denn je.

»Ich sollte dieses Date absagen. Es ist nicht fair«, murmele ich und denke an Cooper.

»Das wirst du ganz bestimmt nicht tun! Hör mal, Cooper weiß genau, was du für Trent empfindest. Täusch dich da mal nicht, Grace. Es gibt niemanden in dieser Stadt, der das nicht weiß. Wenn er das Terrain sondieren will, gib der Sache eine Chance.«

»Das geht nicht! Ich bin doch ganz offensichtlich immer noch völlig durch den Wind.«

»Kann es sein, dass du gerade nach einer Ausrede suchst?«, erwidert sie ungläubig.

»Und was ist, wenn Trent es erfährt?«, frage ich.

Emily grinst übers ganze Gesicht. »Nun, das wird ihm gar nicht schaden.«

Er wird es sehr schlecht aufnehmen. Und er wird mit seiner Meinung nicht hinterm Berg halten, das weiß ich jetzt schon.

»Ich habe eher das Gefühl, es wird ein Schlag ins Gesicht für ihn.«

Emily verdreht die Augen. »Wir kommen aus einer winzig kleinen Stadt. Es gibt nicht gerade ein Überangebot an Männern in Bell Buckle. Er muss damit rechnen, und wenn er es nicht tut, ist das sein Pech. Und zu dem Blödsinn, dass du Cooper nicht verletzen willst: Er ist ein erwachsener Mann und vollauf imstande, selbst zu entscheiden, ob er es verkraften kann. Ein ziemlich beeindruckender erwachsener Mann, könnte ich hinzufügen. Ich schätze, die eigentliche Frage ist, ob du bereit bist, ein Risiko einzugehen.«

»Grace! Dein Telefon klingelt!«, ruft Mama aus der Küche, wo meine Handtasche liegt.

Sie hat mich heute zum Shopping kreuz und quer durch Tennessee geschleift. Jetzt schleppe ich all ihre Einkaufstüten und die Antiquitäten herein, die sie entdeckt hat. Es macht mir nichts aus, solche Dinge mit meinen Eltern zu unternehmen. Sie werden beide älter, und wenn meine Hilfe beim Einkaufen und Autofahren ihnen das Leben ein wenig leichter macht, helfe ich ihnen gern.

Außerdem freuen sie sich jedes Mal, mich zu sehen. Es macht sie glücklich, wenn ich sie besuche. Meine Mutter musste ihr Kind beerdigen, und das war das Schwerste, das sie je getan hat. Scarletts Tod hat meinen Eltern das Herz gebrochen. Und ich möchte ihren Schmerz ein bisschen lindern. Scarlett hatte vorgehabt, den Laden in der Stadt zu übernehmen. Ich denke, deshalb weigert sich meine Mutter, ihn aufzugeben.

»Grace!«, ruft sie erneut.

»Ich trage die Tüten rein! Eine Sekunde, Mama!«

»Trent war drüben bei Macie, als ich sie gestern besucht habe«, teilt sie mir mit, als ich die letzte Tüte auf der Küchentheke abstelle.

»Okay.« Ich bin mir nicht sicher, worauf sie hinauswill. Sie hat mich vor einiger Zeit praktisch ins Haus der Townsends hineingeschubst. Jetzt will sie über die Henningtons reden?

»Ich sag's ja nur. Trent war da.«

»Ich bin nicht mit Trent zusammen, also geht es mich nicht wirklich etwas an, was er tut.«

Ich hätte wissen müssen, dass ihr Schweigen zu dem

Thema nicht lange anhalten würde. Sie packt ein paar Sachen aus den Einkaufstüten aus und lächelt. »Ich weiß, Süße. Cooper und seine Mama haben es erzählt, als wir aus Mexiko zurückgekommen sind. Er meinte, ihr zwei würdet miteinander ausgehen.«

Und genau das ist der Grund, warum es in dieser Stadt so etwas wie Geheimnisse nicht gibt. Cooper hat es seiner Mutter erzählt, die es meiner Mutter erzählt hat, die es Macie erzählt hat, die es wahrscheinlich Trent erzählt hat, und so weiter und so fort. Ich bin mir ziemlich sicher, dass inzwischen der Bürgermeister zwei Städte weiter Bescheid weiß.

»Als Freunde«, kläre ich sie auf.

»Ich fand ja immer, dass Cooper ein toller Kerl geworden ist. Aber ich hatte keine Ahnung, dass ihr zwei etwas füreinander übrighabt.«

Meine Mutter und ihre Clique sind äußerst geschickt darin, an für sie interessante Informationen zu kommen. Sie wissen genau, welche Knöpfe man drücken muss, bis man das sagt, wovon man gar nicht wusste, dass man es für sich behalten wollte. Genau wie die Kinder ihrer Freundinnen habe ich mittlerweile gelernt, mir keine Informationen entlocken zu lassen. Zwar hat unser Date noch nicht einmal stattgefunden, aber ich weiß, wenn ich das Gespräch nicht bald beende, wird meine Mutter mich nicht mehr vom Haken lassen.

»Es ist noch ganz frisch, Mama.«

Sie lächelt verschmitzt. »Vivienne meint, er mag dich schon eine ganze Weile, wollte aber nicht für Wirbel sorgen.«

»Das hat Mrs Townsend gesagt?«, frage ich.

»Und ob sie das gesagt hat.«

Wunderbar. Meine Mutter und Presleys Mutter sind dicke Freundinnen. Wenn diese beiden etwas aushecken, stecke ich in echten Schwierigkeiten. Was ja nicht das erste Mal wäre. Presley oder ich sind schon des Öfteren zwischen die Fronten geraten. Ich habe gehofft, diesmal darum herumzukommen, aber allem Anschein nach sind die Tratschtanten der Stadt schon dabei, sich in mein Liebesleben einzumischen.

»Mama, was meinst du, warum es mit Trent und mir nie wirklich geklappt hat?« Macie Hennington erzählt meiner Mutter alles. Vielleicht weiß sie mehr. »Ich möchte ihn nicht länger lieben. Ich will einen Schlussstrich ziehen und glücklich sein. Das heißt aber nicht, dass Cooper derjenige ist, der mich glücklich machen wird«, füge ich hastig hinzu. »Früher habe ich immer gedacht, dass ich mit Mitte dreißig eine eigene Familie haben würde. Ich bin dieses Hin und Her mit Trent leid. Also, wenn du etwas weißt …« Für einen Moment halte ich inne und senke den Blick. »Dann sag es mir. Bitte.«

Sie kommt um die Küchentheke herum und legt die Hand an meine Wange. »Es gibt Dinge, die die Liebe nicht in Ordnung bringen kann. Trent ist ein guter Mann. Er hat ein gütiges Herz und eine freundliche Seele. Du weißt, dass ich nur das Beste von ihm denke.«

Ich nicke. »Ja, ich weiß.«

»Aber ich finde auch, dass es an der Zeit ist, ihn loszulassen, Liebes. Du hast ihn so lange geliebt, und wenn er dich auch liebt …«

»Du denkst, er liebt mich?«, frage ich und spüre, wie mich ein Anflug von Hoffnung erfasst.

Sie nimmt meine Hand. »Ich denke, du weißt, dass er es tut, und deshalb hältst du an ihm fest. Aber ich bin mir sicher, du weißt auch, dass er sich niemals ändern wird. Du hast Alternativen, Schatz. Wähle klug.«

Kapitel 4

Trent

»Den Teufel tut sie!«, schreie ich meinen Bruder an.

»Entspann dich!« Zach drückt gegen meine Brust, um mich aufzuhalten, als ich zur Tür hinausstürmen will. »Verdammt, du musst dich beruhigen.«

»Mich beruhigen?«, schnaube ich und schiebe seine Hand weg. »Du sagst mir, ich soll mich beruhigen? Ich glaube nicht, dass du dich beruhigt hast, als Presley in die Stadt zurückgekehrt ist. Und ich glaube nicht, dass du auch nur annähernd das Gleiche sagen würdest, wenn sie sich mit jemand anderem treffen würde!«

Es ist erst ein paar Wochen her, und sie geht bereits mit einem anderen aus? Und sie hat es nicht mal erwähnt, als ich sie eben im Laden traf. Mist. So ein totaler, verdammter Mist.

Noch dazu ist es nicht irgendein anderer. Nein, es muss natürlich jemand sein, den ich gut kenne. Einer meiner Freunde. Und was zum Teufel denkt Cooper sich eigentlich dabei? Er kennt meine Geschichte mit Grace. Er weiß, dass Grace zu mir gehört. »Ich werde ihm in seinen verfluchten Hintern treten!«

So ist das immer mit uns gewesen. Wir trennen uns, weil ich mich wie ein Idiot benehme, und dann gewinne ich sie zurück. Sie ist nie mit jemand anderem ausgegangen. Und ich auch nicht. Auf keinen Fall werde ich untätig danebenstehen.

»Trent.« Zach versucht noch einmal, durch meinen Zorn

zu dringen. »Du kannst nicht erwarten, dass sie weiter auf dich wartet. Du hast es schon zu oft vermasselt. Wir alle haben versucht, dir klarzumachen, dass du den Hintern hochbekommen musst. Sie hat ein Recht darauf, glücklich zu sein.«

»Willst du mir helfen oder mich ärgern?«

»Weder noch. Ich bin einfach ehrlich.« Er greift nach seiner Bierflasche und trinkt einen Schluck. Hoffentlich erstickt er daran.

»Steck dir deine Ehrlichkeit sonst wohin und mach, dass du aus meinem Haus kommst.«

Meine Brüder mögen meine besten Freunde sein, aber sie sind auch Idioten. Sollten Brüder nicht einander zur Seite stehen? Seit wann schlagen wir uns auf die Seite des Feindes? Mama hat alles richtig gemacht, als wir Kinder waren. Sie hat uns beigebracht, einander immer Rückendeckung zu geben. Niemand hat sich mit uns dreien angelegt. Ich habe es stets als großes Geschenk empfunden, ein Hennington zu sein, aber in diesem Moment hätte ich meinem Bruder am liebsten den Hals umgedreht.

»Ich fühle mich recht wohl hier.« Er lehnt sich noch weiter zurück. »Und ich finde, du musst dir das anhören. Du führst dieses Mädchen seit der Highschool an der Nase herum.«

Grace ist die einzige Frau, die mir jemals etwas bedeutet hat, auch wenn wir im Moment nicht zusammen sind. Sie ist die Einzige, die mich versteht. Ich will sie nicht verlieren, und ich kann keinesfalls dabei zusehen, wie sie mit einem anderen Mann ausgeht – nicht in meiner Stadt, wo ich sie jeden Tag vor Augen haben werde.

Grummelnd tigere ich im Raum auf und ab. »Wie kann sie ausgerechnet Cooper daten? Meinen Freund? Sie müssten beide wissen, dass das vollkommen daneben ist.«

»Schön, dass es dir so viel bedeutet.«

»Was soll das heißen?«

»Das heißt, dass du deine Chance hattest, und du hast sie verpatzt. Das heißt, dass du kein Mitspracherecht hast, mit wem sie ein neues Leben beginnt. Wenn du ein Mitspracherecht gewollt hättest, hättest du auf sie hören sollen. Es überrascht mich, dass *du* so überrascht bist.«

Er hat recht, und ich weiß es, aber das hilft mir kein bisschen weiter. Grace glaubt, für mich sei alles bloß ein Spiel gewesen, aber das stimmt nicht. Ich habe sie von der Minute an geliebt, als ich sie das erste Mal geküsst habe. Grace hat alle meine Dämonen gesehen und trotzdem niemals den Blick abgewandt. Sie wollte, dass ich mich öffne. Sie hat mich angefleht, es zu versuchen, aber ich konnte es nicht. Ich kann es immer noch nicht. Da ist etwas tief in mir, das mich daran hindert, den nächsten Schritt zu gehen. Ich habe versucht, es zu überwinden. Ich habe sogar daran gedacht, sie zu heiraten und eine Familie zu gründen, aber kurz davor ... konnte ich einfach nicht.

Einmal habe ich mit Wyatt darüber gesprochen, und er hat es verstanden. Damals hat er es nicht für möglich gehalten, selbst jemals zu heiraten. Er war glücklich damit, ungebunden zu sein und mit wem er wollte zu schlafen. Zach war das komplette Gegenteil. Er hat schon im Kindesalter geschworen, Presley zu heiraten. Ich glaube, er hat nie eine andere Frau geliebt. Schon gar nicht diese schreckliche Felicia, mit der er für eine Weile zusammen war. Für ihn hat es immer nur Presley gegeben.

Ich stehe irgendwo zwischen meinen Brüdern. Ich will nicht heiraten, aber ich will auch keine andere als Grace.

»Was denkst du gerade?«, fragt Zach.

»Hundert Dinge, und nichts davon ergibt einen Sinn.«

Mein Bruder steht auf und fährt sich mit der Hand übers Gesicht. »Ich fühle mit dir, Mann. Wirklich. Ich glaube, tief in deiner verkorksten Seele liebst du sie.«

»Ich weiß, was ich empfinde.«

»Wirklich?«, kontert er. »Hast du es ihr je gesagt?«

»Kümmere dich um deine eigenen Angelegenheiten, Zach. Ich hab damals auch nicht blöd geklugscheißert, als du dumme Entscheidungen getroffen hast.«

»Du gibst also zu, dass es dumm ist?« Er grinst.

Ich könnte ihn umbringen. »Hast du nichts Wichtigeres zu tun?«

Sein Grinsen wird noch ein bisschen breiter, und er stellt die Flasche ab. »Ich helfe meinem Bruder. Was könnte wichtiger sein als das?«

»Sagst du mir Bescheid, wenn du tatsächlich anfängst zu helfen?«

Zach ist schon immer mein bester Freund gewesen. Mit Wyatt habe ich mich auch gut verstanden, aber er hat viel herumgealbert, als wir Kinder waren, und den Clown gespielt. Außerdem ist der Altersunterschied zwischen uns größer. Zum Thema Familie haben wir jedoch alle drei ähnliche Ansichten. Mama und Pa haben uns alle gleichermaßen geliebt. Sie waren immer fair – jedenfalls im Großen und Ganzen. Sie haben uns stets gegeben, was wir brauchten, und uns beigebracht, hart für das zu arbeiten, was wir wollten. Ich wünschte, ich hätte auf Mama gehört, als sie mir sagte, ich solle nicht zulassen, dass meine Ängste mein Leben bestimmen.

»Was wirst du tun?«, fragt Zach.

»Habe ich eine Wahl?«

Er schüttelt den Kopf. »Das war schon immer dein Problem, Trent. Du hast das Gefühl, als schulde die Welt dir etwas, aber glaub mir, sie schuldet dir nichts. Du willst Grace? Du liebst sie? Dann spring über deinen Schatten und hol sie dir, Mann. Verdammt noch mal. Hör auf, dich so zu benehmen, als wärst du der einzige Mann, den jemals eine Frau verlassen hat. Du bist lediglich der einzige Idiot, der seine Lektion nicht gelernt hat.«

»Ihrem Glück im Weg zu stehen, macht mich also doch nicht zu einem Mistkerl? Denn genau das hast du noch vor ein paar Minuten gesagt.« Ich schleudere ihm seine eigenen Worte entgegen.

Wie ich es auch drehe und wende, ich kann nicht gewinnen. Wer weiß, ob ich Grace nicht wieder wehtue, wenn ich versuche, sie zurückzuerobern. Denn ich habe ihr immer wieder wehgetan. Fair ist das nicht, aber ich kann nicht anders. Ich liebe sie, aber ich kann es nicht zugeben.

Zach reibt sich den Nacken und lehnt sich an die Wand. »Vielleicht. Keine Ahnung. Ich dachte, du solltest wissen, dass sie miteinander ausgehen, damit du nicht völlig überrascht bist.«

»Danke.«

»Ich muss zurück zu Presley und den Jungs, aber sag Bescheid, wenn du willst, dass Wyatt und ich dieses Wochenende zum Kartenspielen vorbeikommen.«

Ich nicke. »Das weiß ich zu schätzen, aber ich habe Dienst.«

Für einen kurzen Moment kneift Zach argwöhnisch die Augen zusammen. »Pass auf dich auf und tu nichts Unüberlegtes.«

Ich grinse. »Ich habe nicht den leisesten Schimmer, wovon du sprichst.«

»Klar.«

»Ich wünsche dir ein tolles Wochenende, Zach. Grüß Pres von mir.« Eilig begleite ich meinen Bruder zur Tür hinaus. Ich muss etwas erledigen, das nicht warten kann.

»Mach ich, und wir sehen uns demnächst beim Wettangeln!«

»Danke, dass du mich daran erinnerst«, sage ich, bevor ich die Tür schließe. »Noch was, das ich gern vergessen würde.«

Kapitel 5

Grace

»Grace, habt ihr denn keine Schokoladenerdnussbutter-Eiscreme mehr?«, fragt Wyatt hörbar frustriert.

Mama hat gesagt, sie müsse Mrs Kannan bei etwas helfen, was bedeutet, dass sie mit den Damen Bridge spielen will, also stehe ich im Laden. Was mir nichts ausmacht. Besser, als zu Hause zu sitzen und Fluchtgedanken zu hegen.

»Ich glaube, wir haben noch eine Packung!«, rufe ich und gehe um die Theke herum. »Ich weiß, dass Angie es in rauen Mengen gekauft hat.«

Er lacht. »Ich weiß gar nicht mehr, ob sie das bei der letzten Schwangerschaft auch getan hat.« Sein dunkelbraunes Haar ist länger als gewöhnlich, und er hat dunkle Ringe unter den Augen. »Sie ist die ganze Nacht wach und übergibt sich den ganzen Tag. Das ist das Einzige, was sie bei sich behalten kann.«

Das muss ihn geradezu verrückt machen. Er erträgt es einfach nicht, wenn er nichts tun kann.

»Ich kann zwar definitiv nicht mitreden, aber ich nehme an, dass jede Schwangerschaft anders ist.«

Wyatt durchsucht die kleine Tiefkühltruhe und stöhnt. »Wenn ich nicht mit diesem Eis zurückkomme, fürchte ich, dass sie sich meine Schrotflinte schnappt. Abgesehen von der Müdigkeit scheint sie wie vom Teufel besessen.«

Angie war zuletzt wirklich ziemlich gereizt, was ich aber darauf schob, dass sie sich erst an ihr neues Leben gewöhnen muss. Die Heirat, die erneute Schwangerschaft, ihre Rückkehr nach Bell Buckle ... Ich kann mir vorstellen, dass es nicht leicht für sie ist. Außerdem lässt sie, wie ich sie kenne, Wyatt immer noch dafür bezahlen, dass er sich vor nicht allzu langer Zeit vollkommen unmöglich benommen hat.

»Ich schau eben hinten nach.«

»Freut mich, dass du dich um mich sorgst, Gracie!«, ruft er, als ich ins Lager gehe.

Ich hebe warnend meine Hand. »Ich bin auf ihrer Seite.«

Als ich die Tür zum Lagerraum öffne, kippe ich fast um. Was ist *das*? Erst vor einer Woche habe ich hier gründlich aufgeräumt, jetzt stapeln sich die Kartons in die Höhe, der Inhalt liegt kreuz und quer, und nichts ist da, wo es sein sollte. Normalerweise sortiert meine Mutter ihre Vorräte sehr systematisch.

Ich klettere über die Kartons hinweg bis zur Tiefkühltruhe. Glücklicherweise liegen noch einige Packungen der Eiscreme, die Wyatt sucht, obenauf, daher brauche ich nicht lange in der Kälte zu stöbern.

»Alles klar bei dir?«, fragt er, als ich aus dem Lager gestolpert komme und mir das Haar aus dem Gesicht streiche.

»Auf mich wartet offenbar eine Menge Arbeit dahinten.«

Er nickt. »Du könntest jederzeit Trent anrufen.«

»Das habe ich jetzt nicht gehört.«

»Mir ist zu Ohren gekommen, dass du bald was Spannendes vorhast.« Wyatt lächelt mich herausfordernd an.

Diese Stadt bringt mich noch um. Ich habe immer gern hier gelebt – bis jetzt. »Wyatt Hennington, du solltest besser wieder zu deiner Frau fahren, bevor du noch von Kugeln durchlöchert wirst.«

Lachend reicht er mir einen Zehndollarschein. »Ich mein

ja bloß. Mein Bruder wird nicht allzu glücklich darüber sein, dass du mit Cooper ausgehst.«

»Du kannst dich gleich durch diese Tür verabschieden«, sage ich. »Dein Bruder hatte jede Menge Zeit, seine Besitzansprüche geltend zu machen. Er hat sich dafür entschieden, es nicht zu tun.«

Wyatt, Presley und ich waren früher in derselben Klasse. Damals haben wir wie richtige Komplizen immer irgendwie zusammen in der Klemme gesteckt. Lange bevor Angie in die Stadt kam, hatte Wyatt eine Schwäche für Presley, was bisweilen heikel war, aber es hat uns nicht davon abgehalten, alles zu dritt zu unternehmen. Dann hat Presley sich in Zach verliebt, und ich habe mein Herz an Trent verloren. Plötzlich war der arme Wyatt das fünfte Rad am Wagen. Und noch dazu in dieselbe Frau verliebt wie sein Bruder.

Damals hat er mir leidgetan, obwohl er selbst sich nie leidgetan hat. Immer wieder hat sich eine von uns wegen seiner Brüder bei ihm ausgeweint. Dann hat er zugehört, uns gesagt, wir seien verrückt, und uns zum Lachen gebracht.

Er hat alles Glück der Welt verdient, aber wenn er seinen Bruder noch einmal erwähnt, werde ich ihm den Hintern versohlen.

»Ich weiß, dass du schließlich genug hattest. Und ja, ich habe dir schon tausendmal gesagt, du sollst auf den Tisch hauen, aber du weißt, dass er dich liebt.«

»Ich *vermute*, dass er das tut, und genau das ist das Problem.«

Wyatt lehnt sich an die Theke. »Nun, was immer du vorhast, es wird Spaß machen, dabei zuzusehen.«

»Du bist so ein Blödmann.« Ich werfe ein Stück Papier nach ihm.

»Besteht vielleicht die Chance, dass du vorbeikommst, wenn du mit der Arbeit fertig bist? Angie hat das Haus lange nicht verlassen, und ich fürchte, sie ist kurz davor, mich umzubringen.«

»Kannst du ihr einen Vorwurf daraus machen?«, witzele ich.

Er zuckt mit den Schultern. »Ich muss Cooper auf der Farm helfen, und es gefällt mir nicht, dass sie den ganzen Tag allein zu Hause sitzt.«

Wyatt ist niemand, der vorschnell Panik verbreitet. Nach allem, was die beiden im vergangenen Jahr durchgemacht haben, kann ich ihm seine Vorsicht nicht verdenken. »Ich hatte sowieso vor, früher Feierabend zu machen …« Eigentlich hatte ich das nicht vorgehabt, vor allem nicht nach dem Anblick dieses Chaos im Lager, aber Wyatt bittet normalerweise nicht um Hilfe.

»Das wäre wirklich toll.«

Er geht, und ich beschließe, die Tür abzusperren und mich ganz auf meine Arbeit zu konzentrieren. Wenn Kunden kommen und gehen, werde ich nicht schnell genug fertig.

Nach einer Stunde fühle ich mich ein wenig besser. Ich habe zahlreiche Kartons sortiert, sodass ich, wenn ich morgen herkomme, alles fertig aufräumen kann. Doch es bereitet mir Sorgen, wie es überhaupt so schlimm werden konnte. Es ist nicht das erste Mal – in letzter Zeit hatte Mom immer wieder Probleme, den Laden zu schmeißen. Und auch wenn ich mich eigentlich dagegen sträube, werde ich wohl vorschlagen müssen, dass sie eine Aushilfe einstellt.

Obwohl ich mit dem Auto deutlich schneller wäre, lasse ich es stehen und gehe zu Fuß zu Angie und Wyatt. Der Sommer in Tennessee ist meine Lieblingsjahreszeit. Ich gehe die Straße hinunter, die Sonne scheint, und eine warme Brise weht. Die warmen Monate geben mir immer ein Gefühl von Freiheit. Außerdem habe ich Ferien.

»Hallo, Fremde«, sagt eine Stimme, die ich überall erkennen würde.

Erfreut drehe ich mich zur Seite, als Mrs Hennington ihren Wagen neben mir anhält. »Hallo, Mrs Hennington!«

»Soll ich dich mitnehmen?«

»Oh, nein danke. Ich gehe nur zu Angie rüber«, erkläre ich. »Wyatt sagt, sie fühlt sich nicht gut.«

Mrs Hennington schüttelt den Kopf, ein warmes Lächeln auf den Lippen. »Ich weiß nicht, was mein Enkelkind ihr da antut, aber sie hat es wirklich schwer. Ich bin gerade auf dem Weg zu Zach, er passt heute auf Cayden und Logan auf.«

Ach, du lieber Himmel. Presley hat Nerven, wenn sie Zach mit den Teenagern allein lässt. Ich würde darauf wetten, dass er irgendwo gefesselt ist, während sie um ihn herumtanzen.

»Das ist wahrscheinlich eine gute Idee«, antworte ich und schmunzele bei dem Gedanken.

»Manchmal wundere ich mich wirklich, dass meine Söhne es überhaupt schaffen, sich allein anzuziehen.«

Macie fragt mich, wie es mir gehe und ob ich im Laden gewesen sei. Wir plaudern ein Weilchen darüber, was sie und ihre Freundinnen so getrieben haben. Anscheinend sind sie dabei, eine weitere Reise zu planen. Als wir auf meine Mutter zu sprechen kommen, ringe ich mit mir, ob ich ihr von meinen Sorgen erzählen soll, entscheide mich aber dagegen. Wenn ich es ihr erzähle, wird sie sich ebenfalls Sorgen machen oder Mama darauf ansprechen. Ich sollte es besser für mich behalten.

Wir reden über ihren Ausflug, und ich hoffe, dass ich nur halb so viel Spaß haben werde wie diese Frauen, wenn ich in ihrem Alter bin.

»Also, Schätzchen, ich fahre jetzt los, um zu schauen, ob meine Jungs alle noch leben.«

»Es war schön, Sie zu treffen«, sage ich und lächele.

»Grace, Schätzchen, komm einfach auch weiter bei uns vorbei. Ich weiß, mit dir und Trent hat es nicht funktioniert, aber du bist in meinem Haus immer willkommen. Und wenn das nötig ist«, setzt sie mit einem verschwörerischen Lächeln hinzu, »werde ich ihn hinauswerfen, damit du mich besuchen kannst, in Ordnung?«

Genau deshalb zählt sie zu meinen Lieblingsmenschen in dieser Stadt. Sie und ihr Mann Rhett. Man kann nichts Schlechtes über sie sagen, weil sie einfach die Besten sind. Rhett musste immer hart arbeiten, um seine Familie zu versorgen, dennoch ist er ausgesprochen großzügig. Als meine Eltern sich die Pferde, die wir auf unserer Farm hielten, nicht leisten konnten, hat Rhett sie ihnen unentgeltlich zur Verfügung gestellt. Er hat stets allen in dieser Stadt gegeben, was er geben konnte.

Die beiden sind wirklich gute Menschen.

»Danke, Mrs Hennington.«

»Ich weiß, ich sollte das nicht sagen, aber ich bin eine alte Frau, und es war noch nie meine Stärke, den Mund zu halten«, warnt sie mich. »Ich bitte dich nicht, ihm irgendetwas zu geben. Nicht das Geringste, aber ich kenne meinen Sohn. Er vermisst dich, Süße. Das solltest du nur wissen.«

Ich presse die Hände zusammen und schließe die Augen. Wann immer es mir gelingt, ihn für einen Moment aus meinem Kopf zu vertreiben, geschieht etwas, und er ist sofort wieder da.

Blödmann.

»Ich würde lügen, wenn ich behaupten würde, dass ich ihn nicht vermisse. Aber ich wünsche mir das, was Sie und Ihr Mann haben. Ich möchte eine Ehe, Familie, eine feste Bindung. Ich weiß, dass Trent in Bezug auf all das irgendein seltsames Problem hat, aber ich kann mich nicht nur mit der Fassade eines Lebens zufriedengeben. Ich kann mich nicht an die Hoffnung auf etwas klammern, das ich offensichtlich nicht bekommen werde.«

Sie nickt. »Du hast genau das getan, was du tun musstest, Schätzchen. Ich wollte dich nur wissen lassen, dass er seinen Preis zahlt. Er muss eine Menge Schulden zurückzahlen. Vergiss das nicht.«

»Das werde ich nicht.«

»Oh, und genieße dein großes Date mit Cooper.«

Sie ist echt unglaublich. Wer sagt der Ex des eigenen Sohnes, wie sie ihm noch mehr wehtun kann? Macie Hennington tut das, ohne mit der Wimper zu zucken. Sie ist mein Idol.

Wir verabschieden uns, und sie fährt los. Als ich nach zehn Minuten bei Angie ankomme, steht Wyatts Truck nicht in der Einfahrt.

»Hallo?« Ich klopfe zaghaft an die Tür. Auf keinen Fall möchte ich sie wecken.

»Grace?«

»Hey!« Durch die Fliegengittertür sehe ich, wie sie den Kopf vom Sofa hebt.

»Die Tür ist offen! Komm rein!«

Ich trete ein und gehe zu ihr. Ihr Gesicht ist bleich, sie hat dunkle Ringe unter den Augen. Es ist offensichtlich, dass sie sich elend fühlt. Ich lächele tröstend und hocke mich vor sie hin. »Wie geht es dir?«

»Ich schwöre dir, dieses Kind hasst mich!« Sie zieht eine Grimasse. »Es ist so anstrengend, mit Ende dreißig schwanger zu sein. Das Baby macht mir das Leben zur Hölle.«

»Kann ich irgendetwas für dich tun?«

Sie schließt die Augen und bettet den Kopf wieder auf die Kissen. »Ich wünschte, es gäbe etwas. Wyatt geht auf dem Zahnfleisch. Er weigert sich, mich längere Zeit allein zu lassen, aber an meinem Zustand lässt sich nun mal nichts ändern. Der Arzt hat gesagt, das Baby wächst und ist gesund und dass ich einfach durchhalten muss.«

»Wyatt war vorhin im Laden und meinte, du könntest nicht viel bei dir behalten?«

Angie schüttelt sachte den Kopf und schlägt dann die Hand vor den Mund.

Armes Ding.

»Ich hätte öfter vorbeikommen sollen. Tut mir leid, Angie.«

Sie verdreht die Augen und rutscht ein wenig zur Seite. »Dank Wyatt und Mama bin ich nie allein. Außerdem ist Presley oft hier, wenn Wyatt lange arbeiten muss. Es ist wirklich in Ordnung. Ich wünschte, es würden sich nicht alle solche Sorgen machen. Es sind nur noch sieben Monate.«

Ihre tapfere Fassade täuscht mich nicht. Ich sehe ihr an, wie ausgelaugt sie ist. Angie war immer eine Stimmungskanone. Ihr Zustand gefällt mir nicht. »Aber wer zählt sie?« Ich tätschele ihr Bein.

»Oh, ich zähle sie, aber so was von.« Wir lachen beide, dann sieht sie mich mit ernster Miene an. »Also, hast du dich entschieden, mit Cooper auszugehen?«

»Tu nicht so, als wüsstest du das nicht.« Ich verpasse ihr grinsend einen leichten Klaps auf den Arm. »Es hat sich ja wohl in der ganzen Stadt herumgesprochen.«

Sie lächelt verschmitzt. »Aber ich möchte es von dir hören.«

Also setze ich sie über alle Details ins Bild, dass wir morgen ausgehen und wie es dazu kam. Sie lächelt noch ein wenig breiter, als ich ihr erzähle, wie Mrs Townsend und meine Mutter die Sache mit dem ominösen Gegenstand ausgeheckt haben, damit Cooper und ich uns begegnen. Dann gestehe ich ihr, dass ich mir nicht sicher bin, ob das Ganze eine gute Idee ist, und dass ich mich hin- und hergerissen fühle. Angie sagt kein Wort, hört nur zu, wie ich mein Herz ausschütte.

»Ich liebe Trent. Ich werde ihn immer lieben, aber ich lasse mich nicht mehr verletzen. Wenn er anders wäre …« Eine Träne kullert meine Wange hinab, und ich wische sie fort. »Ich will nicht immer wieder enttäuscht werden. Wir mussten uns trennen. Und Cooper ist zwar wirklich süß, aber ich träume nicht von ihm. Ich muss mir nicht den ganzen Tag ausreden, ihn anzurufen.«

»Grace.« Sie greift nach meiner Hand und hindert mich am Weitersprechen. »Du hast ein Leben lang auf Trent gewartet. Du hast ihm so viel mehr gegeben, als er verdient. Erinnerst du dich, wie er deinen Geburtstag vergessen hat? Ernsthaft, du kannst mir nicht sagen, dass er nach all den Jahren, die ihr euch kennt, nicht wusste, wann du Geburtstag hast. Er verdient dich nicht, wenn er sich so etwas nicht merken kann.«

Angie hat recht. Dass der Mann, den ich liebe, nicht an meinen Geburtstag gedacht hat, hat mich sehr gekränkt. Den ganzen Tag habe ich gewartet, doch er verschwand, um das Tennessee-Spiel zu gucken. Er würde mich später anrufen.

Den Rest des Tages habe ich wütend und allein verbracht.

Nach drei Tagen ist es ihm dann doch noch eingefallen, aber vermutlich auch bloß, weil seine Mutter ihn daran erinnert hat.

»Könntest du Wyatt verlassen?«, frage ich. »Sosehr du ihn liebst, könntest du dich von ihm lossagen und mit einem anderen Mann ausgehen?«

»Ich weiß es nicht«, antwortet sie aufrichtig. »Ich habe Wyatt ja verlassen, aber nachdem wir Faith verloren hatten, hatte er sich total verändert. Er war nicht mehr der Mann, in den ich mich verliebt hatte, beinahe so, als sei ein Teil von ihm mit ihr gestorben. Wir haben Schlimmes durchgemacht, aber nein, ich hätte nie mit einem anderen Mann zusammen sein können. Versteh mich nicht falsch, Trent ist großartig. Er war für mich da, nachdem wir Faith verloren hatten, aber er war nicht für dich da.«

Diese letzten Worte treffen mich schwer. Die Sache mit Wyatt hatte ich nie so gesehen. Aber Trent hat kein Kind beerdigt, er hat einfach Angst davor, sich zu binden. Er war selbstsüchtig und hat gedacht, er könne tun, was er wolle, weil ich es mir gefallen lassen würde, und er hatte recht. Ich habe es mir gefallen lassen. Ich hatte solche Angst, dass er gehen würde, wenn ich ihn zu sehr zu etwas dränge.

Ich war schwach.

Ich war dumm.

Aber jetzt bin ich weder das eine noch das andere.

Angie rührt sich neben mir, und das Unwohlsein steht ihr ins Gesicht geschrieben.

»Hast du Salzcracker da?«

Sie zuckt mit den Schultern. »Keine Ahnung. Ich bin nicht sehr oft auf den Beinen. Ich habe festgestellt, dass ich mich übergeben muss, sobald ich mich aufrichte«, erklärt sie. »Im Grunde bin ich bettlägerig, solange ich als Hochrisikoschwangere gelte. Das heißt, so lange, bis dieses kleine Ding auf die Welt kommt.«

»Du hast auf jeden Fall eine Menge Unterstützung«, rufe ich ihr ins Gedächtnis und nehme mir vor, häufiger vorbeizuschauen. »Ich werde jetzt nach den Crackern suchen. Möchtest du welche?«

»Ich habe fast alles probiert, aber klar doch, wir können es versuchen. Ich brauche weiß Gott was zu essen.«

Also gehe ich in die Küche und beginne herumzustöbern. Es ist nur wenig in den Schränken, aber schließlich habe ich Glück und finde hinter den Instanthaferflocken eine Packung mit Salzcrackern. Dann gieße ich Eiswasser in ein Glas.

»Hab welche gefunden!«, rufe ich, als ich ins Wohnzimmer zurückkomme, wo ich jäh stehen bleibe. »Cooper? Was machst du denn hier?«

Er lacht leise. »Hey, Grace. Wyatt hat mich gebeten, nach Angie zu sehen. Er hat befürchtet, dass du im Lager verschollen bist?« Er sagt es, als sei es eine Frage.

»Klar. Sehr hilfsbereit von Wyatt.« Er wusste genau, dass ich herkommen würde, und hat Cooper hergeschickt. Warum wohne ich eigentlich immer noch hier? Warum befreunde ich mich nicht mit Leuten ein paar Städte weiter? »Immer kümmert er sich um alles und jeden.«

Angie bricht in Gelächter aus. Sie hält sich den Bauch und kichert heftig. »So ein Halunke. Gott, ich liebe diesen Mann.«

»Mit Halunke liegst du goldrichtig«, brumme ich.

»Also? Bleibt es bei morgen?«, fragt Cooper und geht einen Schritt auf mich zu.

»Ja, natürlich«, antworte ich verlegen.

Angie grinst und quietscht sogar ein wenig vor Vergnügen. »Wisst ihr was? Ihr zwei seid die beste Unterhaltung, die ich seit Wochen hatte.«

Ich mache ein schiefes Gesicht. »Freut mich, dir zu Diensten zu sein. Und jetzt sollte ich wirklich gehen.«

»Grace hat morgen ein heißes Date«, sagt Cooper hinter mir. Ich drehe mich um und sehe ihn mit großen Augen an, aber er grinst nur und geht um mich herum. Er marschiert zu Angie und macht sich neben ihr auf dem Sofa breit.

»Oh ja, ich habe gehört, irgendein gut aussehender Cowboy hätte sie endlich dazu überredet.«

»Ja, er soll wohl ein ziemlich guter Fang sein«, entgegnet er auf eine Art, die witzig, charmant und frech zugleich ist.

Sie reden miteinander, als sei ich gar nicht hier. Ich beobachte, wie er Angie fürsorglich zudeckt und sich davon überzeugt, dass es ihr gut geht. Dann schnappt er sich die Cracker und reicht sie ihr. Cooper hat sich selbst verschwitzt und schmutzig von der Arbeit Zeit genommen, um nach der Frau seines Freundes zu schauen. Er müsste nicht hier sein, aber er ist es.

Meine Zurückhaltung bezüglich unseres Dates schwindet. Er ist ein guter Kerl. Genau der Typ Mann, mit dem ich zusammen sein will. Jemand Selbstloses, der etwas tut, weil er es so will, und dabei keine Angst hat, sich verletzbar zu machen. Er ist es, um den meine Gedanken kreisen sollten, und damit fange ich auf der Stelle an.

Ich blicke nach vorn.

Kapitel 6

Müssen ausgerechnet heute meine Haare so widerspenstig sein? Alles an diesem Tag ist schiefgegangen. Heute Morgen ist mir mein Handy in die Toilette gefallen, der Reißverschluss an meinem Kleid ist kaputtgegangen, und meine Waschmaschine hat den Geist aufgegeben. Langsam denke ich, es ist ein Zeichen, dass ich zurück ins Bett kriechen und den heutigen Abend abblasen sollte. In drei Stunden wird Cooper Townsend mich zu unserem Date abholen, und wenn es so weitergeht wie bisher, wird auch das eine Katastrophe.

Ich schnappe mir mein inzwischen getrocknetes Handy und schicke Angie eine Nachricht, damit sie mir noch einmal Mut zuspricht.

Ich: Was, wenn mein Outfit nicht hübsch genug ist?

Angie: Hör auf! Sofort! Ich kenne dich. Du siehst umwerfend aus, und Cooper wird denken, dass du perfekt bist.

Ich: Sagst du!

Angie: Muss ich mich wirklich, krank, wie ich bin, vom Sofa hieven und rüberkommen?

Ich mache mich lächerlich. Aber es ist das erste echte Date, das ich mit jemand anderem als Trent habe.

Ich: Nein. Ich komme schon klar. Kleiner Panikanfall.

Sie hat recht. Das Outfit ist großartig, aber nachdem das geklärt ist, muss ich mich dem nächsten Problem stellen. Trent. Ich habe keine Ahnung, ob er Bescheid weiß, und wenn ja, ob er Mordgedanken hegt.

Nicht, dass ich ihm das vorwerfen könnte. Cooper war ein langjähriger Freund von ihm.

Mein Handy vibriert, und in Erwartung einer klugen Bemerkung von Angie wische ich über den Bildschirm.

Trent: Also, großes Date heute Abend?

Ich lasse das Handy fallen und schreie. Seit einer Woche habe ich nichts von dem Mann gehört, und jetzt schreibt er mir?

Soll ich antworten?

Nein.

Er braucht keine Antwort. Was sollte ich auch sagen? *Ja, ich brenne wirklich darauf, mich mit deinem alten Freund zu treffen, den ich irgendwie mag, obwohl ich noch immer dich unwürdigen Idioten liebe.*

Ich starre auf das Handy, das wieder vibriert. Langsam bücke ich mich und hebe es auf, als sei es eine Bombe, die kurz vor der Explosion steht. Die nächste Nachricht leuchtet auf dem Display auf.

Trent: Grace, ich weiß, dass du das gelesen hast. Du hast diese blöde Lesebestätigung eingeschaltet. Hattest du vor, mir von deinem Date zu erzählen?

Ich stöhne.

Ich: Ja und nein.

So. Jetzt habe ich doch geantwortet.

Ich warte auf die nächste Nachricht, und meine Sorge wächst. Als es mir zu viel wird, laufe ich im Raum auf und ab. Ich kenne ihn, und diese Mitteilung wird ihn nicht beschwichtigt haben. Trent verlangt Antworten, und er kann extrem beharrlich sein. Aber stattdessen kommt gar nichts.

Als mir klar wird, wie albern ich mich verhalte, werfe ich das Handy aufs Sofa und gehe in mein Schlafzimmer. Ich muss mich fertig machen.

Mein Outfit liegt auf dem Bett, und ich gehe im Geiste die Liste von Dingen durch, die ich noch erledigen muss. Auf dem Nachttisch liegt meine Tiara. Ich habe sie heute getragen, um mir ins Gedächtnis zu rufen, nichts zu essen. Dann fliegen meine Gedanken zu Trent und seiner albernen Kontrollnachfrage.

Sorgfältig verstaue ich die Tiara wieder im Schrank. Ich will nichts sehen, was mich an ihn erinnert. Er ist nicht länger Teil meines Lebens. Zwar hält er mich nachts wach, aber mein Unterbewusstsein kann ich eben nicht kontrollieren.

Meinen Verstand jedoch schon. Und auf keinen Fall werde ich auch nur eine Sekunde länger an ihn denken.

Nein. Nicht eine einzige.

Heute geht es um mein Freundschaftsdate mit Cooper. Darauf sollte ich mich konzentrieren.

Keine fünf Minuten später klopft es an der Tür.

Mir rutscht das Herz in die Hose, weil ich es weiß. Ich kann es bis ins Mark spüren. Trent ist hier.

Verdammt! Da geht er hin, mein brillanter Plan. Was soll ich jetzt tun?

Es klopft noch einmal.

Mein Herz rast bei jedem Schritt, den ich mache. Ich kann versuchen, ihn zu ignorieren, aber es wird nichts nützen. Früher oder später wird er mich doch erwischen, also bringe ich es besser hinter mich.

Mit der Hand auf dem Türknauf stoße ich einen tiefen Seufzer aus und öffne die Tür.

Und tatsächlich, da steht Trent. Das Haar mit Gel stylisch zerzaust, die blauen Augen fest auf mich gerichtet. Ich kann den Luftzug spüren, als er vortritt, und weiche zurück. Aber er ist schneller, und bevor ich ihn stoppen kann, hat er mir einen Arm um die Taille geschlungen und mich an sich gezogen.

»Trent!«, protestiere ich, aber schon presst er seine Lippen auf meine.

Ich versuche, ihn wegzudrücken, aber es hat keinen Sinn. Er ist viel stärker als ich. Ich sollte versuchen, mich gegen ihn zu wehren, ihn aufzuhalten, aber stattdessen ziehe ich ihn näher an mich heran. Ich fahre ihm durchs Haar und halte ihn fest. Seine Zunge gleitet über meine Lippen, und ich öffne sie für ihn. Er küsst mich leidenschaftlich, mit purer Energie.

Ich weiß, dass ich ihn aufhalten sollte. Dass ich mich für das Treffen mit einem anderen Mann fertig machen sollte. Und es ist noch keine zwei Stunden her, dass ich mir selbst mal wieder geschworen habe, nie wieder weich zu werden. Ich weiß, ich sollte ihn ohrfeigen, den Kuss beenden. Aber ich bringe nicht die nötige Kraft dafür auf. Alles, was wir je miteinander geteilt haben, kommt mir in den Sinn, und es ist zu viel. Er berührt mich, und ich will, dass es niemals endet.

Ich habe es vermisst. Ich habe ihn vermisst. Und ich hasse ihn dafür, dass er mich daran erinnert.

Seine Hände wandern über meinen Körper, bis er sie in meinem Haar vergräbt. Er zieht meinen Kopf zurück, um an der empfindlichen Haut meines Halses zu lecken und zu saugen. Ich stöhne, als er an meinem Ohr knabbert.

»So wunderschön«, murmelt er, bevor er den Mund wieder auf meinen drückt.

Wir küssen uns weiter, während ich mich in ihm verliere, und irgendwie landen wir auf der Couch. Ich liege auf dem Rücken, während er über mir kniet, und atme die Mischung aus Moschusduft und Verlangen ein, die ihn umgibt. Sie weckt Erinnerungen. Trents raue Finger umfassen meinen Nacken, als er sich zurückzieht. Seine Augen lodern auf, während ich versuche, zu Atem zu kommen.

Als er spricht, klingt seine Stimme rau und heiser vor Lust. »Ja und nein? Das ist deine Antwort? Ich dachte, ich komme vorbei und zeige dir, welche die richtige Antwort ist.«

Seine Worte holen mich in die Realität zurück. Er gehört nicht länger hierher. Wir sind kein Paar mehr, weil er nicht gut für mich ist. Er ist der Mann, der mich mit den Dornen verletzt, die um sein Herz geschlungen sind. Ich brauche keine weiteren Narben.

»Wie kannst du mir das antun!« Ich schlage ihm auf die Brust, und er richtet sich auf. »Du selbstsüchtiger Mistkerl! Wozu bist du hergekommen? Um wieder in meinen Kopf einzudringen? Du bist so ein Arschloch!«, brülle ich und schlage abermals nach ihm. »Geh runter von mir, du Blödmann!«

»Grace«, sagt er, als er sich erhebt. Ich springe von der Couch, aber er ist direkt hinter mir.

»Nein!« Ich wirbele herum. »Ich hasse dich! Ich hasse dich so sehr! Endlich sage ich dir, wie schlimm das alles für mich war, und was tust du?«

»Ich bin hergekommen, damit du dich daran erinnerst, was wir waren. Was du mir bedeutest. Was wir einander bedeuten. Du kannst gegen deine Gefühle für mich ankämpfen, Grace, du kannst weiter versuchen, mich aus deinem Herzen zu vertreiben, aber ich weiß, dass du mich liebst. Ich weiß es.«

Tränen trüben meine Sicht, aber ich versuche, mich zusammenzureißen. »Und was ist mit dir? Hm? Was ist mit deinen Gefühlen? Du versuchst nur, dein Revier zu markieren, aber ich verdiene mehr als das.«

»So ist es nicht«, verteidigt sich Trent.

»Doch, genauso ist es! Statt zu Kreuze zu kriechen, verletzt du mich nur noch mehr.« Mit aller Macht kämpfe ich gegen die Tränen an. Ich werde nicht mehr vor ihm weinen. Auch wenn es wehtut.

Trent kommt näher, und ich wünschte, die Dinge lägen anders. Er streicht mir das Haar zurück. »Ich will dir niemals wehtun. Niemals, Grace. Ich habe es jetzt verstanden, ich verdiene dich nicht.«

Wir wissen beide, dass das die Wahrheit ist. Ich verdiene es nicht, so behandelt zu werden, aber da ist etwas, das mich immer wieder zu ihm zurücktreibt.

Doch wie meine Mutter gesagt hat, ich habe eine Wahl.

»Keiner von uns verdient das hier. Deshalb muss endlich Schluss damit sein«, sage ich.

Trent drückt seine Lippen auf meine, und ich lasse es geschehen. Es ist kein leidenschaftlicher Kuss. Er ist süß und ein wenig traurig. »Ich werde dir das nicht länger antun. Ich werde deine Wünsche respektieren. Ich werde dich gehen lassen. Auch wenn es das Letzte ist, was ich tun will. Aber versprich mir etwas, ja?«

Ich schließe die Augen, um meine Gefühle unter Kontrolle zu bekommen. Wie kann es so wehtun, wenn er mir gibt, was ich verlange? Ich habe das Gefühl, gleich zu zerspringen. Meine Liebe zu ihm war mein Leben, und ich weiß nicht, wie ich das aufgeben soll. »Was?«, frage ich und öffne die Augen.

»Dass du glücklich sein wirst.«

Jetzt fließen die Tränen doch, die ich so mühsam zurückgehalten habe. »Ich werde es versuchen.«

Er nickt und fährt sich mit der Hand übers Gesicht. »Es

tut mir leid. Ich hätte nicht herkommen und dir das antun sollen. Ich hoffe, dass Cooper dich glücklich macht. Wenn er derjenige ist, den du willst, werde ich dir nicht im Weg stehen.«

Mein ganzer Körper verkrampft sich. Ich würde am liebsten schreien, dass *er* derjenige ist, den ich will. Ich mag Cooper, aber Trent ist mein Seelengefährte. Er ist der Mann, von dem ich jede Nacht träume. Er ist der Mann, neben dem ich einschlafen und mit dem ich alt werden möchte. Aber er kann mir das nicht geben.

Ich muss tun, was das Beste für mich ist, und zusehen, wie er davongeht.

»Trent«, sage ich, als er über die Türschwelle tritt. Ich komme einen Schritt näher. »Versprich mir, dass du finden wirst, wonach auch immer du suchst.«

Er wischt eine Träne unter meinem Auge fort. »Ich hatte es bereits, aber ich war nicht klug genug, es festzuhalten.«

Ich schüttele den Kopf. »Wenn ich die gewesen wäre, die du wolltest, hätte es für uns viel einfacher sein müssen. Es hätte nicht jahrelang so viel Kummer geben dürfen.«

Er umfasst mein Gesicht, streift meine Lippen mit seinen und seufzt. »Du irrst dich, Liebling. Es lag nicht daran, dass du nicht die warst, die ich wollte. Es lag daran, dass ich nicht wusste, dass ich bereits alles hatte, was ich brauchte.«

Ich vergieße noch eine Träne, als er die Hände sinken lässt. »Trent.«

»Nein.« Er schüttelt den Kopf. »Ich sehe es jetzt, Gracie. Ich sehe, was ich getan habe. Ich habe den Zweifel in deinen Augen gesät und den Schmerz in deine Stimme gebracht. Es war egoistisch von mir, herzukommen. Ich habe es getan, weil ich den Gedanken an dich mit ihm oder irgendeinem anderen Mann nicht ertragen konnte. Aber es ist nicht länger meine Entscheidung. Mein Bruder hat mir prophezeit, dass ich es vermasseln und dich verlieren würde.« Trent schnaubt und wendet den Blick ab. »Das habe ich, und jetzt muss ich das Richtige tun.«

Bei seinen Worten verschlägt es mir die Sprache. In mir tobt ein Krieg, und er bringt mich um. Es gibt zwei Seiten in mir, die keinen gemeinsamen Nenner finden. Eine Hälfte von mir will ihn anflehen zu bleiben und mich zu lieben. Wenn er es versuchen würde, könnte ich ihm helfen. Doch das habe ich bereits erlebt. Ich habe jahrelang gekämpft und bin am Ende gescheitert. Es ist unmöglich, einem Mann zu helfen, der nicht gerettet werden will. Am Ende war ich diejenige, die den Rettungsanker brauchte. Es ist fast unerträglich, Trents Bedauern zu sehen und den Schmerz in seinen Worten zu hören.

Er streicht mir mit dem Daumen über die Lippen. »Werde glücklich, Gracie.«

Ich stehe da wie eine Statue, als er sich umdreht und davongeht. Tränen verschleiern mir die Sicht, während ich zuschaue, wie Trent Hennington rückwärts aus meiner Einfahrt setzt und die Straße hinunterfährt. Es vergehen Minuten, bevor ich mich wieder rühre.

Er ist wirklich fort.

Es ist wirklich passiert.

Wie soll ich jetzt zu einem Date gehen?

Nachdem ich mir zwanzig Minuten lang die Seele aus dem Leib geheult und eine halbe Tüte Lakritze gegessen habe, beschließe ich, mich zusammenzureißen. Die Vergangenheit ist vergangen, einschließlich ihm. Es deutet nichts darauf hin, dass Cooper meine Zukunft sein wird, aber es gibt auch keinen Hinweis auf das Gegenteil.

Leider fällt es mir schwerer als gedacht, Haltung zu bewahren, und ich muss immer wieder tief durchatmen und mich sammeln, um mich unter Kontrolle zu haben.

Es ist verrückt, wie nervös ich bin. Es ist ja schließlich kein Blind Date, bei dem ich den Mann nicht bereits kennen würde. Ich hab sogar schon seinen Penis gesehen. Na schön, das war, als wir sechzehn waren, und nur wegen einer Mutprobe, aber trotzdem.

Ich werde rot, als ich ihn wieder in allen Details vor Augen habe. Jetzt mache ich mich wirklich lächerlich.

Meine Gedanken schweifen weiter, und ich frage mich, wie er küsst. Was, wenn er zu schnell die Zunge einsetzt oder unsere Zähne zusammenstoßen? Was, wenn wir so wenig zueinander passen, dass wir verlegen schweigen? Was, wenn wir einander mögen und ich es irgendwie vermassele? Lauter Gründe, warum ich das Date für eine schlechte Idee halte.

Wenn ich so weitermache, werde ich den heutigen Abend nie überstehen. Ich beschließe, meine verirrten Gedanken zu bändigen und mich darauf zu konzentrieren, rechtzeitig für das Date fertig zu sein.

Sobald ich mit meinem Aussehen zufrieden bin, gehe ich ins Wohnzimmer. Er müsste jeden Moment an der Tür klingeln. Schnell schnappe ich mir mein Handy und entdecke eine neue Nachricht von Presley.

Presley: Viel Spaß heute Abend! Ich habe euch beide lieb und bin gespannt zu hören, wie es gelaufen ist.

Ich: Hab dich auch lieb! Wir reden morgen.

Klopf, klopf, klopf.

Es klingelt an der Tür.

Bitte, Gott, mach, dass das nicht Trent ist.

Ich öffne die Tür, und Cooper steht mit einem Blumenstrauß vor mir. Er hat sein Haar wild und stachelig gestylt, seine tiefgrünen Augen schimmern warm, und sein eng anliegendes graues T-Shirt überlässt nur wenig der Fantasie. Er sieht bei jeder unserer Begegnungen besser aus.

»Hey.« Ich lächele.

Cooper grinst noch ein wenig breiter. »Die sind für dich.« Er überreicht mir die weißen Astern. »Du siehst schön aus.«

»Danke.« Nachdem ich den Strauß in Empfang genommen habe, mache ich einen Schritt rückwärts und schwinge den Arm zur Seite, damit Cooper eintreten kann. Wie charmant, dass er mir Blumen mitgebracht hat. »Das ist wirklich lieb. Ich stelle sie eben ins Wasser.«

Ich gehe in die Küche, um sie in eine Vase zu stellen, und höre Cooper sagen: »Dein Haus sieht toll aus. Ich war nicht mehr hier, seit ich das Sofa reingetragen habe.«

Ich lache. »Das ist lange her, Coop. Ich wohne seit fast sieben Jahren hier.«

»So lange, hm?«

»Ja.« Ich komme mit den Blumen in der Vase zurück und stelle sie auf den Tisch.

»Nun, du hast was aus dem Haus gemacht.«

In meinen Augen ist dieses Haus rundum perfekt. Jedes Zimmer habe ich genau so renoviert, wie ich es haben wollte. Und es steckt eine Menge Herzblut darin.

»Danke. Soll ich dich herumführen?«, frage ich.

»Unbedingt.«

Ich geleite Cooper durch das Haus und zeige ihm, was ich alles verändert habe. »Das hier ist der ursprüngliche Bodenbelag«, erkläre ich.

»Du wärst mir eine große Hilfe gewesen, als ich das Farmhaus renoviert habe.«

Bei dem Kompliment senke ich den Kopf, dann schaue ich wieder auf. »Ich finde, du hast das großartig hinbekommen.«

Er nimmt meine Hand und drückt sie sanft. »Die Arbeit hat mir nichts ausgemacht, es war der ganze andere Mist, auf den ich gut hätte verzichten können.« Cooper kommt näher und streicht mir mit seiner anderen Hand das Haar aus den Augen. »Aber wenn ich Hilfe gehabt hätte, wäre es vielleicht nicht so schlimm gewesen.«

»Ich mache dir ein Angebot. Wenn du noch einmal ein Haus renovierst, werde ich dir mit Vergnügen Anweisungen dafür geben.«

Er tritt noch näher. Ich halte den Atem an, als ich die Wärme seines Körpers spüre. Coopers Blick ist offen und warmherzig. Mit seinen starken Fingern streichelt er meinen Arm, die Berührung hinterlässt eine Gänsehaut. Ich bohre mir die Fingernägel in die Handfläche und hoffe, dass ich meinen Herzschlag kontrollieren kann.

Als er einen Schritt zurücktritt, bekomme ich wieder Luft. »Geht es dir gut?«, fragt er.

»Jep. Bestens. Alles in Ordnung. Ich meine, es geht mir großartig. Perfekt sogar«, stammele ich und würde mich am liebsten selbst ohrfeigen.

Cooper verzieht seine Lippen zu einem Lächeln. »Freut mich zu hören.«

Am liebsten wäre ich vor Scham im Boden versunken.

»Also, wo geht's hin?«

Es ist untypisch für mich, dass ich erst jetzt danach frage, vermutlich habe ich vorher den Gedanken daran verdrängt. Ich mag es, wenn alles organisiert ist. Mit dieser Unsicherheit, die ich jetzt verspüre, kann ich schlecht umgehen. Obwohl das wahrscheinlich normal ist bei einer neuen … was auch immer.

»Ich hab mir gedacht, dass wir zum Abendessen vielleicht in eine andere Stadt fahren könnten? Oder möchtest du hier ins Café?«, bietet er an.

»Nein!«, platze ich heraus und beiße mir gleich darauf beschämt auf die Lippen. »Ich meine, ich finde es eine gute Idee, in eine andere Stadt zu fahren, du nicht auch?«

Cooper nickt. »Einverstanden. Das Ganze ist wahrscheinlich schon stressig genug für dich, da sollten wir vielleicht besser neugierige Blicke meiden.«

»Du hast vollkommen recht.«

Je geringer die Chance, jemandem über den Weg zu laufen, den wir kennen – umso besser. Vor allem, was die Hennington-Brüder betrifft. Zweifellos hat Trent seinen Brüdern bereits erzählt, was vorhin zwischen uns vorgefallen ist, und wie ich die ganze Bande kenne, ist das eher ungünstig für mich.

Soll ich Cooper eigentlich davon erzählen, was heute mit Trent war? Muss ich das? Es ist doch nur ein erstes Date. Andererseits bleibt in dieser Stadt nichts geheim, wenn Trent es also irgendwem erzählt, wird auch Cooper davon hören. Aber hätte Cooper das Recht, sich darüber aufzuregen? Wir sind schließlich nicht zusammen. Es ist ein Date unter Freunden. Genau.

Oje, ich bin wirklich aufgeschmissen.

»Fertig?«, fragt Cooper und unterbricht meine Gedanken.

»Für unser Freundschaftsdate«, rufe ich ihm ins Gedächtnis.

»Für unser Date-Date.«

Ich greife nach meinem Pullover und murmele leise vor mich hin. »Wie auch immer du es nennen musst, Kumpel.«

Er lacht hinter mir und legt mir eine Hand auf den Rücken. Ich schließe die Tür ab, dann hilft Cooper mir in seinen Truck. Genau aus diesem Grund trage ich keine Kleider. Alle Männer hier fahren diese riesigen Trucks, bei denen sie einen in den Wagen hieven müssen. Das ist mit Sicherheit Absicht.

»Okay«, sagt er, als er einsteigt. »Jetzt gibt es kein Zurück mehr.«

Ich schüttele den Kopf und grinse. »Fahr los, Cooper.«

»Wenn du darauf bestehst.«

Während der Fahrt halten wir Small Talk. Er erzählt mir von der Herde, die er morgen zusammentreiben muss, und wie es auf der Farm läuft. Ich rede ein wenig darüber, wie gespannt ich auf das nächste Jahr bin. Nachdem ich in den vergangenen acht Jahren eine dritte Klasse unterrichtet habe, werde ich endlich eine fünfte übernehmen. Ich freue mich tatsächlich schon auf den Schulanfang, darauf, einige der Kinder wiederzusehen, die ich vor Jahren unterrichtet habe, und ihnen neuen Stoff beizubringen.

»Du klingst glücklich«, bemerkt er.

»Das bin ich wirklich. Ich habe lange in derselben Klassenstufe immer die gleichen Lehrpläne vermittelt. Ich liebe die Arbeit mit den Kindern, das war nie das Problem, aber …« Ich halte kurz inne. »Es wurde auf Dauer ein wenig langweilig. Ich finde es spannend, etwas Neues zu unterrichten.«

Er lächelt und greift nach meiner Hand. »Ich bin froh, dass wir ausgehen. Ich bin froh, dass du zugestimmt hast.«

»Ich wurde ein wenig dazu genötigt.«

»Ist doch egal.« Er zuckt mit den Schultern. »Selbst wenn ich einen Tritt in den Hintern bekomme«, fügt Cooper leise hinzu.

»Was soll das heißen?«

Er reckt den Hals, hält den Blick aber auf die Straße gerichtet. »Tja, ich bin mir ziemlich sicher, dass ich bald Besuch bekomme. Trent ist bestimmt nicht erfreut darüber, dass ich mit dir ausgehe.«

Ich stöhne. »Nein. Ist er nicht.«

Cooper sieht mich kurz an. »Woher weißt du das?«

Sehr geschickt. Jetzt habe ich selbst dafür gesorgt, dass ich es ihm erzählen muss. Ich überlege kurz, was genau ich sagen will. »Nun, er ist heute bei mir vorbeigekommen.«

»Und?«, will Cooper wissen.

»Und er hat so was verlauten lassen.« Mir kommen die Worte meiner Mutter in den Sinn: Weniger ist mehr, sagt sie immer. Ich werde mich also an die Fakten halten und verschweigen, dass ich wild mit ihm auf dem Sofa herumgeknutscht habe.

»Oh«, murmelt Cooper und richtet den Blick wieder auf die Straße. Einen Moment später ertönt ein lauter Knall. Der Truck gerät ins Schleudern, aber Cooper lenkt ihn sicher an den Straßenrand. »Verdammt!«, ruft er. »Ich bin gleich wieder da.«

Er steigt aus dem Truck, und ich überlege fieberhaft, wie ich aus der Geschichte von Trents Besuch wieder herauskomme. Draußen höre ich Cooper fluchen, als er die Ladeklappe öffnet und wieder zuschlägt.

Das klingt nicht gut.

Ich steige aus und gehe zu ihm nach hinten, während er weiter vor sich hin brummt.

»Alles okay?«, frage ich.

»Ein Reifen ist geplatzt.«

»Oh, hm, dann wechselst du ihn einfach, und wir fahren weiter.«

Er schnaubt. »Ich hab keinen Ersatzreifen dabei.«

»Warum denn nicht?« Ich gebe mir wirklich große Mühe, meine Erheiterung über die Situation zu verbergen.

»Weil ich heute Heu holen musste«, erklärt Cooper. Offensichtlich erwartet er, dass ich selbst die logischen Schlüsse ziehe.

»Und das bedeutet kein Reifen?«

Er umklammert die Heckklappe so fest, dass seine Fingerknöchel weiß anlaufen, und senkt den Kopf. »Das bedeutet, dass ich mich beeilen musste, um zu duschen und mich fertig zu machen. Das bedeutet, dass ich Idiot vergessen habe, den Reifen wieder einzuladen. Wie das Schicksal es will, liegt der Reifen in Folie gepackt in Presleys Auto.«

Jetzt kann ich nicht mehr an mich halten. Ich lache so sehr, dass mir die Tränen kommen. Ich halte mir den Bauch und versuche, mich zusammenzureißen, aber es ist zwecklos. Dann höre ich Cooper mit einstimmen, und wir lachen beide lauthals.

»Du ...« Ich beuge mich vor und versuche, zu Atem zu kommen. »Du hast den Reifen vergessen!« Ich wische mir die Tränen vom Gesicht. »Das muss natürlich bei unserem ersten Date passieren!«

Cooper kommt zu mir herüber und umfasst meine Schultern, während ich mich langsam beruhige. »Ich werde meine Schwester anrufen.«

Das lässt mich sofort wieder ernst werden. »Die was tun wird? Ihren Ehemann herschicken?«

Er schließt die Augen. »Das wäre immerhin noch die bessere Alternative.«

Es ist an Komik nicht zu überbieten. Unsere Optionen sind: Zach anzurufen, der mit einiger Wahrscheinlichkeit bei seinen Brüdern ist, oder den Sheriff anzurufen, der genau derjenige der Brüder ist, dem wir aus dem Weg gehen wollen.

Meine Hände liegen auf Coopers Brust, und ich fange wieder an zu kichern. »Du musst zugeben, dass das lustig ist.«

»Ein bisschen vielleicht.«

»Oder sehr.«

Cooper schüttelt den Kopf. »So habe ich mir unser erstes Date ganz und gar nicht vorgestellt.«

»Wirklich?«, witzele ich. »*Wie* hast du es dir denn vorgestellt?«

Er grinst. »Als Erstes habe ich gedacht, dass wir es wenigstens zum Abendessen schaffen.«

»Das wäre ein guter Anfang gewesen. Und was sonst noch?«

Sein Blick wird weich, als ich versuche, die Stimmung aufzuhellen. »Dass wir einen Spaziergang machen.«

»Nun, wie es aussieht, werden wir das vielleicht tatsächlich tun, wenn wir hier draußen keine Hilfe bekommen.«

Er nickt. »Lass uns zusehen, dass es wenigstens zu Letzterem nicht kommt. Ich werde Pres anrufen, dann können wir unseren Abend vielleicht noch retten.«

Ich bin mir nicht sicher, was wir retten können, aber ich weiß es zu schätzen, dass es ihm etwas bedeutet. Ich verdränge den Gedanken, dass der geplatzte Reifen ein weiteres Zeichen ist. Wenn man bedenkt, dass ich heute bereits einen anderen Mann geküsst habe, ist es vielleicht ein Wink des Universums, es langsam angehen zu lassen.

»Na schön«, stimme ich zu.

Nachdem er kurz meinen Arm gedrückt hat, geht Cooper zur Vorderseite des Trucks. Kopfschüttelnd lehne ich mich ans Heck. Mit Sicherheit erreicht der heutige Abend einen Spitzenplatz auf der Liste der schlimmsten Dates aller Zeiten. Zuerst taucht Trent auf, bringt mich mit seinen widersprüchlichen Signalen gründlich durcheinander und verschwindet dann mit diesem tieftraurigen Ausdruck in den Augen. Dann habe ich mich vor lauter Nervosität kaum für mein Date zurechtmachen können. Cooper hat mir zwar Blumen mitgebracht, aber die Reifenpanne passt dann ja wieder perfekt ins Bild. Ich habe lange gezögert, mit jemandem auszugehen, aber irgendwie hatte ich gehofft, dass es etwas anders laufen würde.

Am meisten lastet die Sache mit Trent auf mir. Etwas an der Art, wie er mich angesehen hat, lässt mich nicht los. Bei all unseren Höhen und Tiefen habe ich ihn noch nie so traurig erlebt. Als akzeptiere er unseren Abschied als das, was er ist … das Ende.

Ein Schauder überläuft mich. Ich will gerade wieder in

den Truck einsteigen, da sehe ich einen Wagen näher kommen. »Coop! Da kommt vielleicht unsere Rettung!«

Mir wird flau im Magen, als ich den Umriss eines Blaulichts erkenne.

Das ist nicht unsere Rettung. Das ist der Untergang.

Ich beobachte, wie sich die Scheinwerfer nähern und schließlich eine hochgewachsene Gestalt aus dem Wagen steigt. Ich bete, dass es nicht er ist. Ich flehe Gott an, mir Hank zu schicken und nicht Trent.

»Ist hier alles in Ordnung?«, erklingt Trents tiefe Stimme in der Stille.

Nein, es ist nicht alles in Ordnung. Gerade eben ist sogar alles noch viel schlimmer geworden.

»Musst du heute Abend ausgerechnet hier zufällig vorbeifahren?«, frage ich einen Tick zu feindselig.

Trent hakt die Daumen in seinen Gürtel und legt den Kopf schräg. Cooper kommt zu uns herüber und hält kurz inne, als er sieht, wer vor mir steht. Beide Männer schweigen, während sie einander taxieren. Die Luft steht geradezu vor Testosteron. Das kann ja heiter werden.

»Cooper«, sage ich und trete zwischen sie, »wollte gerade jemanden zu Hilfe rufen. Danke, dass du gekommen bist, Sheriff, aber bei uns ist alles in Ordnung.«

Trent mustert erst mich, dann Cooper. »Es wird langsam dunkel«, sagt er. »Du hast jemanden angerufen, der dir deinen Reifen wechselt? Du willst dich wohl nicht schmutzig machen, was?«

Cooper kneift die Augen zu schmalen Schlitzen zusammen. »Der Ersatzreifen liegt auf der Farm. Ich habe Zach eine Nachricht hinterlassen, dass er ihn uns hierherbringt.«

Trents Lächeln wird breiter. »Tja, Zach ist mit Presley unterwegs, um ein neues Pferd zu kaufen, und sie werden erst in einigen Stunden zurück sein.«

Ich werfe den Kopf in den Nacken und blicke flehentlich gen Himmel. »Das kann nicht wahr sein.«

»Lass mich raten«, sagt Cooper. »Wyatt ist ebenfalls beschäftigt?«

»Jep«, bestätigt Trent. Er freut sich ein wenig zu sehr darüber. »Aber wir können einen Abschleppwagen rufen, und dann werde ich euch beide zurück nach Hause fahren.«

»Fahr mich einfach zu meinem Wagen, und ich werde den Ersatzreifen holen«, schlage ich vor.

Cooper seufzt und schüttelt den Kopf. »Dein Kofferraum ist nicht groß genug.«

Männer und ihre lächerlichen, großen Reifen. »Stimmt.«

Trent grinst und berührt mich an der Schulter. »Ich fahre euch mit Vergnügen in die Stadt zurück.«

Natürlich. Ich kann mir gar nichts Schöneres vorstellen als eine peinliche Fahrt im Streifenwagen zusammen mit Trent und Cooper.

»Nein«, sagt Cooper entschieden.

»Also wollt ihr lieber hier draußen bleiben oder zu Fuß in die Stadt zurückgehen?«

So langsam reicht es mir. Ich werde mich hier nicht länger zum Affen machen. Im Moment will ich einfach nur nach Hause und eine Packung Eiscreme verputzen.

Egal wie steinig der Weg dahin auch sein möge.

Ich drehe mich um und lege Cooper eine Hand auf die Brust. »Ich weiß, wir haben uns das etwas anders vorgestellt, aber ich trage leider nicht die richtigen Schuhe, um zu Fuß zurückzugehen.«

Er betrachtet meine hochhackigen Riemchensandalen und seufzt. Es nervt mich genauso wie ihn, aber wenn wir nicht warten wollen, bis jemand anderes auftaucht, haben wir keine Wahl.

»Es wäre nett, wenn du uns zurückfährst, Trent«, presst Cooper zwischen zusammengebissenen Zähnen hervor.

Trent nickt und versucht, seine Schadenfreude zu verbergen. Aber ich kann sie sehen.

»Ich werde deine Sachen aus dem Truck holen«, sagt Cooper und geht davon.

Nun stehe ich Trent allein gegenüber und kämpfe gegen den Drang an, ihm das selbstgefällige Grinsen mit einer saftigen Backpfeife aus dem Gesicht zu wischen. »Gefällt dir dein Date?«

»Halt den Mund. Du könntest wenigstens so tun, als würdest du dich nicht allzu sehr über dieses Missgeschick freuen.« Ich schnaube aufgebracht. Offensichtlich genießt er jede Sekunde der ganzen Farce.

Er schmunzelt, hört damit jedoch auf, als er meinen Gesichtsausdruck sieht. »Oh, bitte. Würdest du umgekehrt nicht genauso reagieren?«

»Was ist aus deinem ›werde glücklich, Gracie‹ geworden?« Ich ahme seine Stimme nach, so gut ich kann.

Trent tritt näher. »Ich will, dass du glücklich wirst. Ich will nur, dass …«

Cooper kommt zurück. »Ich bin bereit.«

»Wunderbar.« Trent lächelt. »Freut mich, einem Bürger in Not zu helfen.«

Ganz bestimmt.

Wir gehen zum Wagen, und Trent öffnet die Tür zur Rückbank. »Grace kann vorn sitzen.«

»Ich werde …«, beginne ich meinen Protest.

»Vorn sitzen«, beharrt Trent. »Cooper würde nicht wollen, dass du es hinten unbequem hast, oder?«

Toll gemacht, Trent, ihn damit in die Ecke zu drängen.

Ich verkneife es mir, die Augen zu verdrehen.

»Natürlich nicht«, stößt Cooper hervor und schlüpft in den Streifenwagen. »Du solltest vorn sitzen.«

»Problem gelöst.« Trent schlägt die Tür ein wenig schwungvoller hinter ihm zu als notwendig.

Ich sehe ihn warnend an. »Benimm dich, Trent. Ich flehe dich an. Das hier ist für uns alle schon peinlich genug.«

»Nicht für mich.« Er grinst und öffnet mir die Tür. »Steig ein, Schätzchen. Ich werde dich in Windeseile nach Hause bringen.«

Statt mit ihm zu streiten, gehorche ich.

»Das tut mir wirklich leid, Coop«, bemerkt Trent über meine Schulter hinweg und schlendert dann betont lässig um den Wagen herum. Ich funkele ihn an.

»Natürlich«, murmelt Cooper leise.

Das kann doch nur ein fieser Witz sein, oder? Mein Ex-Freund fährt mein Date auf der Rückbank eines Streifenwagens nach Hause.

»Ich werde dich zuerst absetzen, Gracie. Dann kann ich Cooper mit einem Ersatzreifen wieder zum Truck zurückbringen.«

»Oder du kannst uns *beide* zu Cooper fahren, damit *wir* seinen Ersatzreifen holen.«

»Grace«, sagt Cooper von hinten. »Ist schon in Ordnung, Liebes. Wir holen das ein anderes Mal nach.«

Trent schnaubt, und ich schlage ihm aufs Bein. »Bist du dir sicher? Es macht mir nichts aus, wieder zurückzufahren, damit du nicht allein bist.«

»Was für eine Art Sheriff wäre ich, wenn ich ihn allein dort draußen lassen würde?«

»Die Art eifersüchtiger Ex-Freund«, murmele ich, weil ich ihn genau durchschaue.

»Keine Sorge, Townsend. Ich werde nicht zulassen, dass dir dort draußen was zustößt.«

Ich schlage ihn erneut. »Kannst du nicht einmal nett sein?«

»Was habe ich denn gesagt?«, fragt er unschuldig. »Ich biete deinem Begleiter an, ihn vor einem Bärenangriff oder Gott weiß was zu schützen.«

Meine Hände liegen verkrampft in meinem Schoß, und die Fahrt scheint kein Ende zu nehmen. Cooper schaut durchs Seitenfenster nach draußen, den Kopf auf die Faust gestützt. Niemand kann etwas dafür, dass die Sache so gelaufen ist, aber das macht es nicht weniger schrecklich. Zu allem Überfluss wirkt Trent auffallend gelassen und entspannt. Er pfeift vor sich hin und lächelt mich an.

In diesem Moment verabscheue ich ihn wirklich.

Als wir vor meinem Haus halten, krampft sich mein Magen zusammen. Ich drehe mich auf dem Sitz zu Cooper um. »Würdest du mich zur Tür begleiten?«

Ich muss zumindest einen winzigen Teil des heutigen Abends retten.

Jep. Das hier ist mein Leben.

»Ich kann nicht raus«, erklärt Cooper, nachdem er erfolglos versucht hat, seine Tür zu öffnen.

Trent räuspert sich. »Wir bieten Verbrechern nicht gern eine Fluchtmöglichkeit.«

»Na schön.« Meine Stimme wird hart. »Cooper ist aber kein Verbrecher, und du als hilfsbereiter Sheriff dürftest kein Problem damit haben, ihn aussteigen zu lassen, damit er mich zur Tür begleiten kann, oder?«

Es erfüllt mich mit ein ganz klein wenig Stolz, ihn wenigstens einmal heute Abend in die Schranken verweisen zu können. Da ja niemand verhaftet wurde, kann er nicht Nein sagen, aber wenn er Ja sagt, würde er seine Niederlage zugeben.

Und er würde zusehen müssen, wie Cooper und ich uns verabschieden.

Geschieht dir recht, Trent Hennington.

»Überhaupt kein Problem.«

Trent lässt Cooper aussteigen, und wir gehen zum Haus. Vor der Eingangstür bleiben wir stehen. »Es tut mir leid«, sagt Cooper und schaut zu Trent hinüber, der am Wagen lehnt und uns beobachtet.

»Das muss es nicht. Du kannst schließlich nichts dafür.«

Er nimmt meine Hände in seine. »Ich weiß, aber schlimmer hätte es kaum kommen können.«

»Ja, eine Rettung durch meinen Ex stand nicht gerade auf meiner Wunschliste für heute.«

»Darf ich es wiedergutmachen?«

Die Millionen-Dollar-Frage. Ich mag Cooper. Wir sind seit Ewigkeiten befreundet, und es spricht nichts dagegen, einem Wiedergutmachungsdate zuzustimmen. Warum fühlt es sich dennoch so an, als würde ich Trent betrügen? Es ist verrückt und vollkommen albern. Mein Blick driftet zu Trent hinüber. Er starrt mich reglos an. Er braucht kein Wort zu sagen. Ich höre ihn durch die Stille. Er bittet mich um ein Nein.

»Bitte?« Cooper streicht mir mit dem Daumen über die Fingerknöchel. »Ich bin nicht blind, Grace. Ich sehe dein Zögern. Ich bitte dich, dieser Sache nur den Hauch einer Chance zu geben.«

Trent räuspert sich, und als sich unsere Blicke erneut treffen, ist alle vorgetäuschte Lockerheit aus seiner Haltung verschwunden. »Es widerstrebt mir, diese« – sein Blick flackert zu Coopers Hand, die meine hält – »rührende Szene zu unterbrechen, aber ich bin im Dienst. Das bedeutet, dass ich wieder an die Arbeit muss.«

Ich nicke in seine Richtung und wende mich wieder Cooper zu. Ich weiß nicht genau, was an seiner Bemerkung mir bei meiner Entscheidung geholfen hat, aber ich werde Cooper heute Abend auf keinen Fall zurückweisen. Wer weiß, ob es nicht großartig gelaufen wäre, wäre der Reifen nicht geplatzt. Ich habe keine Ahnung. Aber ich weiß, dass der Mann neben dem Streifenwagen mir öfter wehgetan hat, als ich zählen kann. Ich habe ihm eine zweite und schließlich eine dreißigste Chance gegeben. Cooper verdient zumindest *eine*.

»Ich würde es liebend gern noch mal probieren«, antworte ich mit einem breiten Lächeln.

Kapitel 7

Trent

Ich war nie der besitzergreifende Typ.

Ich habe zwei jüngere Brüder, die mir immer alles weggenommen haben: Spielsachen, Freunde und alles andere, was sie in die Finger kriegen konnten. Aber es gab eine eiserne Regel: Das Mädchen, mit dem einer unserer Brüder ausging, war tabu.

Ich sehe das als Ehrenkodex. Ich würde nie mit einer verheirateten Frau schlafen, denn sie ist die Frau eines anderen. Es ist einfach nicht richtig.

Aber Cooper bricht den gottverdammten Ehrenkodex.

Er weiß, dass Gracie mir gehört.

Es ist ihm einfach egal.

Nachdem er Grace auf die Wange geküsst hat, steigt er wieder in den Streifenwagen. Wenn er ihre Lippen berührt hätte, hätte ich ihn wahrscheinlich umgebracht. Aber es wäre die lebenslängliche Haftstrafe wert gewesen.

Nun sitzen wir schweigend im Wagen, während ich versuche, meine Gedanken zu ordnen. Es wird höchste Zeit, dass er erfährt, was ich denke. Ich habe Grace versprochen, sie gehen zu lassen, und dieses Versprechen werde ich nicht brechen, aber über ihn habe ich kein Wort gesagt.

Sobald wir außer Sichtweite ihres Hauses sind, halte ich den Wagen an und drehe mich zu Cooper um.

»Was soll das?«, fragt er und versucht, seine Überraschung zu verbergen.

»Ich finde, dass es an der Zeit ist, zu reden.«

Ich weiß nicht, wie dieses Gespräch laufen wird, es war ja nicht geplant, aber es gibt einige Dinge, die ich loswerden muss.

»Ich habe dir nichts zu sagen.« Cooper funkelt mich an. »Ich denke, wir wissen beide, wo wir stehen.«

»Tun wir das?«, hake ich nach. »Denn ich kann mir nicht vorstellen, dass du weißt, wo ich stehe.«

Cooper war mein Leben lang ein Freund, und was er jetzt tut, ist mehr als bescheiden. Nein, wir stehen uns nicht mehr nah, aber jetzt überschreitet er eine rote Linie.

»Ich weiß, dass du sauer bist.«

»Da hast du verdammt recht!«, brülle ich. »Ich kann nicht glauben, dass du es auf sie abgesehen hast. Auf *sie*!«

Er zieht eine Augenbraue hoch und grinst. »Ich habe es nicht auf sie abgesehen. Du hast sie gehen lassen, und ich war da, um sie aufzufangen, nachdem du sie weggestoßen hast.«

Nun, wenn das kein Tritt in die Eier ist. Doch er irrt sich. Ich habe sie nicht weggestoßen – sie hat mich verlassen. Aber das ändert nichts an der Tatsache, dass sie die Frau ist, die ich will. Sie ist die Frau, die ich liebe. Und ich werde sie zurückerobern.

»Du und ich, wir wissen beide, zu wem sie gehört.«

»Du verstehst es echt nicht.« Er stößt ein ungläubiges Lachen aus. »Du hältst das wirklich für ein Spiel? Dass ich versuche, mir zu nehmen, was dir gehört?« Cooper sieht mich wütend an. »Ich glaube nicht, dass sie dir gehört. Ich finde, du hattest deine Chance.«

Ich versuche, den Zorn zu bremsen, der mir durch die Adern schießt. Das Verlangen, ihm ins Gesicht zu schlagen, ist extrem stark.

»Wir sind alte Freunde, Coop.«

Er nickt. »Ich weiß.«

»Freunde sind nicht hinter der Frau des anderen her.«

Zum ersten Mal, seit er in den Wagen gestiegen ist, wirkt er zerknirscht, aber nur kurz. »Ich habe sie dir nicht ausgespannt. Ihr wart nicht mehr zusammen.«

Jetzt bin ich richtig sauer. »Oh, du meinst, das ist reine Formsache? Und du glaubst, das wird funktionieren? Dass sie plötzlich alles, was wir hatten, wegwirft, einfach so? Auch wenn wir nicht mehr zusammen sind, machst du dir etwas vor, wenn du denkst, zwischen uns seien keine Gefühle mehr.«

Cooper schüttelt den Kopf. »Du klammerst dich an die Vergangenheit, Kumpel. Die kann ich ihr natürlich nicht bieten. Aber mir geht es um die Zukunft.«

Das reicht. Ich balle die Fäuste. Es fällt mir schwer, ihn nicht aus dem Wagen zu zerren und windelweich zu prügeln. Aus dem Augenwinkel erkenne ich, dass er jeden Muskel anspannt. Cooper weiß, dass ich keinen Kampf scheue. Aber er tut das genauso wenig.

Tief im Innern weiß ich, dass es ein Fehler wäre. Ich will nicht riskieren, Grace noch weiter von mir zu stoßen, indem ich ihrem neuen Freund in den Hintern trete.

»Es gibt keine Zukunft für dich und Grace. Das ist uns beiden wohl klar. Wenn sie Gefühle für dich hätte, würde sie nicht zögern. Also, warum tust du das?«

»Warum tust *du* das?«, fragt er verärgert. »Denn ich werde nicht so einfach das Feld räumen. Ich mag Grace. Ich mag sie sehr, und sie verdient etwas Besseres als den Mist, den du ihr geboten hast.«

Ich weiß das.

Er hat nicht unrecht, aber so werde ich mich nicht mehr verhalten. Grace endgültig fortgehen zu sehen, hat mich endlich zur Vernunft gebracht. Als ich erfuhr, dass sie es mit ihm versuchen will, habe ich meinen Plan geschmiedet. Es bringt mich um, dabei zuzusehen, wie sie ihn anlächelt. Der Gedanke, dass sie ihn küssen könnte, dass ein anderer

Mann sie berührt, treibt mich in den Wahnsinn. Nur über meine Leiche.

Sie ist die Frau, die ich liebe. Die ich immer geliebt habe. Aber ich war zu dumm, sie zu halten.

Das wird nicht noch einmal vorkommen.

»Wenn sie dir etwas bedeutet, wirst du es ihr nicht noch schwerer machen, als es ohnehin schon ist. Wir wissen beide, wen sie liebt. Und das bist nicht du«, knurre ich und deute mit dem Finger auf seine Brust.

»Hörst du dir eigentlich selber zu? Du kannst diese Entscheidung nicht für sie treffen. Ich bin nicht derjenige, der sie verletzt hat und auf ihren Gefühlen herumgetrampelt ist. Das warst ganz allein du, Kumpel.«

»Leck mich.«

»Du mich auch, Trent. Du hattest alle Zeit der Welt mit ihr zusammen. Findest du wirklich, du hast noch ein Mitspracherecht in ihrem Leben, nachdem sie mit dir fertig ist?«

»Ich treffe keine Entscheidung für sie!«

Cooper verschränkt die Arme vor der Brust und schüttelt den Kopf. »Ich weiß nicht, was ich dir sagen soll. Ich wollte nicht, dass es so kommt. Wirklich nicht. Ich habe hin und her überlegt, ob es richtig wäre, mich um sie zu bemühen.«

»War es nicht«, antworte ich für ihn.

»Und was du jetzt tust, ist richtig?«

Keine Ahnung, was ich tue, aber ich kann nicht einfach dabei zusehen, wie die Dinge ihren Lauf nehmen. Ich kann sie nicht aufgeben – kann *uns* nicht aufgeben. Vielleicht wäre es nobel, sie gehen zu lassen, aber ich kann nicht. Und ich werde es nicht.

»Nein, aber ich weiß nicht, wie ich ohne sie leben soll.«

Zu wissen, dass es aus ist mit Grace, ist unerträglich.

Sie hat so ein reines Herz, und ich weiß, dass sie niemandem wehtun will. Ich verstehe, dass meine endlose Hinhaltetaktik sie dazu gezwungen hat, sich von mir zu trennen. Aber gleichzeitig glaube ich, dass sie niemals mit mir fertig sein wird. Sonst hätte sie mich nicht so geküsst. Sie hätte mir nicht gesagt, dass sie mich liebt. Sie muss nur erkennen, dass ich mich ändern will, und dann wird sie zu mir zurückkommen.

Cooper zeigt mit dem Finger auf meine Brust, und ich sehe die Entschlossenheit in seinen Augen. Er wird kämpfen. »Besser, du gewöhnst dich daran, mein Freund. Ich gebe nicht auf. Du hattest deine Chance, jetzt bin ich an der Reihe.«

»Wir sind keine Freunde«, erwidere ich knapp. Damit starte ich den Motor. Eigentlich habe ich Cooper klarmachen wollen, worauf er sich da eingelassen hat, aber ich bin mir nicht sicher, ob er verstanden hat. Wenn er sich entscheidet, um sie zu kämpfen, wird er verlieren, Punkt.

Ich biege mit quietschenden Reifen in seine Einfahrt ein, dass der Staub nur so wirbelt. »Sie wird dich niemals lieben, Coop«, platzt es aus mir heraus, als er seine Tür öffnet. »Das meine ich echt nicht böse, aber ich kenne sie. Sie versucht, stark zu sein und mich loszulassen, aber du weißt eben nicht, was wir hatten.« Ich erinnere mich an die Momente, in denen sie glücklich war mit mir. Ihr Glück kann den ganzen Raum erhellen. Ihr Blick wird sanft, unmittelbar bevor ihre Lippen meine berühren. Grace ist verletzt worden, aber Cooper ist nicht der Mann, der ihre Wunden heilen wird. »Du kannst versuchen, ihr zu geben, was sie braucht. Aber letztendlich werde ich derjenige sein, den sie sieht, sobald sie die Augen schließt. Also, genieße die Zeit, die du mit ihr hast, denn es wird nicht von Dauer sein.«

Er spart sich eine Antwort und schlägt die Tür zu. Es gibt nichts mehr zu sagen. Die Person, die ich überzeugen muss, ist sie, und ich habe vor, genau das zu tun.

Kapitel 8

Grace

Ich träume. Ich weiß, dass ich träume. Es fühlt sich alles beinahe real an, aber ich weigere mich, die Augen zu öffnen. Als ich von meinem katastrophalen Date nach Hause gekommen bin, habe ich eine ganze Flasche Wein getrunken. Ich bin von Natur aus nicht besonders trinkfest, aber diesen Traubensaft für Erwachsene habe ich fließen lassen, ohne mir die geringsten Gedanken zu machen.

Sich keine Gedanken zu machen hat was. Als die halbe Flasche leer war, hatte ich meine ganzen Männersorgen vergessen. Auch wenn mein Date sich von peinlich zu absolut komisch entwickelt hat, habe ich es doch überlebt und sogar zugestimmt, der Sache noch eine zweite Chance zu geben.

Als ich bei meinem letzten »Glas« angekommen war – zu diesem Zeitpunkt habe ich direkt aus der Flasche getrunken –, war ich so euphorisch, dass ich bis zur Besinnungslosigkeit zu Metal- und Rockmusik getanzt habe.

Männer. Sie ruinieren alles.

Doch dieser vernebelte, schläfrige Zustand, in dem ich mich jetzt befinde, ist perfekt. Ich habe vor, jede Sekunde davon auszukosten.

Im Moment träume ich davon, dass ich in Trents Armen liege.

Ich schmiege mich tiefer in seine Wärme und atme seinen Geruch ein. Mein Gesicht gleitet über das Kissen, während ich mir vorstelle, wie sich seine Haut anfühlt. Ich spanne den Arm ein wenig an, damit ich die Vorstellung festhalten kann, so lange es geht.

»Ich wünschte, es wäre immer so«, murmele ich dicht an seinem Körper. »Ich wünschte, du würdest mich lieben. Ich wünschte, du würdest zu mir zurückkommen, und alles wäre, wie es früher war.«

»Ich bin nie fortgegangen.« Seine tiefe, schläfrige Stimme dröhnt durch meinen Kopf.

Ich klammere mich an meinem glücklichen Ort fest und koste den Moment aus. Genauso bin ich lange Zeit wirklich aufgewacht. In seinen Armen, die mich beschützt haben und mir das Gefühl gaben, alles für ihn zu sein. An diese Erinnerung klammere ich mich jetzt. Denn jeder Tag, der so begonnen hatte, war perfekt. Und Trent war einfach Trent. Ohne Mauern, ohne seltsame Bindungsprobleme, er war offen, glücklich und voller Liebe. Am Morgen brauchte ich ihm niemals Fragen zu stellen.

Erst im Laufe des Tages veränderte sich das.

»Du gehst doch immer fort«, sage ich. Hier im Traum kann ich alles herauslassen, was sich in meinem Innern angestaut hat. »Du entziehst mir deine Liebe, und das tut weh.«

Er nimmt mich fester in den Arm und sagt mir all die Dinge, die ich hören will. »Meine Liebe ist niemals weg, Schätzchen. Ich will dir einfach nicht wehtun. Wenn ich dich abweise, dann nur, um dich zu beschützen. Doch das werde ich nicht länger tun.«

Ich liebe diesen Traum-Trent. Er ist süß, fast perfekt.

Ich seufze und lasse mich noch tiefer in diesen Traum sinken. »Ich will meine Augen absolut nicht öffnen.«

»Weshalb?« Ich spüre, wie seine Heiterkeit durch mich hindurchströmt.

»Deshalb.«

»Das ist keine Antwort, Schätzchen.«

Trent hasst Ein-Wort-Antworten. Anscheinend geht es sogar dem Traum-Trent so. Doch ich weiß nicht, was ich ihm sonst antworten soll. Denn sobald ich wach bin, wird alles fort sein. Und dann bin ich allein und noch verwirrter als sowieso schon, und mein Herz ist hin- und hergerissen zwischen dieser Möglichkeit, die mein Geist mir suggeriert, und der Realität des Mannes, der mich nicht wirklich liebt. Er weist mich nicht ab, weil er mich beschützt, er weist mich ab, um sich selbst zu beschützen.

Aber das spreche ich lieber nicht aus. Die Worte sollen Gedanken bleiben, die nur mir gehören. Sobald ich sie laut äußere, kann ich sie nicht mehr zurücknehmen. Und wenn der Traum-Trent geht, weil ich etwas sage, das ihm wehtut, werde ich alles verlieren, was ich habe.

Mein Gott, klinge ich jämmerlich.

»Weil ich will, dass du bleibst. Ich will das hier jeden Tag haben, aber wenn ich die Augen öffne, wirst du fort sein. Ich will nicht ohne dich sein.«

Trents Finger zeichnen Muster auf meinen Rücken, und er schweigt.

Ich lasse der Stille ihren Raum und überlege, meine schläfrigen Augen vielleicht doch zu öffnen. Minuten verstreichen, und ich schmiege meinen Kopf an seine Brust.

»Mach die Augen auf, Gracie«, befiehlt Trent, und seine Finger halten inne.

»Nein«, weigere ich mich. Ich möchte diese verrückte Halluzination aufrechterhalten, solange ich kann.

Mit dem Arm, mit dem er mich umfangen hält, zieht Trent mich hoch und rollt mich auf den Rücken. Oh, Sex mit Traum-Trent. Das ist gut. Damit kann ich leben. Er stützt sich über mir ab, und seine Lippen berühren meine.

Gott, fühlt sich das real an.

»Grace.« Die Hitze seiner Haut wärmt mich. »Willst du, dass ich dich küsse, Liebling?«

»Ja«, flehe ich.

Er zögert nicht. Er presst den Mund auf meinen, und ich schlinge Arme und Beine um ihn. Ich drücke mich an ihn, sodass kein Platz mehr zwischen uns ist. Wir explodieren vor Leidenschaft, ich spüre seinen festen Körper über meinem, und meine Haut kribbelt, wo immer wir uns berühren. Ich weigere mich immer noch, die Augen zu öffnen, und küsse ihn, als hätte ich ihn noch nie zuvor geküsst.

Ich weiß nicht genau, was es ist, das diese verzweifelte Sehnsucht nach ihm in mir weckt, aber es ist mir auch egal. In dieser Minute gehört Trent mir. Und das werde ich auskosten.

Es ist unmöglich, einen Mann so lange zu lieben und dann kein Verlangen nach ihm zu verspüren.

Mit seiner Zunge umspielt er meine, während er seine Hände über meinen Körper wandern lässt. Dann zieht er sich zurück, und ich wimmere. »Mach die Augen auf.«

»Bitte, zwing mich nicht dazu. Ich will nicht aufwachen.« Ich bewege den Kopf und versuche, ihn wiederzufinden.

»Du träumst nicht, Liebling.«

Ich reiße die Augen auf, und Panik packt mich. Mit einem lauten Schrei ziehe ich die Decke über mich. Das hier ist echt? Nein, nein, nein. Er kann nicht hier sein. Wir haben uns getrennt. Ich habe nur geträumt, dass …

Oh Gott. Mein Herz rast, und er umfasst mein Gesicht.

»Grace.«

Jetzt kneife ich die Augen noch fester zusammen als zuvor. »Es ist nur ein Traum! Du kannst nicht hier sein! Das ist nicht real!«

Er reibt mit dem Daumen über meine Wange. »Du weißt, dass es real ist.«

Das hab ich nun davon, dass ich so viel Wein getrunken habe. Ich bemerke, dass ich einen BH und Unterwäsche trage, ein gutes Zeichen. Allerdings trägt er definitiv kein

Hemd und keine Hose. Verflixt. Krampfhaft versuche ich, mich an die vergangene Nacht zu erinnern. Ich weiß, dass ich gesungen und getanzt habe, und ich bin mir ziemlich sicher, dass ich Emily eine Nachricht geschickt habe. Nein, ich habe sie angerufen. Ich habe ihr von dem Date erzählt oder genauer gesagt davon, dass es kein Date gegeben hat und dass Trent uns aufgegabelt hat.

Sie hat mir gesagt, ich solle Trent zum Teufel schicken.

Und dann fällt es mir schlagartig ein.

Verdammt, ich habe ihn angerufen. Ich betrunkene Vollidiotin habe ihn angerufen.

Langsam öffne ich die Lider, und tatsächlich sehe ich seine blauen Augen und sein unrasiertes Gesicht vor mir.

»Das hätte nie passieren dürfen«, stoße ich hervor.

»Oh, aber es ist passiert.« Seine Augen leuchten.

»Haben wir? Ich meine, wir haben nicht, oder? Denn …«

Er umfasst mit der Hand meinen Nacken. »Du würdest dich daran erinnern. Betrunken oder nicht, du würdest dich erinnern.«

Ich stoße ihn weg und stöhne. »Du hättest wissen müssen, dass ich nicht wirklich wollte, dass du herkommst!«

Trent lässt sich zurück aufs Bett fallen und schiebt den Arm unter seinen Kopf. Ich setze mich hin und verhülle mich mit der Bettdecke. Natürlich hat er mich schon unzählige Male so gesehen, aber trotzdem. Seine nackte Brust zieht meinen Blick an, und ich ringe mit mir wegzusehen. Er liegt dort, als gehöre er hierher. Ich weiß nicht, wann oder wie er in meinem Bett gelandet ist. Ehrlich. Mir ist nicht viel von der gestrigen Nacht im Gedächtnis geblieben.

Ich denke, ich habe auf dem Sofa gesessen, und dann …

Sein wissendes Grinsen macht mich zornig, und ich blaffe ihn an: »Trent, das ist nicht witzig!« Mein Herz hämmert, und ich presse eine Hand an die Schläfe. »Wie sind wir im Bett gelandet?«

Er stützt sich auf einen Ellbogen und rückt näher an mich heran. »Weil du die Tür nicht aufgemacht hast, habe ich meinen Schlüssel genommen. Dann …«

»Gib ihn mir zurück«, unterbreche ich ihn.

»Meinetwegen. Du hast auf dem Sofa geschlafen. Ich hab dich hierhergetragen.«

»Und das war deine Einladung zu bleiben?«

Er schüttelt den Kopf und stößt einen schweren Seufzer aus. »Du erinnerst dich ehrlich nicht?«

Wenn ich es täte, würde ich nicht fragen. »Offensichtlich nicht.«

Trent nimmt meine Hand. »Du bist aufgewacht, als ich dich ins Bett gelegt habe. Ich wollte nicht bleiben, Gracie. Ich wollte es nicht.« Unsere Blicke treffen sich kurz. »Ich wollte gehen, denn hierzubleiben ist mir schwerer gefallen, als du ahnst.«

Mir stockt der Atem. »Ich …«

»Nein, du verstehst es nicht. Es ist dir egal, dass ich ohne dich verrückt werde. Und dich mit einem anderen Mann zu sehen, hat mich fast umgebracht.«

»Trent.« Ich drücke seine Hand, aber er hört nicht auf zu sprechen.

»Du hast angerufen, und ich bin gekommen, ohne Fragen zu stellen. Denn ich werde immer für dich da sein. Ich werde da sein, wann immer du mich brauchst. Ich wollte dich bloß ins Bett bringen, aber dann hast du deine blauen Augen aufgemacht und mich angefleht zu bleiben. Deine Stimme klang so traurig, da konnte ich einfach nicht gehen. Du hast mir gesagt, dass du mich brauchst, dass du *willst*, dass ich dich im Arm halte. Also habe ich es getan. Und ich würde es immer wieder tun, wenn du mich darum bittest. Ich kann mich nicht von dir fernhalten. Deshalb finden wir immer wieder zueinander. Auch wenn du noch so sehr der Meinung bist, dass das mit uns nicht funktioniert, es funktioniert doch. Wir sind füreinander geschaffen, und das weißt du. Aber statt zu sehen, was wir sind und was wir haben, gehst du vor meinen Augen mit einem anderen Mann aus!«

Ich entziehe ihm meine Hände und kämpfe mit einer Flut von Gefühlen. Dann gewinnt mein schlechtes Gewissen die Oberhand. Jetzt tue ich das Gleiche, was er mir jahrelang angetan hat. Ich bin so kurz davor loszulassen und schaffe es doch nicht endgültig. Offensichtlich bin ich immer noch nicht über ihn hinweg.

Wenn man eine Gewohnheit nicht vollständig aufgibt, wird man sie nie los. Und genau das passiert gerade.

Ich habe ihn angerufen. Ohne Veranlassung, nur weil ich allein war, habe ich das getan. Er ist die Krücke, die ich nicht loslassen kann, weil ich Angst habe hinzufallen.

Das ist keinem von uns gegenüber fair. Ich verletze ihn, das ist egoistisch.

»Ich werde dich nicht noch einmal anrufen«, verspreche ich. »Ich werde dir das nicht antun.«

Er schaut zur Decke empor und wirft die Decke von sich. Dann springt er aus dem Bett und schnappt sich seine Jeans. »Weißt du, ich dachte ...« Er schnaubt aufgebracht. »Ich dachte, dass du es vielleicht einsehen würdest. Dass du sehen würdest, was direkt vor deiner Nase ist. Aber ich schätze, ich habe mich geirrt.« Er zieht seine Hose hoch, während ich verwirrter bin denn je. Benommen. »Du kennst mich schon lange. Bin ich je mit einer anderen Frau zusammen gewesen?«

Ich senke beschämt den Blick. »Nein.«

»Nein«, wiederholt Trent. »Keine einzige andere Frau war in meinem Herzen oder in meinem Bett. Es hat immer nur dich gegeben.«

Ich schaue wieder auf, während seine Worte in mein Bewusstsein dringen. Er kapiert es nicht. Es geht nicht um einen anderen Mann. Es geht um Liebe. Er liebt mich nicht. Er will es nicht sagen oder es mir zeigen. Er wird mich niemals heiraten oder eine Familie mit mir gründen. Er will ja nicht einmal mit mir zusammenziehen, weil das eine zu starke Bindung wäre. So ein Leben möchte ich nicht führen.

»Trotzdem wirst du mich nie lieben«, sage ich, als er sein Hemd überstreift. »Benimm dich nicht so, als würde ich etwas Schreckliches tun, indem ich versuche, mein Leben weiterzuleben. Ich werde nicht in deinem Fegefeuer verharren, Trent! Ich verdiene eine Liebe, wie meine Eltern sie haben. Ich will, dass du zu mir nach Hause kommst, dass du mich liebst, dass du ein Leben mit mir aufbaust. Du willst eine Teilzeitgeliebte, und die bin ich nicht länger.«

Er kommt zu mir und beugt sich vor, bis unsere Nasen sich fast berühren. »Was, wenn all das sich geändert hat? Was, wenn ich einsehe, dass das nicht mehr das Leben ist, das ich will?«

Mein Herz gerät ins Stottern. »Warum? Was hat sich geändert? Nein, weißt du was? Hör auf. Du kannst nicht mehr solche Spielchen mit mir spielen. Ich werde nicht zulassen, dass du mich weiter an der Nase herumführst.«

Er klettert aufs Bett, drückt mich nach unten und setzt sich auf mich. »Alles hat sich geändert, Grace. Seit du mich auf der Hochzeit hast stehen lassen, war es so, als hätte etwas bei mir Klick gemacht.«

»Hör auf«, flehe ich ihn mit Tränen in den Augen an.

»Ich habe unser Leben vor mir gesehen. Ich habe dich in meinen Armen gesehen. Unsere Kinder, unsere Hochzeit und unser Leben, das wir haben könnten. Es liegt alles direkt vor uns.«

Ich versuche, mich unter ihm herauszuwinden, aber er senkt sein Gewicht auf meine Beine. »Sag mir, dass du mich liebst«, verlange ich. »Sag es mir, wenn du willst, dass ich es glaube.«

Er schüttelt den Kopf und streicht mit den Lippen über meine. »Du brauchst die Worte nicht, Liebling. Du musst es spüren.«

Da irrt er sich.

Ich brauche sie sehr wohl. Ich brauche sie mehr als alles andere, aber bevor ich sie noch einmal einfordern kann, drückt er seine Lippen auf meine, und mein Körper verschmilzt mit seinem. Er hält mich fest und lässt seine Hand an meiner Seite hinabwandern. Mir ist, als würde die Hitze seiner Berührung meine Haut verbrennen. Ich kralle die Hände in sein wirres blondes Haar und halte seinen Mund auf meinem fest, lasse seine Zunge über meine streichen.

Ich weiß, es ist falsch. Ich weiß, ich habe gesagt, dass ich ihm nichts vormachen würde, aber ich kann nicht aufhören. Ich werde nicht aufhören. Ich brauche es zu sehr.

Seine Hand wandert unter meinen BH, und er knetet meine Brust. Mit dem Daumen streift er über meine Brustwarze und zupft daran.

»Spürst du, wie sehr dein Körper mich braucht?«, flüstert Trent.

Ich stöhne und wölbe mich ihm entgegen, als er es wiederholt. Meine Hände wandern über seinen Körper, und ich ziehe ihm das Hemd aus, damit ich seine Haut auf meiner fühlen kann. Ich bin wie eine Süchtige.

Ich kann nur noch an ihn denken.

Er lässt die Hand tiefer sinken, streichelt meinen Bauch. »Trent«, flehe ich ihn um mehr an.

»Was willst du, Schätzchen?«

Ihn. Ich will ihn.

Gleichzeitig weiß ich, dass ich damit aufhören muss. Sonst werde ich wieder verletzt und allein sein und mir wünschen, ich hätte ihn weggeschickt. Aber ich schaffe es nicht.

»Bitte.« Ich winde mich, während er die Außenseite meines Oberschenkels und meinen Bauch streichelt, darauf bedacht, die Stelle, an der ich ihn am meisten brauche, nicht zu berühren.

Er küsst mich, schiebt meinen Slip zur Seite und dringt mit dem Finger in mich. Ich wimmere vor Lust. Es ist Wochen her, seit er es das letzte Mal getan hat. Wochen, seit ich die Wärme seiner Haut gespürt oder seinen Duft eingeatmet habe.

»Du bist so schön«, sagt er, während er meinen Hals küsst. »Du bist perfekt. Ich habe es vermisst. Ich habe uns vermisst.«

Ich will seine süßen Worte nicht hören. Ich will mir nicht vormachen, dass es etwas anderes sei als Sex. Es ist keine Wiedervereinigung, es ist ein Finale. »Hör auf zu reden«, dränge ich. »Ich will Taten.«

Und er gehorcht. Trent reibt mich weiter mit seinem Finger, während seine Zunge meine Brust umspielt. Er saugt an meiner Brustwarze und umkreist sie, bis ich unter ihm zucke.

Es fühlt sich so unglaublich an. Er weiß genau, was ich mag, und er sorgt dafür, dass ich es nicht vergesse, während er mich dem Höhepunkt immer näher bringt. Ich hebe schier ab vor Verlangen, und meine Erregung wächst ins Unermessliche, während er meine Klitoris reibt.

Er sieht mir fest in die Augen, und ich explodiere.

Ich rufe seinen Namen, während er meinem Körper unablässig Lust bereitet.

In einer Verschnaufpause sehe ich, wie er seine Hose abstreift.

»Sag mir, dass du mich willst«, verlangt er.

Mein Herz verlangt, dass ich die Worte sage, die er von mir hören will, aber mein Kopf weiß es besser.

»Ich brauche das hier.«

Er legt sich auf mich und drückt seinen Mund wieder

auf meinen. Wir küssen uns, und all meine Bedenken lösen sich in Luft auf. Es ist mir egal, wenn ich danach leide.

Trent reibt seinen Penis an mir, neckt und reizt mich. »Trent.« Ich hauche seinen Namen.

»Sieh mich an.« Seine Stimme ist hart und fordernd.

Bei seinem Anblick erzittere ich. Die Gefühle, die sich in seinen Augen spiegeln, lassen die Welt um mich herum verblassen. Alles, was ich sehe, ist Trent. Alles, was ich fühle, ist er. Es existieren nur wir.

»Erzähl mir nicht, dass du das nicht spürst, Liebling. Ich weiß, dass du es tust.«

Er sieht mich mit seinen blauen Augen an, als er in mich eindringt. Ich weiß nicht, ob es daran liegt, dass ich in den letzten Wochen allein war oder dass ich mich so schmerzlich nach ihm gesehnt habe, aber sobald er voll und ganz in mir ist, kommen mir die Tränen.

Ich bin überwältigt von so vielen widersprüchlichen Gefühlen.

Ich verachte mich dafür, dass ich schwach bin.

Ich liebe es, dass er hier ist.

Ich hasse ihn dafür, dass er mich dazu bringt, ihn zu lieben.

Ich liebe es, wie gut wir zusammenpassen.

Ich will ihn schlagen, weil er meinem Herzen Schmerz bereitet.

Mehr als alles andere will ich weinen.

Tränen strömen mir übers Gesicht, als er sich in mir bewegt. Trent sagt kein Wort. Er wischt die Tränen weg, die weiter fließen. In diesem Moment spüre ich die tiefe Verbundenheit zwischen uns. Die Intensität des Augenblicks überwältigt mich.

Trent liebt mich, während mein Herz in tausend winzige Splitter zerspringt. Jeder Stoß verletzt meine Seele ein bisschen mehr. Ich spüre alles, was ich spüren soll, aber vor allem verspüre ich Furcht. Furcht, dass ich nicht länger in der Lage sein werde, ihn auf Distanz zu halten, dass das hier viel mehr ist als eine Flucht aus der Einsamkeit. Wenn ich ihm noch einmal alles von mir gebe, wird die Geschichte sich wiederholen. Unsere Erfolgsbilanz ist nicht die beste, und er hat die bestimmten Worte immer noch nicht zu mir gesagt.

»Gracie.« Er zwingt mich, die Augen wieder zu öffnen. »Ich bin kurz davor.«

Seine Hand reibt erneut meine Klitoris. Mein aufgewühlter Körper reagiert. Er küsst mich, berührt mich, und ich gebe mich ihm vollkommen hin. Ich grabe die Nägel in seine Schultern, und das Kribbeln fährt bis in meine Zehen. »Gott! Ja! Trent!«, schreie ich, als mich die weißglühende Ekstase überkommt.

Sein Orgasmus folgt kurz darauf. Schweißnass und schwer atmend liegen wir danach auf dem Bett. Als die Lust abebbt, übernimmt Panik wieder das Kommando über meinen Kopf. Trent, der nichts von dem Kampf bemerkt, der in mir tobt, verlagert sein Gewicht, sodass ich vom Bett rutschen kann. Ich brauche Raum, eine Tür zwischen uns, daher schließe ich mich in meinem Badezimmer ein. In meinem Herzen tobt ein Feuerwerk aus Schmerz und Bedauern und Sehnsucht und Liebe.

Ich starre mich im Spiegel an und unterdrücke die Tränen. Was habe ich nur gerade getan? Wie konnte ich mit ihm schlafen? Ich war über ihn hinweg. Ich habe zumindest daran gearbeitet, und dann gebe ich nach? Irgendetwas stimmt ganz und gar nicht mit mir. Wir werden niemals aufhören, unsere Fehler zu wiederholen.

Ich umklammere den Waschtisch und lasse den Kopf sinken. Wie konnte das nur passieren? Eben noch haben wir gestritten, dann hat er es mal wieder nicht geschafft, mir zu sagen, was er für mich empfindet, und am Ende hatten wir Sex.

Ich bin eine blöde Idiotin.

Eine schwache, blöde Idiotin.

Ich schlage auf den Waschtisch und lasse mich auf den Boden sinken.

Und nun? Ich kann nicht wieder da rausgehen. Ich kann ihm nicht gegenübertreten, denn offensichtlich bin ich nicht in der Lage, einen klaren Gedanken zu fassen, wenn es um ihn geht.

»Grace?« Trent klopft an die Tür. »Geht es dir gut?«

»Ja, alles bestens.« Meine Stimme ist zittrig, und er wird nie und nimmer darauf hereinfallen.

»Was ist los?«, fragt er leise.

Oh, ich habe nur meine Würde und meinen Verstand verloren. Nichts Neues.

»Bitte, geh. Ich fühle mich nicht gut.« Ich versuche es mit der einzigen Ausrede, die ich habe: einem Kater. »Ich fürchte, der Wein bekommt mir nicht.«

Trent sagt nichts. Und ich hege die Hoffnung, dass er mir vielleicht glauben wird. »Vor einer Minute ging es dir noch gut.«

»Mir ist ein wenig übel.« Und ich kann dir nicht in die Augen sehen.

Trent räuspert sich und versucht, die Tür zu öffnen. »Ich bin mit meinem Vater und meinen Brüdern zu einem Angelausflug verabredet, aber ich will nicht gehen, wenn du krank bist. Außerdem sollten wir darüber reden, was passiert ist.«

Ich ziehe den Bademantel an und binde den Gürtel fest. Er wird nicht gehen, bevor ich mich nicht zeige. Außerdem bezweifle ich, dass ich bei ihm wirklich damit durchkommen werde. Er kennt mich gut genug, um zu durchschauen, wann ich schwindele.

Ich öffne die Tür und sehe ihn voll bekleidet vor mir stehen. »Hi«, murmele ich verlegen.

»Bist du okay?«

»Ich hab gestern Abend viel getrunken.«

Er kneift die Augen ein wenig zusammen. »Ich weiß.« Ein flüchtiger Ausdruck von Schmerz huscht über seine Züge. Wenn ich ihn nicht so gut kennen würde, hätte ich es übersehen.

Ich muss raus aus diesem Raum. Also verlasse ich den Tatort und gehe Richtung Wohnzimmer.

Trent folgt mir und hält mich am Arm fest. »Wo willst du hin? Und erzähl mir nicht, deine Flucht hätte nichts damit zu tun, dass du mir nicht in die Augen sehen kannst.«

Ich schließe die Augen und nehme alle Kraft zusammen. Es gibt kein Zurück, ich habe meine Entscheidung getroffen, und jetzt muss ich mich ihr stellen. Es schnürt mir die Brust zusammen, als alle Gefühle an die Oberfläche kommen.

Er lässt die Hand sinken, und ich drehe mich zu ihm um. »Es hätte nicht passieren dürfen. Es hat sich nichts geändert. Alles ist genau wie immer. Du kannst mir nach wie vor nicht geben, was ich brauche, und ich komme offensichtlich nicht von dir los.«

»Ist nichts von dem bei dir angekommen, was ich gesagt habe?«, ruft Trent plötzlich. »Nimmst du mich auf den Arm?« Mein Kopf hämmert, als er noch lauter wird. »Du denkst, es hätte sich nichts geändert? Gott verdammt noch mal, Grace!«

Ich schüttele den Kopf und weiche einen Schritt zurück. »Hör auf, mich anzuschreien!«

Er kommt näher. »Also, was war das?« Er zeigt auf das Schlafzimmer. »War das einfach ein Ausrutscher?«

»Ich hab es dir gesagt! Ich hab dir gesagt, dass ich mit dir fertig bin! Das war's!« Statt mich von ihm zu entfernen, trete ich näher an ihn heran. Voller Zorn lasse ich alles heraus. »Das hier eben war wie immer: Ich sage dir, dass es vorbei ist, und du findest einen Weg, meinen Willen zu brechen. Du manipulierst mich, damit ich glaube, es wird anders. Ich liebe dich! Ich liebe dich so sehr, dass es wehtut, und du zerbrichst mich immer wieder! Du liebst mich nicht. Du weißt gar nicht, was das bedeutet!«

»Und ob ich das tue!« Trent kommt näher, packt mich an den Armen und zieht mich an sich. »Es ist nicht so wie früher. Ich verspreche dir, dass ich mich ändere. Für dich versuche ich, der Mann zu sein, den du dir wünschst.«

Ich schüttele den Kopf und bemühe mich, stark zu bleiben, denn ich glaube ihm nicht. Ich mache mich von ihm los und trete einen Schritt zurück. »Du musst gehen.«

»Nein.«

»Bitte, ich muss nachdenken. Ich will dieses Gespräch mit klarem Kopf führen.«

»Ich muss wissen, was ich so Schlimmes getan habe, dass du bereit bist, dich von mir zu trennen. Was habe ich so Schreckliches getan, dass du mich bestrafen willst, indem du mit Cooper ausgehst?«

Ich erstarre, und alles Blut weicht aus meinem Gesicht. Er denkt, ich versuche absichtlich, ihn zu verletzen? Das ist das Letzte, was ich jemals tun würde. Ich will doch nur, dass wir zwei endlich ein wenig Glück finden.

»Ich bestrafe dich nicht. Es geht hier überhaupt nicht um dich. Es geht um mich und darum, dass ich versuche, jemanden zu finden, der mich lieben wird, Trent. Verstehst du das nicht? Begreifst du nicht, dass ich innerlich zugrunde gehe, weil du mich nicht lieben kannst?« Ich drehe mich so, dass wir einander von Angesicht zu Angesicht gegenüberstehen. Mir kommen die Tränen, als ich ihm mein Herz ausschütte. »Ich vermisse dich jeden Tag. Jeden Tag wache ich auf, drehe mich um, und du bist nicht da. Du hast keine Ahnung, wie weh das tut.« Eine Träne rinnt mir übers Gesicht. »Aber ich vermisse dich schon lange. Selbst als du hier warst, war ich allein. Du hast eine Mauer um dich aufgebaut und mich ausgeschlossen. Ich wünschte, ich könnte genau sagen, wann es passiert ist. Ich wünschte, ich könnte es ungeschehen machen, aber ich *kann* nicht mehr.«

Trent hebt die Hand und berührt meine Wange. »Ich kann dir sagen, wann genau es passiert ist. Es war der Tag, an dem der Hilfssheriff aus dem Nachbarort erschossen wurde. Ich hatte Dienst, als der Notruf reinkam. Die ganze Zeit hatte ich nur uns vor Augen. Nick war erst dreißig Jahre alt. Er hatte eine Ehefrau und ein Kind. Von einer Sekunde auf die andere war sein Leben vorbei. Wenn ich die Augen geschlossen habe, habe ich *dich* weinend vor einem Sarg stehen sehen.«

Ich erinnere mich daran, wie sehr ihn das mitgenommen hat. Nick war sein Freund, und ich habe gemerkt, dass sein Tod ihn belastet hat, aber er hat sich geweigert, darüber zu reden. Während der landesweiten Suche nach dem Schützen ist Trent mir entglitten. Ich hatte angenommen, dass es an den vielen Stunden lag, die er an diesem Fall gearbeitet hat, nicht daran, dass er sich selbst an Nicks Stelle gesehen hatte. Wenn ich das gewusst hätte, wäre es mir vielleicht möglich gewesen, ihn zu beruhigen.

»Warum hast du es mir nicht erzählt?«, frage ich.

»Keine Ahnung.«

»Du hättest mit mir reden können.«

Trent seufzt, greift sich in den Nacken. »Letztlich hättest *du* reden wollen. Du hättest mir gesagt, dass ich verrückt bin, aber – *das hätte ich sein können*, Grace!« Trent schlägt sich auf die Brust. »Ich hätte genauso gut an Nicks Stelle in dem Sarg liegen können!«

Es ist furchtbar, dass er jahrelang damit zu kämpfen hatte. Ich hätte es wissen sollen, aber ich war so damit beschäftigt, Penelope zu helfen, Nicks Witwe, dass mir gar nicht in den Sinn kam, dass auch Trent in solchem Maße gelitten haben könnte.

Ich trete einen Schritt näher. »Über dieses Risiko war ich mir im Klaren, als ich mich in dich verliebt habe. Ich habe Penelopes Hand gehalten. Ich habe gesehen, was Nicks Tod mit ihr gemacht hat, aber sie hat gesagt, sie würde all die Liebe, die sie miteinander geteilt haben, nicht missen wollen. Eine solche Liebe wollte ich mit dir erleben.«

Trent berührt mich kurz an der Wange. »Gib mir noch eine Chance. Diesmal wird es anders sein. Ich werde anders sein.«

Ich wische mir übers Gesicht und versuche, am schwindenden Rest meiner Entschlossenheit festzuhalten. Er hat mich in sein Inneres blicken lassen, jedenfalls ein winziges bisschen. Vor einem Monat hätte mir das genügt. Ich wäre ihm in die Arme gefallen und hätte ihm verziehen. Doch jetzt bin ich mir nicht sicher, ob solch ein flüchtiger Einblick genug ist – ob dieses Krümelchen ausreicht. Ich bin viel zu oft zurückgekehrt. Zu oft habe ich seine Entschuldigung für bare Münze genommen. »Diese Worte habe ich schon einmal gehört.«

Er tritt näher, aber ich hebe die Hand. »Gracie.«

»Nein. Nein, du wirst mir das nicht noch einmal antun. Du kannst mir nicht Dinge versprechen, die niemals geschehen werden.«

»Ich liebe dich, Grace. Ich habe dich immer geliebt. Ich liebe dich, und ich verspreche, dass alles anders wird. Ich brauche dich, Liebling.«

Diese Worte.

Diese drei Worte, auf die ich eine Ewigkeit gewartet habe.

Noch ein Krümelchen.

Ich zittere, und ein ersticktes Schluchzen entfährt mir. Trent legt die Arme um mich, und dann lasse ich mich fallen. So viele Leute haben mir gesagt, dass Trent mich liebt. Und auf irgendeine verworrene Art glaubt er wahrscheinlich auch, es mir gesagt zu haben, aber es jetzt tatsächlich aus seinem Mund zu hören, ist zu viel.

So lange habe ich gehofft, dass er mich wirklich liebt. Aber Liebe ist keine Waffe, die man gegen den anderen erhebt. Liebe verletzt den anderen nicht, doch in diesem Moment leide ich.

Ich muss frei atmen und nachdenken.

Ich brauche Raum, um mir Klarheit zu verschaffen.

Langsam gewinne ich meine Selbstbeherrschung zurück. Ich lehne mich zurück und wische mir über die Lider. Ich schaue direkt in seine blauen Augen und schüttele den Kopf. Das ist alles, was ich wollte, und doch würde ich alles dafür geben, wenn er es zurücknehmen würde.

Trent scheint zu spüren, was ich empfinde, denn er ergreift schnell das Wort. »Ich sage dir, was ich schon vor langer Zeit hätte sagen sollen. Ich habe dir so wehgetan, und das werde ich mir nie verzeihen.«

Er hat mir wehgetan, und er tut mir auch jetzt weh, ohne es zu wollen.

»Bitte, hör auf«, flehe ich. »Bitte, gib mir ein wenig Zeit.«

»Ich will es wiedergutmachen. Ich denke, wir sollten ...«

»Verdammt, Trent!« Ich versetze ihm einen Stoß gegen die Brust und weiche zurück. »Ich kann das heute nicht. Ich hatte eine wirklich verwirrende Nacht, und jetzt noch *das* hier. Ich brauche ein wenig Zeit allein. Ich habe so lange darauf gewartet, diese Worte zu hören, und das muss ich erst mal verarbeiten.«

Trent kommt auf mich zu und hebt mein Kinn, damit ich ihn ansehe. »Wirst du mir eine Chance geben, es zu beweisen? Ändert das nicht alles?«

»Du setzt mich nicht unter Druck. Das lasse ich nicht zu.«

»Und ich werde nicht zusehen, wie du mit einem anderen Mann ausgehst. Ich kann nicht einmal daran denken, dass er dich so berührt, wie ich es gerade getan habe.«

Also deshalb hat er mir endlich das gegeben, worauf ich so lange gewartet habe. Er liebt mich nicht. Er will nicht, dass sich etwas zwischen uns ändert. Ihn interessiert nur, dass ich nicht mit Cooper zusammen bin. Enttäuscht sehe ich ihn an.

»Dass du das zu mir sagst …«

Klopf, klopf, klopf.

Ich schaue zur Tür, und Trent starrt mich an.

»Erwartest du irgendjemanden?«, fragt er.

»Nein.«

»Grace!«, erklingt Coopers tiefe Stimme von draußen.

»Tja.« Trent grinst. »Ich schätze, du solltest antworten.«

Kapitel 9

Das kann nur schiefgehen. Kein einziges Szenario, das ich in Gedanken durchspiele, endet gut, daher muss ich da einfach durch. Ich kann es nicht ändern, also kann ich mich der Sache ebenso gut stellen. Ich ziehe mir schnell etwas an und gehe zurück in den Flur, wo Trent an der Wand lehnt.

»Wenn du dieses Gespräch fortsetzen willst, benimm dich nicht wie ein Mistkerl«, warne ich ihn im Vorbeigehen, aber er beobachtet mich nur. Ich öffne die Tür, und Cooper steht da, in Jeans und einem abgetragenen T-Shirt.

»Hey.« Cooper lächelt.

»Hi«, antworte ich, und eine Welle von Reue erfasst mich. Ich schäme mich für die ganze Situation. Kaum ist unser Date beendet, schlafe ich mit meinem Ex-Freund. Ich bin schrecklich. Ich verdiene es, einsam zu sterben. »Hör zu, Coop«, sage ich, lege ihm eine Hand auf den Arm und führe ihn nach draußen. »Trent ist hier.«

Ich schließe die Tür hinter uns, damit Trent das Gespräch nicht mit anhört. Es ist schon schlimm genug, dass sie beide hier sind. Da kann ich wenigstens versuchen, die Lage etwas erträglicher zu machen.

Cooper nickt. »Ich habe seinen Wagen gesehen.«

Und er ist trotzdem vorbeigekommen? Ich bin total verwirrt, und der Alkoholnebel in Kombination mit meinem Schamgefühl tut sein Übriges.

Cooper legt mir eine Hand auf die Wange. »Du gefällst mir gar nicht, geht es dir nicht gut? Bist du krank?«

Fällt psychische Labilität unter diese Kategorie? Wenn ja, bin ich definitiv krank.

»Es geht mir wirklich nicht sehr gut.«

»Ich kann dir Medizin besorgen, wenn du etwas brauchst.«

Warum muss er nur so süß sein? Warum kann er mich nicht ein Flittchen oder Schlimmeres nennen und mir sagen, dass er mich hasst? Das wäre das Mindeste, das ich verdiene. Ich habe mit Trent geschlafen, und jetzt kommt Cooper vorbei, weil er ein guter Kerl ist. Nicht weil er mich ausnutzen will, sondern weil er sich um mich sorgt.

Was stimmt nicht mit mir?

Ich schüttele den Kopf und lasse den Arm sinken. In diesem Moment verabscheue ich mich. Ich bin so durcheinander und weiß nicht länger, was real ist. Ich traue mir selbst nicht mehr.

Aber eines steht fest: Cooper hat das hier nicht verdient. Und ich verdiene weder ihn noch seine Freundschaft.

»Ich bin nicht richtig krank – zumindest nicht körperlich. Lieb von dir, dass du dich um mich kümmern willst. Ich …« Ich halte inne und suche nach den richtigen Worten. »Es … Es tut mir so leid, Coop.« Ich berühre ihn am Arm und hoffe, er merkt, dass ich es ehrlich meine. »Ich bin schrecklich. Ich bin so schrecklich, und es tut mir so leid. Ich schwöre, ich habe nie gewollt, dass irgendetwas von alledem passiert. Ich schäme mich zutiefst.«

»Grace.« Cooper stößt einen tiefen Seufzer aus und kneift sich in den Nasenrücken. »Es gefällt mir zwar nicht, aber wir sind schließlich nicht zusammen. Du schuldest mir keine Erklärung. Ich musste dich regelrecht dazu zwingen, dich auf ein Date mit mir einzulassen. Es wäre nicht fair von mir, dir wegen irgendetwas Vorwürfe zu machen. Für mich bedeutet das nur, dass ich noch eine Schippe drauflegen muss, damit du beim nächsten Mal mich anrufst, wenn du jemanden brauchst.«

Ich stehe vollkommen reglos da, überrumpelt von seinen Worten.

Hat er das gerade ernsthaft gesagt? Im umgekehrten Fall würde ich meinem Gegenüber die Haare ausreißen.

Die Tür geht auf, und Trent tritt hindurch. »Guten Morgen, Cooper.«

»Trent«, antwortet Cooper, dann atmet er hörbar aus, anscheinend, um sich zu beruhigen.

»Hattest du eine gute Nacht, Coop? Also, ich schon.«

Ich werde ihn umbringen.

Cooper verlagert sein Gewicht nach vorn, und ich schreite ein. »Um wie viel Uhr ist heute deine Angelsache? Musst du nicht langsam los?«

»Würdest du uns für eine Minute allein lassen? Wir waren mitten im Gespräch, und das würde ich gern zu Ende führen«, wendet sich Trent an Cooper.

Ich weiß wirklich nicht, was hier los ist. Das kann doch nicht mein Leben sein – aber das ist es.

Ich drehe mich zu Cooper um und berühre ihn am Arm. »Wartest du drinnen auf mich? Es wird nicht lange dauern.«

Trent schnaubt. »Oder du verschwindest.«

Ich werde ihn umbringen. Ganz sicher. Und ich habe auch kein Problem, anschließend seiner Mama den Grund zu erklären.

Cooper tritt hinter mich und lässt seine Hand kurz an meinem Rücken ruhen. Was Trent selbstverständlich nicht entgeht. »Ich warte«, brummt er feindselig. Cooper küsst mich auf die Wange, bevor er hineingeht.

Mir rutscht das Herz in die Hose, während ich beobachte, wie Trents Miene von selbstgefällig zu verletzt wechselt, aber er lässt mir keine Sekunde Zeit zum Nachdenken. »Also, wirst du mit ihm reden? Nach allem, was ich gesagt habe?«

»Jetzt nicht.«

»Wenn du mir jetzt nicht sagst, dass ich bleiben soll, triffst du damit deine Entscheidung.«

»Treib mich nicht in die Enge.« Ich funkele ihn an. »Ich brauche Zeit. Ich finde, die kannst du mir geben.«

Trent schüttelt den Kopf. »Zeit ist das Einzige, was wir immer hatten, und wir haben genug davon verschwendet. Ich muss wissen, ob du mich liebst. Ich muss wissen, ob alles, was wir hatten, verschwunden ist. Ob du dich für ihn oder für mich entscheidest.«

Er hat kein Recht, heute hier zu stehen und Forderungen zu stellen. Schließlich ist er derjenige, der mich ein ums andere Mal abgewiesen hat. Und dann zeigt er mir einmal ein wenig Zuneigung und glaubt, dass das Jahrzehnte des Leids wettmacht – als sei ich schuld daran, dass wir all diese Jahre verschwendet haben.

»Wenn du heute eine Antwort willst, wird sie dir nicht gefallen. Du hattest zwanzig Jahre. Zwanzig *Jahre*, um mir all das zu sagen, womit du mich jetzt an einem einzigen Morgen überschüttet hast.« Ich werfe die Hände in die Luft. »Das ist einfach zu viel. Das ist nicht fair. Du kannst nicht erwarten, dass du mit einem Mal das Richtige sagst, und dann« – ich schnippe mit dem Finger – »verzeihe ich dir einfach so. Ich brauche Raum. Ich muss herausfinden, was ich empfinde.«

Trents Hände zittern, als er mein Gesicht berührt. »Ich liebe dich! Verdammt noch mal, ich liebe dich.«

Ich schließe die Augen und versuche, Luft zu bekommen. Es tut weh zu atmen. »Ich habe so lange darauf gewartet, das zu hören.« Ich stoße einen tiefen Seufzer aus. »Aber du darfst das nicht bloß sagen, um mich zum Bleiben zu bewegen. Ich brauche Zeit, und wenn du mir die nicht geben kannst, dann liebst du mich nicht.«

»Also bittest du mich zu gehen?«

»Ja. Ja, das tue ich wohl.«

Ich will keinen endgültigen Abschied, sondern Zeit, aber das scheint er nicht zu hören. Ich schulde Cooper eine

Erklärung. Ich schulde mir selbst eine Chance, all das zu begreifen. Wenn es um Trent geht, verfalle ich immer in dasselbe Muster. Ich finde nicht, dass ich zu viel verlange.

»Du hast deine Wahl getroffen, Gracie. Es ist klar, dass du, selbst nachdem ich dir das alles offenbart habe, ihn wählen wirst.«

»Ich wähle mich!«

Trents Handy klingelt, und er stöhnt. »Ich muss gehen.«

»Ich rufe dich in einigen Tagen an.«

Er macht einen Schritt auf mich zu und umfasst mein Gesicht. »Entscheide dich nicht für ihn. Entscheide dich einfach nicht für ihn.«

Er presst seine Lippen auf meine, schnell, hart und verzweifelt. Dann dreht er sich um, geht davon und lässt mich wie vor den Kopf gestoßen zurück.

Ich weiß, dass er zornig ist, aber das bin ich auch. Ich wollte nicht, dass so etwas passiert. Ich hatte nicht die Absicht, jemals wieder mit ihm zu schlafen, und doch habe ich es getan. Ich kann mir einreden, der Alkohol und was weiß ich nicht alles seien schuld daran. Ich kann eine Million Ausreden erfinden, warum es passiert ist, aber das alles ist Quatsch. Ich habe es getan, weil ich ihn liebe. Ich habe es getan, weil ich ihn brauche. Ich habe es getan, weil ich verrückt bin.

»Grace?« Coopers Stimme durchbricht die Stille, als ich ins Haus zurückkehre.

Ich drehe mich zu ihm um, unsicher, was genau ich fühle. »Ich weiß nicht, was ich sagen soll, Coop. Ich fühle mich schrecklich, und ich weiß ehrlich nicht, warum du noch hier bist. Du solltest mich anschreien oder mir an den Kopf werfen, wie sehr du mich hasst. Du solltest es mir schwer machen.«

Er tritt von einem Fuß auf den anderen, fährt sich mit

der Hand übers Gesicht. »Ich will es dir nicht schwer machen. Ich sehe, wie sehr du wegen dieser Sache leidest.« Cooper geht auf und ab. »Ich bin nicht glücklich darüber, dass er hier war. Ich weiß, was dich und Trent verbunden hat. Aber ich mag dich, Grace.« Er stellt sich vor mich und nimmt meine Hände. »Ich mag dich, und das schon seit einer Weile. Ich hätte gern ein Date mit dir, ein richtiges Date, damit ich dir zeigen kann, dass es noch mehr gibt als Trent. Es gibt mehr als das, was er dir all die Jahre über gegeben hat.«

Mein Mund öffnet sich leicht. »Selbst nach dem, was gerade passiert ist?«

Es ist kaum zu glauben, dass er nicht wütend ist. Stattdessen kämpft Cooper um eine weitere Chance. Warum muss das so schwer sein? Es wäre anders, wenn Cooper wie Trent wäre, aber das ist er nicht. Er ist genau so, wie ich mir einen Mann wünsche.

Cooper bewegt meine Hände und grinst. »Ich habe wirklich lange gewartet. Ich bitte dich um einen einzigen Abend, damit ich dir zeigen kann, dass das, was du mit ihm hattest, nicht das ist, was du brauchst.«

Cooper ist der Typ Mann, für den man alles über den Haufen wirft.

»Ich weiß nicht.« Ich weiche seinem Blick aus. »Das ist verrückt. Du bist perfekt, und ich bin so verkorkst.«

Er zieht mich aufs Sofa und lehnt sich zurück. »Du bist nicht verkorkst. Du bist durcheinander, und das verstehe ich. Ich versuche, die Sache für dich nicht noch schlimmer zu machen.«

»Warum bittest du mich dann um ein Date? Offensichtlich bin ich nicht so stark, wie ich dachte.«

Wenn er weiß, dass ich durcheinander bin, warum versucht er es dann? Es ergibt keinen Sinn für mich. Er sieht gut aus, hat sein eigenes Geschäft und alles, was eine Frau sich wünschen könnte, und er will ausgerechnet etwas von mir. Das kommt mir verrückt vor.

Cooper lächelt und streicht mit dem Daumen über meinen Handrücken. »Hast du dir jemals etwas gewünscht und konntest es nicht haben? Und dann ist es plötzlich in erreichbarer Nähe, aber nur beinahe. Du kannst entweder aufgeben oder weiter die Hand danach ausstrecken. Ich bin kein Mann, der aufgibt.«

»Und wenn du es zu fassen bekommst, und es ist rissig oder nicht so glänzend, wie du dachtest, was dann?«

Mein Festnetztelefon klingelt, und ich höre den Anrufbeantworter anspringen. »Grace, hier ist deine Mutter. Hör zu, du musst hierherkommen und heute deinem Daddy helfen. Seine Hüfte macht ihm Schwierigkeiten, und er ist ein sturer Esel, der denkt, er könne gegen den Schmerz arbeiten.« Meine Mom stößt ein verärgertes Schnauben aus. »Es wäre toll, wenn du schnell kommen könntest. Ich hab versucht, dich auf deinem Handy zu erreichen, aber du bist nicht rangegangen. Ruf mich zurück.«

Ich sehe Cooper an und erkläre schnell: »Tut mir leid, aber ich werde gebraucht. Mein Vater begreift nicht, dass er nicht mehr so schwer auf der Farm arbeiten kann wie früher.«

»Ich habe heute frei. Lass mich mitkommen und helfen.«

»Was?«, frage ich überrascht.

»Ich kenne mich auf einer Farm aus.« Cooper erhebt sich und streckt die Hand aus. »Ich bin mir sicher, ihr könnt ein wenig zusätzliche Hilfe gebrauchen. Die Liste von Dingen, die erledigt werden müssen, ist immer lang.«

Er hat recht. Ich tue, was ich kann, wenn ich drüben bin, aber es gibt vieles, wozu ich gar nicht fähig bin. Mein Vater hat mir Reiten beigebracht, aber nicht, wie ich den Stall renoviere. Wenn Cooper mitkäme, wäre er tatsächlich eine große Hilfe. »Bist du dir sicher?«

»Schwing deinen süßen Hintern hoch, bevor ich meine Meinung ändere. Auf uns wartet Arbeit.« Cooper grinst, und ich gebe ihm die Hand.

»In Ordnung.«

Ich umarme ihn. Wie süß, dass er mit mir rüberfahren möchte, vor allem nach diesem Morgen! Keine Ahnung, womit ich seine Freundschaft verdiene, aber ich bin dankbar dafür.

Wir fahren zum Haus meiner Eltern und treffen meinen Vater in der Scheune. »Hi, Daddy.«

»Gracie Lou!«, ruft Daddy. »Da ist ja mein wunderschönes Mädchen.«

»Mr Rooney.« Cooper tritt vor und schüttelt ihm die Hand. »Schön, Sie zu sehen, Sir.«

Mein Dad schmunzelt. »Cooper Townsend, was führt dich hierher?«

Mein Vater sieht erst mich an, dann Cooper. Oh, Jesus. Wenn mein Vater sich in dieser Sache für eine Seite entscheiden muss, wird er im Team Trent sein. Es ist nicht so, dass mein Dad Cooper nicht mag, aber Trent liebt er. Sie sind zusammen angeln, jagen und schießen gegangen. Mein Vater hat nie einen Hehl aus seinem Wunsch gemacht, dass wir heiraten. Er sagt, Trent wäre der Sohn, den er sich immer gewünscht hat.

Ich hoffe, es war kein Fehler, Coop hierher mitzubringen.

»Daddy, Cooper ist hier, um bei einigen Dingen mit anzupacken. Wir haben uns gerade unterhalten, als Mama angerufen hat, und er hat angeboten, mitzukommen, um mich zu unterstützen.«

»Nun.« Er tätschelt Cooper die Schulter. »Das ist schrecklich nett, dass du meinem kleinen Mädchen hilfst. Ich weiß das zu schätzen, Sohn.«

»Keine Ursache, Mr Rooney. Ich freue mich, wenn ich mich nützlich machen kann.«

Daddy teilt uns eine sehr lange Liste von Dingen mit, die er versucht hat zu erledigen, und ich bemühe mich, Haltung zu wahren. Er rasselt etwas über defekte Motoren herunter, einen Zaun, der kaputt ist, und Bretter, die ersetzt werden müssen. Er hätte nicht mal die Hälfte davon schaffen können. Über kurz oder lang werde ich wegen des Chaos im Laden und des Desasters auf der Farm mit meinen Eltern reden müssen. Sie können die Sache nicht weiter schleifen lassen, sie brauchen Hilfe.

»Ich werde mit dem Zaun anfangen, wenn du mit deinem Dad arbeiten willst«, bietet Cooper an.

»Das ist wirklich lieb von dir. Danke. Ich komme später zu dir.«

Cooper schnappt sich das Werkzeug und geht zielstrebig davon, während ich ein Auge auf meinen Vater habe, der gerade die Leiter erklimmt, um eins der losen Bretter zu inspizieren.

»Reich mir mal den Hammer, ja?«

»Bitte schön.« Ich drücke ihm das Werkzeug in die Hand. Dabei mustere ich meinen Vater genauer. Er ist in den letzten Jahren sichtlich gealtert. Sein einst pechschwarzes Haar ist jetzt fast komplett grau, sein Gang ein wenig langsamer, und er sieht müde aus. Das ist ihm nicht zu verdenken. Eine Farm zu leiten, ist harte Arbeit. Es bedeutet lange Arbeitstage, gnadenloses Wetter und jede Menge Kopfschmerzen. Dank der mehreren Morgen Land, die wir im Laufe der Zeit verkauft haben, konnte Daddy etwas kürzertreten, aber ich weiß, dass er sich immer einen Sohn gewünscht hat, dem er die Farm hätte übergeben können.

»Also, du gehst jetzt mit dem Townsend-Jungen aus?«, fragt er, während er einen Nagel in das Brett schlägt.

Ich wusste, dass das kommen würde. »Wir sind Freunde, Daddy.«

»Da hab ich aber was anderes gehört.«

Meine Mutter und ihr großes Mundwerk. Das Leben meines Vaters besteht aus der Arbeit auf der Farm und den Golfturnieren, die er sich nach Feierabend im Fernsehen ansieht. Er hat keine Zeit für Tratsch. Es gibt nur eine einzige Quelle, aus der ihm dieses Gerücht zu Ohren gekommen sein kann.

»Dann hast du etwas Falsches gehört.«

»Mit meinem Gehör ist alles in Ordnung, Liebling. Sosehr ich mir auch wünschte, dass ich das als Erstes verloren hätte«, grummelt er, »dann würde ich das Genörgel deiner Mama vielleicht nicht mehr mitbekommen.«

Ich schmunzele. »Ach, sie würde sicher einen Weg finden.«

»Das stimmt wahrscheinlich. Diese Frau würde so ein Flugzeug mieten, das Nachrichten in den Himmel schreibt, damit ich erfahre, was sie von mir erwartet.«

Es ist süß, wie sie einander liebevoll aufziehen. »Du weißt, dass du ohne sie verloren wärst.«

Er knurrt. »Erzähl ihr das bloß nie.«

»Es bleibt unser Geheimnis.«

Mein Dad arbeitet weiter daran, das Brett zu befestigen, und ich stoße einen Seufzer der Erleichterung aus.

»Cooper, hm?«, fragt er, während er die Leiter hinunterklettert.

Ich fürchte, ich bin doch noch nicht aus dem Schneider.

»So ist das nicht. Ich weiß nicht, ob mehr aus uns wird, aber er ist ein guter Kerl. Er ist an seinem freien Tag hierhergekommen, um dir zu helfen.«

»Aha. Also, wirst du das mit Trent wieder auf die Reihe kriegen?«

Er geht zur Werkzeugbank und setzt sich. Das kann nichts Gutes bedeuten. Er möchte ein richtiges Gespräch.

»Er liebt mich nicht. Wie kriegt man so etwas auf die Reihe?«

Er macht eine ruckartige Kopfbewegung. »Weißt du, es

ist nicht immer einfach, aber du musst kämpfen, meine Kleine.«

»Das sagst du so. Aber ich kann ihn nicht dazu zwingen, erwachsen zu werden.«

Meinen Vater hat es am härtesten getroffen, als Scarlett starb. Er hatte das Gefühl, seinem kleinen Mädchen gegenüber versagt zu haben, und hat mir gegenüber einen extremen Beschützerinstinkt entwickelt. Vermutlich gefällt es ihm, dass auch Trent ein Beschützer ist.

Mein Vater beugt sich vor und berührt mich an der Wange. »Das kannst du vermutlich nicht. Du bist ein kluges Mädchen, und du wirst schon wissen, wer der Richtige für dich ist.«

Genau da liegt das Problem. Ich weiß eben nicht, wer oder was richtig ist. Mein Herz und mein Verstand sind sich niemals einig, wenn es um Männer geht.

Ich lächele und berühre ihn an der Hand. »Meine Klugheit habe ich von dir.«

Er zwinkert mir zu. »Ich weiß. Und deinen Kampfgeist hast du von deiner Mama. Diese Frau kann alles bis ins Letzte ausdiskutieren. Genug geredet, lass uns weiterarbeiten.«

»Ich werde nach Cooper sehen und ihm helfen, den Zaun zu flicken. Du kommst hier zurecht?«

Daddy lacht spöttisch und wedelt mit der Hand. »Mach dir keine Sorgen um mich. Ich bin so stark wie ein Ochse.«

Schön wär's.

Schon von Weitem sehe ich Cooper arbeiten – mit bloßem Oberkörper. Ich stoße einen tiefen Seufzer aus. Warum kann der Mann nicht sein Hemd anbehalten? Wieder denke ich daran, dass er ohne zu zögern seine Hilfe angeboten hat. Nicht viele Männer würden ihren freien Tag mit harter, körperlicher Arbeit verbringen, geschweige denn von selbst auf den Gedanken kommen.

Mein Vater hat recht. Ich weiß, wer der richtige Mann ist. Ich weiß nur nicht, ob ich den anderen loslassen kann. Meine Gedanken schweifen ab zur letzten Nacht und zum heutigen Morgen. Wie ich mich in Trents Armen gefühlt habe. Wie er die Worte gesagt hat, nach denen ich mich so gesehnt habe.

Ich zücke mein Handy und schreibe Trent eine Nachricht.

Ich: Ich weiß, dass du bei deiner Familie bist, aber wir sollten trotzdem darüber reden, was heute passiert ist.

Sie machen diesen Ausflug jedes Jahr, und eine der Regeln besagt, keine Handys, es sei denn, es handelt sich um einen Notfall. Das hier ist sicher keiner.

»Hey!«, ruft Cooper, als er mich sieht.

Ich winke und gehe in seine Richtung. »Hey, wie läuft's?«, frage ich, während er sich den Schweiß von der Stirn wischt.

»Gut. Ich bin hier fast fertig. Ich wollte deinem Dad noch dabei helfen, seinen Trecker wieder in Gang zu bringen. Wenigstens das kann man dann von der Liste der Dinge streichen, die er hat schleifen lassen. Wenn wir noch Zeit haben, könnten wir vielleicht die Pferde etwas bewegen?«

»Du brauchst das wirklich nicht zu tun.«

Cooper wirft sich sein T-Shirt über die Schulter und lacht. »Wenn ich es nicht jetzt tue, müssen wir ein paar Tage die Woche hier arbeiten.«

Das ist das Letzte, was ich will. Ich bin mir sicher, dass ich Wyatt und Zach dazu bewegen kann, ab und zu auszuhelfen. Sie sind mir beide etwas schuldig, weil ich ihnen ein- oder zweimal den Hintern gerettet habe.

»Das wird nicht passieren. Ich denke, Daddy und ich werden uns darauf einigen, dass es notwendig ist, jemanden einzustellen.«

Cooper greift nach der Wasserflasche und trinkt gierig. Ich beobachte fasziniert seine Kehle, während er schluckt, und betrachte seine Haut, die nach einer Stunde hier draußen einen Bronzeton angenommen hat. Ich versuche, nicht darüber nachzudenken, *wie* gut er aussieht, aber es gelingt mir nicht.

Er ist das absolute Gesamtpaket.

Er trinkt noch einige Schlucke aus der Flasche und reicht mir den Rest. »Hier, nicht dass du noch verdurstest. Es ist höllisch heiß.«

»Ja. Das stimmt.« Ich trinke etwas von dem Wasser. Dann schüttele ich den Kopf und versuche, Cooper aus meinen Gedanken zu vertreiben. Ich räuspere mich. »Also, kann ich dir bei dem Zaun helfen?«

»Klar.« Cooper hebt das Kinn und reicht mir den Hammer. »Ich werde den Draht straffziehen, wenn du ihn fixieren kannst.«

»Kein Problem.«

Wir arbeiten Seite an Seite, machen uns über meine Unfähigkeit lustig, den Nagel zu treffen, und dass ich dann auch noch beinahe Coopers Hand getroffen hätte. Schweiß tropft mir von der Stirn, als wir zu den wenigen Pfählen gehen, die noch übrig sind. Ich hatte vergessen, wie sehr ich harte Arbeit verabscheue.

Nach weiteren zehn Minuten sind wir mit dem Zaun fertig. Es gibt noch eine Menge anderes zu erledigen, daher wenden wir uns der nächsten Aufgabe zu, jener Tätigkeit, die ich von allen am meisten hasse: Heuballen laden.

»Ich denke, das sollten wir auf ein anderes Mal verschieben«, schlage ich vor.

»Dir wäre es lieber, sie allein zu schleppen?«

»Mir wäre es lieber, sie würden Feuer fangen.«

Er zieht eine Augenbraue hoch. »Was ist das nur mit Mädchen und Heuballen?«

»Was soll das heißen?«, frage ich mit vor der Brust verschränkten Armen.

Er hebt resigniert die Hände. »Ich sage ja bloß, dass ihr Mädels euch alle beklagt, wenn es Zeit wird, sie aufzuladen.«

Liebend gern erkläre ich, warum das so ist. »Weil sie schwer sind, man kriegt das Heu ins Haar, egal, wie vorsichtig man ist, und man hat tagelang danach Rückenschmerzen, und es juckt fürchterlich.«

»Würdest du lieber Holz hacken? Angeln? Jagen? Oder die Boxen ausmisten?«, fragt er grinsend.

»Ich würde lieber schlafen.«

Cooper bricht in Gelächter aus, schlingt die Arme um mich und zieht mich an sich. »Du bist verrückt.«

»Und du bist eklig und verschwitzt.«

Er hockt sich hin, umfasst meine Beine, dann wirft er mich über seine Schulter und rennt los.

»Cooper!«, kreische ich. »Lass mich runter!« Doch er hört nicht. Er läuft einfach weiter, bis wir den Bach erreichen. Das will ich ihm nicht geraten haben. »Tu das bloß nicht!«, sage ich, als ich das Plätschern des Wassers höre.

»Was soll ich nicht tun?«, fragt er ganz unschuldig.

Ich hänge noch immer kopfüber, als der Bach in Sicht kommt. Hilflos rudere ich mit den Armen, schlage ihm auf den Hintern und hoffe, ihn von dem abzubringen, was jetzt kommen wird.

Eiskaltes Wasser.

Und tatsächlich, Cooper schleudert seine Stiefel von den Füßen und wirft meine ebenfalls ans Ufer des Baches. Dann stapft er ins Wasser hinein, dass es nur so spritzt.

»Ohgottohgott!«, kreische ich, als das eisige Wasser auf meine Haut klatscht, während er sich im Kreis dreht.

Er setzt mich ab, und das Wasser strömt um meine Beine.

Nicht mit mir, Freundchen. Ich werde nicht die Einzige

sein, die nass wird. Also hole ich aus und bespritze ihn wie verrückt mit Wasser. »Nimm das!«, brülle ich, als ich ihn voll erwische.

»Ach ja?«, spottet er, dann springt er vor mich, und das Wasser spritzt bis zu meinem Bauch hinauf.

Ich lache laut. »Du bist ein toter Mann!«, rufe ich dann und presche vor.

Cooper zeigt keine Gnade, während er mich wieder attackiert. Nach einigen Minuten sind wir beide durchnässt und abgekühlt und müssen breit grinsen. Er kommt näher, während meine Zähne unüberhörbar klappern.

»Frierst du?«

Ich nicke. »J-Ja. M-Mir ist e-eiskalt.«

Er führt mich ans Ufer und legt die Arme um mich. Ich lehne mich an seinen kräftigen Körper und lasse mich von ihm wärmen. Dann schmiege ich den Kopf unter sein Kinn, und er reibt mir über die Arme.

Da es immer noch sehr heiß ist, dauert es nicht lange, bis meine Körpertemperatur wieder ihr normales Niveau erreicht. Trotzdem halte ich mich noch ein wenig länger an ihm fest. In Coopers Armen zu liegen, ist anders – nicht vertraut, aber behaglich. So als würde er niemals zulassen, dass irgendetwas oder irgendjemand mir wehtut. Ich habe keine Angst davor, dass er mir das Herz bricht. Ich kann mich entspannen und die Augen schließen, weil er mich beschützen wird.

»Wie wär's, wenn wir aufbrechen und schauen, ob dein Dad Hilfe braucht?«, schlägt er irgendwann vor, ohne mich aus seiner Umarmung zu entlassen.

Ich lehne mich zurück und streiche mir das nasse Haar hinters Ohr. »Klar, ich wette, er sucht ohnehin schon nach uns.«

Als wir die Scheune erreichen, steht mein Vater an seiner Werkbank und bastelt an irgendetwas herum.

Ich kann mich gar nicht mehr erinnern, wie viele Male ich auf dem Hocker neben ihm gesessen und ihn bei der Arbeit beobachtet habe. Er war immer dieser große, starke, zähe Mann. Damals dachte ich, ich wäre unverwundbar, denn solange mein Daddy da war, war ich sicher. Er hat die Messlatte ziemlich hochgelegt.

Als er uns eintreten hört, dreht er sich um, und ein warmer Ausdruck tritt in seine Augen. »Hey, meine Kleine. Seid ihr fertig?«

Cooper räuspert sich und geht auf ihn zu. »Ich kann gerne noch ein paar Dinge für Sie erledigen, Mr Rooney.«

Mein Vater lächelt anerkennend. »Du bist ein guter Kerl. An einem Tag wie heute herzukommen und zu arbeiten. Ein guter Mann, Grace.«

Ich sehe Cooper an und lächele. »Ja, das ist er.«

Dad lässt das Ding, an dem er herumgewerkelt hat, fallen und lehnt sich zurück. »Ich kann ein wenig Entlastung gut gebrauchen. Meine Hüfte setzt mir furchtbar zu. Wenn ihr mich braucht, findet ihr mich in meinem Sessel. Danke für deine Hilfe heute, mein Sohn.«

Cooper legt ihm eine Hand auf die Schulter. »Ich wäre nirgendwo lieber als hier.«

Daddy kommt zu mir und küsst mich auf die Stirn. »Sei brav, Liebling.«

»Mach ein schönes Nickerchen!«, rufe ich, und er antwortet mit einem leisen Brummeln.

»Wenn du nach Hause und dich umziehen willst oder noch etwas zu erledigen hast, kann ich das hier auch allein fertig machen«, biete ich Cooper an.

Er kommt einen Schritt näher, und sein dunkles Haar glänzt in dem Sonnenlicht, das durch die Fenster fällt. »Wie wäre es damit … Ich werde deinem Dad noch ein wenig helfen, und dafür gibt es ein gemeinsames Abendessen.«

»Abendessen?«

»Ja, du weißt schon, diese Mahlzeit nach dem Mittagessen.« Er stupst mich an. »Ich finde, du könntest zumindest mit mir essen, nachdem ich mir den ganzen Tag in der heißen Sonne den Hintern aufreiße und du mir Wasser ins Gesicht gespritzt hast.«

Meine Muskeln verkrampfen sich, während ich mir eine Ausrede überlege. Ich bin mir nicht sicher, ob das so eine gute Idee ist nach allem, was in den letzten vierundzwanzig Stunden passiert ist.

»Ich weiß nicht, Coop … der heutige Tag war … anstrengend?«

»Das heißt nicht, dass das Abendessen es auch sein wird.«

Er hat recht, ich benehme mich verrückt, aber ich habe das Gefühl, ihm gegenüber ehrlich sein zu müssen. Ganz gleich, welche romantischen Möglichkeiten vielleicht zwischen uns bestehen, er ist immer noch ein Freund.

Es kann nur funktionieren, wenn wir absolut offen miteinander reden.

»Nein, aber was ist mit dem, was heute Morgen passiert ist? Wie kannst du so gelassen sein?«

Er stößt einen tiefen Seufzer aus. »Langsam habe ich das Gefühl, als wolltest du, dass ich wegen dir und Trent sauer bin.«

Ich halte inne und denke für eine Sekunde darüber nach. Mein erster Impuls ist, ihm zu widersprechen. Warum sollte ich das wollen? Aber vielleicht hat er recht. Ich bringe es tatsächlich immer wieder zur Sprache und reibe es ihm selbst dann noch unter die Nase, nachdem wir den Tag entspannt und glücklich verbracht haben.

Ich trete näher an Cooper heran und lege ihm eine Hand auf den Arm. »Es tut mir leid, wenn ich dir dieses Gefühl vermittelt habe. Ich will nicht, dass du sauer bist. Allerdings wäre ich es gewesen, wenn ich nach unserem Date jemanden bei dir zu Hause angetroffen hätte.«

Er zieht mich enger an sich und legt mir den Arm um die Taille. »Ich bin nicht glücklich darüber, aber ich bin auch nicht sauer. Ich will was von dir, Grace. Ich versuche, dich dazu zu bringen, in mir mehr als nur einen Freund zu sehen. Außerdem kenne ich dich. Es ist nicht deine Art, absichtlich meine Gefühle zu verletzen. Du bist verwirrt und traurig und hängst immer noch den letzten beiden Jahrzehnten mit Trent hinterher. Es würde gar nichts bringen, sauer auf dich zu sein. Ja, er war gestern Nacht bei dir, und ich will gar nicht wissen, was passiert ist. Ich würde sicher richtig raten, aber behalte es lieber für dich. Also«, er hält inne, und sein Blick wird hart, »wenn wir uns aber wirklich eine Chance geben wollen, bin ich nicht bereit, dich zu teilen. Wenn du mich willst, dann wirst du mich wählen müssen.«

Jetzt möchte ich am liebsten wegrennen. Ihn wählen müssen. Ich weiß nicht, ob die Wahl auf ihn fallen würde, wenn ich jetzt entscheiden müsste. Ich schließe die Augen, schüttele den Kopf und ringe mit einer Antwort.

»Bevor du dich aufregst, möchte ich klarstellen, dass wir nichts überstürzen müssen. Ich habe viel Geduld.«

»Ehrlich?« Ich gebe ihm einen Stups gegen den Oberkörper und betrachte die Sommersprossen auf seiner Brust. »Ich hab Angst.«

»Wovor denn?«

Der Moment ist gekommen. Ich hebe den Kopf und schaue ihm in die Augen. Ich muss es aussprechen und ehrlich zu mir selbst sein. »Vor dir. Vor *uns*. Vor der Vorstellung von uns!« Ich drücke ihn weg, aber er ist stärker und hält mich fest. »Du bist der Bruder meiner besten Freundin. Du bist Cooper!«

»Und du bist Grace«, gibt er grinsend zurück.

Ich verdrehe die Augen. »Witzig.«

»Eben.«

»Verstehst du denn nicht?«, frage ich. »Du bist immer

ein Teil meines Lebens gewesen. Ich will nicht, dass wir das vermasseln!«

Ich schaue in seine dunkelgrünen Augen und sehe darin ebenfalls Furcht. Auch er hat also Angst. Vielleicht aus anderen Gründen als ich, aber sie ist unverkennbar.

»Es ist ja nicht so, dass ich dich gleich vor den Traualtar zerren will. Wir sind Freunde, wir werden immer Freunde sein, aber vielleicht ist da noch mehr zwischen uns.«

»Das meine ich nicht. Ich befürchte, dass ich etwas verlieren werde, das mir viel bedeutet.«

»Und das wäre?«, fragt Cooper.

»Unsere Freundschaft.«

Er kommt noch näher und schüttelt den Kopf. »Das wirst du nicht. Vertrau mir.«

Ihm vertraue ich, doch ich weiß nicht, ob ich mir selbst trauen kann.

»Also, ich werde jetzt weiterarbeiten, und du überlegst dir die Sache mit dem Abendessen.«

Dieses gemeinsame Abendessen ist wirklich das Mindeste, was er verdient hat. Cooper ist extra hergekommen, hat sich den Hintern aufgerissen, und ich werde ihm ewig dankbar dafür sein. Nachdem wir den ganzen Tag zusammen waren, merke ich, dass ich auch weiterhin mit ihm Zeit verbringen möchte. Er gibt mir ein völlig neues Gefühl. Ich muss mir keine Sorgen machen, ihn zu verärgern, sodass er abhaut. In seiner Gegenwart fühlt sich alles unbeschwert und leicht an. Und er ist süß.

»In Ordnung. Ich werde mit dir zu Abend essen.«

»Wie wäre es, wenn wir dafür nicht wegfahren müssten?«, schlägt Cooper vor und grinst mich an. »Das verringert das Risiko, dass uns wieder ein Reifen platzt.«

»Als Freunde?«

»Als Freunde, nur ein Abendessen. Ich kann kochen, wenn du willst«, bietet Cooper an.

Nun gibt es kein Zurück mehr, und wenn ich schon keine Wahl habe, kann ich auch dafür sorgen, dass das Essen wirklich lecker ist. »Ich werde kochen. Was immer du zubereitest, werden wir garantiert nicht essen wollen. Komm heute Abend zu mir, dann können wir reden, essen und über ein zweites Date nachdenken.«

»Dann darf ich den Film aussuchen«, verlangt er. »Wenn du kochst, bin ich verantwortlich für die Unterhaltung.«

Ich kenne Coopers Filmgeschmack. »Ich sehe mir keinen John-Wayne-Film an. Du wirst etwas aus diesem Jahrtausend aussuchen müssen.« Ich deute mit dem Finger auf ihn, und er lacht.

»Die sind alle blöd.«

»Nein, sind sie nicht. Du beschränkst dich immer auf dieselben fünf Filme. Es wird Zeit, deinen Horizont zu erweitern.«

Er beugt sich vor, küsst mich auf die Wange und geht dann zur Tür. »Bei diesem Trecker wartet eine Menge Arbeit auf mich. Und du musst eine ordentliche Mahlzeit zubereiten«, sagt er und grinst. »Leg am besten direkt los.«

Ich stütze mich mit den Händen am Rand der Scheunentür ab und lege die Schläfe auf den Handrücken. So beobachte ich, wie er auf den Trecker zugeht. Als ich schon beinahe denke, dass er nicht mehr zurückschauen wird, dreht er sich doch noch einmal um und lächelt.

»Hey, Grace?«, fragt er. »Auch wenn es kein Date ist, wundere dich nicht, wenn ich wieder Blumen mitbringe.«

Darauf scheint er ganz versessen zu sein. Nun, ich habe ihn gewarnt, so gut ich kann. Aber Emily hat recht, er ist ein großer Junge und stürzt sich nicht blind in diese Sache hinein.

Ich hebe den Kopf und nehme meinen Mut zusammen. »Sei um acht Uhr da.«

»Ich weiß den perfekten Film!«, ruft er zurück.

»Nämlich?«

»Verrate ich nicht. Wir sehen uns heute Abend!«

Er winkt noch einmal, bevor er verschwindet. Ein Treffen bei mir zu Hause, keine explodierenden Reifen, die alles vereiteln können, nur zwei alte Freunde, die zusammen essen.

Was könnte da schon schiefgehen?

Kapitel 10

Trent

»Dad, stopp.« Ich schlage nach seiner Hand, als er versucht, die Schnur an meiner Angel in Ordnung zu bringen. Ich angele seit meinem dritten Lebensjahr, und er behandelt mich immer noch wie einen Anfänger. Heute ist nicht der richtige Tag, um sich mit mir anzulegen. Ich bin nicht in der Stimmung. Wir sind seit Stunden hier draußen, und ich habe immer noch keinen einzigen verdammten Fisch gefangen.

»Muss Daddy deine Schnur wieder richten?«, versucht Wyatt wie so oft, mich zu ärgern.

Ich zeige ihm den Mittelfinger und mache mich wieder daran, die Fliege zu befestigen.

»Trent war immer ein wenig speziell«, mischt sich Zach ein. »Hat er eigentlich je gewonnen?«

»Ich habe zweimal gewonnen, vielen Dank … Blödmann.«

Zugegebenermaßen ist es keine allzu große Kunst, in diesem See Fische zu fangen, da wir ihn jedes Jahr eigens für das familiäre Angelvergnügen bestücken. Dennoch graut mir stets vor diesem Tag. Denn natürlich haben Zach und Wyatt jeder mindestens zehnmal gewonnen, aber das liegt daran, dass die Deppen jeden Tag angeln. Ich würde viel lieber schießen oder trainieren. Und ich würde liebend gern gegen einen von ihnen in einem Schießwettbewerb antreten. Sie würden beide verlieren.

»Ohhh.« Wyatt lacht. »Zweimal.«

»Genug!« Mein Vater bereitet unserem Gezänk ein Ende. »Ihr drei seid immer noch genauso nervig wie als Teenager.«

Meine Brüder und ich sehen einander an und zucken mit den Schultern. Wir sind vom Alter her nicht weit auseinander, aber alle drei stur. Es gibt nichts, was ich nicht für sie tun würde. Meine Brüder bedeuten mir alles. Als Wyatt letztes Jahr so viel durchmachen musste, war ich jeden Tag bei ihm zu Hause. Als Zach verletzt war, bin ich nach Kalifornien geflogen, um ihn nach Hause zu holen. Dass wir alle wieder zusammen in dieser Stadt leben, bedeutet mir viel.

Die Familie ist das Einzige, was im Leben wirklich zählt. Und Grace, aber sie hat mich in meine Schranken gewiesen.

»Was macht die Arbeit, Sohn?«, fragt mein Vater.

»Ich stelle noch einen Stellvertreter ein. Dann muss ich nicht mehr so viel arbeiten.« Letzte Woche habe ich endlich die Zustimmung erhalten.

»Und wie sieht es mit deinem Plan aus, Grace zurückzugewinnen?«

»Die Sache ist gelaufen.«

»Er hat seinen Hintern eine Spur zu spät hochbekommen«, lässt Zach noch eine Beleidigung fallen.

Dad räuspert sich. »Verschwende keine Zeit, Trent. Wenn du nicht jede Sekunde mit dieser Frau auskostest, wirst du es bereuen. Glaub mir, wenn du sie willst, musst du es ihr beweisen.«

Mein Vater liebt meine Mutter abgöttisch. Um ihre Beziehung haben meine Brüder und ich die beiden immer beneidet, und wir haben versucht – jeder auf seine eigene Weise –, so etwas für uns selbst zu finden. Meine Mutter und mein Vater können ein ganzes Gespräch ohne Worte führen, was wahrscheinlich ziemlich nützlich war, als sie uns großgezogen haben.

»Ich habe ihr gesagt, was ich will.«

»Dann erobere sie zurück«, erwidert er.

»So einfach ist das nicht.«

Er schnaubt. »Und ob es das ist. Du kannst nicht von ihr erwarten, dass sie einfach so glaubt, was du sagst. Sie muss sehen, dass du dich änderst.«

Dad hat uns alle immer angetrieben, die große Liebe zu suchen. Es überrascht mich, dass er nicht schon früher auf Grace zu sprechen gekommen ist.

»Ich habe es ihr gezeigt, und sie hat sich für jemand anderen entschieden.«

Er nickt. »Dann, schätze ich, war sie nicht die Richtige.«

Was soll das denn nun heißen? Natürlich ist sie die Richtige. »Tja, ich schätze, ich habe es erst gemerkt, als es zu spät war.«

Er wirft die Leine aus und schnauft. »Ein Mann weiß so etwas immer. Es geht darum, klug genug zu sein und entsprechend zu handeln.«

Darauf erwidere ich nichts. Ich weiß seit Langem, dass Grace die Richtige ist, aber ich war zu verbohrt, um mich zu ändern. Unser Arrangement hat mir gefallen. Für mich hat es funktioniert. Wir sind zum Abendessen oder zum Tanzen ausgegangen, hatten großartigen Sex, und dann hat jeder gemacht, was er wollte. Ich war ihr keine Rechenschaft schuldig, und sie brauchte mir nicht zu erzählen, was sie tat.

»Warum bist du immer so weise und vage zugleich?«, brumme ich. »Es ist wirklich nervig.«

Dad zuckt mit den Schultern und dreht sich zu Wyatt um. »Wie geht es meiner Schwiegertochter?«

»Uns geht es großartig. Die Arbeit läuft gut, und ich überlege immer noch, ob ich mich mit Cooper zusammentun und Miteigentümer werden soll.«

Meine Hand krampft sich um die Angel, als mein Bruder seinen Namen sagt. In diesem Moment könnte Cooper bei ihr sein. Ich habe keine Ahnung, worüber sie reden oder ob er sie davon überzeugt hat, dass er die bessere Partie ist. Ich sitze hier fest und versuche mich davon abzuhalten, wieder zu ihr zu fahren.

Sie behauptet, die Liebe zwischen uns an diesem Morgen nicht gespürt zu haben, aber sie lügt. Ich weiß, ich bin nicht perfekt, aber ich spiele keine Spielchen mehr. Ich wollte gestern Abend nicht zu ihr fahren, aber ich habe es getan, weil sie mich gebraucht hat. Ich hätte nicht damit gerechnet, dass wir Sex haben würden, aber ich konnte ihr nicht widerstehen.

Wie sie meinen Namen gestöhnt hat. Die Laute, die sie im Schlaf von sich gegeben hat, und wie sie sich an mich geschmiegt hat. Ich konnte mich nur mit Mühe beherrschen, ihr nicht mitten in der Nacht die Kleider vom Leib zu reißen. Jetzt kann ich an nichts anderes denken als daran, dass sie mit Cooper zusammen ist.

»Ich habe nicht nach dir gefragt, ich habe nach Angie gefragt«, gibt Dad zurück.

Wyatt schnaubt, und ich unterdrücke ein Lachen. »Es geht ihr gut. Diese Schwangerschaft ist anders als die vorige.«

»Und redet ihr miteinander?« Mein Vater schaut zum Hügel hinüber, womit er auf subtile Art an das Baby erinnert, das sie im vergangenen Jahr verloren haben.

»Faith ist immer ein Thema.«

»Und wann werde ich ein Enkelkind von dir bekommen, Zachary?«

Manchmal hat es seine Vorteile, als Einziger nicht verheiratet zu sein. Obwohl ich schon genug auf die Mütze bekommen habe, weil ich es nicht bin und keine Kinder habe. Aber als ich vierzig geworden bin, hat er es völlig aufgegeben und es von da an auf sich beruhen lassen.

Zach brummt etwas Unverständliches vor sich hin und wirft die Leine aus. »Oh, seht mal, ein Fisch!«

»Komm, Fischlein, Fischlein, Fischlein!«, ruft Wyatt.

Wir alle drehen uns zu ihm um, als hätte er den Verstand verloren. »Was ist mit dir los?«, frage ich.

»Was? Ach so, das ist Angies und mein Ding. Ihr hättet dabei sein müssen.«

»Bist du betrunken?«, fragt Zach.

Er schüttelt den Kopf. »Warum trinken wir eigentlich nicht, wenn wir angeln?«

Dad räuspert sich. »Weil jedes Mal, wenn ihr drei trinkt, einer von euch ein blaues Auge kriegt und ich mir dann die Vorwürfe eurer Mama anhören muss, weil ich nicht genug aufgepasst habe.«

Er hat nicht ganz unrecht. »Trotzdem, dann würd's mehr Spaß machen. Wir könnten ein Trinkspiel daraus machen.«

»Ja!«, pflichtet Wyatt mir bei.

Auf einmal gerät mein Vater leicht ins Schwanken, und ich packe ihn am Arm. »Geht es dir gut, alter Mann?«

Schnell entzieht er mir den Arm wieder. »Alles bestens. Konzentrier dich aufs Angeln, dann fangen wir vielleicht tatsächlich was.«

Ich wende mich wieder meiner Angel zu, nachdem ich meinen beiden Brüdern einen Blick zugeworfen habe. Dad hatte vor einigen Jahren einen Schlaganfall, weshalb Zach nach seiner Verletzung hiergeblieben ist und die Ranch übernommen hat. Ich überlege, ob ich nachhaken soll, aber dann besinne ich mich eines Besseren. Es gefällt ihm nicht, wenn wir uns um ihn sorgen.

»Ich hab mir überlegt, dass ich den Jungs Quads besorgen werde«, meldet Zach sich zu Wort.

»Oh, tolle Idee. Weil das ja überhaupt nicht gefährlich ist, wie wir selbst am eigenen Leib erfahren haben«, gibt Wyatt zurück.

Dad schüttelt den Kopf und holt seine Schnur ein. »Ich

hab was.« Als erfahrener Angler löst er die Forelle geschickt vom Haken.

Ich habe immer noch nichts gefangen.

Ich hasse Angeln.

Er geht an den Rand des Stegs und legt den Fisch in seinen Eimer. Meine Brüder und ich setzen unser Gespräch fort und machen Witze darüber, dass bei Wyatt in Sachen Sex nicht viel läuft. Angie leidet an starker Übelkeit und erträgt keine Nähe. Manchmal glaube ich, ihr Kind hat sie verhext. Bei meinem letzten Besuch ist sie mir fast an die Gurgel gegangen, als ich ihr bloß ein Kompliment über ihr Aussehen gemacht habe.

»Sie ist verrückt geworden«, klagt Wyatt. »Presley hat vorgeschlagen, einen Priester zu holen, der ihr den Dämon austreibt.«

»Pres hat aber auch gesagt, sie hat sie noch nie so elend gesehen.«

»Ich weiß nicht, was ich mit ihr machen soll«, gibt Wyatt zu. »Ich liebe sie, aber im Moment kann ich sie nicht besonders gut leiden.«

»Sie hat Angst«, antworte ich. »Bei ihrer letzten Schwangerschaft hat sie die Hölle durchgemacht. Wahrscheinlich wehrt sich alles in ihr dagegen, jetzt glücklich zu sein.«

»Seit wann weißt du so gut Bescheid über Frauen und ihren Gemütszustand?« Zach sieht grinsend zu mir herüber.

»Das ist kein Hexenwerk! Angst ist kein Fremdwort für mich. Angst kann einen dazu bringen, dumme Dinge zu tun.«

Wyatt lächelt. »Wie zum Beispiel das Mädchen, das man liebt, mit einem anderen ausgehen zu lassen?«

»Ja, Blödmann. Genau das.«

»Redet weiter so, und Dad wird euch die Meinung geigen«, warnt Zach seine Brüder.

Wo ist er eigentlich? Normalerweise kann er gar nicht schnell genug an seinen Platz zurückkommen. »Dad? Ich könnte ein wenig Unterstützung gebrauchen.«

»Dad?«, ruft nun auch Zach, aber er antwortet nicht.

Ich schaue zu den Eimern hinüber, doch da ist er nicht. Ich lasse den Blick über das Ufer wandern. Als ich ihn schließlich entdecke, schießt mir Adrenalin durch die Adern. Ich werfe meine Angel beiseite und eile auf ihn zu. »Dad!«

Meine Brüder sind mir dicht auf den Fersen, als wir zu meinem Vater rennen, der auf dem Boden liegt. »Dad!«, rufe ich erneut, doch wie zuvor reagiert er nicht. »Wähl den Notruf!«, rufe ich Wyatt zu, der bereits sein Handy in der Hand hat.

Ich rolle ihn auf den Rücken und taste nach seinem Puls. »Trent?«, fragt Zach, während ich weiter nach einem Lebenszeichen suche.

»Er atmet nicht. Ich beginne mit der Wiederbelebung. Ruf Mom an!«

Ich drücke auf die Brust und blase Luft in seinen Mund. Währenddessen schaffen Wyatt und Zach den Gator aus dem Weg, damit die Sanitäter freie Bahn haben. Obwohl ich keinen Puls fühlen kann, lasse ich nicht locker.

»Komm schon, Dad!«, flehe ich, während ich noch mal versuche, Herz und Lunge zu reanimieren. »Komm schon, gib nicht auf!« Ich wiederhole die Mund-zu-Mund-Beatmung.

Ich bekomme einen Krampf in den Armen. Meine Brust schmerzt, und ich bin außer Atem, aber ich lasse ihn auf keinen Fall sterben.

»Wie lange hat es gedauert?«, frage ich Wyatt.

»Vier Minuten. Ich höre schon die Sirenen, sie sind fast da.«

»Ich löse dich ab.« Zach versucht, mich beiseitezuschieben, weil er sieht, wie mir der Schweiß vom Gesicht tropft.

»Ich hab alles im Griff!«

Meine Brüder stehen bereit, um für mich einzuspringen, aber jetzt sieht man durch die Bäume das Blaulicht der Krankenwagen. Die beiden Sanitäter, Beau und Thom, eilen herbei, und ich rattere herunter, was ich über den Gesundheitszustand meines Vaters weiß. Diese beiden Männer haben letztes Jahr Angie erstversorgt. Ich bete zu Gott, dass die Sache hier besser ausgeht.

»Fahr du mit ihnen«, ruft Zach mir zu. »Wir hängen uns dran!«

Ich laufe zum Krankenwagen, springe hinein und beobachte, wie Beau und Thom versuchen, meinen Vater wiederzubeleben.

»Wo ist er?« Mama kommt mit Mrs Kannan durch die Türen gelaufen.

»Er ist noch im OP.« Zach greift nach ihrem Arm. »Die Ärzte haben noch nichts gesagt.«

Mama eilt zum Aufnahmetresen und fordert lauthals, auf der Stelle den Arzt zu sprechen. »Sie müssen Dr. Halpern herrufen! Unverzüglich!«

»Mama.« Ich berühre sie an der Schulter.

»Jetzt! Gehen Sie ihn holen!« Sie sieht die Krankenschwester finster an und dreht sich dann zu mir um. »Jungs.« Ihre Augen füllen sich mit Tränen. »Ich … ich …«

Wyatt tritt vor sie und legt ihr die Arme um die Schultern. »Es wird schon gut gehen. Er wird wieder gesund.«

»Nein.« Sie weint. »Es wird nicht gut gehen.«

»Er ist stark.« Ich streichele ihren Rücken. »Er wird durchkommen.«

Sie hebt den Kopf und weint noch heftiger. »Das wird er nicht, Schätzchen. Er wird nicht durchkommen, und ich kann nicht –«

»Was soll das heißen?«, hakt Zach nach. »Warum denkst du, dass er nicht durchkommen wird, Mama?«

Sie löst sich leicht zitternd aus Wyatts Armen. »Es tut mir so leid. Ich hätte nicht auf ihn hören sollen, aber euer Daddy hat auf seinem Willen bestanden.«

Mir rutscht das Herz in die Hose. »Ma?«

Wir drei stehen nebeneinander, während ihr die Tränen übers Gesicht strömen. »So wollte ich es euch nicht sagen, aber mir bleibt keine Wahl.« Mama schüttelt den Kopf und strafft die Schultern. »Vor sechs Monaten wurde bei ihm Leukämie diagnostiziert. Es ist unheilbar, und er hat mich angefleht …« Sie greift nach meiner und Wyatts Hand und zieht uns an sich. »Er hat mir das Versprechen abgenommen, es euch nicht zu erzählen. Weil er selbst bestimmen will, wie er seine letzte Zeit verbringt. Ich war dagegen, aber ihr kennt ja euren Daddy.«

Ich weiche einen Schritt zurück. »Nein.« Ungläubig schüttele ich den Kopf. »Unmöglich. Er ist doch noch jung! Er ist noch nicht mal fünfundsechzig. Er kann nicht sterben. Das kann doch nicht wahr sein.«

»Als man uns die möglichen Nebenwirkungen und Risiken einer Behandlung erklärt hat, hat er abgelehnt. Er ist im vierten Stadium, und es besteht nur eine sehr geringe Chance, dass eine Therapie anschlägt.«

»Also wird er einfach sterben?« Wyatts Stimme ist laut und zornig. »Keine zweiten Meinungen? Wir nehmen einfach das für bare Münze, was er gehört hat? Ist das dein Ernst?«

»Liebling.« Sie versucht, ihn zu trösten. »Es war keine leichte Entscheidung, aber Dr. Halpern hat ihm alles erklärt, und er wollte sein Leben leben, ohne unter den Folgen einer Behandlung zu leiden.«

Zach verharrt schweigend, während Wyatt und ich weiter diskutieren. »Es gibt andere Ärzte. Es gibt andere Optionen, und wenn ihr es uns erzählt hättet, hätten wir helfen können!« Ich werde von Sekunde zu Sekunde wütender.

»Mrs Hennington«, ruft der Hausarzt meines Vaters, und sie wischt sich die Tränen weg, bevor sie sich ihm zuwendet.

»Danke, dass Sie gekommen sind, Dr. Halpern. Meine Söhne haben es nicht gewusst, und ich wollte nur sicher sein, dass man Sie sofort verständigt. Ist es der Krebs?« Sie geht mit ihm weg.

Ich lasse mich auf einen Stuhl sinken, den Kopf in die Hände gestützt. Wie konnte das passieren? Mein Vater ist stark. Er würde sich nicht einfach hinlegen und sein Leben aus den Händen geben. Nicht wenn er ein Enkelkind erwartet und meine Mutter hat und seine Söhne.

Er würde das nicht tun.

Er kann es nicht tun. Es muss eine Möglichkeit geben, ihn zu retten.

Kapitel 11

Grace

Nachdem ich Cooper in meinem Elternhaus zurückgelassen habe, hat mich eine unbändige Nervosität ergriffen. Noch während ich im Laden alles einpackte, was ich für das Abendessen brauche, habe ich versucht, mir einzureden, dass dieses Date eine gute Idee ist. Wieder zu Hause, habe ich als Erstes mein Bett frisch bezogen, um die Spuren der letzten Nacht verschwinden zu lassen, und das Haus von oben bis unten geputzt. Und nicht nur flüchtig. Auf den Knien und mit den Händen habe ich jeden Zentimeter geschrubbt. Erst Stunden später stand endlich wieder alles an seinem Platz.

Dann – und ich bin nicht stolz darauf – habe ich Trent angerufen und ihm auch eine Nachricht geschickt, aber beides blieb unbeantwortet.

Das heißt wohl, dass er seine Entscheidung getroffen hat.

Weil ich mir immer noch nicht sicher war, dass ich das Richtige tat, rief ich Emily an und erzählte ihr die Geschichte. Erst schüttete sie sich aus vor Lachen, dann lauschte sie bloß noch verblüfft. Schließlich redete sie mir zu, mit Cooper zu Abend zu essen und einfach zu sehen, was passiert. Aber sie sagte auch, ich müsse die Sache mit Trent klären.

Doch der redet ja nicht mehr mit mir. Es ist paradox, dass er stets da ist, wenn ich ihn nicht um mich haben will, aber wenn ich reden muss, ignoriert er mich.

Ich reiße mich zusammen, denn schon in zwei Stunden

wird Cooper vor der Tür stehen. Sein Lieblingsgericht ist eines, für das zufälligerweise meine Mama stadtbekannt ist: Schweinekoteletts mit Kartoffelsalat und grünen Bohnen. Zum Nachtisch werde ich einen Apfelkuchen backen.

Da ich oft und gern koche, bin ich sicher, dass er diese Mahlzeit genießen wird. Ich bin dankbar für alles, was er heute getan hat, und hoffe, er weiß das hier zu schätzen.

Ich habe alles vorbereitet, die Schweinekoteletts in Whiskey mariniert und den Kuchen angerührt. Dann erhalte ich eine Nachricht von Cooper.

Cooper: Ich bringe eine Flasche Wein mit. Magst du lieber roten oder weißen?

Ich: Den Wein lassen wir lieber weg.

Gestern Nacht habe ich dem nämlich allzu sehr zugesprochen. Das hat sich heute Morgen gerächt. Außerdem verführt mich Wein zu Dummheiten.

Cooper: Bier?

Ich: Perfekt.

Cooper: Eine Frau ganz nach meinem Geschmack.

Ich: Das will ich doch hoffen. Du warst immerhin ziemlich hartnäckig.

Ich lächele, als ich mir vorstelle, wie er lacht.

Cooper: Heute Abend werde ich dir beweisen, warum du dich für mich entscheiden solltest.

Ich beiße mir auf die Unterlippe und überlege, wie ich antworten soll. Süß? Kokett? Forsch? Langsam beginne ich zu verstehen, warum Menschen in miesen Beziehungen bleiben, denn dieses Dating-Theater ist wirklich anstrengend.

Ich starre auf die nächste Nachricht.

Cooper: So habe ich das nicht gemeint. Ich meinte nur, dass ich plane, dich zu überzeugen.

Ich: Ich hoffe, du hast Hunger.

Ich hoffe, du hast Hunger? Also ehrlich, Grace! Peinlicher geht es nicht.

Cooper: Einen Bärenhunger.

Dem Schicksal sei Dank, dass er mich so leicht davonkommen lässt. Ich hätte tausend andere Dinge sagen können, aber mein wirrer Verstand musste sich ausgerechnet dafür entscheiden.

Ich: Dann bis nachher!

Nun das nächste Problem: Was soll ich anziehen? Da Cooper und ich heute Abend zu Hause bleiben, wohl eher was Bequemes. Ich wähle Jeans und ein hübsches Top, das meinen Busen ein wenig größer aussehen lässt. Ich bin die Einzige in meiner Familie, die nicht mit einem ordentlichen Vorbau gesegnet ist. Push-up-BHs und alles, was die Figur betont, sind mir deshalb sehr willkommen.

Mein Handywecker erinnert mich daran, dass ich anfangen muss zu kochen. Ich stelle das Fleisch in den Ofen, schmecke den Kartoffelsalat ab und mische die grünen Bohnen. Ich bete, dass das Essen ein Erfolg wird.

Pünktlich auf die Minute klopft Cooper an die Tür.

»Hey.« Ich öffne, und er tritt ein.

»Du siehst wunderschön aus, wie immer«, bemerkt er und mustert mich von Kopf bis Fuß.

Zwei Freunde. Wir sind nur zwei alte Freunde, die zusammen essen. Ein Menü, bei dem ich nicht vorhabe, die Vorspeise oder irgendein anderer Gang zu sein.

Alles rein freundschaftlich.

»Danke.«

»Geht es dir gut?«, fragt er.

»Es geht mir großartig. Das Abendessen ist im Ofen und in ungefähr fünfzehn Minuten fertig. Willst du ein Bier?« Ich betrachte die Kiste in seiner Hand.

»Schrecklich gern.« Coop folgt mir in die Küche und streicht mir über den Arm. »Grace?«

»Ja?«

»Entspann dich, es gibt keine Erwartungen, okay?«

Ich stoße einen tiefen Seufzer aus. »Ich weiß. Ich bin nur nervös.«

»Meinetwegen?«, fragt er.

Es verblüfft mich, dass er es immer noch nicht kapiert. Vielleicht sehen Männer all die Komplikationen nicht, zu denen es kommen kann, wenn man beginnt, miteinander auszugehen, aber für mich … ist es eine ganze Menge. Allein, dass wir einander ständig über den Weg laufen werden … Mit Trent ist es ja auch so. In einer kleinen Stadt wie Bell Buckle lässt sich das nicht vermeiden.

»Mehr deswegen, was es für uns bedeutet«, erkläre ich und öffne zwei Bierflaschen. Ich reiche ihm eine und trinke einen ordentlichen Schluck aus meiner. »Du siehst ja, wie es ist mit … ihm.«

»Ich bin ganz anders als Trent. Wenn nichts daraus wird, dann ist es eben so. Wir bleiben trotzdem Grace und Cooper. Wir werden uns wie Erwachsene benehmen.«

Tja, mit diesem Konzept habe ich offensichtlich keine Erfahrung.

»Okay, genug von dem Thema. Schließlich haben wir jetzt unser Freundschaftsdate.« Ich hebe meine Flasche.

»Abgemacht, aber es ist ein Date-Date, erinnerst du dich?« Cooper lässt seine Flasche gegen meine klirren.

»Natürlich. Wenn du das sagst, Coop.«

Wir lächeln beide. »Es riecht toll. Ist das etwa das Whiskey-Schweinefleisch deiner Mama?«

Ich nicke grinsend. »Ist es.«

»Es heißt, der Weg zum Herzen eines Mannes führt durch seinen Magen.« Neckend zieht er eine Augenbraue hoch. »Versuchst du, mich zu verführen, Grace Rooney?«

Ich zucke arglos mit den Schultern. »Vielleicht, oder vielleicht hoffe ich, du hältst mich für eine miserable Köchin und rennst davon, um dir eine bessere Frau zu suchen.«

Cooper schüttelt sich vor Lachen. Dann legt er mir die Arme um die Taille und zieht mich eng an sich. »Du musst verrückt sein. Ich weiß, dass du kochen kannst.«

»Was, wenn ich es verlernt habe?«

»Dann bin ich mir sicher, dass deine Mama dir einige Unterrichtsstunden geben könnte«, schlägt er verschmitzt vor. »Aber frag bloß nicht Presley. Ich weiß noch, wie Mama versucht hat, ihr das Kochen beizubringen, und Pa und ich mussten beide würgen, nachdem wir von ihrem Essen gekostet haben. Ich hoffe für Zach, dass sich ihre Fähigkeiten auf diesem Gebiet verbessert haben.«

Das ist wahr. Presley und ich waren oft in der Küche zugange, aber die Hälfte von dem, was sie zubereitet hat, haben wir weggeworfen, weil es angebrannt war. Und wenn es nicht angebrannt war, hätten wir uns gewünscht, es wäre so gewesen. Die entscheidenden Kleinigkeiten beim Zubereiten sind ihr einfach nie gelungen. Aber sie ist schon immer eine großartige Bäckerin gewesen.

Wir haben uns immer ausgemalt, wir wären schon ewig verheiratet und würden Essen für unsere Ehemänner zubereiten. Während andere Mädchen Vater-Mutter-Kind mit ihren Puppen spielten, haben wir uns die Schürzen unserer Mütter umgebunden, und Presley hat so getan, als käme Zach nach einem langen Tag auf dem Baseballplatz nach Hause. Gemeinsam haben wir beide das Haus geputzt, das Abendessen gekocht und Pläne für einen Fernsehabend mit unseren Hennington-Männern geschmiedet. Zumindest einer von uns ist das auch in der Realität gelungen.

»Er scheint nicht zu verhungern, oder er geht zum Essen zu seinen Eltern.«

Coopers Augen funkeln amüsiert, als er mich anlächelt. »Nun, selbst wenn dein Essen miserabel wäre, würde ich es essen, denn das tut ein Mann für eine Frau, die er mag.«

»Gute Antwort.«

Er beugt sich vor, küsst mich auf die Wange und lässt mich los. »Wie war der Rest deines Tages?«

Ich stöhne. Er war eigentlich ganz gut, abgesehen davon, dass bei meiner Rückkehr in den Laden immer noch Chaos geherrscht hat.

»*So* gut also?«, fragt Coop.

Ich berichte ihm, was im Laden los ist. Während ich rede, lehnt er am Küchentresen und hört aufmerksam zu, als ich ihm von meinen Ängsten um meine Eltern erzähle. Ich weiß, dass Cooper das nachempfinden kann, weil er die Leitung der Ranch übernommen hat, als sein Dad es nicht mehr konnte. Aber während Forrest von sich aus kürzergetreten ist, muss ich meine Mutter dazu zwingen. Sie denkt immer noch, sie sei dreißig. »Ich bin mir nicht sicher, ob ich hinter ihrem Rücken jemanden einstellen oder mit ihr darüber reden sollte, den Laden zu verkaufen …«

Cooper betrachtet nachdenklich die Flasche in seiner

Hand und dann mich. »Eine schwierige Entscheidung. Aber du solltest unbedingt mit ihr reden. In meinem Fall war es die Idee meines Dads. Er war müde, und ich glaube, er wollte, dass ich alles übernehme, bevor ich auf die Idee komme, die Stadt zu verlassen.«

»Hättest du das denn getan?« Ich habe mich immer gefragt, ob Cooper einmal größere Träume gehegt hat, als ein Leben auf dieser Ranch zu führen.

Ich war immer zufrieden damit, in Bell Buckle zu bleiben. Auch wenn diese Stadt mich bisweilen nervt, liebe ich sie. An jeder Ecke finden sich Denkmäler und Sehenswürdigkeiten. Es ist ein Ort, an dem man seine Kinder von Sonnenaufgang bis Sonnenuntergang draußen herumlaufen lassen kann, ohne sich Sorgen machen zu müssen.

Wir hatten keine Handys, als wir Kinder waren – wir hatten Nachbarn. Diese Mentalität ist hier immer noch stark ausgeprägt. Ich habe immer gehofft, dass meine Kinder einmal eine ebenso unbeschwerte Kindheit wie ich genießen können.

Cooper lässt sich eine Sekunde Zeit zum Nachdenken, dann zuckt er mit den Schultern. »Ich weiß nicht. Als Presley fortgegangen ist, stand das nicht mehr zur Debatte. Irgendjemand musste die Farm übernehmen, und dieser Jemand war ich. Für eine Weile war ich wütend deswegen, aber es ist mein Leben. Ich bereue keine Entscheidung, die ich getroffen habe. Ich arbeite hart und habe ein gutes Leben. Der Rest wird sich hoffentlich ergeben.«

»Ja«, seufze ich. »Hey, das wollte ich dich schon länger fragen: Hat Wyatt etwas über Angie erzählt? Ich habe heute bei ihnen angerufen, aber sie ist nicht ans Telefon gegangen.«

»Er ist bei diesem Familienangeln, daher habe ich nichts von ihm gehört. Ich weiß, dass die Schwangerschaft sie schwer mitnimmt.« Cooper trinkt einen Schluck Bier. »Ich habe ihm angeboten, sich eine Zeit lang freizunehmen, um zu Hause zu bleiben, aber er weiß, dass wir unterbesetzt sind, weil einer der Farmhelfer aufgehört hat. Ich dränge ihn immer wieder, sich um seine Familie zu kümmern.«

»Du kennst Wyatt …«

Familie bedeutet uns hier alles, aber das gilt ebenso für Ehrlichkeit und Integrität. Wyatt steht zwischen den beiden Dingen, die ihm am wichtigsten sind. Und in gewisser Weise gehören die Townsends für ihn zur Familie. Alle unsere Familien sind sehr eng miteinander verbunden.

Der Küchenwecker bimmelt, und ich scheuche Cooper aus der Küche. Ich muss den Kuchen in den Ofen schieben, damit er rechtzeitig zum Nachtisch fertig ist. Anschließend öffne ich noch zwei Bierflaschen und trinke den letzten Schluck aus meiner ersten Flasche.

»Los geht's.« Ich stelle die Teller und das Bier auf den Tisch und nehme Cooper gegenüber Platz.

»Das sieht verlockend aus, Gracie.« Mein Herz gerät ins Stottern. Er nennt mich niemals Gracie. Trent ist der Einzige, der den Kosenamen benutzt. Ich erstarre und versuche, mich zu beruhigen, aber Cooper greift nach meiner Hand. »Habe ich etwas Falsches gesagt?«

Ich schüttele den Kopf. Ich werde mir den heutigen Abend nicht von meiner Nervosität ruinieren lassen. »Nein, du hast nichts falsch gemacht. Lass uns essen.«

Cooper lässt meine Hand nicht los, und ich sehe ihm wieder in die Augen. »Schwindel mich nicht an. Wenn ich etwas Falsches gesagt oder getan habe, will ich es wissen.«

Er hat ein Recht zu erfahren, warum ich plötzlich zur Eisskulptur werde. Genau das meinte er vorhin: Ich muss ehrlich sein. »Niemand außer Trent nennt mich Gracie.«

Er lehnt sich zurück, offenbar unangenehm berührt. Die letzte halbe Stunde lief so gut, aber Trent schafft es wieder einmal, sich zwischen uns zu drängen. Glücklicherweise diesmal nicht buchstäblich.

»Tut mir leid. Es kam mir einfach so über die Lippen.«

»Bitte, entschuldige dich nicht.« Ich nehme seine Hand. »Es hat mich einfach überrascht, weil mich sonst nie jemand so nennt. Mir hat der heutige Abend so viel Spaß gemacht, und jetzt würde ich gern essen und dann den schrecklichen Film ansehen, den du ausgesucht hast.«

Cooper entspannt sich ein wenig. Er legt seine andere Hand auf meine und nickt. »In Ordnung, aber du wirst deine Worte zurücknehmen, wenn du den Film siehst.«

»Das bezweifle ich«, necke ich ihn.

»Warte es ab.«

Ich schüttele den Kopf und ziehe die Hände zurück. Dann machen wir uns über unsere Mahlzeit her. Das Abendessen verläuft angenehm, und wir reden ein wenig über die Farm und die Dinge, die er dort verändern will. Cooper hat viel mehr zu bieten, als ich geahnt habe. Mir war schon immer klar, dass er klug ist, aber er hat einige Ideen, die regelrecht inspirierend sind. Er erzählt etwas von dem Projekt, an dem Presley arbeitet, und ich spreche über meine Pläne für das nächste Jahr. Wir reden noch immer angeregt, als unsere Teller und die Bierflaschen längst leer sind.

»Bereit für den Film?«, fragt er in einer der wenigen Gesprächspausen. Ich schaue auf die Uhr und stelle fest, dass wir uns eine gute Stunde miteinander unterhalten haben. Die Zeit ist nur so verflogen, und es gab keinen Moment, in dem es unangenehm war oder uns der Gesprächsstoff ausging.

»Ich räume mal den Tisch ab«, sage ich und greife nach den Tellern, aber er umfasst mein Handgelenk und hält mich zurück.

»Lass es einfach. Entspann dich ein wenig. Sehen wir uns den Film an, und dann können wir uns um das Geschirr kümmern.«

Er gibt meine Hand frei, und ich stelle den Teller wieder auf den Tisch. »In Ordnung.«

Es sieht mir überhaupt nicht ähnlich, aber manchmal tut es gut, etwas anders zu machen.

Cooper legt die DVD ein, bevor er sich mit einem Grinsen zu mir umdreht. »Bist du aufgeregt?«

»Neugierig.«

Er lacht und setzt sich aufs Sofa. Ich mache es mir am anderen Ende bequem, unsicher, was als Nächstes passieren wird. Vorsicht ist besser als Nachsicht. »Ich beiße nicht«, verspricht er und legt den Arm über die Rückenlehne.

Jetzt geht's also los.

Ich rutsche zu Cooper rüber. Mein Po berührt sein Bein, und er verändert seine Position so, dass wir einander noch näher sind. Meine Kehle wird trocken, als unsere Körper sich fast komplett berühren. Ich kann nicht sagen, ob ich mich unbehaglich fühle oder die Nervosität daher rührt, wie sehr ich mich in diesem Moment zu ihm hingezogen fühle. All die Jahre war Cooper wie ein Bruder für mich. Heute hat sich das ein wenig verändert. Er hat mir kein einziges Mal das Gefühl gegeben, noch das Mädchen von damals zu sein oder einfach nur Presleys Freundin. Er hat mit mir geredet wie mit einer Frau.

Der ganze Abend war äußerst angenehm, und das hier fühlt sich ebenfalls gut an.

Der Film beginnt, und ich kann mich vor Lachen nicht beherrschen. »Das ist nicht dein Ernst!«

»Ich dachte, wir könnten eine Wiederholung gebrauchen.«

»*Die Goonies*!«

Cooper legt die andere Hand auf meine Knie und hält mich fest umfangen. Als Kinder waren Presley und ich so besessen von dem Film, dass wir die VHS-Kassette ausgeleiert haben. Wir liefen durchs Haus und suchten nach dem

Gold und dem Piratenschiff, von dem wir glaubten, es sei irgendwo versteckt. Cooper sagte, wir seien kindisch, aber das hat ihn nicht daran gehindert, sich den Film mit uns anzuschauen.

Ich schmiege mich an ihn und vergesse, dass er Cooper ist. Er ist ein Mann, mit dem ich ein Date habe und den ich außerdem attraktiv finde. Aneinander gekuschelt schauen wir den Film an. Wir lachen beide über unsere Lieblingsstellen, und ich zucke kurz zusammen, als Ma damit droht, ihnen die Zunge herauszuschneiden. Coopers Lachen dringt in mein Ohr. Die Wärme seines Atems lässt mich schaudern.

Ich versuche, es zu vertuschen, indem ich mit meinem Haar spiele, aber Cooper entgeht es nicht, und er spannt den Arm ein wenig an.

Ich hebe den Kopf, und unsere Blicke treffen sich. Mein Magen verkrampft sich.

Das Verlangen in seinen grünen Augen ist nicht zu übersehen. Er will mich küssen.

Ich sollte den Kopf wegdrehen und es verhindern.

Ich könnte mich räuspern und den Raum verlassen.

Ich könnte und sollte es wahrscheinlich tun, aber ich will nicht.

Ich will mich später nicht fragen, was hätte sein können.

Stattdessen drehe ich mich noch weiter zu ihm und lege ihm eine Hand auf die Brust. »Soll ich ein wenig Platz machen?«, frage ich, sehe ihn an und warte ab, was passiert.

»Ganz und gar nicht.« Cooper neigt ein wenig den Kopf. Er bewegt sich langsam.

Ich hebe die Lippen ein winziges bisschen an. »Okay«, sage ich, als wir uns noch näher kommen.

Sein Mund ist direkt vor meinem. Er könnte mich küssen, aber keiner von uns rührt sich.

Dann halte ich es nicht mehr aus.

Ich recke mich und drücke meine Lippen auf seine. Er

schließt sofort die Arme um mich und zieht mich enger an sich. Ich küsse ihn hemmungslos und schalte den Kopf aus, um mich ganz auf mein Gefühl zu konzentrieren.

Cooper lässt die Hände an meinem Rücken hochgleiten und greift in mein Haar.

Ich warte darauf, dass das Flattern in meinem Magen beginnt.

Ich warte auf die Leidenschaft, mich voll und ganz auf ihn einzulassen. Ich suche nach einem Fitzelchen der Gefühle, die ich in Trents Armen empfinde, aber da ist nichts.

Okay … Damit habe ich auch nicht wirklich gerechnet, also mache ich weiter und warte darauf, dass irgendetwas anderes passiert. Aber es kommt keinerlei Leidenschaft auf. Ich habe lediglich das Gefühl, Trent zu betrügen.

Ich beende den Kuss und sehe ihn an.

Cooper lässt mich los, und ich halte seine Schultern fest. »Das war –«, setzt er an.

»Seltsam?«

»Vielleicht waren wir nicht vorbereitet? Wir sollten es noch einmal versuchen«, schlägt Cooper vor. Er zieht mich wieder an sich, und ich konzentriere mich darauf, wie sein Körper sich anfühlt. Langsam senkt er seine Lippen auf meine herab.

Ich schließe die Augen und halte mich an seinen starken Armen fest, während er mich küsst. Meine Gedanken schweifen ein wenig ab. Es ist angenehm, aber den ersten Kuss hätte ich mir anders vorgestellt. Ich nehme mir vor, Milch auf meine Einkaufsliste zu setzen.

Einkaufsliste? *Daran* denke ich jetzt? Das hier läuft nicht gut.

Nicht, dass er etwas falsch machen würde, es ist … es ist einfach … langweilig.

Cooper legt den Kopf in den Nacken und sieht mich an. »Und?«, frage ich, und er lacht.

»Ich weiß nicht genau.«

»Es war nicht schlecht«, sage ich schnell.

Cooper wirft mir einen ungläubigen Blick zu. »Es war … nett.«

»Aber …«, ergänze ich.

Unter all den blühenden Was-wäre-wenn-Fantasien, die sich vorab in meinem Kopf abgespielt haben, war diese definitiv nicht dabei. Ich hätte eher mit einem Sternchen-Feuerwerk gerechnet, damit, dass wir in kürzester Zeit nackt sein werden. Dass Cooper mich meinen Namen vergessen lassen würde oder Trents Namen, oder mir hundert andere unglaubliche Erfahrungen bescheren würde. Nie im Leben hätte ich gedacht, dass der Kuss peinlich sein könnte oder sich anfühlen würde, als würde man beim Flaschendrehen seine Lippen auf die eines Freundes drücken.

Cooper stöhnt, und ich lehne mich zurück. »Wahnsinn. Ich habe so lange darauf gewartet, dich so zu küssen. Ich hätte nicht gedacht, dass es so miserabel sein würde.«

Ich schlage ihm auf die Brust und lache. »Hey! Ich bin als großartige Küsserin bekannt.«

»Tja, ich hab auch noch nie Klagen gehört.«

»Ja, Betsy hat mit Vergnügen allen Mädels davon erzählt, wie du ihr sieben himmlische Minuten lang die Zunge in den Hals gesteckt hast.«

»Sie war prüde.«

Ich lehne mich an ihn und stoße einen kleinen Seufzer aus.

Dann sagt er: »Wie kommt es, dass wir zusammen so schlecht darin sind? Es ist, als hätte uns etwas von Anfang an voneinander ferngehalten.«

Ich lasse den Kopf an seine Schulter sinken und atme langsam aus. »Es dürfte eigentlich nicht so anstrengend sein.« Ich richte mich auf und schlage die Beine übereinander. »Etwas steht zwischen uns, Coop. Auch wenn er jetzt nicht hier ist – ist er hier«, füge ich hinzu und berühre mein Herz.

»Das hast du mir von Anfang an gesagt, aber ich dachte, ich könnte dich doch für mich gewinnen.«

»Ich wünschte wirklich, du könntest es.«

Ich schließe die Augen und lege den Kopf wieder an seine Schulter, einen Sekundenbruchteil bevor ein schriller Laut ertönt. Der Feuermelder heult los, und eine Sekunde später setzt die Alarmanlage ein.

Wir springen beide auf und halten uns gegen den ohrenbetäubenden Lärm die Ohren zu. Ich schaue mich um und sehe Rauch unter der Küchentür hervorquellen.

»Verdammt!«, schreie ich. »Der Kuchen!«

Es ist Stunden her, dass ich den Kuchen in den Ofen geschoben habe. Jetzt steht das Haus in Flammen!

Kapitel 12

Ich eile zur Küche und hoffe, mein Haus retten zu können. Wahnsinn. Vollkommener Wahnsinn.

»Geh nicht da rein!« Cooper packt meine Taille und schiebt mich zur Seite. »Wo ist der Feuerlöscher?«, brüllt er.

»In der Küche!«, schreie ich und folge ihm hinein, um das Fenster zu öffnen, während Cooper sich den verkohlten Kuchen aus dem Ofen schnappt.

Nach einigen Minuten bringen wir den Alarm zum Schweigen, indem wir die Rauchschwaden aus der Küche fächeln. Daraufhin rufe ich die Sicherheitsfirma an, damit die Feuerwehr nicht anrückt, aber der Wagen ist bereits losgefahren.

»Tja.« Cooper hebt den Kuchen hoch. »Ich würde sagen, unser Dessert ist gar.«

Ich versuche zu lächeln, um nicht in Tränen auszubrechen. »Mir ist noch nie in meinem ganzen Leben ein Kuchen angebrannt!« Ich schlage die Hände vors Gesicht, um die aufkommenden Tränen zu verbergen. Mit Sicherheit wird Cooper denken, es geht um den Kuchen, aber in Wirklichkeit weine ich um so viel mehr. Der Kuchen ist nur eine weitere Sache, die ich nicht richtig hinbekommen habe.

»Wein doch nicht.« Cooper zieht mich an seine Brust.

»Du verstehst das nicht«, schluchze ich in sein Hemd. »Ich habe den Kuchen verbrennen lassen. Ich habe mit Trent geschlafen. Er hat mir gesagt, dass er mich liebt, und dann habe ich dich geküsst. Ich bin am Ende. Ich weiß nicht mal mehr, wer ich bin!«

Cooper streichelt mir über den Rücken und küsst mich auf den Kopf. »Ich verspreche dir, alles wird gut.«

»Grace!«, brüllt jemand draußen vor dem Haus, und ich höre Sirenen. Erst noch schwach, aber mit jeder Sekunde lauter. »Grace, bist du da drin?«

»Oh mein Gott«, murmele ich an Coopers Brust gelehnt. »Das kann nicht wahr sein!«

»Grace!« Die vertraute Stimme brüllt noch lauter, und jemand hämmert wild gegen die Tür. »Ich werde die Tür eintreten!«

Ich lehne mich zurück und wische mir über die Augen. Eine kaputte Haustür fehlt mir jetzt gerade noch. Aber ich habe keinen Zweifel daran, dass es so weit kommen wird, wenn ich nicht einschreite. Unsere Freiwillige Feuerwehr ist in Sachen Sicherheit ein wenig übereifrig, da es seit Ewigkeiten kein Feuer mehr in der Stadt gab.

»Nein!«, schreie ich und eile zur Haustür. »Es geht mir gut! Es geht uns allen gut!«

Ich reiße die Tür auf und sehe Beau vor mir, der mit erhobenem Fuß zum Tritt ansetzen will. »Seid ihr wirklich okay?«, fragt er schnell und lässt den Fuß sinken.

»Alles in Ordnung«, höre ich Coopers Stimme hinter mir. »Im Ofen ist etwas Essen übergelaufen und hat eine Menge Rauch erzeugt.«

Beau wirkt enttäuscht. »Ich muss zur Sicherheit trotzdem nachschauen.«

Ich werfe ihm einen vielsagenden Blick zu. »Keine Wasserschläuche in meinem Haus. Es gibt kein Feuer. Wir sind nicht in einer Episode von *Chicago Fire*.«

»Spielverderberin.«

Cooper legt mir eine Hand auf die Schulter. »Sorry, dass wir das Haus nicht in Brand gesteckt haben, damit du was zu tun hast.«

Ich schaue Beau nach, wie er in meine Küche stapft, und

drehe mich wieder zu Cooper um. »Das mit heute Abend tut mir leid. Oje, es gibt noch so vieles, wofür ich mich entschuldigen müsste.«

Cooper holt seine Jacke und kommt dann wieder auf mich zu. »Ich bin derjenige, der sich entschuldigen sollte, Grace. Ich hätte dich niemals bedrängen dürfen. Ich wusste, dass du nichts für mich empfindest, aber ich wollte mich selbst davon überzeugen.«

Beau geht wieder hinaus und schüttelt den Kopf. »Keine Südstaatenfrau lässt einen Kuchen anbrennen. So was ist noch nie passiert.«

Den Seitenhieb ignoriere ich ... vorerst. Doch bei nächster Gelegenheit werde ich seine Frau über seinen neuen Jagdbogen informieren, den er in meinem Laden versteckt hat, weil er denkt, sie würde es nicht herausfinden.

Cooper boxt Beau in den Arm, als der an ihm vorbeigeht, und lacht. »Er ist ein Blödmann. Ich habe mich heute Abend gut amüsiert.«

»Ich mich auch.«

»Bis du die Küche in Brand gesteckt hast«, witzelt er, und meine Mundwinkel verziehen sich zu einem Lächeln.

»Sei still.«

Er tritt dicht an mich heran und hält mich fest. Ich schlinge die Arme um ihn und drücke ihn an mich. Dann küsst er mich sacht auf die Schläfe.

»Nun, zumindest ist Trent diesmal nicht aufgetaucht«, fahre ich fort. »Wobei, wenn ich so darüber nachdenke ...« Es erscheint mir äußerst unwahrscheinlich, dass Trent sich nicht blicken lässt. Egal, wie sauer er ist, ich kann mir nicht vorstellen, dass er davon hört, dass es bei mir brennt, und es einfach ignoriert. Er mag nicht immer das Richtige tun, wenn es um unsere Beziehung geht, aber er hat mir gegenüber einen äußerst starken Beschützerinstinkt.

Ich trete nach draußen und halte Ausschau nach dem Streifenwagen, der irgendwo in der Nähe sein muss. »Hank?«, rufe ich, als ich den Dienstwagen von Trents Kollegen entdecke. Hank kommt mit einem Lächeln auf mich zu. »Hat Trent heute Abend keinen Dienst?«

»Du hast noch nichts davon gehört?« Sein Grinsen verschwindet. »Rhett ist heute Nachmittag zusammengebrochen. Wir haben ihn ins Krankenhaus gefahren, aber als ich gegangen bin, war er immer noch bewusstlos. Wir hatten heute alle Hände voll zu tun.«

»Oh mein Gott!« Ich greife mir erschrocken an die Brust. »Wie geht es ihm?«

Hank zuckt mit den Schultern. »Hab nicht viel gehört. Die ganze Familie ist dort. Trent hat versucht, ihn wiederzubeleben, bis die Sanitäter da waren.«

»Ich muss sofort los! Ich muss dorthin!«

Ohne eine weitere Sekunde zu vergeuden, laufe ich zurück ins Haus, um meine Sachen zusammenzusuchen. Meine Handtasche kann ich nicht finden. Wo habe ich sie bloß zuletzt hingelegt? Mein Herz rast, als ich an Trent und seine Familie denke. Ihr Vater bedeutet ihnen alles. Ich weiß nicht, was los ist, oder warum er nicht angerufen hat, aber ich muss ins Krankenhaus.

»Grace, beruhige dich.« Cooper legt mir eine Hand auf die Schulter.

»Ich kann meine Schlüssel nicht finden! Mein Handy auch nicht. Warum hat mich niemand angerufen? Ich sollte dort sein! Ich habe es nicht gewusst, und niemand hat es mir erzählt. Wo sind meine Schlüssel, verdammt noch mal?«

»Okay, okay. Wo hast du sie hingelegt?«, fragt Cooper.

»Ich weiß es nicht! Ich hab sie einfach –«

»Hör zu, du bist nicht in der Verfassung zu fahren. Ich habe meine Schlüssel griffbereit. Wir suchen jetzt dein Handy und deine Tasche, und ich fahre dich hin.«

Ich lasse die Schultern sinken und nicke. »In Ordnung.«

Mit Coopers Hilfe finde ich das Nötigste, und wir steigen in seinen Truck. Ich bin schon lange ein Teil dieser Familie. Rhett und Macie sind für mich wie meine Ersatzeltern. Während der Fahrt zappele ich nervös mit den Beinen. Ich muss daran denken, wie Trent bei seinem Vater Erste Hilfe geleistet hat. Ich stelle sie mir alle vor, um Rhett herum versammelt, und wie allein Trent sich wohl gefühlt haben muss.

»Es wird bestimmt wieder gut, Grace«, versucht Cooper, mich zu beruhigen.

»Danke, dass du mich hinfährst.«

Cooper lächelt mich mit traurigen Augen an. »Ich hab dir ja gesagt, dass wir immer Freunde sein würden.«

Das stimmt, und offensichtlich hält er sein Versprechen.

»Coop? Bist du verärgert wegen ... du weißt schon ... dem hier?«

»Du meinst, dass ich dich zu dem Mann fahre, den du wirklich liebst?«, fragt er, und ich nicke. »Bevor ich heute Abend zu dir gekommen bin, habe ich mit Presley geredet«, gesteht er. »Ich habe ihr von heute Morgen erzählt und von unserem ersten Dating-Versuch, und sie hat natürlich gelacht. Aber sie hat auch versucht zu erklären, wie es ist, jemanden so zu lieben, wie sie Zach liebt. Ich denke, du empfindest genauso für Trent wie sie für Zach. Ich könnte damit niemals konkurrieren.«

»Coop«, versuche ich, ihn zu bremsen, aber er nimmt meine Hand in seine.

»Ich kenne dich schon mein Leben lang, und du hast niemals jemanden so angesehen, wie du ihn ansiehst. Ich mag mir wünschen, es wäre anders, aber es ist die Wahrheit.«

»Ich wollte dir niemals wehtun.«

Er schüttelt den Kopf und lacht leise. »Das hast du nicht. Wir sind Freunde, die versucht haben herauszufinden, ob da noch mehr ist. Ich hab dir gesagt, dass ich nichts erwarte. Wir verdienen es beide, wirklich verrückt nach jemandem zu sein. Ich will eine Frau, die sich in meine Arme wirft und nicht genug davon bekommen kann, mich zu küssen.«

»Tut mir leid, dass ich es nicht bin. Du verdienst das, wirklich.«

Und das tut er. Cooper ist ein Mann wie aus dem Bilderbuch. In vielen Dingen erinnert er mich an meinen Daddy. Er arbeitet hart, liebt bedingungslos und ist ein guter Kerl. Eines Tages wird er eine Frau sehr glücklich machen. Ich hoffe, er findet sie schnell, denn er hat es verdient.

»Danke.« Er schenkt mir ein betrübtes Lächeln. »In einem anderen Leben hätten wir wahrscheinlich perfekt zueinandergepasst. Zu einer anderen Zeit wären wir glücklich gewesen. Mehr als alles andere wünsche ich dir, dass du glücklich bist.«

»Cooper Townsend, dass ich dich ziehen lassen muss, werde ich immer irgendwie bedauern.«

Er feixt. »Damit kann ich leben. Sieh nur zu, dass er dich gut behandelt.«

Ich schweige lieber, denn würde ich antworten, hätte ich das Bedürfnis, Trent zu verteidigen, aber das wäre nicht in Ordnung. Cooper hat das Recht, genau das zu sagen, und er irrt sich nicht. Es ist ein offenes Geheimnis, dass Trent sich mir gegenüber nicht sonderlich vorbildlich benommen hat.

»Danke, dass du so ein guter Kerl bist.«

»Offenbar stimmt es, was man sagt: Nette Jungs kommen als Letzte ans Ziel.«

»Das stimmt nicht.« Denn dabei übersieht er die andere Seite der Medaille. »Wenn du dich auf mich einlassen würdest, würdest du als Letzter ans Ziel kommen. Jetzt kannst du die Frau finden, die deine Liebe verdient.«

Wir erreichen den Parkplatz des Krankenhauses, und meine Nerven flattern. Ich weiß nicht, wie es Trent geht, und ich wünsche mir nichts mehr, als in dieses Gebäude zu laufen und ihn zu suchen. Doch bevor ich die Autotür öffne, halte ich inne und drehe mich noch einmal zu Cooper um.

Er schüttelt den Kopf und schenkt mir ein ermutigendes Lächeln. »Geh zu ihm«, fordert er mich auf.

Ich beuge mich vor, küsse ihn auf die Wange und steige hastig aus dem Truck.

Es ist eigentlich nicht schwer, sich im Krankenhaus zurechtzufinden, aber ich verlaufe mich so oft, als wäre ich noch nie hier gewesen. Die weißen Wände sehen in jedem Flur gleich aus. Weder Presley noch Trent gehen an ihr Handy. Also beschließe ich, eine Krankenschwester zu fragen, wo Rhett liegt, und als sie mir zuerst die Auskunft verweigern will, lüge ich prompt und behaupte, seine Tochter zu sein.

Kurz darauf folge ich der roten Linie zur Intensivstation. Mein Herz ist schwer vor Sorge. Die Henningtons sind eine starke Einheit, und Rhett ist ihr Oberhaupt. Ich kann mir gar nicht vorstellen, was die Brüder oder Mrs Hennington gerade durchmachen.

Ich biege um die Ecke und bleibe wie angewurzelt stehen, als ich Cooper dort entdecke.

»Hey, was machst du hier?«

»Du hast deine Handtasche vergessen«, erklärt er und hält sie mir hin.

»Danke! Ist mir nicht mal aufgefallen. Ich irre seit einer gefühlten Ewigkeit durch dieses Gebäude und hab immer noch keinen von ihnen gesehen. Ich weiß nicht, ob es ihm gut geht oder …« Tränen steigen mir in die Augen. »Ich kann auch niemanden erreichen.«

»Wenn etwas passiert wäre, wüssten wir es. Meine Mama und deine hätten angerufen.« Cooper streicht mir tröstend über die Schulter.

Er hat recht. Kaum vorstellbar, dass unsere Eltern uns

nicht Bescheid gegeben hätten. Jetzt fühle ich mich ein klein wenig besser.

Ich schaue auf, und Cooper erstarrt. Als ich mich umdrehe, sehe ich den Grund dafür, und zuerst verspüre ich Erleichterung. Doch die verflüchtigt sich schnell, und mir sinkt das Herz in die Hose.

Trent steht mit einem mörderischen Gesichtsausdruck da. Er ballt die Hände zu Fäusten und stapft auf uns zu. Ich habe ihn genau zweimal in meinem Leben so gesehen. Das erste Mal, als er William gefunden hat, nachdem dieser Scarlett umgebracht hatte, und das zweite Mal, als er gehört hat, dass jemand im Nachbarort seinen Säugling totgeschlagen hatte.

Beide Male wollte er die Schuldigen in Stücke reißen.

Und es sieht so aus, als sei jetzt Cooper dran.

Cooper lässt den Arm sinken, und ich eile auf Trent zu und hoffe, die Situation entschärfen zu können. »Trent, ich hab mich sofort auf den Weg gemacht, als ich davon gehört habe. Geht es deinem Dad gut?« Ohne mich anzusehen geht er weiter auf Cooper zu. »Trent!«

Er gerät ins Stocken und dreht sich zu mir um. Sein Gesichtsausdruck ist hart, sein Kiefer angespannt. Er heftet den Blick seiner dunkelblauen Augen auf mich, in denen sich seine Gefühle deutlich widerspiegeln: Verwirrung, Überraschung, Zorn und schließlich Groll. »Warum zur Hölle seid ihr zwei hier?«

»Was?«, frage ich schockiert. »Das fragst du mich? Warum sollte ich nicht hier sein?«

»Ich lasse euch beide lieber mal allein.« Mit erhobenen Händen zieht sich Cooper zurück.

Trent wendet sich ihm zu, die Schlagader an seinem Hals pocht sichtbar. »Wie nobel von dir.«

Cooper schüttelt entrüstet den Kopf. »Hör mal, ich bin nicht hergekommen, um einen Streit anzufangen.«

»Dann hättest du vielleicht gar nicht herkommen sollen.« Seine Stimme ist hart, als er mich scharf ansieht und hinzufügt: »Keiner von euch beiden.«

Ich dachte, es wäre richtig, herzukommen. Ich wollte ihm meine Unterstützung anbieten, aber er benimmt sich wie ein Vollidiot.

Ich weiche einen Schritt zurück und versuche, meine Gekränktheit zu verbergen. »Ich wollte hier sein. Ich wollte für dich da sein.«

Trent lacht. »Zusammen mit deinem Lover? Wie nett von dir. Also, ich muss nicht nur damit fertigwerden, dass mein Vater im Sterben liegt, obendrein hab ich auch noch das Vergnügen, dich mit einem anderen Mann zu sehen.«

Cooper greift ein, bevor ich etwas erwidern kann. »Beruhige dich und hör zu, was sie sagt. Ich habe sie nur hierhergefahren.«

»Sicher. Du konntest es dir nicht verkneifen, den Ritter in schimmernder Rüstung zu geben. Hier kommt der perfekte Cooper auf seinem weißen Ross.«

»Genau das ist dein Problem, Trent«, sagt Cooper. »Du benimmst dich immer wieder so. Aber Grace hat die Sache von deinem Dad gehört und konnte gar nicht schnell genug herkommen. Sie war zu aufgeregt, um selbst zu fahren, daher habe ich sie hergebracht. Also, wenn irgendjemand sauer sein sollte, dann bin ich es. Ich habe sie für dich hierhergefahren.«

»War das, nachdem du den ganzen Tag auf ihrer Farm gearbeitet hast? Oder nach dem Abendessen?« Trent grinst höhnisch, dann sieht er mich an. »Ist dein Haus okay? Ich fände es schlimm, wenn du keine Bleibe hättest. Aber andererseits kannst du ja vielleicht bei Cooper einziehen.«

Meine Augen füllen sich mit Tränen. Ich bin wegen Trent hier, und er behandelt mich, als sei ich ein herzloses Miststück, das ihm Cooper unter die Nase reiben will.

»Hör auf damit.« Ich lege ihm eine Hand auf den Arm, aber er reißt ihn zurück. »Cooper und ich haben zu Abend gegessen, ja, aber ich bin deinetwegen hier, weil ich wissen wollte, wie es dir geht, und vor allem, wie es deinem Dad geht. Das wüsstest du, wenn du nur zuhören würdest.« Ich wische mir übers Gesicht und versuche es noch einmal. »Wir sind nicht …«

Er hebt die Hand. »Verdammt, ich will es gar nicht hören. Ich hab im Moment schon genug im Kopf. Mein Vater liegt im Krankenhaus und stirbt an Krebs, da hat mir das hier gerade noch gefehlt.«

Cooper schnaubt und schüttelt den Kopf. »Ich werde nach Presley und Wyatt sehen. Wenn du mich brauchst, Grace, weißt du, wo du mich findest.«

Ich nicke und schaue ihm nach, als er davongeht.

»Du kannst ihn gern begleiten«, sagt Trent feindselig. »Er hätte bestimmt nichts dagegen.«

»Wenn du nur …«

»Geh einfach, Grace.«

Ich verstehe, dass er leidet. Ich verstehe vollkommen, dass er mit Schmerz und Zorn auf die Situation reagiert, mit der er fertigwerden muss, aber wenn er aufhören würde, auf mich loszugehen, könnte ich ihm alles erklären.

»Nein.« Ich schüttele den Kopf und stelle mich ihm entschlossen gegenüber. »Ich werde nicht gehen.«

»Ich will dich nicht hierhaben.«

In seiner Stimme liegt ein leichtes Beben. Er mag vielleicht behaupten, dass er mich nicht hierhaben will, aber er hat Angst. Seine Familie hat in den letzten zwei Jahren viel durchgemacht. Der Verlust des Vaters wird ein schwerer Schlag.

Als ich auf ihn zugehe, spreche ich leise und tröstend. »Ich denke, du willst es doch.«

Sein Blick bleibt hart, und er entgegnet eisig: »Ich sage

dir, dass ich dich liebe. Ich kehre mein Innerstes nach außen, und du schickst mich weg und verbringst dann den Tag mit ihm. Und ich? Ich denke den ganzen Tag an dich. Ich muss mich fragen, ob er dich berührt, dich küsst oder dich zum Lächeln bringt, und dann kommst du mit ihm her. Es ist mir egal, was du zu wissen glaubst, denn du irrst dich. Ich will dich nicht hierhaben. Ich will weder dich noch ihn irgendwo hier sehen.«

Sein Pech. Ich gehe nicht weg. Ich werde nicht klein beigeben. Er stößt mich nicht mehr weg, und ich renne auch nicht mehr davon. Es wird Zeit, dass wir füreinander kämpfen statt gegeneinander.

Ich beuge mich vor und stelle mich auf die Zehenspitzen, sodass wir auf Augenhöhe sind, bevor ich sein Gesicht mit beiden Händen umfasse. Wenn ich mich ihm vollkommen öffne, können zwei Dinge geschehen. Entweder, er wird hören, was ich sage und die Wahrheit in meinen Worten erkennen, oder er wird mich abweisen. Der Lauf unseres weiteren Lebens wird davon bestimmt – er kann uns retten oder alles zerstören.

»Ich bin hier, weil ich dich liebe, du dickköpfiger, liebenswerter Idiot, der nicht zuhören will! Ich bin hier, weil ich mich für dich entscheide. Ich habe mich immer für dich entschieden, weil ich mir ein Leben ohne dich nicht vorstellen kann. Ich bin hier, weil ich dich so sehr liebe, dass es mich innerlich zerreißt, ganz gleich, wie oft ich dir sage, dass ich nicht zurückkomme.« Er spannt die Muskeln an, und ich beobachte die Veränderung in seinem Blick. »Also, wenn du weiter darüber streiten willst, gern, aber du hast gesagt, dass du mich liebst, und ich stehe vor dir und bitte dich, mich das Gleiche tun zu lassen.«

Trent schaut mir forschend in die Augen, und ihm stockt der Atem, als er mir über die Wange streicht. »Was?«

»Ich habe gesagt, dass ich dich liebe.«

Er fährt mir mit dem Daumen über die Lippen. »Sag es noch einmal.«

»Ich liebe dich.«

»Nein.« Er schüttelt den Kopf. »Den anderen Teil.«

Ich kann nur noch flach atmen, aber ich weiß, was er hören will. »Ich entscheide mich für dich. Nicht für Cooper. Es hat nie wirklich eine Wahl gegeben. Du bist derjenige für mich, seit meinem sechzehnten Lebensjahr.«

Keine Sekunde später presst Trent seinen Mund auf meinen. Seine Lippen sind weich, aber der Kuss ist es nicht, als er meinen Kopf in den Händen hält und all seine Gefühle in die Berührung unserer Lippen strömen lässt. Ich spüre seine Angst, als er seine Finger durch mein Haar gleiten lässt, als er mich an sich drückt und meine Luft einatmet, als er annimmt, was ich ihm gebe. Es ist, als könnte ich spüren, wie er mir sagt, dass ich sein Grund zum Atmen sei.

Er zieht sich zurück, und ich fahre ihm mit den Fingern durchs Haar. Einen Moment lang stehen wir nur da, Stirn an Stirn. Mein Herzschlag verlangsamt sich nach und nach, während die Sekunden verrinnen.

»Ich muss nach meiner Familie sehen, aber andererseits möchte ich einfach hierbleiben«, murmelt er.

Ich hebe den Kopf und erinnere mich daran, warum ich überhaupt hier bin. »Wie geht es ihm?«

Trent schüttelt nur den Kopf.

Er nimmt meine Hand, und wir gehen in Richtung Wartezimmer. Er sagt nichts, während wir durch den Flur wandern. Ich spüre, dass er kurz vor einem Zusammenbruch steht.

»Was ist passiert?«, will ich endlich wissen.

Trent erzählt mir von der Szene beim Angeln. Seine Stimme bricht, als er berichtet, wie er versucht hat, seinen Vater wiederzubeleben. Ich kann mir kaum vorstellen, was für ein Gefühl das für ihn war. Als Sheriff muss er stets alle möglichen Rettungsmaßnahmen ergreifen. Es hat Einsätze gegeben, bei denen er jemanden gerettet hat, und solche, bei denen ihm das nicht gelang, aber nach dem Schmerz in seiner Stimme zu urteilen, wird er dieses eine Mal niemals vergessen.

Es muss furchtbar sein, zu wissen, dass die Entscheidung, die man in einem einzigen Moment trifft, darüber bestimmt, ob jemand weiterleben wird. Zu wissen, dass es auch das Ende von jemandem, den man liebt, bedeuten könnte, ist einfach entsetzlich.

»Was sagen die Ärzte?«, frage ich und bemerke den verzweifelten Ausdruck in seinem Gesicht.

»Ich weiß es nicht. Mama hat nur gesagt, dass er Krebs im vierten Stadium hat.«

»Was? Seit wann?«

»Anscheinend hat er die Diagnose vor sechs Monaten bekommen. Ich weiß nicht, wie sie das vor meinen Brüdern und mir geheim halten konnten. So ein Mist!« Trent bleibt vor der Tür zum Wartezimmer stehen. »Alle versuchen, es in den Kopf zu bekommen. Zach wird überhaupt nicht damit fertig, und Wyatt ist einfach Wyatt.«

»Und du?«

Er kommt näher und zieht mich wieder in die Arme. »Ich bin mir nicht sicher. Was heute mit ihm passiert ist und was mit dir passiert ist, hat mich total durcheinandergebracht.« Trent stößt einen tiefen Seufzer aus. »Ich habe dich nicht verloren, und ich werde dafür sorgen, dass ich auch ihn nicht verliere. Ich muss ihn davon überzeugen, zu kämpfen.«

Hand in Hand betreten wir das Wartezimmer, und ich hoffe, dass er einen Weg findet, das zu schaffen.

Kapitel 13

Trent

Die Minuten ziehen sich hin wie Tage. Wir alle sitzen stumm da und warten auf Neuigkeiten von den Ärzten. Sie führen immer noch einige Untersuchungen durch, daher ist es ein Geduldsspiel.

Grace' Mutter trifft ein, und sie scheint außer sich zu sein, als sie zu Mrs Kannan und Mrs Townsend eilt.

»Ist es der Krebs?«, fragt sie, und ihre Freundinnen nicken, aber Grace reißt den Kopf in ihre Richtung und kneift die Augen zusammen.

»Mama, du hast es gewusst?«

»Es war nicht an mir, es dir zu erzählen, Süße.«

»Ihr habt es *alle* gewusst?«, frage ich mit donnernder Stimme. »Ihr habt alle gewusst, dass er sterben würde, und uns habt ihr es nicht erzählt? Ihr lasst uns Zachs Hochzeit feiern, ohne uns zu sagen, dass es Dads letzte sein könnte? Ihr lasst zu, dass wir das gemeinsame sonntägliche Essen ausfallen lassen und all die anderen Dinge, die wir hätten tun können, all die Dinge, die wir hätten tun *sollen*!«

Diese Frauen gehören fast zur Familie. Sie waren bei jedem Ereignis in unserem Leben dabei. Sie sind die besten Freundinnen meiner Mutter, und keine von ihnen war der Meinung, dass wir es wissen sollten. Keine von ihnen war der Meinung, dass es für uns wichtig wäre. Die Zeit, die wir mit ihm hätten verbringen können … dahin.

Mrs Kannan tritt vor. »Wir haben sie angefleht, es euch

zu erzählen. Ihr hattet ein Recht, es zu erfahren, aber *wir* konnten es euch nicht sagen.«

Ich gehe auf und ab, während meine Gedanken sich überschlagen. »Es muss doch irgendetwas geben, das wir tun können.«

Jemand räuspert sich. Als ich mich umdrehe, sehe ich den Arzt. »Trent!«, sagt er und nickt in meine Richtung.

»Dr. Halpern, geht es ihm gut?« Ich gehe auf ihn zu.

»Er ruht sich aus. Seine Anämie beeinträchtigt sein Herz. Der Mangel an Sauerstoff und roten Blutkörperchen in seinem Körper hat dazu geführt, dass auch andere Organe geschwächt sind. Wir haben ihn gewarnt, dass das passieren könnte, und ich denke, er hat sich heute überfordert. Es sind noch einige andere Untersuchungen erforderlich, und ich empfehle eine sofortige Bluttransfusion. Wenn es uns gelingt, die Anämie unter Kontrolle zu bringen, können wir nächste Schritte überlegen.«

»Besteht eine Chance, den Krebs zu besiegen?«, fragt Zach.

Dr. Halpern schüttelt den Kopf. »Ihr Vater müsste sich zahlreichen Chemotherapien unterziehen und bräuchte dann höchstwahrscheinlich eine Knochenmarktransplantation. Angesichts der Tatsache, dass sich der Krebs während der letzten sechs Monate ausbreiten konnte, bin ich mir nicht sicher, ob eine solche Behandlung zu diesem Zeitpunkt überhaupt noch eine Option ist. Jetzt liegt die Entscheidung bei ihm.«

In mir brodelt es. Verschwendete Zeit, die wir nicht aufholen können. Dinge, die wir nicht in Ordnung bringen können, weil wir nichts davon gewusst haben. Ich verstehe nicht, was er sich dabei gedacht hat.

»Über all das können wir später reden, im Moment geht es darum, ihn zu stabilisieren. Er braucht eine Bluttransfusion, um die Anämie in den Griff zu bekommen. Ich weise

Sie darauf hin, dass jetzt alles sehr schnell gehen kann. Er wird regelmäßige Transfusionen brauchen.«

»Ich will ihn sehen«, sage ich rasch.

Der Arzt nickt. »Er ist erschöpft und kann nicht viel Aufregung verkraften. Gehen Sie einfach einer nach dem anderen zu ihm.«

Ich drehe mich fragend zu meinen Brüdern um, die beide nicken, als ich vortrete. »Ich werde nicht lange brauchen.«

Wyatt legt mir eine Hand auf die Schulter. »Bis in ein paar Minuten.«

Ich nicke. Zach wendet mutlos den Blick ab und folgt Wyatt. Von uns allen steht Zach unserem Vater mit Abstand am nächsten. Er war ihm immer am ähnlichsten, und ich hoffe, dass Presley bald da sein wird. Sie war in der Nähe von Knoxville, um ein Pferd für Zach abzuliefern. Jetzt ist sie auf dem Rückweg. Es schmerzt, ihn so gebrochen zu sehen, und man merkt deutlich, dass er sie braucht.

Grace greift nach meiner Hand und drückt sie. »Ich warte hier.«

Ich ziehe sie an mich und drücke ihr einen Kuss aufs Haar.

Dann gehe ich zu seinem Zimmer, und mit jedem Schritt bricht mir das Herz ein bisschen mehr. Ich weiß nicht, was ich ihm sagen soll. Auf keinen Fall darf ich zulassen, dass das hier das Ende ist.

»Dad«, sage ich, als ich das Zimmer betrete.

»Würdest du uns ein paar Minuten allein lassen?«, bittet er meine Mutter.

»In fünf Minuten komme ich wieder.« Mama zeigt auf mich. »Bei Gott, reg ihn bloß nicht auf.«

Die Gefahr besteht kaum. Ich halte mir vor Augen, dass er im Krankenhaus liegt und dass ich nur wenige Stunden zuvor verzweifelt versucht habe, ihn wiederzubeleben. Es ist furchtbar, den Mann, den ich mein Leben lang bewundert habe, schwach und krank zu sehen. Er war immer derjenige, der auf dieser Seite des Bettes stand, wenn meine Brüder oder ich etwas Riskantes angestellt hatten, und jetzt bin ich derjenige, der hofft, ihm Vernunft predigen zu können.

Ich muss ruhig bleiben, um ihn davon zu überzeugen, dass er kämpfen soll. Dass er kämpfen *muss*.

»Wir kommen schon klar, Mama.«

»Ich gehe zu den anderen und bringe sie auf den neuesten Stand.«

Als sie den Raum verlässt, trete ich neben sein Bett. Meine Beine zittern. Mein Vater ist krank. Mein Vater stirbt, und ich weiß nicht, was ich tun soll.

»Danke, Sohn«, sagt er, als ich näher komme.

»Wofür?«

»Wenn du nicht gewesen wärst, würden wir uns jetzt nicht mehr unterhalten.«

Und wenn ich ihn nicht dazu bringen kann, das Ruder herumzureißen, was seine Behandlung betrifft, werde ich ihn beim nächsten Mal vielleicht nicht mehr retten können. Ich brauche meinen Vater. Ich brauche ihn auf eine Weise, die ich wahrscheinlich selbst nicht ganz verstehe. Er ist derjenige, der mich in der Spur hält. Er lässt mir keinen Blödsinn durchgehen, und davon habe ich eine Menge im Kopf. Und er bringt mich stets zur Vernunft. Ohne ihn wäre ich nicht der, der ich heute bin.

Er muss kämpfen.

Er muss gewinnen.

Vor allem aber muss er am Leben bleiben, für mich.

»Dad.«

Er hebt die Hand. »Ich weiß, was du sagen wirst, und ich werde meine Meinung nicht ändern.«

Absolut inakzeptabel.

»Du musst es versuchen.«

»Die Ärzte haben mir alles gesagt, und ich werde es nicht tun. Ich werde nicht zu einem Mann, der sein Bett nicht verlassen kann, der nicht essen kann, der nicht funktioniert. Genau das ist es, was geschehen wird. Ich habe meinen Vater so sterben sehen, aber ich werde diesen Weg nicht gehen.«

»Du bist nicht einmal bereit, der Sache eine Chance zu geben? Das widerspricht allem, was du uns unser ganzes Leben lang gepredigt hast.«

Mein Vater rutscht in seinem Bett etwas nach oben. »Ich weiß, dass du das denkst, aber wofür sollte ich mich anders entscheiden? Damit deine Mama gezwungen ist, mit anzusehen, wie ich mich übergebe? Sie kann das nicht durchstehen, und ich will nicht so enden. Ich werde ihr das nicht antun.« Er holt tief Luft, was nach großer Anstrengung klingt, und zeigt auf die Tür. »Diese Frau erträgt es kaum, mich mit einer Erkältung zu sehen, und du willst, dass sie das erleiden muss?«

»Findest du es besser, wenn sie dich beerdigen muss?«

Mein Vater erbleicht, und ich weiß, dass ich einen wunden Punkt getroffen habe. Sosehr es mir auch widerstrebt, werde ich genau da weiterbohren. »Du kannst ihr das nicht antun, Dad. Du musst es versuchen. Gib der Sache wenigstens eine Chance. Sie wird deinen Tod nicht überleben. Keiner von uns wird das.«

Mein Vater, der nie weint, wischt sich über die Augen. »Ich fürchte, das ist jetzt keine Option mehr.«

Ich greife nach seiner Hand. »Wir werden es herausfinden. Denn wenn du es nicht versuchst, bezweifle ich, dass irgendeiner von uns damit wird leben können.«

Wyatt kommt hereingeschlendert, und ich richte meinen Blick wieder auf unseren Dad.

»Pop?«, flehe ich.

»In Ordnung.«

»In Ordnung.« Ich tätschele seinen Arm, bevor ich meinem Bruder einen Blick zuwerfe. »Dann lasse ich dich jetzt mit Wyatt allein.«

»Trent?«, ruft er mir nach. »Erzähl deiner Mama noch nichts davon.«

Ich nicke verständnisvoll. Er will meiner Mutter keine falschen Hoffnungen machen. Keiner von uns will das, aber immerhin konnte ich ihn dazu bewegen, den Kampf wenigstens in Erwägung zu ziehen. Allerdings kenne ich meinen Vater, und es wird erheblich mehr dazu gehören, ihn davon zu überzeugen. Wenn er eine Entscheidung getroffen hat, ist es fast unmöglich, ihn davon abzubringen.

Ich gehe zurück ins Wartezimmer, wo Presley neben Zach sitzt. »Hey«, sagt sie und steht auf.

»Pres.«

Ich umarme sie, und sie schnieft.

»Wie geht es ihm?«

Ich sehe Zach an, der sich nicht von der Stelle rührt. »Gehst du rein?«

»Nein«, sagt er und schaut zu Boden. »Ich überlasse das erst mal Wyatt und Mom.«

»Machst du Witze? Du weißt, dass er dich sehen will.«

»Trent«, flüstert Grace. Sie legt mir eine Hand auf den Arm. »Ich bin mir sicher, dass dein Bruder zu ihm gehen wird.« Ich sehe sie an, und sie schüttelt leicht den Kopf. Grace' Blick ist sanft, und sie beißt sich auf die Unterlippe. Die Art, wie sie mich anschaut, so offen und liebevoll, lässt mich innehalten. »Warum setzen wir uns nicht hin?«, schlägt sie vor und legt ihre kleine Hand um meine. Ich nicke.

Meinetwegen kann Zach sauer sein, aber ich lasse nicht zu, dass er Dad deshalb keinen Besuch abstattet. Er muss seinen Mann stehen. Und ich habe kein Problem damit, ihn daran zu erinnern, wenn nötig. Hier geht es nicht um ihn. Es geht um unseren Vater.

Die Zeit verstreicht, während wir uns in Dads Zimmer abwechseln. Nur Zach verharrt im Wartezimmer. Ich muss mich wirklich beherrschen, ihm keinen Hieb zu versetzen.

Er benimmt sich wie ein selbstsüchtiger Idiot.

Nach einer weiteren Stunde ist meine Geduld am Ende. »Geh da rein!« Ich stehe auf, und er funkelt mich an.

»Sag mir nicht, was ich tun soll«, feuert er zurück und geht in direkte Konfrontation mit mir. »Ich tue, was ich kann. Du wirst uns nicht vorschreiben, wie wir mit den Dingen umgehen. Du bist nicht gerade eine Autorität, wenn es darum geht, das Richtige zu tun.«

»Trent.« Wyatt tritt zwischen uns und legt mir eine Hand auf die Brust. »Nicht so. Nicht heute.«

»Er sitzt hier draußen! Dad stirbt, und er sitzt verdammt noch mal nur da.«

»Dad versteht das«, sagt Wyatt und versucht, mich zu beruhigen. »Lass es.«

Ich starre meine Brüder an und schnaube durch die Nase. Ich schäume vor Wut. Zusammen sind wir stärker, Zach *muss* da hineingehen. »Er ist derjenige, auf den Dad am ehesten hören würde.« Ich ersticke fast an meinen Worten. »Auf ihn wird er hören.« Ich deute auf Zach, der erblasst. »Wenn *er* ihm sagt, dass er kämpfen muss …« Es schnürt mir die Kehle zu, und meine Brust schmerzt. »Er wird auf ihn hören.«

»Das kannst du nicht wissen«, versucht Wyatt erneut, mich zu überzeugen.

Aber ich weiß es. Zach war immer schon derjenige, auf den Dad gehört hat. Als wir jünger waren, hat keiner von uns Ärger bekommen, wenn Zach gegenüber Dad behauptet hat, es sei seine Schuld gewesen. Ich glaube nicht, dass er einen Lieblingssohn hat, aber falls doch, wäre es Zach. Sicher, er hört auch Wyatt und mir zu, aber er wartet auf ihn.

Mama kommt zur Tür herein und sieht uns drei herausfordernd an. »Keinen Streit, Jungs. Ihr drei werdet euch vertragen, und damit ist der Fall erledigt.«

Ich sehe die Furcht in ihren Augen. Sie hat recht. Streit ist das absolut Letzte, was wir brauchen können. »Ja, Ma'am.«

»Tut mir leid, Mama«, murmelt Zach und rutscht wieder neben Presley.

»Gut. Also, sie haben mit der ersten Transfusion angefangen. Er wird für einige Tage hierbleiben. Ich will, dass ihr alle nach Hause fahrt und euch ein wenig ausruht. Ich verspreche, euch anzurufen, wenn sich irgendetwas tun sollte.«

»Mama«, hebe ich an zu protestieren.

»Nein«, fällt sie mir ins Wort. »Das ist kein Vorschlag. Fahrt nach Hause, duscht und kommt morgen früh zurück, wenn wir mehr wissen. Es ist der Wunsch eures Vaters, und dagegen wollt ihr nicht verstoßen, oder?«

»Nein«, antwortet Wyatt und wirft uns einen Blick zu, der sagt, dass wir tun, was sie verlangt. Dad hört auf Zach, während Mom sich darauf verlassen kann, dass Wyatt uns dazu bringt, auf sie zu hören. Sie lässt keinen Raum für Diskussionen, und Widerspruch würde sie aufregen.

»Ich liebe euch alle«, sagt Mama und küsst jeden von uns auf die Wange. »Es tut mir leid, dass wir euch nicht eingeweiht haben. Ich hoffe, ihr verzeiht mir.«

Ich nehme sie in die Arme und schenke ihr einen Kuss auf ihr Haar. »Wir werden tun, was immer wir können.«

Sie tätschelt meinen Rücken und sieht mir in die Augen. »Ich weiß nicht, was ich machen soll, wenn ich ihn verliere.«

Ihre Augen füllen sich mit Tränen, und ich drücke meine Mutter noch einmal an mich. »Dann überzeuge ihn davon, dass er kämpfen muss, Mama.«

Kapitel 14

Grace

Seit Mr Henningtons Zusammenbruch sind drei Tage vergangen, in denen Trent ständig zwischen Krankenhaus und Arbeit hin und her gependelt ist, sodass wir keinerlei Gelegenheit hatten, uns zu treffen und zu reden. Er schreibt mir täglich, dass er es nicht erwarten könne, mich zu sehen, aber ansonsten ist unsere Kommunikation spärlich. Presley hat mir erzählt, dass die Bluttransfusion gut gewirkt hat und dass jetzt die Chemotherapie zur Debatte steht. In dieser Situation möchte ich Trent auf keinen Fall zusätzlich mit Beziehungsgesprächen belasten.

Er konzentriert sich auf das, was wichtig ist. Trotzdem hat er mich gebeten, zu ihm zu kommen, wenn er in einer Stunde Dienstschluss hat. Ich beschließe, zeitig hinzufahren, weil ich es nicht aushalte, einfach nur hier herumzusitzen. Tausend Dinge gehen mir durch den Kopf, die er sagen könnte.

Er könnte seine Meinung geändert haben, aber ich hoffe inständig, dass dies nicht der Grund für unser Treffen ist.

Ich fahre vor seinem Haus vor und sehe mich um. Eine Weile schon bin ich nicht mehr hier gewesen, aber alles ist genau wie immer. Sein Wagen steht nicht vor dem Haus, aber ich habe immer noch einen Schlüssel, daher kann ich reingehen.

Sein Haus liegt am südlichen Rand der Hennington-Farm. Es ist nicht groß, aber genau richtig für ihn. Die Inneneinrichtung ist geprägt von dunklem Mahagoniholz,

Ledermöbeln und sehr maskulinen Kunstwerken an den Wänden. Trent ist ein einfacher Mann und braucht nicht viel, aber er hat mir kleine Veränderungen erlaubt, um das Haus heimeliger zu machen.

Ich trete ein und lege meine Handtasche ab, als er plötzlich aus dem Hinterzimmer kommt und mich fast zu Tode erschreckt. »Du bist hier?«

»Ich musste etwas holen«, erklärt er. »Wieso bist du schon da?«

Mein Herz rast, als er näher kommt. »Ich wollte nicht warten.«

»Ich bin froh, dass du hier bist. Ich verliere noch den Verstand.«

Trents Bewegungen strahlen eine solche Selbstsicherheit aus. Sein sandfarbenes Haar ist zerzaust. In seinen leuchtenden dunkelblauen Augen liegt ein erstaunter Ausdruck. Alles in mir krampft sich zusammen, als er vor mir stehen bleibt. Mein Atem wird flacher, und ich muss mich beherrschen, um mich nicht auf ihn zu stürzen. Bei all meinen Zweifeln stand eines immer außer Frage: Trent bringt mein Blut in Wallung, und in seiner Nähe erwache ich zum Leben.

»Warum?«, frage ich.

»Weil ich nicht weiß, was wir da eigentlich tun, Liebling. Ich weiß nicht, was du willst oder was das hier für uns bedeutet.« Er hebt die Hand, um meine Wange zu streicheln, lässt sie aber wieder sinken und stößt den Atem aus. »Ich habe dich abgewiesen und bin auf deinen Gefühlen herumgetrampelt. Das werde ich mir nie verzeihen. Und ich will das nie wieder tun. Ich liebe dich.« Trent hat seine Zurückhaltung anscheinend völlig aufgegeben und fädelt seine Finger zwischen meine. »Aber wenn du mit mir zusammen sein willst, wirst *du* die Entscheidung dafür treffen müssen.«

Ich habe Angst auszusprechen, was ich empfinde. Das jahrelange Hin und Her zwischen Trent und mir zerrt immer noch innerlich in mir. Sosehr ich mir auch wünsche, mich kopfüber in unsere Beziehung hineinzustürzen und mich seiner Liebe hinzugeben, warnt mich doch eine leise Stimme, ich sei eine Närrin und er habe all das nur gesagt, um mich von Cooper fernzuhalten. Er weiß nichts von dem schrecklichen Kuss zwischen Cooper und mir, aber jetzt ist eindeutig der falsche Zeitpunkt, um ihm davon zu erzählen.

»Ich habe Angst«, gestehe ich.

»Meinst du, ich nicht?«

Ich hebe den Blick, sehe ihn an. »Wovor solltest du Angst haben?«

»Ich habe keine Ahnung, was du gerade denkst. Im Großen und Ganzen konnte ich immer erkennen, was in deinem Kopf vor sich geht, aber jetzt gelingt es mir nicht mehr. Das macht mich wahnsinnig. Ich weiß nur, was ich empfinde, und dass es nichts auf dieser Welt gibt, was ich mehr will als dich.«

Ich stehe vor diesem Mann, den ich mein Leben lang geliebt habe. Dem Mann, den ich nicht aus meinem Herzen verbannen kann, was ich auch tue. Unsere Liebe mag nicht perfekt sein, aber nichts im Leben ist perfekt. Ich will ihn an meiner Seite. Er ist derjenige, den ich immer brauchen werde.

»Ich weiß nicht, wie ich ohne dich leben soll. Ich will es auch gar nicht erst versuchen.«

Sofort legt er seine Arme um mich. »Sag es«, verlangt er.

»Du musst mir einiges versprechen. Du musst mich an dich heranlassen. Ich brauche einen Mann, der mir sein Herz öffnet. Ich möchte, dass du mich wirklich liebst und nicht nur deswegen willst, weil wir getrennt waren. Wenn wir es noch einmal miteinander versuchen, dann nicht halbherzig.«

»Ich werde alles tun, was du willst.«

Ich fahre mit den Fingern über seinen Bartschatten und studiere seine dunkelblauen Augen. »Es geht nicht nur darum, was ich will. Ich muss sicher sein, dass du diese Dinge ebenfalls möchtest. Ich will heiraten. Ich will ein Baby, wenn wir eins bekommen können. Ich will ein gemeinsames Leben. Und ich will es mit niemand anderem als mit dir. Und was möchtest du?«

»Ich will nur dich. Ganz und gar – für immer«, antwortet Trent, und dann liegt sein Mund auf meinem.

Er hält mich fest in den Armen, und ich verliere mich in diesem Kuss. Unsere Lippen bewegen sich in perfektem Einklang miteinander, und ich öffne meine für ihn. Jeder Teil meines Körpers vibriert, als er mich an sich presst. Ich lege alle meine Gefühle in diesen Kuss. Die Wochen, in denen ich seine Berührung nicht gespürt habe, waren qualvoll. Die Stunden, die ich damit verbracht habe, um ihn zu weinen. Die verpasste Chance, uns zu küssen, als er mir gesagt hat, dass er mich liebt. Sämtliche Gefühle, die ich zurückgehalten habe … lasse ich jetzt los.

Trent macht einen Schritt nach hinten und zieht mich mit sich, bis wir aufs Sofa fallen, dann stützt er sich über mir auf, ohne den Kuss zu unterbrechen. Wir streicheln einander, und meine Finger zeichnen die Konturen seines perfekten Körpers nach. Als er mich das letzte Mal geküsst hat, haben wir uns angeschrien, waren leidenschaftlich und zornig – diesmal finden wir wirklich zueinander. Er ist meine bessere Hälfte, und in diesem Moment schlagen unsere Herzen im Einklang.

Trent zieht sich ein Stück zurück und betrachtet mich. »Ich liebe dich«, sagt er, bevor er mich weiter küsst.

Dann unterbreche ich den Kuss und sehe ihm in die Augen. »Zeig mir, wie sehr.«

Sein Grinsen wird breiter, und er verlagert meine Position, sodass ich auf ihm liege. »Ich werde noch viel mehr tun als das, Schätzchen.« Seine Augen funkeln vergnügt. »Allerdings bin ich noch für eine Stunde im Dienst. Wenn ein Anruf kommt, kann ich schlecht sagen, ich sei damit beschäftigt, meine Frau zu lieben.« Er küsst mich auf die Nase. »Also warte hier, bis ich zurückkomme, um mein Versprechen einzulösen.«

Auf keinen Fall werde ich mir das entgehen lassen.

Trent braucht noch zwanzig Minuten, bis er endlich zur Tür hinausgeht, und sobald er fort ist, kann ich seine Rückkehr kaum erwarten. Die nächste halbe Stunde wird für uns beide extrem langsam verstreichen. Da ich nichts anderes zu tun habe, als in Trents Haus herumzugehen und mich selbst in den Wahnsinn zu treiben, schicke ich eine Nachricht an Presley.

Nachricht an Presley.

Ich: Bist du zu Hause?

Presley: Ja! Bitte, sag mir, dass du vorbeikommst!

Ich: Bin in fünf Minuten da.

Ich hinterlasse Trent eine Notiz auf dem Tisch für den Fall, dass er früher zurückkommt, und mache mich auf den Weg.

»Grace!«, begrüßt sie mich, erhebt sich von ihrem Stuhl auf der Veranda und kommt auf mich zugeeilt. »Ich hab dich vermisst!«

»Ich dich auch«, erwidere ich und umarme sie. Seit unserem letzten Treffen hatten wir kaum Zeit, miteinander zu reden.

»Setz dich. Ich habe Kaffee oder Wein da. Zach ist im Krankenhaus und besucht endlich seinen Dad.«

Wir setzen uns auf die großen Verandasofas. Zach und

Presley haben dieses Haus gebaut, und es ist wirklich atemberaubend. Obwohl es ganz neu ist, wirkt es doch, als hätte es schon immer hier gestanden. Vom Haus aus hat man einen erstklassigen Blick auf einen der Teiche des Familienbesitzes, und innen ist es im modernen Landhausstil eingerichtet.

»Wo sind die Jungs?« Ich schaue mich um und erwarte Lärm, aber es bleibt still. Ihre Zwillinge toben normalerweise ständig herum, und dann gibt es da ja noch den großen Jungen des Hauses …

»Sie campen mit meinem Bruder und meinem Vater. Solange Rhett im Krankenhaus liegt, haben meine Eltern angeboten, sich um sie zu kümmern, um uns zu entlasten.«

»Das ist wirklich nett von ihnen.« Ich lächele.

Sie lacht und schüttelt leicht den Kopf. »Ich glaube, Daddy war ein wenig übereifrig und hat erst danach begriffen, dass zwei halbwüchsige Jungs nicht ohne sind. Deshalb hat er Cooper als Verstärkung hinzugezogen.«

»Sie werden bestimmt viel Spaß haben.«

»Ja, aber Cayden ist so ein Schlitzohr. Ich will mir gar nicht vorstellen, was sie für diesen Ausflug ausgeheckt haben.«

Ich ziehe die Beine unter mich und höre zu, während sie mir von ihren Kindern erzählt. Die beiden sind tolle Jungs, und es ist wunderbar, sie mit Zach zu sehen. Er liebt sie, als seien sie seine eigenen Söhne. Logan ist der Stillere von beiden, aber auf der Farm ist er richtig aufgeblüht. Mit Cooper, Wyatt, Zach und Trent hat er lauter starke und forsche Männer um sich, und sie haben ihn alle beeinflusst. Der Vater der Zwillinge scheint Presleys Schilderungen zufolge ganz anders gewesen zu sein. Todd war ein leiser Typ und viel zurückhaltender.

So etwas findet man hier nicht oft.

Stattdessen eifern alle Jungen darum, wer lauter und frecher sein kann. Zumindest war es so, als wir Kinder waren, und die meisten der zuvor Erwähnten sind immer noch nicht erwachsen geworden.

»Wie geht Zach denn jetzt mit Rhetts Erkrankung um?«, frage ich, während wir unseren Kaffee schlürfen.

»Du kennst doch Zach.« Presley schürzt die Lippen und lehnt den Kopf ans Sofa. »Er steht seinem Dad sehr nahe, und diese Sache belastet ihn schwer. Ich denke, er fühlt sich in gewisser Weise dafür verantwortlich. Als hätte er es wissen müssen. Wie wird Trent damit fertig?« Sie grinst verschlagen. »Ich habe euch zwei im Krankenhaus gesehen.«

Ich schüttele den Kopf und verziehe die Lippen zu einem Lächeln. »Darf ich dich was fragen?«

»Natürlich.«

»Wünschst du dir jemals, die Dinge hätten sich anders entwickelt?« Ich habe mich immer schon gefragt, was sie wirklich empfindet, nachdem sie sich jetzt endgültig hier niedergelassen hat. Sie hat immer gewusst, dass Zach der Richtige für sie ist, aber eine ganze Zeit lang stand fest, dass dieser Traum sich nicht in Bell Buckle verwirklichen lassen würde. Sie hat während unserer ganzen Kindheit davon gesprochen, dass sie die Welt sehen wolle, und da Zach Baseballprofi werden wollte, bedeutete das ein Leben weit weg von hier.

Presley schaut aufs Wasser hinaus. »Ich denke, das Leben geht mysteriöse Wege. Ich glaube, es war mir vorbestimmt, von hier wegzugehen, Todd zu begegnen, die Jungs zur Welt zu bringen und dann hierher zurückzukommen. Es klingt verrückt, aber ich glaube wirklich, dass mein Leben genau so ist, wie es sein sollte. Die Jungs sind hier glücklich. Ich bin mit dem Mann zusammen, den ich liebe, und bin ebenfalls glücklich. Wünsche ich mir, die Jungs hätten ihren Vater noch? Selbstverständlich.« Sie lächelt traurig. »Todd hat sie geliebt, aber jetzt lernen sie eine andere Art von Dad kennen. Zach ist praktisch veranlagt und chaotisch. Todd war ein Theoretiker und sehr strukturiert.« Sie zuckt mit den Schultern. »Doch zurück zu deiner Frage. Nein, ich wünsche mir nie, dass die Dinge sich anders entwickelt hätten.«

Tränen steigen in mir auf. Presleys Worte wecken in mir die Hoffnung, alles haben zu können, wovon ich so lange schon träume. Schnell wende ich den Blick ab.

Es freut mich, dass sie glücklich ist. Sie musste so viel durchleiden, bis sie ihre Bestimmung fand.

»Grace? Alles in Ordnung?«

»Entschuldige.« Ich lache und schniefe. »Ich bin einfach kindisch.«

»Warum erzählst du mir nicht, was passiert ist?« Presley beugt sich vor und ergreift meine Hand.

»Ich …« Ich weiß nicht, was ich sagen soll. »Es ist –…«

Presley mustert mich besorgt. »Cooper und ich haben geredet. Ich habe ihm gesagt, dass er sich meiner Meinung nach zurückziehen und dich deinen Weg zu Trent zurückfinden lassen soll«, gesteht sie. »Ich weiß nicht, ob er dir davon erzählt hat, aber uns beiden dürfte klar sein, was es heißt, einen Hennington zu lieben. So etwas geht nicht einfach vorbei. Es lässt nicht nach. Es ergreift dein ganzes Herz und deine Seele. Trent ist deine ewige Liebe, Süße. Selbst wenn ihr euch wirklich eine Chance gegeben hättet, du und Cooper, also Dates mit allem Drum und Dran und Dingen, die ich gar nicht aussprechen will … Kannst du dir vorstellen, wie es gewesen wäre, Trent danach zu begegnen?«

Ich schüttele den Kopf und greife mir an die Kehle.

»Dein Herz schmerzt bei dem bloßen Gedanken daran. Habe ich recht?«

»Ja.«

»Ja, das wird niemals vorübergehen. Glaub mir, ich weiß es.«

Meine Brust zieht sich zusammen, dann verspüre ich ein Gefühl der Erleichterung. Ich habe mir solche Sorgen gemacht, Presley zu verlieren. Da Cooper ihr Bruder und Trent ihr Schwager ist, stand sie in der Sache die ganze Zeit zwischen den Stühlen. Und obwohl Cooper und ich nur ein einziges richtiges Date hatten, fiel es mir schwer, Presley wie immer mein Herz auszuschütten.

Ich nicke. »Ich liebe diesen Blödmann.«

»Und er liebt dich.« Sie drückt meine Hand. »Trent war am Tag vor deinem Date mit Coop hier. Seit ich ihn kenne, habe ich ihn nie weinen sehen. Kein einziges Mal, aber als ihm klar wurde, dass du eure Beziehung ernsthaft hinter dir gelassen hast, hat er die Krise gekriegt. Er hat versucht, es zu verbergen, aber ich habe seine Tränen gesehen.«

Ich schüttele den Kopf und wende den Blick ab. »Musste ich wirklich erst planen, mit einem anderen Mann auszugehen, damit er sich über seine Gefühle klar werden konnte?«

»Oh, Schätzchen. Alle Männer, und ganz besonders Hennington-Männer, sind eben Idioten.« Wir lachen beide. »Hör mal, ich liebe meinen Bruder, aber ich habe euch nie wirklich als Paar gesehen. Ich habe gehofft, dass ich mich irre, aber … ich weiß nicht.« Sie reibt sich über den Arm. »Vielleicht ist es, weil Cooper seit der Highschool keine ernsthafte Beziehung mehr hatte, aber er wäre nicht der Richtige gewesen. Er arbeitet zu viel, er ist furchtbar stur, und ich fürchte, ihr zwei hättet einander nach wenigen Monaten gegenseitig umgebracht.«

»Aber er ist süß«, verteidige ich ihn.

»Natürlich ist er das. Er ist Cooper. Aber er ist eben auch … Cooper.« Sie schneidet eine Grimasse, und wir lachen beide. Ich weiß genau, was sie meint.

»Da ich gerade schon so neugierig bin … und weil wir ja auch im selben Alter sind … Nun, ich frage mich, ob du vielleicht über ein weiteres Kind nachdenkst?« Ich mustere sie gespannt.

»Um Himmels willen, nein!« Presley verschluckt sich beinahe an ihrem Kaffee. »Gott, ich denke, meine Gebärmutter ist gerade ein wenig geschrumpft.«

»Warum nicht?«

Sie stellt die Tasse beiseite. »Ich sage nicht, dass ich nicht glücklich wäre, wenn es passieren würde, aber Zach und ich haben sehr ausführlich darüber geredet. Wir sind erst seit Kurzem verheiratet, davor waren wir siebzehn Jahre voneinander getrennt. Für ihn sind Logan und Cayden wie seine eigenen Söhne, auch wenn er ständig scherzt, er wäre froh, das Windelalter verpasst zu haben. Wir sind zu viert und glücklich damit.«

»Das verstehe ich. Wir sind auch nicht mehr die Jüngsten.« Ich trinke einen Schluck Kaffee, in der Hoffnung, das Koffein könne die Gedanken verscheuchen, aber es ist zwecklos. Ich gehe auf die vierzig zu, und sosehr ich mir ein Baby wünsche, weiß ich gar nicht, ob Trent überhaupt Kinder will. Manchmal verfluche ich es, dass ich ihm erlaubt habe, mich so lange hinzuhalten, sodass ich vielleicht meine Chance versäumt habe.

»Du bist erst sechsunddreißig, Grace. Außerdem ist Angie doch auch gerade schwanger.«

»Und sieh dir an, wie elend sie sich fühlt«, entgegne ich.

Sie zuckt mit den Schultern. »Ihre erste Schwangerschaft war ganz anders als diese. Es kommt immer drauf an. Auf jeden Fall ist es noch nicht zu spät für dich, ein Baby zu bekommen, wenn du eins willst. Sieh dich doch an. Du hast immer die Möglichkeit, etwas zu verändern. Ich finde, das ist das Beste am Leben: Man kann etwas Wirklichkeit werden lassen, wenn man es nur genug will. Trent dachte, alle Hoffnung sei verloren, und schau dir an, wo ihr zwei jetzt steht.«

»Ich hoffe es, Pres. Ich will ihn nie verlieren.«

Sie beugt sich vor und nimmt meine Hand. »Dann lass ihn niemals gehen.«

Ich lächele und nicke. Das ist genau das, was ich heute Nacht zu bekräftigen beabsichtige.

Kapitel 15

»Gracie?«, ruft Trent aus dem Wohnzimmer.

»Ich bin hier!«, rufe ich zurück.

Seit meinem Gespräch mit Presley habe ich eine genaue Vorstellung davon, was zu tun ist. Als Erstes muss ich einige Grundregeln festlegen, damit es funktioniert. Ich denke, angesichts seines ausgeprägten logischen Verstandes ist das die beste Methode. Ich muss seinem Versuch, mich zu verführen, widerstehen. Ich habe noch nie darüber nachgedacht, wie sehr er Sex gegen mich einsetzt. Aber als ich das Ganze mal mit ein wenig Abstand betrachtet habe, wurde es mir völlig klar.

Ich bin nicht in der Lage, ihm zu widerstehen. Er weiß, wie er mich glücklich machen kann, und das nutzt er aus, um solche Gespräche zu vermeiden.

Aber nicht diesmal.

Trent kommt in die Küche, wo ich am Tisch sitze, die Hände vor mir gefaltet.

»Tut mir leid, dass es länger gedauert hat als gedacht. Ich dachte, du wärst schon im Schlafzimmer«, sagt er mit einem Grinsen und zieht sich sein Hemd aus.

»Setz dich«, verlange ich. Sein Lächeln verfliegt. »Bitte.«

»Hat sich irgendwas geändert, während ich fort war?«

»Nicht wirklich.« Ich versuche, beruhigend zu klingen. »Aber wenn es diesmal funktionieren soll, müssen wir zuerst reden.«

»Wir können im Schlafzimmer reden.« Er zieht eine Augenbraue hoch.

Und da ist das Flirten wieder, für das ich so anfällig bin.

Ich verdränge das Kribbeln in meinem Bauch und konzentriere mich auf meine Aufgabe. Trent wird mich nicht nackt ins Bett kriegen, bevor wir dieses Gespräch geführt haben. Das ist mein Ziel. Ich muss seinem Bartschatten widerstehen, der Art, wie ihm sein blondes Haar in die Augen fällt, und dem schmelzenden Blick seiner blauen Augen. Ich muss aufhören, mich auf seine Arme und Muskeln zu konzentrieren. Daran darf ich nicht denken.

Ich muss bei meiner Aufgabe bleiben.

»Nein, Schatz. Wir werden hier reden.« Ich versuche, Haltung zu bewahren. Aber dann zieht er sein Unterhemd aus und kommt um den Tisch herum, um sich neben mich zu setzen.

»Sicher. Worüber willst du reden?«

»Über uns.«

»Was ist mit uns?« Trent senkt die Stimme. »Denn ich würde gern viel mehr tun als reden, Süße. Ich habe viel zu lange deine Haut nicht berührt, während wir getrennt waren. Und ich würde gern das Versprechen einlösen, das ich dir gegeben habe. Ich freue mich schon darauf zu hören, wie du meinen Namen schreist.«

Ich schmelze dahin. Mein ganzer Körper scheint sich zu verflüssigen, und ich bin machtlos gegen das Beben, das mich erschüttert. Verdammt seien er und sein himmlischer Mund. Dieser Mund, von dem ich weiß, dass er einige ziemlich unglaubliche Dinge vollbringen kann.

Nein, Schluss damit, Grace. Bleib stark.

»Trent.« Ich rutsche auf meinem Stuhl hin und her. »Wir hatten erst neulich Sex, und das hat zu einer Menge Probleme geführt. Ich möchte das diesmal vermeiden, also, kein Sex oder irgendwas, das dem auch nur nahe kommt, bis wir geredet haben.«

»Wir werden sehen.« Die Kampfansage in seinen Worten ist ebenso deutlich wie meine. Er wird mir dieses Gespräch unglaublich schwer machen, und höchstwahrscheinlich werde ich nackt auf dem Tisch enden.

»Ich will, dass wir bis zum Ende des Monats zusammenziehen.«

»Einverstanden.« Er antwortet, ohne mit der Wimper zu zucken. Hat er gerade zugestimmt? Ist das ein Scherz?

»Habe ich recht gehört?«, frage ich ungläubig. »Du bist einverstanden?«

»Ja, wir werden bis Ende des Monats zusammenziehen. Was kommt als Nächstes?«

»Okay.« Ich schlage verwirrt meine Augen nieder. Das war viel einfacher, als ich dachte. Als wir das letzte Mal über das Zusammenziehen gesprochen haben, hat es damit geendet, dass er hinausgestürmt ist.

»Können wir bei mir leben? Ich mag dein Haus, aber meins ist ein wenig größer.«

Hier erwarte ich den größten Widerstand. Er liebt sein Haus, und ich liebe meins. Aber ich habe drei Schlafzimmer, und er hat nur eins. Und da ich irgendwann gern Kinder hätte … vielleicht …

»Sicher. Dein Haus gefällt mir gut. Wie wär's, wenn wir gleich mit dem Umzug anfangen?«

»Trent!« Ich funkele ihn an. »Deine Behauptung, mit *allem* einverstanden zu sein, bringt dich auch nicht schneller ans Ziel.«

Er lehnt sich zurück und reibt sich das Kinn. »Das ist doch gar nicht meine Absicht, Liebling. Ich sage dir ehrlich, dass wir diese Woche zusammenziehen werden, in dein Haus, und jetzt würde ich dich gern in mein Bett bringen, um die nächsten Stunden Spaß mit dir zu haben.«

Ich bin erledigt. Er wird mich mit seinen lustvollen Worten besiegen. Trent legt seine Hand auf mein Knie und schiebt sie langsam an meinem Bein hinauf. »Hör auf.«

»Womit soll ich aufhören? Ich mache mich nur mit der

Situation vertraut, während wir reden. Damit es auch funktioniert.«

Ich muss schneller reden. Viel schneller.

»Liebst du mich?«, frage ich.

Er hält inne und sieht mir fest in die Augen. »Ich liebe dich.«

»Ich brauche diese Worte. Du musst sie ernst meinen, denn ich werde deine Unterstützung benötigen. Es ist gut möglich, dass ich dich infrage stelle. Fast zwanzig Jahre habe ich an uns gezweifelt. Kannst du damit umgehen?«

Trent hebt die Hand an mein Gesicht. Sein Blick ist traurig und voller Bedauern. »*Ich* habe dir das angetan. Und ich hasse mich dafür. Und ich hasse es auch, dass ich dich habe zweifeln lassen. Du wirst mir verzeihen müssen, und ich werde mir das verdienen müssen. Das weiß ich, und es geschieht mir recht. Ich werde dir das nicht noch einmal antun, Gracie. Ich werde dich nicht mehr so verletzen. Ich habe vor, dir jeden Tag zu sagen, dass ich dich liebe, denn das tue ich.«

Eine Träne kullert mir übers Gesicht. Wer hätte gedacht, dass er so süß sein kann?

»Darf ich dich küssen?«, fragt Trent.

Mir fehlen die Worte, daher nicke ich. Langsam nähert sich sein Gesicht meinem. Es ist ein süßer Kuss voller Versprechen. Ich halte seine Hände fest, als er meine Wangen umfasst, und vergieße noch eine Träne, als ich ihm mein Herz zurückgebe. Es gehört ihm ganz und gar. Ich wünschte, es wäre immer so gewesen, versuche aber, diesen Gedanken loszulassen. Er ist jetzt hier und liebt mich so, wie ich es mir immer gewünscht habe. Nur das zählt.

Er lehnt sich zurück und wischt die Träne mit dem Daumen weg. »Was brauchst du sonst noch, Süße?«

Ich schüttele den Kopf. »Ich brauche nur dich.«

Trent beißt die Zähne zusammen. Die Anspannung ist mit Händen zu greifen. »Sag, dass ich dir gehöre«, verlangt er.

Ich zögere nicht. »Du gehörst mir.«

»Sag, dass du mir gehörst.«

»Ich habe immer nur dir gehört.«

Trent steht auf, zieht mich auf die Füße, legt mir die Arme unter die Knie und hebt mich hoch. »Du wirst immer nur mir gehören.«

Ich berühre seine Wange. »Und du?«

Er lächelt und geht in Richtung Schlafzimmer. »Für mich gibt es nur dich, Gracie. Ich werde das mit uns in Ordnung bringen.«

»Das weiß ich.« Ich lächele.

Er tritt die Tür auf und legt mich aufs Bett. Meine Hände gleiten über seine nackte Brust, und unsere Blicke treffen sich. Trents Körper war immer schon durchtrainiert, aber jetzt nehme ich mir die Zeit, ihn voll und ganz zu würdigen. Seine Arme sind kräftig, sein Bauch ist muskulös. Mir gefällt jeder Zentimeter an ihm. Ich berühre sein Gesicht, und er schließt die Augen.

Ich streiche ihm mit den Fingerkuppen über die Lippen und spüre seinen Atem, als er seufzt. »Ich habe dich vermisst.«

»Ich habe dich auch vermisst«, gestehe ich.

Er verlagert seine Position, sodass ich auf ihm liege. Mein Haar fällt herab, und er streicht es mir hinter die Ohren. »Ich will dich sehen, ich will die ganze Zeit über dein Gesicht sehen.«

Ich lasse mich fallen und küsse ihn. Unsere Zungen umschlingen einander hemmungslos, geben und nehmen. Er knabbert an meinen Lippen. Das Verlangen nach ihm, das ich verspüre, ist unermesslich. Ich will, dass er mir vor Augen führt, was wir waren und was wir sein können.

»Lass mich nicht warten«, sage ich dicht an seinem Ohr. »Ich brauche dich.«

Trent lässt die Hände an meinem Rücken emporwandern, und ich lehne mich zurück, damit er mir die Bluse ausziehen kann. Er betrachtet mich und murmelt: »So verdammt schön«, bevor er mich auf den Rücken drückt, sich vom Bett gleiten lässt und seine restliche Kleidung auszieht.

Ich lächele. Er hat mir immer das Gefühl gegeben, schön zu sein, vor allem im Bett.

Trent schiebt mich zurück, und ich beobachte genüsslich seine Bewegungen.

»Du hast trainiert«, bemerke ich.

»Ich hatte die Wahl, entweder zu trainieren oder jemanden windelweich zu prügeln. Letzteres hätte mir vermutlich keine Pluspunkte eingebracht.« Er grinst.

»Gute Entscheidung.«

Er steigt wieder ins Bett und sieht mich an. »Zieh dich aus, Süße. Ich habe genug geredet.«

Ich ziehe meine Hose aus und schlüpfe zu ihm unter die Decke. Unsere Münder treffen sich, und unsere Körper verschlingen sich ineinander. Jede Faser in mir reagiert instinktiv auf seine Berührung. Seine Hände umfassen meine Brüste, seine Daumen streicheln meine Brustwarzen und entlocken mir ein Stöhnen.

Als er eine davon in den Mund nimmt, wölbe ich mich ihm entgegen. »Trent!«, schreie ich, als meine Erregung steigt.

Er hört nicht auf. Er saugt, knabbert und streichelt nun beide Brüste. Meine Finger krallen sich in die Laken, während er meinen Körper lustvoll in Besitz nimmt.

Als er zu meiner Klitoris vordringt, verliere ich beinahe den Verstand. Seine Worte und der Gedanke an unsere Wiedervereinigung haben in mir ein so tiefes Verlangen geweckt, dass es nicht viel brauchen wird, um den Höhepunkt zu erreichen. Gott sei Dank, denn sonst drehe ich noch durch.

Er lässt sich an mir hinabgleiten und hängt sich meine Beine über die Schultern. Mein Kopf sinkt nach hinten, während er seine Zunge auf und ab schnellen lässt. Ich bekomme kaum Luft, als er damit weitermacht. Ich packe sein Haar und winde mich unter ihm. Es ist zu viel. Seine Zunge kreist, und als er sie wieder gegen meine Klitoris presst, komme ich.

Ich winde mich weiter, aber er lässt nicht nach, sondern treibt meinen Orgasmus immer höher und höher. Als er davon überzeugt ist, dass ich mehr nicht verkraften kann, hebt er den Kopf. »Sieh mich an«, bittet er mich.

Und ich sehe alles in seinen Augen. Die Liebe, die er für mich empfindet. Die Versprechen, die er zu halten beabsichtigt. Den Schmerz, den mein Verlust ihm zugefügt hat. Und die Entschlossenheit, die er ausstrahlt.

»Ich liebe dich«, sagt er und verlagert sein Gewicht.

»Ja«, stöhne ich, als er langsam in mich eindringt.

Trent hat sich immer gut angefühlt, aber jetzt ... ist es noch mehr. Er gibt mir den Teil von sich selbst, der mir gefehlt hat, und es ist überwältigend. Ich will die Augen schließen und in dem Gefühl versinken.

»Trent«, flüstere ich. »Liebe mich.«

»Das werde ich. Warte ab, Süße.«

Und er tut es.

Er liebt mich mit allem, was in ihm ist. Er liebt mich genug für uns beide. Er liebt mich, wie er es noch nie zuvor getan hat.

Nach meinem zweiten Orgasmus habe ich das Gefühl, das Bewusstsein zu verlieren, aber er treibt mich weiter. Wir lieben uns so lange, bis wir beide verschwitzt und atemlos, aber vollkommen befriedigt in die Laken sinken. Wir liegen da mit verschlungenen Beinen, und mein Kopf ruht auf seiner Brust, während ich seinem Herzschlag lausche.

Für eine Weile spricht keiner von uns beiden. Ich bin in Gedanken versunken und überlege, wie anders dieses Mal für mich war. Wir haben uns schon unzählige Male geliebt, aber diesmal war es wie eine Heimkehr. Es war vertraut, aber auch neu.

Trent spielt mit meinem Haar, und ich schaue ihn an. »Das war ...«

Er grinst selbstzufrieden. »Ja, das war es.«

»Wer hätte gedacht, dass alles, was wir brauchten, eine Pause war.«

Trent zieht mich auf sich und küsst mich, dann seufzt er. »Ich glaube nicht, dass wir es noch einmal darauf ankommen lassen sollten.«

»Hast du mich so sehr vermisst?«, frage ich spielerisch. Doch sein Blick bleibt ernst. Er sieht traurig und verloren aus. »Schatz?«

»Ich weiß nicht, wie ich diese letzten Wochen überlebt habe.« Dann tritt etwas Hartes in seine Augen. »Dich mit ihm zu sehen ... Es hat mich fast umgebracht, Gracie. Du hast keine Ahnung, was das mit mir gemacht hat.«

Ich rolle mich von ihm herunter und drehe mich um, damit wir uns ansehen. »Für mich war es auch nicht leicht. Ich habe mit mir selbst gerungen, alles hinter mir zu lassen, obwohl ich dich immer noch geliebt habe. Denk bloß nicht, für mich sei es ein Kinderspiel gewesen.«

Trent fährt mir mit den Fingern über die Lippen. »Das denke ich gar nicht. Ich denke nur, dass du dir nicht vorstellen kannst, wie es wäre, wenn ich mit Charlotte oder irgendjemand anderem ausginge. Man möchte jedem, mit dem du sprichst, die Seele aus dem Leib prügeln. Man will sich selbst die Seele aus dem Leib prügeln. Das ist definitiv kein Vergnügen.«

»Warum hast du niemals versucht, mir mehr zu geben?«

Er legt die Hand auf meine Hüfte und schaut mir tief in die Augen. »Weil ich geglaubt habe, dass du immer da sein würdest. Ich hätte nie gedacht, dass du mich verlassen würdest. Es war ein Irrtum, dich als selbstverständlich zu betrachten. Erst als mir klar geworden ist, dass du nicht länger bei mir bleibst, dass du uns aufgegeben hast und dass es meine Schuld war, bin ich aufgewacht. Erst da wusste ich, dass ich einen Weg finden muss, dir zu beweisen, was du mir immer bedeutet hast.«

Mit den Fingerspitzen zeichne ich ein Muster auf seine Brust. »Ich habe nicht aufgegeben, aber ich musste einen Schlussstrich ziehen. Ich dachte, wenn ich mit jemand anderem ausgehen würde, könnte ich endlich glücklich werden. Aber was ich wollte, warst du. Ich wollte das hier.« Ich drücke ihm die Hand aufs Herz. »Ich will dein Herz. Ich will, dass du mir vertraust.«

Er legt seine Hand auf meine. »Ich werde alles tun, was ich kann, um zu beweisen, dass es dir gehört.«

»Zieh dich einfach nicht zurück. Schließ mich nicht wieder aus.«

Obwohl Trent noch nie zuvor so offen war, hatte er sich schon einmal so ähnlich verhalten, als Scarlett gestorben war. Damals war er vorbehaltlos süß und hat sich rührend um mich gekümmert. Ich dachte, das sei der Wendepunkt für uns gewesen, aber nach einigen Wochen hat er wieder Anrufe nicht erwidert und verschwand einfach. Das möchte ich auf keinen Fall noch einmal erleben.

»Wenn ich wegdrifte, zieh mich zurück.«

»Das werde ich.«

Seine Lider fallen zu, und er erliegt langsam der Erschöpfung. Ich schmiege mich an ihn, und er umhüllt mich mit seinem Körper. Mein Herz fühlt sich leicht an, als ich in seinen Armen einnicke.

»Lass nicht zu, dass ich dich enttäusche, Gracie«, murmelt er. Ich drehe mich wieder um, aber er wirkt, als wäre er schon eingeschlafen. Ich bin mir nicht sicher, ob er es wirklich ausgesprochen hat oder ob ich es mir nur eingebildet habe, daher schmiege ich mich wieder an ihn und versuche, mein hämmerndes Herz zu beruhigen.

Ich hoffe so sehr, dass er sein Wort hält.

»Es geht mir gut, Macie.« Rhett schlägt nach ihr, als sie sein Kissen erneut aufschüttelt und um ihn herumwuselt.

»Ich will, dass du es bequem hast. Morgen früh beginnt deine erste Chemotherapie.«

Mr Hennington sieht seine Frau mit einem bewundernden Lächeln an. »Okay, Liebling, wenn es dir hilft, es mir bequem zu machen, dann nur zu.«

Trent lächelt und nimmt meine Hand. »Wie fühlst du dich, Dad?«

»Deiner Mutter zufolge fühle ich mich unbehaglich.«

»Sei still«, tadelt sie ihn.

Wir sind bereits in den vergangenen beiden Tagen ins Krankenhaus gefahren, um ein wenig Zeit mit seinen Eltern zu verbringen. Die Brüder haben einen Zeitplan ausgeklügelt, der für alle passt, sodass immer jemand da ist, für den Fall des Falles.

Der Arzt war sehr ehrlich und hat uns erklärt, dass die Chemo wenig aussichtsreich ist, aber sie wird ihm hoffentlich mehr Zeit verschaffen. Weil wir nicht wissen, wie viel Zeit, sind wir alle angespannt. Hinzu kommt, dass Rhett zu wenig rote Blutkörperchen hatte und eine weitere Transfusion benötigte, bevor er die Erlaubnis für seine erste Chemobehandlung bekam.

Wyatt wird uns heute Abend ablösen und die nächsten beiden Tage übernehmen. Da Angie sich endlich besser fühlt, kann er häufiger im Krankenhaus sein. Er und seine

Brüder versuchen, irgendwie damit klarzukommen, und dem einen gelingt es besser als dem anderen.

Zach hat immer noch sehr zu kämpfen. Er und Trent haben sich gestern Abend am Telefon gestritten, und Trent musste aus dem Haus gehen, um sich zu sammeln.

Ich habe versucht zu erklären, dass manche Menschen sich zurückziehen, weil sie denken, es wird ihr Leid lindern, aber das war ihm egal, was ich ebenfalls verstehe. Trent versucht, Zach davon zu überzeugen, dass es nicht darum geht, was er will. Es geht um ihren Dad und darum, was *er* braucht, aber Gefühle sind nun einmal irrational.

»Also.« Rhett räuspert sich. »Ich sehe, du hast deine Freundin zurückerobert.«

Trent feixt. »Und wie ich das habe, Pop. Du wärst stolz auf mich.«

»Braver Junge. Ich wusste immer, dass wir bei ihm was richtig gemacht haben.« Er greift nach Macies Hand. »Eine Zeit lang habe ich mir Sorgen gemacht, weil er so dickköpfig war, aber er ist klüger geworden. Sieh zu, dass du ihn auf der richtigen Spur hältst, Grace.«

»Hey«, beschwert sich Trent. »Ich bin dein Sohn, solltest du nicht auf meiner Seite sein?«

Sein Vater lacht. »Ich finde, eben weil du mein Sohn bist, sollte ich mit ihr sympathisieren.«

Es ist großartig, seinen Vater in so guter Laune zu sehen. Rhetts Erkrankung belastet Trent schwer. Er erzählt nicht immer etwas, aber ich spüre den Ernst der Lage anhand seiner Stimmung. Ich liebe meinen Vater so sehr, und ich weiß, ich wäre am Boden zerstört, wenn ich wüsste, dass seine Zeit abgelaufen ist.

»Ich wollte euch etwas erzählen«, macht Trent auf sich aufmerksam. »Gracie und ich werden zusammenziehen. Ich werde meine Sachen in ihr Haus schaffen, und noch diese Woche müssten wir fertig werden.«

Macies Gesicht leuchtet auf. »Oh! Endlich!«

»Ma!«

»Komm mir nicht mit ›Ma‹.« Sie schlägt ihm auf die Schulter. »Wir haben gehofft, dass ihr zwei endlich Fortschritte machen würdet. Das hat sich schließlich lange genug hingezogen. Ich bin so glücklich, dass ich weinen könnte.«

»Das war auch mein erster Gedanke«, sage ich und strahle übers ganze Gesicht.

Trent brummt etwas Unverständliches vor sich hin. »Frauen.«

Macie stellt eine Million Fragen darüber, wie wir es geschafft haben, wieder zueinander zu finden. Sie fällt fast vom Stuhl, als ich ihr erzähle, wie leicht es gewesen ist. Ihre Augen leuchten auf, als sie über unser Glück redet. Auch Rhett wirkt glücklich.

Nach ein paar Stunden verkündet Trent, dass wir eine Menge zu tun hätten und aufbrechen müssten. Wir verabschieden uns und versprechen, am nächsten Tag wiederzukommen.

Ich finde es wunderbar, wieder mit seiner Familie zusammen zu sein.

»Geht es dir gut?«, fragt Trent auf der Rückfahrt.

Ich war in Gedanken, seit wir aufgebrochen sind. Immer wieder geht mir durch den Kopf, dass Trent von ihrem Familienanwesen wegziehen wird. Ich bin mir nicht sicher, ob das zum jetzigen Zeitpunkt das Richtige ist.

»Ist es in Ordnung für dich, bei mir einzuziehen?«

»Natürlich. Warum fragst du?«

»Weil deine Mom dich jetzt vielleicht mehr denn je brauchen wird. Zach lebt auf der anderen Seite der Farm, und Wyatt ist zu beschäftigt mit Angie, was sich nach der Geburt des Babys nur noch verschlimmern wird. Es wäre sinnvoll, wenn wir da sind, um ihr zu helfen.«

Trents Gesicht leuchtet auf, aber ich komme nicht drauf, weshalb er so glücklich ist. Sein Vater ist krank, und wir sollten in der Nähe sein, falls sie uns brauchen, vor allem, da er der Erstgeborene ist. Seine Mama wird sich um die Pflege von Rhett kümmern müssen, inklusive aller Komplikationen, die sich ergeben könnten.

»Weshalb lächelst du?«, frage ich.

»Weil du gesagt hast, *wir* sollten in der Nähe sein, um zu helfen«, antwortet er vollkommen unschuldig.

»Du bist unmöglich.«

»Hab nie was anderes behauptet, Süße.«

Ich lächele ebenfalls vor mich hin und komme wieder auf das Thema zurück. »Willst du trotzdem umziehen?«

Trent legt mir eine Hand aufs Bein. »Ich lasse dich nicht weg, Grace Rooney. Wenn du nicht willst, dass ich bei dir einziehe, wirst du eine bessere Ausrede als diese finden müssen. Mein Vater wünscht sich nichts mehr, als dass wir glücklich sind. Tatsächlich habe ich ihm versprochen, alles in meiner Macht Stehende zu tun, um dich zum Lächeln zu bringen.«

»Okay, dann willst du das wirklich durchziehen?«

»Ja, natürlich. Schließlich ist dein Haus keine Stunde entfernt. Hör mal, ich will mit dir leben. Ich will jeden Tag neben dir aufwachen. Ich will dich sehr glücklich machen, Süße.«

Ich berühre sanft seine Wange, als er in seine Einfahrt einbiegt. »Nun, ich kann es kaum erwarten. Vielleicht solltest du dieses Versprechen gleich einlösen. Mir fallen da einige Möglichkeiten ein …«

Kapitel 16

Trent hat seine Sachen herbeigeschafft, ohne mir ein Wort zu sagen. Er hat Macie geholfen, es Rhett zu Hause bequem zu machen, und er verbringt so viel Zeit wie möglich mit mir. Aber heute ist der Hauptumzugstag.

Er hat verkündet, er habe genug davon, alles kleckerweise herbeizuholen, er wolle unser gemeinsames Leben aufbauen und habe es satt, sich um die Sache herumzudrücken.

Nach der ersten Wagenladung wurde mir klar, dass ich dringend Platz schaffen muss. Glücklicherweise ist Presley vorbeigekommen, um mir zu helfen, mich ein wenig zu verkleinern. Wir haben Stunden damit verbracht, Kleider und Schachteln mit Erinnerungsstücken durchzugehen und dabei eine – oder zwei – Flaschen Wein zu vernichten. Jetzt ist zumindest für einen Teil seiner Kleidung Platz im Schrank, und ich habe vier Schubladen ausgeräumt, was an ein Wunder grenzt.

»Wo soll der hin?« Trent hält den Hirschkopf hoch, der in seinem Haus an der Wand hing.

»In den Müll?«, schlage ich vor.

Er lacht, aber ich scherze nicht. Auf keinen Fall hängt dieses hässliche Ding in meinem schön eingerichteten Heim. Er kann in seinem Haus meinetwegen wie ein Höhlenmensch leben. Er kann dort rauchen, trinken, Kartenspielen und seine Jagdtrophäen aufhängen, aber hier wird das nicht passieren.

»Oh, komm schon. Das ist ein toller Kleiderhaken.«

»Auf keinen Fall.« Ich zeige nach draußen. »Hier kommt das Ding nicht rein.«

Trent brummt etwas vor sich hin und trägt es wieder nach draußen. Ich habe bereits dem hässlichsten Sessel der Welt zugestimmt. Ich weiß nicht, wo er ihn gelagert hat, denn ich habe ihn in seinem Haus noch nie gesehen, aber er ist hereinmarschiert und hat gesagt, den Sessel müsse er behalten oder er würde zusammen mit ihm wieder gehen. Er ist mit einem furchtbar kratzigen Wollstoff bezogen, von dem Karomuster ganz zu schweigen. Wer immer diesen Sessel hergestellt hat, hat Wolle in allen verfügbaren Farben genommen und drauflosgewerkelt. Das Ding passt zu rein gar nichts.

Und doch steht es jetzt in meinem Wohnzimmer.

Abgesehen von dem Zwischenfall mit dem hässlichen Sessel haben sich seine Sachen ziemlich nahtlos in meine Einrichtung eingefügt. Doch der Hirschkopf kommt mir definitiv nicht ins Haus.

Ich helfe ihm, noch ein paar Kisten auszupacken, bevor er mich um die Taille fasst und unvermittelt aufs Bett wirft, weil wir jetzt, da er hier lebt, das Haus einweihen müssten. Wer bin ich, da zu protestieren?

»Meinst du, wir werden das bereuen?«, frage ich, als wir im Bett liegen, nur in ein Laken gehüllt.

»Was? Meinen Einzug?«

»Ja.«

Er rückt näher an mich heran und streicht mir das Haar aus dem Gesicht. »Nein. Ich werde gar nichts bereuen. Ich habe so viele Jahre vergeudet, und das aus den denkbar dümmsten Gründen. Ich sehe keinen Nachteil darin, mit dir zusammenzuleben. Außerdem bekomme ich dich auf diese Weise viel häufiger nackt zu Gesicht. Denk nur an all den Sex, den wir jetzt haben können.«

Ich schlage ihn auf den Arm. »Und denk an all die Dinge, an die wir uns werden gewöhnen müssen.«

»Das werden wir Tag für Tag angehen. Wenn Angie es

geschafft hat, mit Wyatt klarzukommen, sollte dir das auch mit mir gelingen.«

»Ich bin mir ziemlich sicher, dass dein Bruder das Gleiche über dich sagen würde.«

Zach und Wyatt sind die Hennington-Brüder, die sich am nächsten stehen. Trent war immer für sich. Wenn sie reiten wollten, war Trent bei der Jagd. Er hatte nicht viel Interesse daran, auf der Farm seiner Familie zu arbeiten. Ich habe es nie verstanden, aber schon in der Highschool hat er andere Berufsvorstellungen gehabt.

Selbst nachdem sein Daddy einen Schlaganfall erlitten hatte und Trent helfen musste, alles am Laufen zu halten, konnte er sich nicht damit anfreunden und hat sich dafür entschieden, einen anderen Weg einzuschlagen. Er hat erklärt, er wüsste, was er wollte, und wolle seine Familie nicht unnötig auf die Folter spannen. Ich fand es seltsam, aber andererseits war Trent immer ein Rätsel für mich.

Wir steigen aus dem Bett, ziehen uns wieder an – zumindest ich – und gehen gemeinsam in die Küche.

»Freitag ist Unabhängigkeitstag«, bemerkt Trent und lehnt sich, nur mit Basketballshorts bekleidet, an die Theke. Allein die Tatsache, dass er jetzt hier lebt, macht ihn irgendwie noch erotischer.

Er schnippt mit den Fingern. »Erde an Grace.«

»Oh! Entschuldige, ja, der Unabhängigkeitstag. Wirst du arbeiten?«

Das tut er immer. Ich bin inzwischen daran gewöhnt, und ich glaube, wir sind bisher noch nie zusammen zu den Feierlichkeiten gegangen. Als Freundin des Sheriffs gewöhnt man sich daran, die Feiertage allein zu verbringen, und damit habe ich mich schon vor langer Zeit abgefunden.

»Ich habe mir freigenommen.«

»Was?«, frage ich erschrocken. Das gab es noch nie.

»Ich dachte, wir könnten uns die Pferde schnappen und uns das Feuerwerk abseits der Massen ansehen, falls du Lust hast …« Ich stürme auf ihn zu und küsse ihn. Er legt die Hände um mich und lacht über meinen Überfall.

»Heißt das Ja?«, fragt er zwischen meinen Küssen.

»Du steckst voller Überraschungen.« Ich lächele und drücke meine Lippen erneut auf seine. »Das wäre wunderbar. Du weißt, dass der vierte Juli mein Lieblingsfeiertag ist.«

»Okay, ich werde Mama morgens noch ein wenig helfen, aber ich komme früh genug zurück, damit wir rechtzeitig den Ort erreichen, an den ich will.«

»Mach weiter so, und du bekommst vielleicht tatsächlich so viel Sex, wie du dir erhoffst.«

Sein tiefes, raues Lachen hallt durch den Raum. »Alles Teil meines Plans, Süße. Ich kann dich hier abholen oder bei deinen Eltern treffen. Wir müssen auf jeden Fall reiten, um an meinen Wunschort zu gelangen.«

Meine Pferde stehen immer noch auf dem Anwesen meiner Eltern. Ich habe zwar auch eine Koppel auf meinem Grundstück, aber die ist nicht besonders groß. Außerdem hat mein Dad so eine Aufgabe, wenn er vorgibt, in der Scheune zu werkeln.

»Treffen wir uns bei meinen Eltern?« Ich versuche, meine Aufregung zu zügeln, doch ohne Erfolg. Ich kann nicht aufhören umherzuspringen.

»In Ordnung. Ich mache mich besser fertig für die Arbeit. Hast du etwas vor?«

»Ich werde zum Laden fahren.«

»Okay, wir sehen uns später.« Er gibt mir noch einen Kuss, den ich nur allzu gern erwidere.

Ich kann mich nicht erinnern, jemals so glücklich gewesen zu sein. Ich habe eine lange Zeit darauf gewartet, und jetzt ist es einfach grandios. Alles fühlt sich so richtig an. Wir leben zusammen, wir sind glücklich, wir sind verliebt, und kein Damoklesschwert schwebt über meinem Kopf.

Trent bricht zur Arbeit auf, und ich fahre in den Laden. Allein bei dem Gedanken daran sträuben sich mir die Haare, denn ich werde die Lieferung der neuen Waren einsortieren müssen. Ich habe keine Ahnung, in welchem Zustand ich den Laden heute vorfinden werde.

Als ich durch die Glastür trete und die winzige Glocke ertönt, sortiert Mama einige Dinge im Regal.

»Morgen, Mama!« Ich strahle sie an.

»Morgen, Liebes.« Sie mustert mich. »Du siehst anders aus.«

»Anders?« Ich weiß nicht, was sie meint. Ich habe nichts verändert.

»Ja.« Sie schürzt die Lippen und legt den Kopf schräg. »Du siehst glücklich aus.«

»Ich bin glücklich. Ich hab dir doch erzählt, dass Trent bei mir einzieht.«

Davon war sie nicht begeistert. Sie findet, dass die »Kinder heutzutage« nicht zusammenleben sollten, bevor sie verheiratet sind. Vermutlich redet sie sich ein, ich sei noch Jungfrau. Und ich lasse sie in ihrem Glauben. Vor einigen Jahren hat sie mir noch einmal ihre Sicht über die Sache mit dem Ehebett aufgetischt. Sooft ich auch versucht habe, die Dinge zu vergessen, die sie an diesem Abend gesagt hat, gehen sie mir doch nicht mehr aus dem Kopf.

»Ich bin froh zu sehen, dass dieser Mann endlich seine Zukunft anpackt, aber er ist immer noch ein wenig begriffsstutzig, was die Reihenfolge dieser Dinge betrifft.«

»Sicher, Mama.«

»Komm mir nicht mit ›sicher, Mama‹«, rügt sie mich. »Es *gibt* eine Reihenfolge, und die sieht anders aus.«

»Presley und Zach haben vor ihrer Hochzeit zusammengelebt, und Angie und Wyatt ebenfalls«, rufe ich ihr ins Gedächtnis. Darüber hat sie nie ein Wort verloren.

»Nun, Macie und Rhett mögen das im Leben ihrer Kinder erlauben, aber dein Daddy und ich tun das nicht.« Sie schnaubt, bevor sie bekräftigt: »Ich weiß mit Bestimmtheit, dass Macie ihren Söhnen eingebläut hat, zu heiraten. Manchmal ziehen wir unsere Kinder groß, so gut wir können, und sie vermasseln trotzdem alles.«

Ich kann nicht glauben, dass sie immer noch so altmodisch und voreingenommen ist. Normalerweise lästert ihr Altdamenclub über die Entscheidungen anderer Leute, nicht über die ihrer eigenen Kinder. Im vergangenen Jahr waren sie alle der Meinung, Wyatt führe sich wie ein Idiot auf, aber keine von ihnen hat ein Wort darüber verloren. Und jetzt muss meine Mutter plötzlich ihren Senf dazu geben, weil ich mit Trent zusammenziehe?

»Niemand vermasselt irgendetwas, Mama. Wir sind alle erwachsen.«

»Und benehmt euch wie Kinder.«

Ich habe früh gelernt, nicht mit ihr zu streiten, wenn sie in dieser Stimmung ist. Ihre Überzeugungen sind ein wenig festgefahren, und es ist unmöglich, sie davon abzubringen. Ich weiß aber auch, dass sie mit Scarlett schwanger war, bevor sie und mein Vater vor den Altar getreten sind. Natürlich hat niemand die Story von dem Vier-Kilo-Baby, das zwei Monate zu früh geboren worden war, geglaubt, aber ich habe ihnen ihr Geheimnis gelassen.

»Ich werde das Lager aufräumen«, sage ich und küsse sie auf die Wange.

»Was willst du denn da aufräumen?«

Bitte, sag mir, dass sie nichts angefasst hat. »Die Vorräte einsortieren …«

»Schätzchen, es gibt keine Vorräte einzuräumen. Es ist bereits alles fertig. Schon seit vier Tagen.«

»Wie bitte?«

»Ich bin hergekommen, um nach dem Rechten zu sehen und um das Lager in Ordnung zu bringen, bevor du wieder in der Schule arbeitest, aber ...« Mama sieht sich um und lächelt. »Es war bereits fertig.«

Endlich schaue ich mich selbst um, und mir klappt der Unterkiefer herunter. Tatsächlich ist alles fertig. Alles ist weggeräumt, überschüssige Ware ist in Kästen verstaut. Ich gehe jede Regalreihe im Lager durch, und mir schwirrt der Kopf.

Nur Wyatt wusste, wie schlimm es hier aussah. Gewiss hätte er nicht ...

Hätte er es seinem Bruder erzählt?

Ich bin sprachlos.

Trent ist der Einzige, der all das hätte erledigen können. Aber es hätte ihn Stunden gekostet, allein aus den ganzen Kisten schlau zu werden. Ich hätte für alles eine Woche gebraucht, und er hat es einfach getan, ohne ein Wort darüber zu verlieren.

»Trent?«, hauche ich, und ein Lächeln umspielt meine Lippen.

»Er war neulich hier und hat mich gebeten, nichts zu sagen. Das hat er wirklich gut gemacht«, bemerkt Mama.

»Ja, das hat er.«

Mama tätschelt mir den Rücken. »Ich finde, wir sollten reden, Liebling.«

Vielleicht ist jetzt der richtige Zeitpunkt, um ihr meine Bedenken wegen des Ladens mitzuteilen. Aber sie ist so stur, dass es sicherlich nicht gut laufen wird.

»Gern, Mama. Ich wollte auch mit dir über etwas reden.«

»Nur zu. Setz dich, Schätzchen.«

Wir gehen zu den beiden Stühlen, und sie nimmt meine Hand, so wie sie es immer gemacht hat. Sie wolle damit unsere Verbindung spüren, lautete ihre Erklärung. Wahrscheinlich mache ich es aus dem gleichen Grund. In ihren dunkelblauen Augen, die meinen so ähnlich sind, liegt Besorgnis.

Es beunruhigt mich ein wenig, dass sie nichts sagt. Normalerweise ist sie sehr offen und direkt, daher werte ich ihr Zögern als Zeichen dafür, dass etwas nicht stimmt. Angesichts dessen, was die Henningtons durchmachen, wächst meine Furcht, und ich beiße mir auf die Unterlippe. »Geht es dir gut?«

»Oh, mir geht es bestens«, lacht sie. »Mir fehlt nichts, ich werde noch lange da sein. Aber ich habe nachgedacht, und weißt du, Macie, Becca und Vivienne sind jetzt alle im Ruhestand …« Eine Woge der Erleichterung durchströmt mich. Umso besser, dass sie selbst die Idee hat und ich nicht der Spielverderber sein muss. »Und ich würde gern mit ihnen Kaffee trinken und Karten spielen. Da Rhetts Behandlungen jetzt beginnen, werden wir tagsüber alle helfen. Ich weiß, dass du arbeitest, aber vielleicht könntest du den Laden übernehmen und Leute einstellen, die ihn führen?«

Ich tue mein Bestes, meine Erleichterung zu verbergen und ein wenig enttäuscht zu wirken. »Nun, es wäre einen Versuch wert.« Ihr Griff wird eine Spur fester. »Aber du und Daddy müsst eure gemeinsame Zeit genießen.«

Sie lacht spöttisch. »Wer hat gesagt, dass ich Zeit mit ihm verbringen will? Ich sehe ihn jetzt so oft, dass es ein Wunder ist, dass ich ihn noch nicht mit einem Nudelholz verprügelt habe.«

Ich breche in Gelächter aus. »Oh, Mama.«

»Warte es nur ab, Gracie Louise. Warte es nur ab. Verbringe fünfzig Jahre mit demselben Mann, dann sprechen wir uns wieder. An manchen Tagen ist dieser Mann der reinste Teufel, im Vergleich dazu bin ich eine Heilige.«

Eine Heilige? Oh, lieber Gott.

»Wenn du das sagst, Mama. Ich werde den Laden übernehmen. Mach dir keine Sorgen.«

Sie kneift die Augen zu schmalen Schlitzen zusammen und legt den Kopf schräg. »Hmmm.«

»Was?«, frage ich.

Sie lehnt sich nachdenklich zurück. »Worüber wolltest du noch gleich mit mir reden?«

»Weiß ich gar nicht mehr.«

Mist. Sie ist mir auf die Schliche gekommen.

»Klar.«

»Sag mir Bescheid, wie du alles regeln willst. Ich mache mich auf die Suche nach einem Ladenleiter und einigen Mitarbeitern.«

Für Jugendliche, die etwas Geld verdienen wollen, wäre das der perfekte Job, und davon gibt es viele. Ich springe auf, darauf hoffend, dass meine Mutter nicht mehr nachhakt. »Ich hab dich lieb, Mama.«

»Ich dich auch, Süße.«

Puh, das war knapp.

Den Rest des Tages verbringe ich im Laden, um alles vorzubereiten, bevor die Schule wieder beginnt. Ich lege Flyer mit Jobangeboten aus und rufe bei der Lokalzeitung an, um in der morgigen Ausgabe eine Anzeige zu schalten. Mama würde die Entscheidung vielleicht in die Länge ziehen, aber da ihre besten Freundinnen drängeln, dürfte es ein Kinderspiel sein, und ich kann beruhigter in die Zukunft blicken.

Endlich ist Freitag. Trent hat die ganze Woche herumgeeiert, was wir heute unternehmen werden. Den Morgen über war er bei seinen Eltern, und ich sitze bereits auf glühenden Kohlen.

»Hallo, Liebling«, sagt mein Vater, während ich Lightning sattele.

»Hallo, Daddy.«

Ich küsse ihn auf die Wange. Dann schlurft er zu seiner Werkbank und setzt sich hin.

»Willst du ausreiten?«

»Trent will mich abholen«, erkläre ich.

Er lächelt. »Hab schon davon gehört. Ihr Frauen seid verwirrender als dieser bunte Zauberwürfel, den man wieder in die richtige Position drehen musste. Weißt du noch?«

Ich nicke.

»Das verdammte Ding hat mich so sauer gemacht, dass ich die Aufkleber abgezogen und gewonnen habe. Wie dem auch sei, du hast dich also für Trent entschieden?«, fragt er.

»Das hast du gewusst, nicht wahr?«

»Habe ich dir je erzählt, wie ich beschlossen habe, dass ich deine Mama liebe?«

»Ich habe Mamas Version gehört.« Ich lasse die Lederriemen hängen, die ich festziehen wollte, und gehe zu meinem Dad hinüber.

»Sie erzählt die Geschichte nicht richtig.« Er wedelt abschätzig mit der Hand. »Es war nicht so wie in den Büchern, die sie so gern liest.«

Meine Mutter war schon immer kreativ beim Geschichten erzählen. Dad ist da realistischer, aber als Kind habe ich ihre Version geliebt. Voller unleugbarer Liebe und Zauber. Wer würde das nicht hören wollen?

Vielleicht war das ja der Ursprung meines Problems.

»Wir waren erst siebzehn, als wir uns kennengelernt haben, zwei Wochen vor meinem achtzehnten Geburtstag. Ich hatte mich gerade beim Militär verpflichtet und einen Monat später sollte die Grundausbildung beginnen. Ich wollte meinem Land dienen. Dein Opa war bei der Marine, sein Daddy war bei der Marine, also wollte auch ich zur Marine gehen. Deine Mama war das hübscheste Ding, das ich je gesehen habe, und sie war mit irgendeinem Idioten aus einer anderen Stadt zusammen.«

Das ist die Stelle, an der meine Mutter mir immer erzählt, es sei Liebe auf den ersten Blick gewesen. Und er sei zu ihr gekommen, um ihr zu sagen, dass sie heiraten würden und dass sie ihn lieben würde, weil er sie bereits liebe.

»Ich habe ihr erklärt, dass er ein Narr ist und dass ich ihr, wenn sie auch nur ein einziges Mal mit mir ausgeht, zeigen würde, was ein echter Mann ist.«

»Daddy, du warst ja noch nicht mal ein Mann.«

»Pst, Liebling. Das wusste sie ja nicht.« Ich kichere, lehne mich zurück und lausche weiter der Geschichte. »Wie dem auch sei, ich konnte mir nicht viel leisten, aber mir war klar, ich musste meinen Worten Taten folgen lassen. Also habe ich einige zusätzliche Stunden für deinen Grandpa gearbeitet und gerade genug zusammengekratzt für ein Abendessen und eine Rose.«

Da tritt Trent mit einer einzelnen Rose aus dem Schatten der Scheune. Ich staune, als er plötzlich vor mir steht und mir die Blume hinhält. Er sagt kein Wort.

»Unser Abendessen war nichts Besonderes«, fährt Daddy fort, als sei mein Freund nicht gerade wie aus dem Nichts aufgetaucht. »Ich habe zwei Sandwichs in einen Korb gepackt, dazu noch eine Flasche Wein, die ich aus unserer Hausbar gestohlen hatte, und ein Stückchen Kuchen.«

Trent nimmt die andere Hand hinter dem Rücken hervor und stellt einen Korb vor mich hin. Ich spüre ein Prickeln, als mir klar wird, dass Trent diese Geschichte bereits kennt und das hier geplant hat. Alles. Er tritt hinter mich und zieht mich mit dem Rücken an seine Brust.

Daddy berührt mich am Kinn und lenkt meinen Blick wieder auf sich. »Ich habe mein Pferd gesattelt und sie abgeholt. Ich habe ihr gesagt, dass sie nur einen einzigen Abend brauchen würde, um zu verstehen, warum die Sache es wert ist. Sicher, ich hatte kein Geld, ich würde in zwei Wochen fortgehen, und sie kannte mich nicht. Ich konnte ihr nichts anderes bieten als mein Herz. An diesem Abend habe ich beschlossen, dass ich sie lieben würde. Ich würde ihr das beste Leben schenken, das möglich war.« Bei dem letzten Satz bricht seine Stimme. »Zwei Wochen später habe ich sie verlassen, und ich habe ihr wehgetan. Ich habe nicht geschrieben, wie ich es versprochen hatte. Ich habe sie nicht besucht, als ich Heimaturlaub hatte. Aber sie ist zu mir gekommen, Liebling. Sie hat mich gefunden und mich gezwungen, meinen Fehler einzusehen. Die richtige Frau wird ihren Mann immer zur Vernunft bringen.« Mein Vater schaut zu Trent hinüber und dann wieder zu mir. »Aber es bedarf des richtigen Mannes, um sie festzuhalten, sobald er sie gefunden hat.«

Trent legt die Arme fester um mich und beugt sich dicht zu meinem Ohr hinunter, um zu flüstern: »Ich werde nicht immer vernünftig sein. Ich werde nicht immer das Richtige tun, aber ich weiß, dass du diejenige bist, die ich liebe, und ich werde nicht noch einmal so ein Idiot sein.«

Ich sehe ihn über meine Schulter hinweg an, und die Tränen rinnen mir unaufhaltsam die Wangen hinab. »Ich werde dich zur Vernunft bringen.«

Er beugt sich vor und berührt meine Lippen. »Darauf verlasse ich mich.«

Daddy steht auf, schüttelt Trent die Hand und streichelt dann meine Wange. »Liebe ist nicht immer einfach, Kleines. Sie erfordert eine Menge Arbeit. Manchmal scheitert sie, und manchmal muss man sie loslassen, um sie zurückzubekommen.«

»Ich hab dich lieb, Daddy.«

Er lächelt mich an. »Und ich dich noch viel mehr.« Dann dreht er sich zu Trent um, und sein Gesicht wird ernst. »Ich vertraue dir, Sohn. Wenn du ihr das Herz brichst, ist es mir egal, auf welcher Seite des Gesetzes du stehst.«

»Ja, Sir.«

»Also schön, geht ihr beiden mal ausreiten, aber lass uns für diese Woche was ausmachen, um zusammen auf die Jagd zu gehen.«

Ich sehe dem Mann nach, den ich mein Leben lang bewundert habe, bevor ich mich zu Trent umdrehe. »Du hast das alles geplant?«

Er legt mir die Arme um die Taille, und ich lehne mich zurück. »Dein Vater hat mir diese Geschichte so häufig erzählt. Wenn wir auf der Jagd waren, hat er mich nach meinen Absichten gefragt – jedes Mal. Ich wusste nur, dass ich dich in meinem Leben brauche, andere Absichten hatte ich nicht. Ich war damit zufrieden, so wie es war, und dein Vater hat mich nicht bedrängt. Aber nach Scarletts Tod wollte er mehr für dich. Und dann hat sich so vieles geändert. Deine Schwester war ermordet worden, der Hilfssheriff aus dem Nachbarort wurde bei einem Einsatz getötet, und ich hatte das Gefühl, ich würde dich verlieren, wenn ich zuließe, dich zu lieben.«

Ich ziehe seine Arme fester um mich und komme mir dumm vor, weil ich nie daran gedacht habe, dass die beiden natürlich auf den Jagd- und Angelausflügen miteinander geredet haben. Ich hätte nie gedacht, dass sie solche Gespräche führen würden. Nun, Trent und mein Dad verlieren auch nicht gerade viele Worte darüber, was sie auf der Jagd tun. Daddy hat mich einmal mitgenommen und mir anschließend erklärt, dass er das nie wieder tun würde. Anscheinend ist es keine gute Idee, auf dem Hochsitz zu reden. Auch essen, auf Toilette zu müssen, singen oder Sonstiges, was ich in den zwei Stunden, die wir dort draußen waren, getan habe, ist unpassend.

»Aber dann *habe* ich dich verloren. Klar, wir hatten uns schon früher mal getrennt, aber das hier war was anderes. Ich wusste schon vor Jahren, dass ich dich liebe, aber als du es nicht wiederholt hast, habe ich es auch sein lassen. Ich dachte, du wüsstest es, und es würde keinen Unterschied machen, wenn ich es ausspreche.«

»Da hast du dich geirrt.«

»Das weiß ich jetzt.« Er küsst mich auf den Kopf. »Mein Vater hat mich nach der Hochzeit zur Brust genommen. Er hat mir gesagt, dass keiner seiner Söhne die Frau, die er liebt, so leicht gehen lassen sollte.«

»Ich habe deinen Dad immer gemocht. Er ist ein kluger Mann.« Ich lächele dabei und weiß, dass er das Lächeln in meiner Stimme hören kann.

»Er hat drei Idioten großgezogen.«

»Ich finde euch Hennington-Jungs gar nicht so übel«, witzele ich.

Macie und Rhett sind der Inbegriff von ewiger Liebe. Sie sind genauso lange zusammen wie meine Eltern und haben eine Menge Kämpfe ausgefochten, aber er sieht sie immer noch so an, als sei sie seine Sonne. Als wir klein waren, haben wir sie in ihrem Haus oft dabei ertappt, wie sie einander geküsst haben wie Teenager. Es war so seltsam damals, aber als Erwachsene weiß ich eine solche Liebe erst richtig zu schätzen.

Meine Eltern sind nicht viel anders als die beiden, sie zanken sich nur erheblich mehr, und öffentliche Liebesbekundungen gibt es bei ihnen nicht. Wegen dieses Verhaltens hat meine Mutter Macie immer für verrückt erklärt.

»Bist du so weit?«, fragt er.

Wir befestigen den Korb an Lightning, und Trent holt sein Pferd aus dem Anhänger. »Hi, Montana«, gurre ich und tätschele seinen Hals. »Du bist so ein hübscher Junge.«

»Hör auf, sonst verliebt er sich noch in dich.«

»Ah, bist du eifersüchtig?«, necke ich ihn.

»Nein. Weil ich genau weiß, wen du heute Nacht reiten wirst.«

»Trent!« Ich schaue mich um und habe Angst, dass meine Mutter seine Worte aufgeschnappt haben könnte.

»Entspann dich.« Er grinst. »Bist du fertig?«

»Ich bin bereit.« Ich steige in Lightnings Sattel, und wir reiten los. Der Ritt ist schön, trotz der sengenden Hitze. Es ist schon fast acht Uhr abends, daher sollte es sich bald abkühlen, aber die Schwüle ist immer noch furchtbar. Wir reiten in langsamem Tempo in Richtung der Stelle, die er sich ausgeguckt hat, und ich drehe mich zu ihm um.

»Wie geht es deinem Dad?«

»Nicht gut. Die Ärzte haben gesagt, wir müssten die Zahl seiner Besucher begrenzen, Cayden und Logan dürfen nicht zu ihm, und sie werden ihn vielleicht wieder stationär aufnehmen, wenn seine Erkältung nicht schnell besser wird.«

»Oh, Schatz.« Ich halte inne und versuche, die richtigen Worte zu finden. »Ich bin mir sicher, deine Mama passt wie ein Schießhund auf ihn auf.«

Er nickt. »Lass uns den heutigen Abend genießen und versuchen, nicht daran zu denken.«

Einerseits widerstrebt es mir, andererseits verstehe ich seinen Wunsch, sich von der Realität abzulenken. Also gebe ich mein Bestes und rede über alles, was mir einfällt.

Wir erreichen den Gipfel des Hügels, und Trent hilft mir, von Lightning abzusitzen. Wir breiten ein kleines Picknick aus, und ich lächele, als er zwei Sandwichs und ein einziges Stück Kuchen hervorholt. Wir brauchen nicht mal mehr zu reden, mir genügt es völlig, nur mit ihm zusammen zu sein.

Nach einigen Minuten holt er noch den Wein hervor. »Bitte schön.«

»Hast du den von meinen Eltern gestohlen?« Ich lächele und nehme ein Glas davon.

»Ja.« Er grinst und zieht mich auf seinen Schoß. »Dein Dad meinte, ich muss authentisch sein.«

»Du weißt, dass er meiner Mom an jenem Abend einen Antrag gemacht hat.«

»Ich weiß.«

Mein Mund wird trocken. Oh mein Gott. Was, wenn er genau das vorhat? Ich habe keine Ahnung, ob ich bereit bin, Ja zu sagen. Wir sind gerade erst wieder zusammengekommen, und es fühlt sich an, als hätten wir binnen einer Minute von null auf hundert beschleunigt. Ich liebe Trent, und ich will den Rest meines Lebens mit ihm verbringen, aber ich will sicher sein, dass das alles auch der Wirklichkeit standhält.

»Trent …« Ich berühre seine Hand.

»Grace, ich bin schon lange mit dir zusammen. Du hast gewartet. Du warst geduldig und verständnisvoll.«

»Bitte.« Ich versuche, ihn zu bremsen. Ich will nicht Nein sagen, aber ich glaube nicht, dass ich bereit bin, Ja zu sagen. Vor nicht allzu langer Zeit hatte ich ein Date mit Cooper, wir waren nicht mehr zusammen, und mein Leben war nicht weniger verrückt. Es ist viel zu früh.

»Hör mir zu, Liebling.« Trent nimmt das Glas, schiebt mich von seinem Schoß und kniet sich dann vor mich hin. »Ich muss zu Ende bringen, weshalb ich hierhergekommen bin.«

»Aber …«

»Scht.« Er legt mir eine Hand auf den Mund. »Ich weiß, dass du noch etwas Zeit brauchst, um dir wieder sicher zu sein, was uns beide betrifft. Ich habe dir so ziemlich jeden Grund gegeben, an mir zu zweifeln. Also.« Er nimmt die Hand wieder weg. »Ich werde dir keinen Antrag machen, aber ich möchte dir sagen, dass ich nicht vorhabe, lange zu warten. Dein Verlust hat mich etwas gelehrt, das ich niemals vergessen werde. Ich möchte dich ganz an mich binden – auch vor dem Gesetz.«

Ich stoße einen tiefen Seufzer der Erleichterung aus. »Ich *möchte* ja glauben, dass das der neue Trent ist.«

»Aber du tust es noch nicht.«

»Ich bin auf dem Weg dorthin.«

»Du hast einmal gesagt, du wolltest eine Liebe, wie deine Eltern sie haben.«

Ich lächele sanft, als ich mich zurücklehne, um ihn anzusehen. »Ja, daran erinnere ich mich.«

Trent hockt sich auf die Fersen. »Das kann ich dir nicht geben, Gracie. Ich bin nicht dein Vater, und du bist nicht deine Mutter, aber wir sind, wer wir sind. Ich kann dir mich geben. Ich werde nicht perfekt sein. Ich werde Fehler machen, aber ich werde nicht dieselben wiederholen. Was deine Eltern miteinander verbindet, gehört ihnen. Ich will etwas schaffen, das uns gehört. Die Geschichte, die wir unseren Kindern erzählen, wird nicht so süß sein wie das, was dein Dad uns erzählt hat, aber sie wird trotzdem wunderschön sein.«

Kinder.

Der Gedanke raubt mir den Atem und beantwortet die Frage, die ich ihm nie gestellt habe.

Ich knie mich hin und drücke meine Lippen auf seine. Es gab Zeiten, da hat er die schönsten Dinge gesagt, aber diese Worte werden für immer an erster Stelle für mich stehen. Er hat recht. Ich habe nach einer Beziehung wie der meiner oder seiner Eltern gesucht, statt zu sehen, dass das, was wir miteinander teilen, gut genug ist.

Trent greift liebevoll nach meinen Schultern und umfasst dann mit beiden Händen mein Gesicht. »Ich liebe dich.«

»Ich liebe dich auch.«

»Gut. Und jetzt komm her.«

Wir machen es uns beide wieder gemütlich, und einige Minuten später beginnt das Feuerwerk. In leuchtenden Farben zeichnen sich funkelnde Lichterfontänen vor dem Himmel ab.

»Ich liebe Feuerwerk«, bemerke ich, als die Lichter aufblitzen. »Es ist so wunderschön.«

Trent hält mich eng umfangen und hebt meinen Kopf an, damit ich ihn ansehe. »Du bist wunderschön, Grace. Du lässt den Himmel erstrahlen. Das hier«, er schaut wieder auf, »ist nichts im Vergleich zu dir.«

»Sag weiter so süße Dinge, und ich werde dich behalten.«

Er lächelt und beugt sich vor, um mich zu küssen. »Ich baue darauf, Liebling.«

Kapitel 17

Trent

»Seit drei Wochen leidet er!«, schreit Mama den Arzt an. »Und jetzt sind wir wieder im Krankenhaus?«

»Mrs Hennington, ich habe Sie alle gewarnt, dass das geschehen könnte. Sein Immunsystem ist schwach, und die Leukämie hat sich ausgebreitet. Es tut mir leid, aber zum jetzigen Zeitpunkt müssen wir eine weitere Bluttransfusion durchführen. Wir müssen die Symptome behandeln.«

Meine Mutter lässt sich auf den Stuhl fallen und beginnt zu weinen. Sofort eilen meine Brüder und ich an ihre Seite.

Sie sieht jeden von uns mit ihren rot geränderten Augen an, und es bricht mir das Herz. Alles geht so schnell. Vielleicht hatte mein Vater recht damit, eine Behandlung zu verweigern. Er ist kaum in der Lage, wach zu bleiben oder zu essen, und es zermürbt meine Mutter.

Wir sind wieder im Krankenhaus, nachdem die Laborwerte ergeben haben, dass er noch weniger rote Blutkörperchen hat als vor seinem Zusammenbruch. Es scheint, als hätte die Chemo den Verfall seines Körpers beschleunigt.

»Tun Sie, was immer Sie können. Verschaffen Sie uns einfach mehr Zeit mit ihm.« Mamas Stimme klingt schrecklich niedergeschlagen. Etwas, das ich nie für möglich gehalten hätte. Sie ist eine Kämpferin, aber bei diesem Kampf hat sie keine Chance auf einen Sieg. Der Krebs raubt ihr alles, was sie liebt.

Dr. Halpern räuspert sich. »Unsere Blutreserven sind knapp.«

Wyatt tritt neben mich und schnaubt. »Was brauchen Sie?«

Dr. Halpern schreibt etwas auf die Krankenakte in seiner Hand. »Wir bräuchten einen Blutspender, der genau passt, da Ihr Vater häufiger Bluttransfusionen benötigen wird. Sind Sie alle bereit, sich testen zu lassen? Meistens finden wir in der Familie einen passenden Spender.«

»Natürlich«, stimmen meine Brüder und ich zu.

Ich gehe ins Wartezimmer, in dem Grace, Presley und Angie sitzen. Ich weiß nicht, ob ich den vergangenen Monat ohne Grace überstanden hätte. Sie war an meiner Seite, wann immer ich sie gebraucht habe.

»Wie geht es ihm?«, fragt Presley.

Zach schüttelt den Kopf.

Wyatt erklärt daraufhin, was der Arzt gesagt hat, und wir gehen gemeinsam ins Labor, wo wir uns auf verschiedene Räume verteilen.

Grace hält unterstützend meine Hand, während ich zu begreifen versuche, was in den letzten Stunden geschehen ist. Ich kann keine Niederlage akzeptieren. Es muss eine Möglichkeit geben, ihn da durchzubringen.

Die Krankenschwester kommt und beschreibt die Prozedur. »Der Arzt hat den erhöhten Bedarf an Blut erklärt?«

»Ja.«

»Gut. Meistens findet sich innerhalb der Familie ein passender Spender, und dann könnten wir das Blut ausschließlich für Ihren Vater lagern. Wir beschleunigen die Analyse, daher sollten wir die Resultate in wenigen Stunden haben.«

»Ich verstehe.«

Nach der Blutabnahme werden wir gebeten, in der Nähe zu bleiben, falls einer von uns ein geeigneter Spender sein sollte. Ich stelle noch einige Fragen und bete, dass ich derjenige sein kann, der unserem Vater hilft. Ich muss irgendetwas *tun*, und wenn mein Blut ihm helfen wird, gebe ich ihm jedes Tröpfchen, das ich habe.

»Wie geht es dem Baby?«, fragt Grace Angie und bricht das Schweigen, während wir alle dasitzen und warten.

»Gut.« Sie reibt sich den Bauch. »Ich bin so froh, dass ich die Übelkeit überstanden habe. Dieses Baby ist der lebende Beweis für alle Szenarien, vor denen dieses teuflische Schwangerschaftsbuch warnt.«

»Insbesondere die Stimmungsumschwünge«, wirft Wyatt ein.

Angie bringt ihn mit einem tödlichen Blick zum Schweigen, der allen ein Lachen entlockt. Ich liebe meine Schwägerinnen. Meine beiden Brüder haben Frauen gefunden, deren Gesellschaft ich wirklich genieße. Ich schmiege mich an Grace und küsse sie auf den Kopf. Ich hatte gehofft, dass der Gesundheitszustand meines Vaters sich stabilisieren würde.

In den letzten zwei Wochen habe ich eine große Reise für uns geplant. Sie hat immer davon gesprochen, dass sie gern an den Strand wolle. Mama hat eine Freundin, deren Tochter in Virginia Beach lebt. Liam, Natalies Ehemann, ist ein Navy Seal, und sie besucht ihre Familie für einen Monat, während er im Einsatz ist. Sie hat uns ihr Haus angeboten, damit wir kein Hotel buchen müssen. Ich habe Lee nicht mehr gesehen, seit sie acht war. Sie und Wyatt waren als Kinder eng befreundet, aber dann ist sie weggezogen, und wir haben den Kontakt verloren. Doch ich bezweifle, dass wir nächste Woche dort hinfahren werden, wenn Dads Zustand sich weiter verschlechtert.

»Machst du einen Spaziergang mit mir?«, frage ich, denn ich muss diesem Wartezimmer dringend entfliehen. Sie nickt, und wir gehen den Flur entlang. »Ich hasse es hier.«

»Ich glaube nicht, dass irgendjemand Krankenhäuser

mag.« Grace hält sich an meinem Oberarm fest, während wir durch den Flur gehen. »Aber du wirst sehen, deinem Dad wird es gut gehen. Er wird das Blut bekommen, und dann könnt ihr euch einen Plan zurechtlegen. Ich weiß, es ist viel verlangt, aber wenn eine Familie das schaffen kann, dann ist es eure.«

»Und was dann?«, frage ich. »Soll er eine weitere Chemo machen, damit wir vielleicht einen zusätzlichen Monat mit ihm haben?«

»Ich weiß, es ist nicht leicht, aber du darfst die Hoffnung nicht verlieren.«

Zum ersten Mal, seit all das auf uns eingestürzt ist, verstehe ich, warum er sich dafür entschieden hat, uns nichts davon zu erzählen. Es gibt keine Garantie, und was ist, wenn das alles umsonst war? Was, wenn dieser ganze Kampf nur dazu führt, dass er sein Leben nicht mehr leben kann, weil er zu krank ist, um das Krankenhaus zu verlassen? Wenn er nicht zugestimmt hätte, dagegen anzukämpfen, hätte er die ihm verbleibende Zeit mit seinen Kindern und seiner Frau verbringen können.

Ich denke an seine Anrufe, die ich nicht angenommen habe, und an die Male, die er mich gefragt hat, ob ich mit ihm angeln gehen wolle, und ich abgelehnt habe. Ich bin so verdammt sauer auf mich selbst. Ich hätte da sein und nach ihm sehen sollen. Er ist mein Dad, und ich kann nicht anders, als an die verschwendete Zeit zu denken, die ich nicht zurückbekommen kann.

Wir setzen uns auf die Bank draußen vor dem Eingang. Ich fühle mich hilflos, und das ist völlig neu für mich. »Wenn wir ihn verlieren …«

»Du darfst nicht so denken, Schatz. Du musst stark sein für ihn, denn er wird auf dich bauen.« Grace' blaue Augen sind voller Gefühl. »Du bist der Älteste, Trent. Du musst diese Familie zusammenhalten.«

Sie hat recht, aber ich weiß nicht, was ich tun soll. Wenn ich ihn dränge, tue ich es dann aus selbstsüchtigen Gründen? Nein. Es ist nicht selbstsüchtig, mir zu wünschen, dass mein Vater lebt. Es gibt noch so viele Dinge, die er erleben muss. Zum Beispiel die Geburt von Wyatts Kind und wie ich endlich aufhöre, feige zu sein, und Grace heirate. Er muss wieder auf die Jagd gehen und einen Hirsch erlegen, muss uns dreien zeigen, wo es langgeht, wenn wir uns bei unserem jährlichen Angeln streiten, und so vieles mehr. Er ist der Kitt dieser Familie.

Auch wenn er nicht viel redet, ist er doch das Rückgrat, das uns alle stützt.

»Ich kann ihn nicht sterben lassen.« Verzweifelt senke ich den Kopf in meine Hände.

Grace schlingt die Arme um mich und hält mich fest. Ich bin von Natur aus kein sentimentaler Mensch. Mein Job hat mich dazu gezwungen, immer eine gewisse Barriere zwischen mir und meinen Gefühlen aufrechtzuerhalten. Zwar arbeite ich nicht in einer großen Stadt voller Gewalttaten, aber irgendwie glaube ich, das macht es noch schlimmer. Wenn man sich um einen Verkehrsunfall oder anderen Zwischenfall kümmern muss, an dem jemand beteiligt ist, den man kennt, ist das viel tragischer, als wenn es um einen Fremden geht. Um meinen Job zu machen, muss ich das alles ausblenden. Aber das hier ist anders als alles, was ich jemals erlebt habe.

Er ist mein Vater.

Und ich werde ihn verlieren.

Als Grace und ich zurück ins Wartezimmer gehen, ist der Arzt bereits dort. »Trent, gut, dass Sie hier sind. Ich habe die Laborergebnisse.« Er hält die Papiere hoch.

»Ist einer von uns ein passender Spender?«, frage ich.

»Wyatt passt am besten, daher würden wir gern mit ihm anfangen. Zach ist die zweitbeste Option.« Der Arzt streckt den Arm aus, als Wyatt vortritt. »Gehen Sie mit der Krankenschwester, sie wird Sie vorbereiten.«

Zach kehrt zu seinem Platz zurück und ich mache einen Schritt auf den Arzt zu. »Doc? War ich kein geeigneter Spender?«, frage ich.

»Ihre Blutgruppe passt nicht, deshalb werden Sie leider nicht spenden können.«

»Ich verstehe.« Es ist furchtbar für mich, nichts beitragen zu können. »Also, Wyatt wird spenden, und wenn nötig wird Zach es ebenfalls tun? Ist das der nächste Schritt?«

»Ja.« Er nickt. »Ihre Mutter ist ebenfalls eine Möglichkeit, aber sie hat nicht die gleichen Antikörper wie Ihre Brüder.«

»Nun, ich bin froh, dass wenigstens zwei von uns helfen können.«

»Trent?« Er hält inne und schüttelt dann den Kopf. »Machen Sie sich nichts draus. Ich werde nach Ihrem Dad sehen und mit einigen Antworten zurückkommen, sobald wir die Transfusion begonnen haben.«

»Was wollten Sie sagen?«

»Nichts, mein Sohn. Ich muss wieder an die Arbeit.« Er tätschelt mir die Schulter, eine Geste, die wohl beruhigend sein soll, und geht davon.

Ich hatte gehofft, etwas tun zu können. Das Herumsitzen und Warten macht mich verrückt. Ich will helfen, einen neuen Arzt besorgen, einen Behandlungsplan erstellen, Blut spenden oder irgendetwas sonst.

»Ist alles in Ordnung?«, fragt Grace, während ich dem Arzt hinterherschaue.

»Ja, alles bestens. Ich bin froh, dass du hier bist.« Wir setzen uns, sie legt ihren Kopf an meine Schulter, und ich werde langsam ein wenig ruhiger.

»Ich könnte nirgendwo sonst sein.«

»Ich sollte nach meinem Vater sehen«, murmele ich und versuche, mich zusammenzureißen.

»Okay, Schatz.«

Ich trete durch die Tür, während Grace im Wartezimmer bleibt, falls jemand etwas braucht. Wyatt wird immer noch Blut abgenommen, Zach sitzt immer noch auf demselben Stuhl, und meine Mutter ist bei Dad.

Die Zeit drängt, und ich werde keine mehr verschwenden.

Als ich mich dem Krankenzimmer nähere, höre ich die Stimme meiner Mutter. Sie ist aufgewühlt und frustriert.

Bitte, mach, dass es keine schlimmen Neuigkeiten gibt.

»Nein, Sie dürfen ihm nichts sagen.«

»Ich habe ihm nichts gesagt, weil ich vorher mit Ihnen reden wollte, Macie, aber er hat ein Recht zu wissen, was die Tests ergeben haben.« Dr. Halpern redet aufgeregt, aber leise. »Wenn er das sieht, wird er Bescheid wissen.«

»Er darf es nicht erfahren. Verstehen Sie, John? Er darf es nicht erfahren, es würde ihn vernichten.«

Ich bleibe zurück und lausche. Meine Mutter hat in letzter Zeit eine Menge Geheimnisse gehütet, aber sie wird das meinem Vater nicht antun. Wenn irgendetwas im Busch ist, haben er und meine Brüder das Recht, es zu erfahren.

Aber dann höre ich die Stimme meines Vaters. »Er braucht es nicht zu wissen. Nicht jetzt.«

»Ich will mich nicht in Ihre Familienangelegenheiten einmischen, aber dieser Junge ist nicht dumm, und er wird dahinterkommen. Er sollte es von Ihnen beiden hören. Bevor es zu spät ist. Er hat das Recht, die Testergebnisse zu sehen. Ich kann sie ihm nicht vorenthalten.«

»Nur wenn er verlangt, sie zu sehen.«

»Wenn er danach fragt, werde ich sie ihm zeigen.«

Meine Mutter stößt einen schweren Seufzer aus, und ich schleiche ein wenig näher heran, weil ich wissen muss, was zur Hölle da los ist. »Ich weiß.« Ihre Stimme zittert.

»Ich sage Ihnen als Freund, dass er erfahren sollte, dass er nicht sein Sohn ist.«

Jeder Muskel in meinem Körper verkrampft sich, während ich den Worten des Arztes nachhänge. Dann begreife ich. Irgendjemand in unserer Familie ist nicht der Sohn meines Vaters. Jemand, der kein passender Spender ist. Es gibt nur einen Jemand hier, der offensichtlich kein geeigneter Kandidat ist.

Aber das kann nicht stimmen. Es muss ein Irrtum vorliegen.

»Trent ist in jeder Hinsicht, die zählt, sein Sohn«, erklärt Mama, bevor sie kurz verstummt. »Wir hatten vor, es ihm zu erzählen, aber …«

»Niemand erzählt ihm, dass ich nicht sein Vater bin.«

Es zieht mir den Boden unter den Füßen weg.

Ich bin nicht der Sohn meines Vaters.

Ich bin kein Hennington.

Kapitel 18

Grace

»Kommt Trent dort hinten klar?«, frage ich Macie Hennington, als sie aus dem Raum zurückkehrt, in dem Rhett jetzt die Transfusion bekommt.

Ich dachte, er würde mit seinen Eltern reden, aber das ist jetzt über zwei Stunden her. Er war nicht in der besten Verfassung, als er das Wartezimmer verlassen hat, und ich habe die ganze Zeit über, krank vor Sorge um ihn, hier gesessen.

»Ich hab ihn nicht gesehen, Schätzchen.«

»Was? Er ist doch vor zwei Stunden dort hin …«

Mrs Hennington schaut sich um. »Ich war die ganze Zeit im Zimmer und habe ihn nicht gesehen.«

Ich bin verwirrt. »Hat irgendjemand Trent gesehen?«, frage ich, und alle sagen Nein oder schütteln den Kopf.

Ich schreibe ihm eine Nachricht.

Ich: Hey. Wo bist du?

»Er ist sicher in der Cafeteria. Vielleicht siehst du da mal nach?«, schlägt Zach vor.

»Bin gleich wieder da.« Ich gehe den Flur entlang, mit einem quälenden Gefühl im Magen. Irgendetwas stimmt da nicht. Trent würde nicht zwei Stunden lang in der Cafeteria bleiben. Nicht, nachdem er gesagt hat, er wolle nach seinem Dad sehen.

Ich suche alles ab, aber er ist nicht da. Ich schaue im

Labor nach und dann in der Kapelle, kein Trent. Ich habe immer noch keine Antwort von ihm bekommen, und mein Herz beginnt zu rasen.

Ich: Ich suche dich, bist du hier?

»Hey.« Presley stößt mit mir zusammen, als ich in den Wartebereich zurückkehre. »Hast du ihn gefunden?«

»Nein. Er ist nirgendwo.«

Sie holt ihr Telefon hervor und hebt es ans Ohr. »Trent, ich weiß nicht, wo du bist, aber ruf mich bitte zurück.« Dann legt sie auf. »Bestimmt geht es ihm gut. Vielleicht wollte er einen klaren Kopf bekommen.«

»Zwei Stunden lang?«

»Ich weiß nicht ...«

»Ja.« Ich seufze. »Ich auch nicht.«

»Ich bin mir sicher, dass er wieder auftauchen wird. Könnte er zu einem Einsatz gerufen worden sein?«

Das ist möglich. Obwohl ich bezweifle, dass es so ist. Er hätte sich verabschiedet. Ich kann es nicht genau festmachen, aber mein Bauchgefühl sagt mir, dass irgendetwas nicht stimmt.

Wir gehen zurück ins Wartezimmer, wo alle herumsitzen. Alle bis auf ihn. »Ist er zurückgekommen?«

»Nein.« Wyatt schüttelt den Kopf und schaut sich um. »Hat sonst irgendjemand ihn gesehen?«

Niemand hat ihn gesehen, und der Knoten in meinem Magen schnürt sich immer fester zusammen. »Ich werde nach Hause fahren und auf dem Revier nachschauen.« Ich schnappe mir meine Handtasche und gehe Richtung Tür, aber Zach hält mich auf.

»Gib uns Bescheid, wenn du ihn findest.«

Ich nicke und schicke kurz darauf eine weitere Nachricht ab.

Ich: Ich mach mir langsam Sorgen. Bitte, sag mir, dass es dir gut geht.

Er antwortet nicht, und jetzt renne ich zum Wagen und versuche herauszufinden, wohin Trent zu Fuß gegangen sein könnte, denn er ist nicht in seinem eigenen Auto hierhergefahren.

Ich rufe ihn dreimal an, und alle Anrufe landen direkt auf der Mailbox. Es kommt keine Nachricht von ihm, nichts. Das sieht ihm nicht ähnlich. Selbst wenn er sich zurückgezogen hat, hat nie komplette Funkstille zwischen uns geherrscht. Und wenn es um seine Arbeit ginge, hätte er mir Bescheid gesagt.

Ich fahre am Revier vorbei, und sein Streifenwagen steht auf dem Parkplatz, aber er ist nicht da. Der diensthabende Polizist hat ihn nicht gesehen, mir jedoch versprochen, mich zu informieren, falls er von ihm hört. Doch das hilft mir im Moment auch nicht weiter.

Das Ganze ist verrückt.

Mir schwirrt der Kopf, und Angst breitet sich in mir aus. Ich weiß nicht, wo er ist oder ob etwas nicht stimmt. Nach seinem Benehmen im Krankenhaus zu urteilen, kann ich mir nicht vorstellen, warum er einfach so verschwunden ist.

Ich fahre zu seinem Haus, aber sein Truck steht noch da.

Ich sehe drinnen nach, nur für den Fall des Falles, aber es fehlt nichts, nichts ist anders als zuvor. Wo ist er nur hingegangen?

Ich habe nicht den blassesten Schimmer, warum er sich auf diese Weise aus dem Staub gemacht hat. Ich rufe Presley an und rattere alle Orte herunter, an denen ich nach Trent gesucht habe. Bevor ich auflege, bitte ich sie, allen zu sagen, dass ich nach Hause fahre, um auf ihn zu warten, und dass ich anrufen werde, falls ich ihn finde.

Mir bleibt nur, das Beste zu hoffen, mehr kann ich nicht tun.

Es sind fünfzehn Stunden vergangen, und noch immer keine Spur von Trent. Ich habe den Überblick verloren, wie viele Male ich ihn angerufen habe. Er muss sein Telefon ausgeschaltet haben, denn es klingelt nicht einmal mehr.

Ich versuche, ruhig zu bleiben, aber nichts ergibt einen Sinn. Er hat sich im Laufe der letzten Monate so sehr verändert. Er war zuverlässig und stark, und trotz der Krankheit seines Vaters war er glücklich. Er würde nicht einfach so verschwinden. Er hat mir versprochen, dass er nicht einfach so verschwindet.

Ich fahre zurück ins Krankenhaus und hoffe, dass er dort auftauchen wird.

Angie kommt zu mir und umarmt mich. »Er kreuzt ganz bestimmt wieder auf. Er kann nicht weit gekommen sein, ohne dass ihn jemand gesehen hat.«

»Inzwischen sind Stunden vergangen.« Meine Stimme zittert. »Hat niemand etwas von ihm gehört?«

Sie schüttelt den Kopf.

Mrs Hennington kommt herein und geht direkt auf mich zu. »Wo ist Trent?«

Ich sehe alle an, aber Zach tritt vor. »Wir sind uns nicht sicher. Er ist inzwischen schon eine ganze Weile fort.«

»Was soll das heißen, er ist fort?«, fragt sie mit hörbarer Sorge in der Stimme. »Wo ist er hingegangen?«

»Ich weiß es nicht. Ich habe ihn seit gestern nicht mehr gesehen, als er gesagt hat, er wolle nach Ihnen und Rhett schauen«, erkläre ich. »Ich habe bei ihm zu Hause nachgesehen, auf dem Revier, in unserer Wohnung, auf der Ranch, aber ich kann ihn nicht finden.«

»Denkst du, er lässt uns einfach so allein?« Sie sieht Wyatt an. »Während Dad im Krankenhaus liegt?«

Ich fühle mich innerlich ganz hohl. Ich will nicht glauben, dass er ohne ein Wort verschwunden ist. Seine Familie, seine Freunde und ich stehen alle vor einem Rätsel. Er leidet, das kann ich akzeptieren, aber so geht man nicht mit einer solchen Situation um.

Presley legt mir eine Hand auf den Rücken, und Zach geht fluchend im Raum auf und ab.

Wyatt schnappt sich sein Handy und wählt erneut Trents Nummer. »Hör zu, du selbstsüchtiger Kerl. Du hast zwei Stunden, um deinen Kram zu regeln, und dann schleppst du deinen Hintern besser wieder in dieses Krankenhaus.«

Wyatt läuft nicht vor Problemen weg, meistens jedenfalls nicht. Er ist schon immer derjenige gewesen, der uns zwingt, uns unseren Problemen zu stellen. Wenn er Trent als Erster findet, wird einer von beiden wohl ein paar blaue Flecken kassieren.

»Ich kann nicht glauben, dass er das tun würde, während sein Vater im Krankenhaus liegt. Ja, gelegentlich macht er mal etwas Unvernünftiges, aber das sieht ihm gar nicht ähnlich.«

Wyatt tritt vor. Mit geballten Fäusten und zusammengebissenen Zähnen. »Er ist und bleibt ein Vollidiot. Dad ist krank, und er benimmt sich wie ein egoistischer Mistkerl.«

Angie geht zu Wyatt. »Hör zu, bevor irgendjemand mit ihm gesprochen hat, sollten wir alle unsere Meinung für uns behalten. Wir haben keine Ahnung, was los ist. Soweit wir wissen, ist er mit irgendetwas beschäftigt, von dem wir keinen Schimmer haben. Hat jemand mit Hank geredet?«

»Hank hat nichts von Trent gehört, aber er hat versprochen anzurufen, falls er auftaucht.«

Mrs Hennington setzt sich und stützt den Kopf in die Hände. »Was, wenn etwas passiert ist? Wenn er verletzt ist? Warum sollte er seine Familie nicht anrufen?«

Angie zuckt ratlos mit den Schultern. »Ich weiß es nicht … Ich hoffe einfach das Beste.«

Wyatt beugt sich vor, küsst sie auf die Lippen und schüttelt den Kopf. »Ich liebe dich, aber mein Bruder hat einiges zu erklären. Er ist nicht auf der Farm. Er ist davongelaufen, weil die Situation beschissen ist. So ist er eben.«

»Wer im Glashaus sitzt …« Angie lässt den Satz unvollendet und greift nach Wyatts Hand. »Ich liebe dich auch. Aber ich würde dich wirklich noch mehr lieben, wenn du mir ein paar Pommes besorgen würdest.«

Er lacht und hockt sich vor ihren Bauch. »Hast du wieder Hunger, Kleines?«

»Er oder sie hat den Appetit vom Daddy geerbt«, brummt sie.

»Es ist ein Junge«, erklärt Wyatt stolz. »Ich spüre es.«

Angie verdreht die Augen.

»Ich kann nicht glauben, dass ihr es nicht wissen wollt.« Presley schüttelt den Kopf. »Schwiegermama und ich drehen langsam durch!«

»Ich bin mir sicher –« Angie greift sich an den Bauch und zuckt zusammen. »Verdammte Vorwehen.« Sie atmet einige Sekunden tief durch, und Wyatt hilft ihr zu einem Stuhl.

»Du musst deine Frau ins Bett bringen«, drängt Mrs Hennington ihren Sohn. »Sie war den ganzen Tag auf den Beinen …«

»Es geht mir gut.« Angie winkt ab. »Ich bin im Krankenhaus, wenn also etwas passiert, sind wir am richtigen Ort.«

»Angie, Schätzchen.« Mrs Hennington umfasst ihr Gesicht mit beiden Händen. »Du musst auf das Baby achten.« Sie dreht sich zu uns Übrigen um. »Dad darf einige Stunden lang keinen Besuch haben. Dr. Halpern hat gesagt, er braucht Ruhe. Morgen werden wir wieder mit dem Arzt reden, aber wir sind alle schon seit einer ganzen Weile hier, und bisher gibt es keine Veränderung.«

»Falls sich doch etwas tut, wirst du anrufen, ja?«, bittet Zach.

Sie lächelt ihn traurig an. »Ja, Schätzchen, keine Geheimnisse mehr. Ich verspreche anzurufen, falls irgendetwas passiert.«

Alle umarmen sich und verabschieden sich voneinander. Mrs Hennington kehrt zu ihrem Mann zurück. Zach und Presley gehen. Als Nächstes brechen Wyatt und Angie auf, aber ich bleibe noch sitzen. Ich gehöre nicht offiziell zur Familie, aber ich möchte auch nicht nach Hause fahren.

Stattdessen zermartere ich mir weiter das Hirn, wo Trent sein könnte.

Mein Handy brummt. Eine Nachricht ist eingegangen, und ich taste hektisch nach dem Telefon, das in meiner Handtasche vergraben liegt.

Hank: Trent hat angerufen und gesagt, er würde für eine Weile nicht zur Arbeit kommen. Er hat nicht gesagt, warum oder wie lange er fort ist, aber ich dachte, du willst das vielleicht wissen.

Ich: Danke.

Wenn ich vorher schon verwirrt war, bin ich es jetzt noch viel mehr. Ich schwanke zwischen Verletztheit und Zorn. Er nimmt sich eine Auszeit? Er hat Hank angerufen, aber niemanden von seiner Familie, die ganz krank vor Sorge ist? Ich kann nicht glauben, dass er so herzlos ist. Nicht nach all seinen Versprechungen, sich nicht noch einmal von mir zurückzuziehen, und dem Gespräch darüber, dass er mich heiraten wolle. Seine Wurzeln sind hier in Bell Buckle. Er würde sie nicht gerade dann herausreißen, wenn er sie am dringendsten braucht.

Frustriert und traurig lasse ich den Kopf sinken. »Rede

einfach mit mir. Ich bin für dich da«, murmele ich mit wundem Herzen.

»Grace?« Ich hebe den Kopf und wische mir die Tränen fort. Ich will mich nicht zu ihm umwenden, weiß aber, dass ich keine andere Wahl habe.

»Cooper, hi.«

»Ist er …? Ist was … mit Rhett?«

Ich stehe auf und schüttele den Kopf. »Oh, es geht ihm gut. Ich meine, nicht gut, aber passabel. Er ist stabil.«

»Warum sitzt du dann hier draußen und weinst?«, fragt Cooper.

Was soll ich darauf antworten? Mein Herz ist gebrochen, und gleichzeitig bin ich zornig auf mich selbst. Ich wusste, dass das passieren würde, dass Trent dieselbe Tour wie immer abziehen würde, wenn ich zu ihm zurückkehre. Jetzt steht Cooper vor mir und hält mir vor Augen, wie blöd ich bin. Ich habe mir eingeredet, dass es diesmal anders sein würde.

»Hey«, sagt er, und seine Freundlichkeit gibt mir den Rest. Ich zerbreche innerlich, krümme mich, werde von Schluchzen geschüttelt. Er lässt sich vor mir auf die Knie sinken, legt mir seine starken Arme um die Schultern und hält mich fest, während ich außer mir bin. »Es ist alles gut, Grace.«

»Nein. Ist es nicht.«

»Ist irgendetwas passiert? Was ist los?«, fragt er.

Cooper würde so etwas nicht tun. Er würde nicht ohne ein Wort davonlaufen.

Ich schüttele den Kopf, während meine Tränen sein Hemd durchnässen. »Trent ist verschwunden.«

»Verschwunden?«

»Er ist weg.« Ich ziehe mich zurück und versuche, mich zusammenzunehmen. »Er war hier, dann ist er verschwunden. Er hat sich Urlaub genommen, aber niemand weiß, warum. Ich habe keine Ahnung …«

Cooper sieht mich an, als sei ich verrückt. »Ernsthaft? Ich habe gehört, ihr beide würdet euch großartig verstehen und wärt zusammengezogen.«

Genau deshalb denke ich eigentlich, dass mehr hinter dieser Sache stecken muss. »Ich wollte nicht weg, falls er hierher zurückkommt ... Aber Hank hat mir eine Nachricht geschickt, dass er sich nicht sicher ist, wann Trent wieder auftauchen wird.«

Ich frage mich langsam, ob ich nicht hätte zu Hause warten sollen. Was, wenn er seine Sachen zusammengepackt hat, während ich hier war?

Cooper setzt sich neben mich und stützt die Ellbogen auf die Knie. »Du und ich, wir wissen beide, dass Trent mit persönlichen Schwierigkeiten nicht gut klarkommt. Vor allem wenn es um etwas Ernstes geht. Du hast das gewusst, als du dich dafür entschieden hast, zu ihm zurückzukehren.«

Das entschuldigt sein Verhalten nicht.

»Ich kann so nicht weitermachen«, erkläre ich. Cooper sagt nichts, und ich fühle mich sofort miserabel. »Gott«, seufze ich. »Ich bin so egoistisch. Sitze hier und erzähle *dir* das alles. Es tut mir so leid.«

Cooper lacht und nimmt meine Hand. »Wir sind Freunde. Und wir sind jetzt noch viel bessere Freunde, da wir wissen, dass das alles ist, was jemals zwischen uns sein wird.« Er stupst mich an. »Aber als dein Freund werde ich etwas sagen, das dir nicht gefallen wird.«

»Coop.«

»Nein, Grace, ich finde, du musst das hören. Du weißt, dass er so etwas tut, wenn er Angst hat. Er läuft davon, weil Gefühle ihm eine Heidenangst einjagen. So ist er eben. Das ist seine Art, mit seinem Leben fertigzuwerden. Also, jetzt hast du die Wahl.«

»Ich?«

Er nickt. »Ja, Grace. Du hast ihn gewählt. Du liebst ihn,

aber du musst alles an ihm lieben. Du musst ihn als den Mann akzeptieren, der er ist, und das bedeutet zu wissen, dass er in dieser Verfassung dichtmacht. Du bist die Einzige, die zu ihm durchdringen kann. Ich denke, das weißt du, und das frisst dich innerlich auf.«

Ich hole tief Luft. »Nein, ich bin verletzt. Ich bin wütend, dass er mich nicht zurückgerufen oder sich sonst wie gemeldet hat. Ich habe ihm an die hundert Nachrichten hinterlassen.«

»Ja, du bist wütend. Ja, es ist ätzend, und es ist falsch, aber er ist dein Mann. Wir Männer sind blöd. Wir vermasseln Sachen, als ob wir das gelernt hätten. Also, du kannst hier sitzen bleiben und darauf warten, dass er zurückkommt, obwohl wir beide wissen, dass das nicht passieren wird, oder du kannst dich auf die Suche nach ihm machen.«

Ich lehne mich auf dem Stuhl zurück und verarbeite langsam, was Cooper gerade gesagt hat. Trent hat mir wieder und wieder erklärt, ich dürfe nicht zulassen, dass er versagt. Er hat mich gebeten, einzugreifen und ihm zu helfen. Ich weiß nur nicht wie.

»Er braucht dich, Grace. Wenn du ihn liebst, dann hilf ihm, das Richtige zu tun.«

»Ich weiß nicht einmal, wo er ist«, antworte ich frustriert.

»Unglaublich, dass ich diesem Blödmann tatsächlich helfe«, seufzt Cooper. »Überlege, wo er hingehen würde, um vor dem Leben zu fliehen.«

Wo würde er hingehen? Meine Gedanken überschlagen sich. Die meisten Möglichkeiten habe ich bereits überprüft, aber … Vielleicht habe ich ihn einfach verpasst. Cooper hat recht, ich muss seinen potenziellen Zufluchtsort finden.

»Danke, Coop.« Ich umarme ihn und gehe zur Tür.

»Ich habe euch vor einer Woche gesehen«, ruft er mir hinterher.

Verdutzt bleibe ich stehen und drehe mich um. »Ach ja?«

Seit der Nacht, in der ich beinahe mein Haus in Brand gesteckt hätte, habe ich Cooper nicht mehr gesehen. Gelegentlich habe ich überlegt, bei ihm vorbeizugehen, aber ich war mir nicht sicher, was ich sagen sollte oder wie er dazu stehen würde. Presley hat mir berichtet, es gehe ihm gut, und mir eingebläut, ich solle aufhören, mich so merkwürdig zu benehmen, aber ich wollte es ihm nicht schwer machen.

»Du hast glücklich gewirkt.« Noch einen Tag zuvor war ich extrem glücklich. »Er bringt dich zum Lächeln. Du siehst andere Menschen gar nicht, wenn du mit ihm zusammen bist. Das ist mir jetzt klar. Geh und hole ihn, bevor er das hier noch mehr bereut, als er es ohnehin tun wird.« Er tritt dicht neben mich.

»Du bist ein guter Freund, für mich und für ihn.«

Er grinst. »Bis ich versucht habe, ihm seine Freundin auszuspannen.«

Ich lächele und berühre ihn am Arm. »Ich werde ihn an diesen Moment erinnern.«

»Geh jetzt.«

Ich drehe mich um und stürze aus dem Krankenhaus. Ich muss tun, was ich versprochen habe, und ihn zurückholen. Er driftet nicht davon, er entgleitet regelrecht. Ich hoffe, ich bin stark genug, um ihn zu retten.

Kapitel 19

Es gibt nur eine begrenzte Zahl von Orten, die er ohne seinen Truck aufsuchen kann. Ich schaue am See nach, wo sein Vater zusammengebrochen ist, auf seiner Farm und im Laden meiner Familie. Ich habe zwar nicht erwartet, dass er im Laden sein würde, aber ich versuche, jeden Stein umzudrehen.

Ich sitze in meinem Auto, trommele mit den Daumen gegen das Lenkrad und führe Selbstgespräche. »Wohin würdest du dich zurückziehen?«

Dann geht mir ein Licht auf, und ich beginne zu lächeln. Dass mir das nicht früher eingefallen ist! Ich lege den Rückwärtsgang ein und fahre davon, um mein Pferd zu holen.

Er sollte die Entschuldigung seines Lebens parat haben, wenn ich ihn finde. Er kann davonlaufen und sein Handy abschalten und versuchen, die Welt auszuschließen, aber auf keinen Fall werde ich ihn aufgeben.

Diesmal nicht.

Ich fahre zum Haus meiner Eltern und gehe zur Scheune.

Dort angekommen bin ich so auf mein Vorhaben konzentriert, Trents und mein Plätzchen zu erreichen, dass ich beinahe das bernsteinfarbene Licht übersehe, das aus dem Stall fällt, in dem mein altes Pferd früher untergebracht war. Lightning konnte ich allerdings nie dort reinlassen. Es fühlte sich irgendwie falsch an.

Ich öffne die Tür und frage mich, wer wohl hier gewesen sein mochte und warum das Licht noch brennt, aber dann sehe ich ihn auf dem Boden liegen. Ich koche vor Zorn, als mir klar wird, dass er die ganze Zeit über hier war. Er hat sich bei meinen Eltern versteckt, statt heimzukommen.

»Trent?«, frage ich, während er aufsteht.

Das Gefühl der Enttäuschung verebbt, sobald sich unsere Blicke treffen. Das ist nicht Trent. Das ist kein wütender Mann, der auf und davon ist, weil er Angst hatte, seinen Vater zu verlieren.

Dieser Mann ist am Boden zerstört.

Seine Augen sind rot gerändert vom Weinen, er stinkt nach Alkohol, und er ist am Ende. Der Schmerz steht ihm ins Gesicht geschrieben.

»Trent«, sage ich leise und trete näher an ihn heran. »Was machst du hier drin?« Mein Bedürfnis, ihn zu trösten, ist übermächtig.

»Wie zur Hölle hast du mich gefunden? Geh einfach nach Hause.«

»Das hier ist mein Zuhause. Warum bist *du* hier?«

Er tritt zurück und greift sich an den Kopf. »Verdammt! Genau deshalb wollte ich nicht gefunden werden.«

»Weißt du, welche Sorgen ich mir gemacht habe? Wie krank vor Sorge deine Mama ist?«

Er kneift die Augen zusammen. Seine Miene wechselt innerhalb einer Sekunde von gebrochen zu wutentbrannt. »Gut.«

»Gut?«, frage ich ungläubig. »Gut? Wie soll das gut sein? Dein Dad ist sterbenskrank, er hat mit der Transfusion zu kämpfen, und du versteckst dich in meiner Scheune?«

»Ich kann nicht …« Er schaut weg.

»Warum bist du hier? Warum bist du einfach so fortgerannt?«

Der Schmerz in seinen Augen ist so deutlich, dass ich ihn spüren kann.

»Um weit genug von dir weg zu sein, damit du mich nicht bedrängen kannst, aber nah genug, um dich spüren zu können.«

Meine Brust schnürt sich zusammen, und mir kommen

die Tränen. Er hat sich immer zurückgezogen, aber diesmal hat er immerhin versucht, es nicht zu tun. Trotzdem, *irgendetwas* hat ihn so weit getrieben.

Ich muss ihn zurückholen. Er wird mich wegstoßen. Ich weiß es. »Warum bist du fortgegangen?«

Er senkt den Blick, bevor er sich von mir abwendet, aber ich ziehe mich nicht zurück. »Lass mich an dich heran, Trent. Ich werde nicht zulassen, dass du mir entgleitest. Jetzt nicht und auch in Zukunft nicht. Ich liebe dich. Rede mit mir. Erzähl mir, was passiert ist«, bitte ich sanft, als ich mich dicht vor ihn stelle und mit den Fingerspitzen über seinen Rücken streiche.

Er schüttelt den Kopf, doch er weicht nicht vor mir zurück. »Ich bin verdammt müde, zu müde, um mit dir zu streiten, aber ich werde es nicht erklären.«

Ich sehe zu, wie er auf die andere Seite des Stalls geht. Staunend betrachte ich die Sachen auf dem Boden – die Laterne, die Bierdosen, das Hemd, das er gestern getragen hat. Mein Blick bleibt an den Kissen und Decken hängen, die an derselben Stelle liegen, an der er mich in jener Nacht, in der mein Pferd gestorben ist, in den Armen gehalten hat.

»Trent, erzähl mir, was los ist.«

»Nicht ein Wort«, zischt er.

Es scheint schwieriger zu werden, als ich dachte. »Schatz, was machst du hier?«

Er schnappt sich eine weitere Bierdose und öffnet den Verschluss. »Was sollte ich woanders?«

Ich gehe auf ihn zu und reiße ihm die Dose aus der Hand. »Du solltest bei deinem Vater sein! Erinnerst du dich? Der Mann, der im Krankenhaus liegt und seine Familie braucht. Der Mann, um den du dir vor nicht einmal vierundzwanzig Stunden solche Sorgen gemacht hast!«

»Oh, du meinst den Kerl, der *nicht* mein verdammter Vater ist!«, schreit er mir ins Gesicht und holt sich sein Bier zurück.

Er ist betrunken und völlig durch den Wind. »Bist du irre?« Ich schlage ihm mit beiden Händen auf die Brust und stoße ihn zurück. »Dein Vater liegt im Sterben, Trent, und du bist hier, in meiner Scheune, und betrinkst dich!«

»Er ist nicht mein Vater, verdammt!«, schreit Trent erneut, und seine Augen füllen sich mit Tränen. »Er ist ein Lügner, genau wie meine Mutter!«

»Was?«

»Bist du taub?« Trents Augen flammen auf, dann lässt er seinen Kopf auf seine Brust sacken. »Geh, Grace! Lass mich allein. Du verstehst es nicht. Niemand versteht es, und ich werde es nicht erklären.«

Mit rasendem Herzen beobachte ich, wie er zusammenbricht. Ich gehe nicht, aber ich muss meine eigenen Gefühle beherrschen, denn ich habe ihn noch nie so außer sich gesehen. »Was du sagst, ergibt für mich keinen Sinn.«

Er dreht mir den Rücken zu. »Ich weiß nicht, wie ich mich noch klarer ausdrücken soll. Verdammt, ich bin fertig. Ich bin mit allen in dieser beschissenen Stadt fertig, und mit all ihren Lügen. Sobald ich nüchtern genug bin, sehe ich zu, dass ich von hier wegkomme.«

»Also bist du auch mit mir fertig?«, frage ich. Trent wirbelt wieder herum und sagt kein Wort. Wir stehen da, ohne mit der Wimper zu zucken, und eine Träne sickert aus meinem Auge. »Willst du das damit sagen? Du bist mit allen in dieser Stadt fertig, einschließlich mit mir? Hm? Ich hab dich belogen? Ich weiß nicht einmal, was passiert ist!«

»Ich habe keine Ahnung, Grace. Hast du gelogen? Hast du gewusst, dass ich ein Bastard bin? Hast du das Geheimnis für dich behalten, genau wie alle anderen?«

»Das Geheimnis, dass du nicht Rhetts Sohn bist? Hörst du dir eigentlich selbst zu?«

Eine Träne rinnt über sein Gesicht, und er sinkt zu Boden. »Verdammt noch mal, geh nach Hause, Grace.«

»Nein.« Er wird mich aus der Scheune zerren und mich fahren müssen, wenn er will, dass ich verschwinde.

Ich überlege fieberhaft, was die Ursache für seinen Zustand sein könnte. Er war aufgebracht, aber nicht so wie jetzt, bevor er zu Rhett gegangen ist, um mit ihm zu reden. Als er dort war, muss also irgendwas passiert sein.

»Was ist im Krankenhaus vorgefallen?«

»Ich halte das nicht aus!«

»Was ist im Krankenhaus vorgefallen?«, wiederhole ich. »Warum denkst du, dass er nicht dein Dad ist?«

»Ich denke es nicht ... Ich weiß es, verdammt noch mal!«

Ich kenne seine Familie mein Leben lang, und das ist absolut unmöglich. Was immer er zu wissen glaubt ... Er irrt sich. Rhett braucht ihn, und er dreht durch.

»Woher willst du das wissen?«

»Gott! Es ist, als würde niemand zuhören.«

»Ich werde zuhören, wenn du mir erklärst, was los ist!«

»Ich habe meine Mutter mit dem Arzt und meinem Vater reden hören. Er hat etwas über den Bluttest gesagt und dass ich kein passender Spender sei.«

»Okay.« Ich setze mich neben ihn und nehme seine Hand in meine beiden Hände. »Aber das bedeutet nicht, dass du nicht sein Sohn bist.«

Trent schüttelt den Kopf, und eine weitere Träne kullert über seine Wange. Offensichtlich glaubt er seinen Hirngespinsten wirklich. »Ich habe sie es sagen hören. Ich habe meine Mutter sagen hören, dass ich nicht sein Sohn bin und dass sie es mir nicht erzählen würden. Ich lüge verdammt noch mal nicht und spinne mir das auch nicht zurecht. Ich habe sie mit meinen eigenen Ohren sagen hören, dass ich es nicht erfahren soll. Tja, Pech gehabt, zu spät! Ich habe es erfahren, und ja, ich bin genau dort, wo ich hingehöre. Allein.«

Mit offenem Mund sehe ich zu, wie er in sich zusammensackt. »Das ist nicht dein Ernst!«

Er stößt ein sarkastisches Lachen aus. »Oh doch. Kapierst du es jetzt? Es ergibt alles einen Sinn. Ich bin nie ein Hennington gewesen. Ich sehe nicht aus wie meine Brüder. Ich habe blondes Haar, und sie haben braunes. Ich bin der Einzige mit blauen Augen. Ich hasse Angeln. Ich habe die Pferdefarm gehasst. Es ist glasklar, und ich weiß nicht, warum es mir vorher nicht aufgefallen ist ... Ich bin nicht sein Sohn!«

»Schatz, hör mir zu.« Ich bewege mich ein wenig, und er sieht mir starr in die Augen. »Das muss ein Irrtum sein.«

Trent beugt sich vor, schnappt sich einen Stapel Papiere und hält sie mir unter die Nase. »Sag es mir, Grace. Sag mir, wie das hier ein Irrtum sein soll! Schau dir die Unterlagen an! Meine Blutgruppe ist B positiv. Mein Vater ist A positiv, und meine Mutter ist es auch. Nie und nimmer könnte ich sein Kind sein.«

»Aber ...« Ich betrachte die Seiten, die beweisen, dass Trents Blutgruppe eine andere ist als die der restlichen Familie. »Ich weiß nicht, was ich sagen soll.«

Er schaut zur Decke und wischt sich übers Gesicht. »Ich weiß nicht, wer ich bin! Mein ganzes Leben bin ich ein Hennington gewesen. Wer zum Teufel bin ich jetzt? Ich weiß nicht, wer mein Vater ist. Und meine Mutter! Sie hat das vor mir geheim gehalten. Sie hat mich vierzig Jahre lang belogen. Sie beide haben mich belogen.«

»Hör mir zu.« Ich lasse mich auf die Knie nieder und umfasse sein Gesicht mit beiden Händen. »Du weißt, wer du bist. Und irgendein Bluttest verrät dir nicht, wer dein Vater ist. Das macht das Leben. Und deine Familie.«

»Komm mir nicht mit diesem Unsinn. Sie haben mich belogen! Mein ganzes Leben lang. Sein Name steht auf meiner Geburtsurkunde. Aber wenn er nicht mein Vater ist, wer ist es dann? Warum die Lüge? Warum haben sie es mir nicht irgendwann erzählt?«, fährt Trent aufgebracht fort. »Sie hatten niemals vor, es mir zu sagen. Sie hatten Pech, nur deshalb habe ich es herausgefunden.«

Seine Worte machen mich sprachlos. Ich kann es ihm nicht verübeln, dass er so bestürzt ist. Wenn ich herausfände, dass mein Vater nicht mein richtiger Dad ist, würde es mir genauso gehen. Er liebt Rhett, und ich bin mir sicher, dass er dies als gewaltigen Verrat empfindet. Schließlich ist es das auch. Unfassbar, dass seine Eltern ihn so belogen haben. Familie bedeutet den Henningtons alles. Aber selbst wenn Trents Behauptung stimmt, ändert es nichts daran, wer er ist. Seine Abstammung hat nichts mit dem Mann zu tun, zu dem Trent geworden ist.

»Das ist unglaublich. Ich kann mir nicht einmal ansatzweise vorstellen, was du fühlst.« Kraftlos lasse ich die Hände sinken.

»Allerdings. Du hast nicht den blassesten Schimmer, wie ich mich fühle. Also geh jetzt. Ich muss allein sein. Ich will keine Argumente hören oder irgend so einen Scheiß. Ich fahre nicht wieder ins Krankenhaus.«

Ich rufe mir ins Gedächtnis, was Cooper über Trents Umgang mit Druck gesagt hat. Wenn er Angst hat, läuft er davon. Er wird mich wegstoßen, weil er eben so ist. Doch er leidet. Wie meine Mama immer sagt, Zorn ist ein Ausdruck von Furcht.

»Nun, ich werde nicht gehen.«

»Dann gehe ich.«

Ich zucke gleichgültig mit den Schultern. »Schön. Ich werde dir folgen.«

»Grace …«

»Nein, du bist außer dir. Das verstehe ich. Aber du wirst dich nicht aus dem Staub machen. Nicht vor mir. Wenn du zornig sein willst, dann werde ich hier sitzen und dich zornig sein lassen. Wenn du schreien und schimpfen willst, werde ich zuhören. Ich werde dir helfen, so gut ich kann, aber ich werde dich nicht verlassen. Wir kämpfen zusammen, denn ich liebe dich.«

Trent beugt sich nach vorne, umfasst mein Gesicht mit beiden Händen und presst seine Lippen auf meine. Er küsst mich, als sei ich für ihn das Einzige auf der Welt. Es ist ein harter und verlangender Kuss. Ich halte seine Arme fest, als er mich näher an sich heranzieht. Er scheint mich einzuatmen, und ich bin für ihn da.

Dann drückt er mich auf den Rücken. Sein Körper bedeckt meinen, und sein Mund erobert meinen voller Sehnsucht. Unsere Zungen tanzen miteinander, und die Luft um uns herum knistert vor Leidenschaft. Trents Hände gleiten an mir hinab und unter meinen Oberschenkel, den er um sich schlingt. Seine Zunge streicht über meinen Hals und dann über meine Schulter. Ich schließe die Augen und wölbe mich ihm entgegen, als er sich meinem Ohr nähert.

»Bring mich dazu, zu vergessen«, fleht er. »Lass mich vergessen, wie nur du es kannst. Ich weiß nicht, wer ich bin, und ich brauche dich, um mich daran zu erinnern.«

Seine Hände wandern tiefer hinab und umfassen meinen Po. Er küsst mich noch härter als eben, doch das kümmert mich nicht. Wenn er mich braucht, werde ich da sein für ihn.

Ich berühre sein Gesicht, beende den Kuss und bringe ihn dazu, mir in die Augen zu sehen. »Ich liebe dich. Ich liebe den Mann, der du bist«, erkläre ich leidenschaftlich, bevor ich ihn auf die Nase küsse. »Ich liebe alles an dir.« Zärtlich drücke ich die Lippen auf seine Augenlider. »Ich weiß, wer du bist.« Dann küsse ich ihn auf den Mund, bevor ich ihm direkt in die Augen schaue. »Du bist mein, und ich bin dein. Nichts ändert daran etwas.«

Seine blauen Augen sind schmerzerfüllt. »Ich kann nicht …«

Ohne noch eine weitere Sekunde zu warten, presse ich meine Lippen wieder auf seine und versuche, ihn vergessen zu lassen. Ich küsse ihn voller Liebe und Leidenschaft. Ich küsse ihn mit jeder Faser meines Wesens. Er ist derselbe Mann, der er immer war, und das werde ich ihm zeigen. Er hat sich verloren, und ich will ihm helfen, den Weg zurück zu finden. Selbst wenn es das Einzige ist, was ich tun kann, werde ich der Balsam für seine Seele sein.

Ich werde ihn retten, indem ich ihn liebe.

»Ich weiß nicht mehr weiter«, gesteht er, bevor unsere Lippen sich erneut berühren.

Seine Hände sind überall, und ich überlasse ihm die Führung. Seine Berührung ist grob, aber niemals schmerzhaft. Ich stöhne, als er mir hastig den Slip herunterstreift, ihn quer durch den Stall wirft und dann sofort meine Klitoris berührt. Er küsst meinen Hals und mein Ohr und fährt fort, sie in winzigen Kreisen zu reiben. Ich stöhne auf, als er einen Finger in mich einführt und ihn krümmt, um die Stelle zu treffen, die mich in den Wahnsinn treibt.

Bevor ich weiß, wie mir geschieht, trage ich weder meine Bluse noch meinen BH, und er verwöhnt meine Brust mit seinem Mund. Trent schafft es immer wieder, mir eine unfassbar intensive, erschütternde Lust zu bereiten. »Ich liebe dich«, flüstere ich.

Ich warte darauf, dass er etwas sagt. Als ich spüre, wie er sich zurückzieht, ist es Zeit, dass ich übernehme. Mit einem Hüftschwung drehe ich mich um, sodass ich oben bin. Ich rutsche küssend bis zu seinem Nabel hinab.

Ein leises Zischen kommt über seine Lippen, als ich immer tiefer wandere. Ich ziehe ihm die Hose aus und befreie dann seinen Penis aus seinen Boxershorts. Langsam lecke ich darüber und genieße die Laute, die er von sich gibt. »Verdammt, Grace. Ich kann nicht ...«

»Du kannst. Du kannst fühlen. Das sind wir.« Ich setze erneut die Zunge ein, bis er lauter stöhnt. Meine Hand streichelt über seine Brust, und ich spüre, wie seine Muskeln sich unter meinen Fingern anspannen. Er kämpft, kann aber nicht mehr an sich halten, als ich ihn in den Mund nehme und die Lippen rasch auf und ab bewege.

Er krallt die Finger in mein Haar und stöhnt, als ich an ihm sauge. Ich mache weiter, nehme ihn tief in mich auf und liebe jeden Laut, der über seine Lippen kommt.

»Jetzt, Liebling. Jetzt«, sagt er und zieht mich zur Seite. Ich klettere auf ihn. »Ich brauche dich«, stöhnt er. »Ich brauche dich, Gracie.«

»Ich gehöre dir. Nimm mich«, fordere ich ihn auf, während ich ihn bereits in voller Länge in mich aufnehme.

»Gib mich nicht auf«, flüstert er, während ich mich auf ihm bewege.

»Niemals. Ich werde uns niemals aufgeben.«

Mit jeder Bewegung versuche ich, ihn daran zu erinnern, was wir sind und wer er ist. Er umfasst meine Hüften und hilft mir, das Tempo zu halten. Wir sprechen nicht viel, aber wir lösen nicht eine Sekunde den Blickkontakt. Ich halte nichts zurück, gebe mich ihm vollkommen hin, meinen Körper, mein Herz und meine Seele.

Wir lieben uns eine ganze Weile. Unsere Verbindung ist stärker denn je, und ich brauche keine Worte – ich spüre, was er fühlt. Er braucht mich ebenso sehr wie ich ihn. Der Klang ekstatischer Liebe erfüllt die Luft, als ich mich von ihm forttragen lasse. Ich nehme alles von ihm. Ich liebe alles an ihm. Jeder gebrochene und beschädigte Teil seiner Seele ist mein, weil *er* es ist.

Ich beuge mich vor, streichele sein Gesicht und sage ihm noch einmal, wie sehr ich ihn liebe. Ich will, dass die Worte in seine Seele eingraviert werden. Ich will, dass er sie nicht nur hört, sondern sie auch fühlt.

Er zieht mich höher, bis unsere Nasen sich fast berühren. »Du bist das Einzige, von dem ich weiß, dass es echt ist.«

»Ich bin echt. Ich bin dein, und ich liebe dich, Trent.«

Ich werde es sagen, bis er glaubt, nein, bis er weiß, dass ich immer ihm gehören werde, selbst wenn uns alles auf der Welt genommen wird.

Kapitel 20

Trent

Wir liegen auf den Decken, und sie hält mich in ihren Armen. Genau wie all die Jahre zuvor sind wir hier, allein, aber zusammen, und einer von uns leidet. In meinem Kopf läuft in Endlosschleife das Gespräch, das ich im Krankenhaus mit angehört habe.

»Trent ist in jeder Hinsicht, die zählt, sein Sohn«, erklärt Mama, bevor sie kurz verstummt. »Wir hatten vor, es ihm zu erzählen, aber …«

»Niemand erzählt ihm, dass ich nicht sein Vater bin.«

Nicht mein Vater.

In diesem Augenblick ist mir ein Teil meiner selbst entglitten. Er ist mein Vater, aber gleichzeitig ist er es auch nicht. Die Lügen und der Verrat fressen mich auf. Sie hätten es mir erzählen können, aber sie haben sich dafür entschieden, ihr Geheimnis für sich zu behalten.

Wie oft hat man mir gesagt, ich sei ein Hennington.

Lügen.

Jede Menge Lügen.

Grace stützt den Kopf auf meine Brust, und ich versuche, mein Herz zu beruhigen. »Rede mit mir«, drängt sie mich.

»Es gibt nichts zu sagen.«

»Trent, zieh dich nicht von mir zurück, bitte.«

Ihr Blick bittet mich noch eindringlicher als ihre Worte. Ich kämpfe dagegen an. Ich wünschte, sie wüsste, wie sehr ich mich bemühe. Als sie aufgetaucht ist, wollte ich sie hinauswerfen. Nicht, weil ich sie nicht sehen wollte, sondern weil ich wusste, dass sie sich mit mir auseinandersetzen würde. Sie würde alles versuchen, um zu mir durchzudringen, und das wollte ich nicht zulassen.

Grace hat die Gabe, die Stahlmauer zu durchbrechen, die ich um mich errichte. Das tut sie immer, und meistens bin ich dankbar dafür.

Ich schaue ihr in die Augen und fahre mit den Fingern an ihrer Wirbelsäule entlang. »Ich bin froh, dass du mich gefunden hast. Ich denke, das wollte ich die ganze Zeit.«

Ein Handy klingelt, aber keiner von uns rührt sich. Ich möchte in diesem Moment mit niemandem außer ihr reden. Grace ist diejenige, die meinem Leben einen Sinn gibt.

Sie schüttelt lächelnd den Kopf. »Ist das der Grund, warum du hierhergekommen bist?«

»Hier haben wir unsere erste gemeinsame Nacht verbracht. Du hast in meinen Armen geschlafen, und ich weiß noch, dass ich mir sicher war, ein Glückspilz zu sein.«

»Und du bist wieder hergekommen, um mit deinem Bier allein zu sein?«

Ich lache leise und drücke sie fest an mich. »Ich fürchte, du verstehst es nicht. Ich brauchte dich, und du bist gekommen. Ich wollte niemanden sehen, aber ich habe dich gebraucht.«

»Du hättest einfach nach Hause fahren und auf mich warten können. Du hättest nicht weglaufen müssen.«

Ich hasse es, sie erneut enttäuscht zu haben. Ich habe nicht nachgedacht. Ich wusste nur, dass ich es nicht ertragen würde, mit irgendjemandem zusammen zu sein. Ich musste irgendwohin, wo niemand mich finden würde. Erst habe ich daran gedacht, zur Hütte zu fahren, aber dort würden meine Brüder nach mir suchen. Dann habe ich überlegt, durch den Wald zu wandern, aber ich hatte keine Lust, Sachen für eine Nacht im Freien zu packen.

Also bin ich hierhergekommen.

Ich wünschte, ich wäre zu Hause geblieben, denn einmal mehr habe ich der Person, die mich nie betrogen hat, Schmerz zugefügt.

Sie verdient eine Erklärung. »Ich wollte dir nicht wehtun, Liebling. Ich konnte nur keinen von ihnen ansehen.«

Grace neigt den Kopf und betrachtet mich mit traurigen Augen. »Aber du kannst nicht hierbleiben. Dein Dad braucht dich.«

Ich wusste, dass das kommen würde. Genau diesem Mist wollte ich aus dem Weg gehen. Nichts wird besser werden, wenn ich mit meinen Eltern rede. Außerdem vergisst sie, dass er leibliche Söhne hat.

»Ist dir entgangen, dass ich gesagt habe, er ist nicht mein Vater?«, frage ich kurz angebunden, und ich weiß, dass sie den Zorn in meiner Stimme hört. Sie schließt die Augen, woraufhin ich mich nur noch schlechter fühle.

»Ich habe dich laut und deutlich gehört, Schatz.«

Grace steht auf, greift nach der Decke unter uns und wickelt sich fest darin ein.

»Nackt warst du mir viel lieber.« Ich versuche zu scherzen, aber sie zuckt mit keiner Wimper. Sie wirft mir nur rasch einen Blick zu, bevor sie sich neben mich setzt.

»Du sollst mir zuhören und nicht auf meinen Busen starren.«

Kluges Mädchen, aber jetzt, da sie das ausgesprochen hat, hab ich ihn erst recht vor Augen.

Sie schnippt mit den Fingern vor meinem Gesicht. »Hallo, Trent.«

»Entschuldigung.« Ich zucke hilflos mit den Schultern und verschränke die Hände hinterm Kopf. »Ich höre mir alles an, warum ich deiner Meinung nach mit ihnen reden sollte.«

Grace wirft mir einen vielsagenden Blick zu. »Als ich

das Krankenhaus verlassen habe, hat dein Dad nicht gut auf die Transfusion reagiert. Er ist krank, und du und ich wissen beide, dass er sterben wird. Du wirst keine Antworten auf die Fragen bekommen, wer du bist und warum sie dich belogen haben, wenn du dich hier draußen versteckst.«

»Was ist, wenn ich gar keine Antworten will?«

Sie rutscht ein wenig zurück und seufzt. »Ich glaube nicht, dass das der Fall ist.«

Seit wann weiß sie so viel über mich? Ich will tatsächlich Antworten, aber ich bin zu wütend, um das zuzugeben. Sie haben gelogen, sie haben Dinge verheimlicht, und jetzt habe ich das Gefühl, als sei alles, was ich zu wissen glaubte – verschwunden. Einfach so.

Ich habe in einem Kartenhaus gelebt, das auf einem wackeligen Fundament errichtet war.

»Es ist besser, wenn ich zuerst einen klaren Kopf bekomme.«

Grace kuschelt sich an mich und lehnt sich an meine Schulter. »Es muss einen Grund geben, warum sie es dir nie erzählt haben. Ich denke nicht, dass deine Eltern dir jemals bewusst wehtun wollten.«

»Ich weiß nicht, was sie wollten.«

»Nein, das glaube ich einfach nicht. Deine Eltern sind gute Menschen. Sie lieben dich. Du bist natürlich verletzt, das verstehe ich, aber das war bestimmt nicht ihre Absicht.«

Und trotzdem ist es passiert. Wäre der Bluttest nicht gewesen, hätte ich es niemals erfahren. Ich hätte mein ganzes Leben lang geglaubt, der erstgeborene Sohn von Rhett und Macie Hennington zu sein. Stattdessen bin ich der Bastard eines anderen Mannes.

»Meine Mom war siebzehn, als sie mich bekommen hat«, sage ich und vergrabe die Finger in ihrem langen braunen Haar. »Ich habe immer angenommen, dass mein Dad sie geschwängert hat und sie dann geheiratet haben. Offenbar hatte ich keine Ahnung, was wirklich passiert ist. Hatte sie eine Affäre? Hat er gedacht, ich sei sein Sohn, bis ich mir einen Knochen gebrochen habe und sie es herausgefunden haben? Weiß mein wirklicher Vater von meiner Existenz? Lebt er überhaupt noch?«

Verdammt, so viele Fragen. Ich verliere den Verstand.

»Es gibt nur eine einzige Person, die die Antworten kennt«, ruft Grace mir ins Gedächtnis.

Das Handy klingelt erneut, und Grace macht Anstalten, ranzugehen. Ich halte sie fest, weil ich nicht will, dass irgendjemand diesen Augenblick stört.

»Ich will wissen, wer da anruft«, sagt sie, doch ich schüttele den Kopf.

»Das ist mir im Moment scheißegal. Lass sie anrufen …«

»Hör zu, ich verstehe, dass du all dem aus dem Weg gehen willst, aber das kannst du nicht, Trent.«

Grace gibt mir keine Chance, noch ein Wort zu sagen. Sie steht auf und greift nach ihrem Handy.

»Hallo?« Während sie telefoniert, geht sie umher und räumt meinen Saustall auf. »Ich bin jetzt bei ihm. Ja, er ist okay, aber …« Ihr Blick schießt zu mir herüber. »Er sollte dir sagen, warum. Weil das nicht meine Aufgabe ist.« Eine Weile herrscht Schweigen, bevor sie wieder spricht. »Ist alles okay?« Ihre Augen füllen sich mit Tränen, und sie greift sich an die Brust. »Wir sind unterwegs!«

»Was ist passiert?«, frage ich, obwohl ich die Antwort bereits kenne.

»Wir müssen los.«

»Er wird es nicht schaffen?« Mehr bringe ich vor Furcht nicht heraus.

Sie nickt. »Wir sollten uns beeilen.«

Zum ersten Mal, seit ich weg bin, verspüre ich keinen Zorn mehr – außer auf mich selbst. Ja, ich habe ein Recht darauf, wütend zu sein, dass sie es mir nicht erzählt haben, aber ich war trotzdem selbstsüchtig, genau wie Grace es gesagt hat. Hastig ziehe ich mich an und greife dann nach Grace' Hand. Ich will jetzt nur noch ins Krankenhaus.

Und ich bete, dass wir es schaffen, bevor es zu spät ist.

Kapitel 21

Ich sitze auf dem Beifahrersitz, weil Grace mich nicht fahren lassen will. Sie behauptet, ich hätte so viel Bier getrunken, dass man damit ein Pferd einschläfern könnte, aber ich fühle mich vollkommen nüchtern.

Es ist einer dieser Momente, in denen ein leichter Rausch sofort verschwindet.

Die Schuldgefühle und die Reue, in denen ich ertrinke, haben den Alkohol weggeschwemmt. Wie konnte ich nur glauben, ich könne mich verkriechen? Der Gedanke daran, was passiert wäre, wenn Grace mich nicht gefunden und ich diese Chance nicht bekommen hätte, trifft mich wie ein Schlag in die Magengrube.

Grace hat recht, er ist der einzige Vater, den ich habe. Der einzige Mann in meinem Leben, der für mich da gewesen ist, und ich habe ihn im Stich gelassen.

»Schade, dass wir nicht deinen Streifenwagen nehmen können.« Das Krankenhaus ist ungefähr dreißig Minuten entfernt. »Ich fahre, so schnell ich kann.« Sie versucht, mich zu beruhigen.

Ich lehne mich im Sitz zurück und schließe die Augen.

Eine Erinnerung nach der anderen geht mir durch den Kopf. Mein Vater, wie er mir zum ersten Mal das Angeln gezeigt hat. Dann erinnere ich mich, wie stolz er war, als ich mein erstes Reh geschossen habe. Er hat mir auf den Rücken geklopft und gesagt, ich hätte meine Sache gut gemacht.

Ich erinnere mich daran, wie meine Brüder und ich uns zum ersten Mal geprügelt haben. Dad hat uns Boxhandschuhe angezogen und uns erklärt, dass wir, wenn wir schon miteinander kämpfen wollten, es wie Männer tun sollten. Zach hat mir mit seinen flinken Händen gezielte Hiebe versetzt. Aber Dad hat mir gezeigt, wie man den nächsten Treffer pariert, und er hat es mich so häufig wiederholen lassen, bis ich richtig kämpfen konnte.

»Woran denkst du gerade?«, fragt Grace.

Ich beuge mich zu ihr und berühre ihr Bein. »Erinnerungen an meinen Dad, als ich ein Kind war.«

Sie schaut kurz zu mir herüber und versucht zu lächeln. »Was zum Beispiel?«

»Ich habe daran gedacht, wie ich mit ihm auf die Jagd gegangen bin und wie er uns beigebracht hat zu kämpfen.«

»Ich erinnere mich an euren improvisierten Boxring.« Sie lacht. »Wyatt hat versucht, Presley und mich dazu zu überreden, in dem Ring zu kämpfen. Er hat uns erzählt, alle Kinder täten das und dass er nichts dagegen hätte, wenn wir dafür einen Bikini anziehen würden.«

»Das hätte ich gern gesehen.« Ich drücke ihr Bein, und sie schlägt mir auf die Brust.

»Was fällt dir sonst noch ein?«

»Ich werde nie vergessen, wie er abends auf der Veranda gesessen und darauf gewartet hat, dass wir nach Hause kamen, als ich ein Teenager war. Unsere Ausgehzeit war sehr streng geregelt.«

»Oh, das weiß ich auch noch. Wyatt und Zach haben das nie ernst genommen.«

Die beiden kamen immer zu spät. Ich habe früh gelernt, die Sache zu umgehen.

»Tja, für jede Minute, die wir zu spät kamen, mussten wir zehn Minuten die Ställe ausmisten. Drei Minuten Verspätung bedeuteten also eine halbe Stunde harte Arbeit. Nachdem ich mich das zweite Mal verspätet hatte, ist mir klar geworden, dass es das nicht wert war. Aber diese beiden Idioten sind immer zu spät gekommen. Und zehn Minuten Verspätung bedeuteten fast zwei Stunden Rackern.«

»Wenn ich das gewusst hätte, hätte ich dafür gesorgt, dass Wyatt sich jeden Tag verspätet!«

»Der Trick bestand darin, sich rechtzeitig blicken zu lassen, ein Weilchen mit Dad rumzuhängen und dann ins Bett zu gehen. Er hat nach uns gesehen, bevor er sich schlafen gelegt hat, und dann konnte man anschließend wieder losziehen.«

So bin ich immer drum herumgekommen. Dabei war es hilfreich, dass Dad wie ein Toter geschlafen und Mom gegen sein Schnarchen Stöpsel im Ohr hatte. Ich bin mir ziemlich sicher, dass er Bescheid gewusst hat, aber er hat nie ein Wort gesagt.

»Stell dir vor, du hättest mich nicht für die nervige Freundin deines Bruders gehalten, als wir Kinder waren«, scherzt Grace. »Wir hätten so viele Nächte zusammen verbringen können.«

»Ich fand dich schon immer hübsch.«

»Nein, das stimmt nicht! Du hast zu Wyatt gesagt, ich sei hässlich und er solle aufhören, mich mitzubringen. Ich war mit sechzehn in dich verliebt, aber du warst zu cool für mich. Ich hatte einen Bad-Boy-Komplex.«

Sie irrt sich gewaltig. Ich war fünf Jahre älter und wollte nur deshalb auf keinen Fall mit ihr ausgehen, weil ich warten wollte, bis sie volljährig ist. Ich wusste schon in der sechsten Klasse, dass ich einmal der Sheriff der Stadt sein möchte. Alles, was mit der Polizei zusammenhing, hat mich fasziniert. Dad hat mich ungefähr zwei Jahre lang dazu angetrieben, mehr über die Arbeit als Farmer zu lernen, aber davon wollte ich nichts wissen. Damals sah mein Plan wie folgt aus: Ich wollte auf die Akademie gehen, meinen Abschluss machen, Grace umwerben, heiraten und glücklich sein.

Schon komisch, dass ich bisher nur die Hälfte dieser Liste abhaken konnte.

»Ich mochte dich, aber ich war nicht allzu begeistert von dem Gedanken, ins Gefängnis zu wandern.«

»Gefängnis?«

»Sex mit einer Sechzehnjährigen wird mit zwanzig Jahren Knast geahndet«, rufe ich ihr ins Gedächtnis.

»Niemand hat gesagt, dass wir gleich hätten Sex haben müssen!«

»Mach das mal einer zwanzigjährigen Hormonbombe klar. Wenn wir zusammen gewesen wären, Schätzchen, hätte ich nicht warten wollen, bis du volljährig bist.«

Grace schüttelt den Kopf. »Du bist ein Chaot. Erzähl mir mehr von deiner jungen, aufregenden Teenagerzeit.«

Den Rest der Fahrt reden wir über unsere Kindheit. Weil sie schon so lange meine Freundin ist, vergesse ich manchmal, dass sie die meisten ihrer früheren Erinnerungen mit Wyatt und Zach teilt. Zach schwirrte immer um Presley herum, und Wyatt ebenso. Aber ich war nicht dabei. Ich hatte mein eigenes Leben mit gleichaltrigen Freunden.

Ich verstumme, als ich daran denke, wie sich die Dynamik verändern wird. Die Offenbarung, dass ich nur ihr Halbbruder bin, könnte einiges auslösen. Meine Brüder sind gute Kerle, und ich weiß nicht, ob ihnen das wichtig sein wird, aber mir ist es wichtig. Ich war stolz, Trent Hennington zu sein. Es war eine Ehre, Rhetts Sohn zu sein. Er genießt großes Ansehen in der Gemeinde, und mir war es immer wichtig, ihn nicht zu enttäuschen.

Meine Brust schnürt sich mit jedem zurückgelegten Kilometer weiter zu. Ich bete, dass wir nicht zu spät kommen. Ich habe ihm so viel zu sagen. Fragen, auf die nur er mir Antworten geben kann. Es geht weniger darum, wer ich bin – diese Antworten werden von meiner Mutter kommen. Es geht mir darum, wer ich für ihn bin.

Ich werde es mir nie verzeihen, wenn ich es nicht rechtzeitig zu ihm schaffe.

Wir erreichen das Krankenhaus in Rekordzeit. Als wir ins Foyer eintreten, nehme ich Grace an die Hand. Ich habe keine Ahnung, was mich erwartet. Grace hat mir ein wenig über Wyatts Reaktion auf mein Verschwinden erzählt. Das habe ich erwartet. Aber wenn es ihn betroffen hätte, wäre er ebenfalls durchgedreht.

Als wir die Tür öffnen, wenden sich alle um, erleichtert, nur meine Brüder sind offensichtlich wütend.

»Trent! Du hast es geschafft.« Meine Mutter kommt herbeigeeilt und nimmt mich in die Arme. »Gott, wo bist du gewesen? Du stinkst ja.«

Ich mache dicht und versuche mich zu beherrschen. Das hier ist nicht der richtige Zeitpunkt, mit ihr zu reden. »Jetzt bin ich ja hier.«

»Ja, der verlorene Sohn kehrt zurück«, murmelt Wyatt. »Nett von dir, dich zu uns zu gesellen.«

Grace drückt meine Hand und hindert mich daran, etwas zu sagen, das mir leidtun wird. »Was ist passiert?«, frage ich meine Mutter.

Ihre Tränen brechen sich Bahn, und sie streicht mir über die Wange. »Die Transfusion hat nicht so gut gewirkt wie erhofft. Außerdem hat er offenbar eine Lungenentzündung ausgebrütet. Sie haben alles versucht, aber sein Herz versagt, und ... Es ist zu spät.« Ihr entfährt ein Schluchzen, und ich nehme sie in die Arme. »Es geht jetzt darum, d-dafür zu sorgen, dass er es b-bequem hat.«

Es ist furchtbar. Wenn es um Grace ginge, wäre ich verloren. Mutter war ihr ganzes Leben lang mit ihm verheiratet. Ich weiß nicht, wie sie das verkraften soll. Ich weiß nicht, wie irgendeiner von uns das verkraften soll.

Der Schmerz ist stärker als der Zorn, den ich empfinde. »Es tut mir leid.« Mir tut so viel mehr leid als nur ihre bevorstehende Trauer. Es tut mir leid, dass ich einfach verschwunden bin. Es tut mir leid, dass ich nicht stark genug für sie war. Es tut mir leid, welchen Schmerz sie verspüren wird, wenn sie herausfindet, dass ich ihr lang gehegtes Geheimnis kenne.

Sie nickt an meiner Brust. »Ich weiß nicht, was ich tun soll, Trent. Ich werde ihn verlieren.«

Mein Bruder legt die Arme um Presley, während alle zuschauen, wie unsere Mutter zusammenbricht. Sie hat uns im vergangenen Jahr zusammengehalten, als Wyatt seine eigene Tragödie erlebt hat. Sie weiß immer, was sie sagen muss, wenn wir Probleme haben. Bei all meinem eigenen Schmerz – sie so zu sehen zerreißt mich.

»Wir sind alle hier, Mama. Wir sind für dich da.«

Sie lehnt sich zurück, bevor sie mich fester an sich zieht. »Er will dich sehen, Liebling. Er hat einige Male nach dir gefragt.«

Zach kommt zu uns und nimmt meine Mutter in die Arme. »Geh«, sagt er barsch.

Ich werde mich später um den Mist kümmern.

Grace kommt zu mir und greift nach meinen Händen. »Bleibst du hier bei ihr?«, bitte ich sie.

»Bist du dir sicher?«, fragt sie.

»Ja, ich muss das allein tun.«

»In Ordnung.« Sie lächelt mich traurig an. »Ich liebe dich.«

»Ich liebe dich auch.« Ich umarme sie fest. »Danke, Grace«, murmele ich. »Danke, dass du mich zur Vernunft gebracht hast.«

Sie lehnt sich zurück und küsst mich. »Ich werde immer für dich da sein.«

»Das weiß ich.«

Ich drehe mich um und gehe zu dem Raum, in dem er auf mich wartet.

Mit jedem Schritt, den ich setze, wächst meine Verzweiflung. Ich bin mir nicht sicher, was ich sagen werde. Ich weiß nicht, ob ich ihm erzählen werde, dass ich Bescheid weiß, aber mir ist klar, dass ich mit ihm sprechen muss.

Ich halte inne, als ich die Tür erreiche. Genau dort habe ich gestanden, als ich ihr Gespräch mit angehört habe und sich alles geändert hat. Und jetzt muss ich noch ein Gespräch führen, welches mein Leben verändern wird.

Ich schließe die Augen, atme tief aus und trete ein.

Als ich ihn dort liegen sehe, zerbricht etwas in mir und meine Brust schmerzt.

Mein Vater öffnet die Augen und versucht zu lächeln. »Mein Sohn.« Seine Stimme ist rau und schwach.

Er ist nicht mehr derselbe wie gestern. Es ist kaum zu fassen, wie blass und zerbrechlich er aussieht. »Dad.«

Nach Luft ringend hebt er die Hand. Ich trete an das Bett heran und nehme Dads Hand in meine. »Du warst verschwunden?«, fragt er.

Ich habe es nie fertiggebracht, meinen Vater zu belügen. »Ich habe etwas gehört, das ich nicht wissen wollte.« Ich rücke nur mit der halben Wahrheit heraus.

Dad nickt und bedeckt meine Hand mit seiner anderen. Seine Augen füllen sich mit Tränen und seine Lippen zittern. »Ich habe es mir heute Morgen zusammengereimt.« Er hustet und räuspert sich dann. »Du hast mit angehört, was in meinem Zimmer gesprochen worden ist, darüber dass du nicht mein Sohn wärst.«

Ihm kann man nichts vormachen, konnte man noch nie.

»Stimmt.«

»Du musst eines wissen«, sagt er schnell. »Du *bist* mein Sohn. Du bist immer mein Sohn gewesen. Und als diesen habe ich dich immer geliebt.«

Tränen trüben meinen Blick und strömen mir übers Gesicht. »Pop.«

»Nein. Ich muss es aussprechen. Ich habe dein Leben lang diesen Moment vor Augen gehabt, und jetzt muss es heraus.«

Ich unterbreche ihn nicht noch einmal. Der stärkste Mann, den ich kenne, zerbricht vor meinen Augen, als er mir Antworten auf die Fragen gibt, mit denen ich mich seit gestern herumgeschlagen habe. »Dein leiblicher Vater hat deine Mama geschwängert, als sie sechzehn war. Ich habe ihn gekannt und ihn immer für einen miesen Kerl gehalten. Aber sie hat ihn geliebt, warum auch immer. Er war gemein, und ich habe ihr mehrmals geraten, ihn zu verlassen. Sie war jung und dachte, sie könnte ihn trotzdem lieben, aber als er herausfand, dass sie schwanger war, ist er durchgedreht. Er hat sie beschuldigt, ihn hintergangen zu haben, und dann hat er sie verprügelt. Er hat sie blutend in einer Gasse liegen lassen, und dort habe ich sie gefunden. Ich habe rasch Hilfe geholt. Dann bin ich bei ihr im Krankenhaus geblieben, als unklar war, ob du und sie durchkommen würdet …«

Pop macht kurz Pause und driftet in ferne Erinnerungen ab. Das ist unfassbar. Meine Mutter ist der freundlichste Mensch, den man sich vorstellen kann, und der Gedanke, dass irgendein Mann ihr Gewalt angetan hat, weckt in mir den Wunsch, zu schreien und denjenigen umzubringen. Aber dann auch noch herauszufinden, dass es mein eigener Vater war … Ich kann den Hass, den ich empfinde, nicht in Worte fassen.

»Ich hatte schon immer Gefühle für sie. Es war Liebe auf den ersten Blick. Sie ging im Flur an mir vorbei und lächelte, und dann blieb mir das Herz stehen. Als es ihr besser ging, war sie so unglaublich stark und so fest davon überzeugt, dass du es auch schaffen würdest. Nach ungefähr einem Monat wusste ich, dass ich nicht ohne sie leben kann. Ich habe sie gefragt, ob sie mich heiraten will, denn ich wusste, wenn ich es nicht täte, würde sie vielleicht denken, dass ich es nicht wert bin. Ich habe ihr gesagt, wir würden dich großziehen und eine Familie gründen. Wir haben befürchtet, dass er zurückkommen könnte, aber ich habe geschworen, sie zu beschützen. Ich hätte niemals zugelassen, dass er ihr oder dir noch einmal etwas antut. Wir haben sofort geheiratet, noch während ihrer Schwangerschaft. Und wir haben uns auf *unser* Baby vorbereitet. Für mich war klar, dass du in jeder Hinsicht, die zählt, mein Kind sein würdest. An dem Tag, an dem du geboren wurdest, habe ich die Geburtsurkunde unterzeichnet. Wir waren bereits verheiratet, daher hat niemand Fragen gestellt, und dann warst du mein Kind, Trent. Von dem Tag an warst du mein Sohn, und ich war dein Vater.«

»Warum habt ihr es mir nicht einfach gesagt?«

Er schüttelt den Kopf. »Ich weiß nicht. Zu Anfang war es Angst, dass er versuchen würde, dich uns wegzunehmen, wenn er herausgefunden hätte, dass du überlebt hattest. Aber wir haben ihn seither nie mehr wiedergesehen. Nach einer Weile war es in gewisser Weise egoistisch. Ich brauchte dich in jeder Hinsicht als meinen Sohn. Ich wollte nicht, dass du nach ihm suchst. Ich wollte nicht, dass du nach ihm fragst. Mehr als das hatte ich Angst, dich zu verlieren, wenn du es erfährst, Sohn.«

Ich schüttele den Kopf und kann vor lauter Tränen nichts sehen. »Du hättest mich niemals verloren.«

»Schau dir an, was passiert ist, als du davon gehört hast«, ruft er mir ins Gedächtnis. »Du bist verschwunden.«

»Ich bin verschwunden, weil ihr mich belogen habt«, stelle ich klar. »Es war, als hätte mir jemand gesagt, der Himmel sei nicht blau. Ich habe niemals daran gezweifelt, dass du mein Vater bist.«

»Du bist mein Sohn, Trent. Du bist mein erster Sohn, ganz gleich, was ein Bluttest sagt. Das musst du wissen. Du warst nie jemand anderes, keine Sekunde lang.«

Ich kann mich nicht zurückhalten. Ich habe mir solche Mühe gegeben, aber das ist möglicherweise mein letztes Gespräch mit meinem Vater. Und er ist derjenige, der versucht, mich zu trösten. Meine Gefühle überwältigen mich, und ich stoße ein ersticktes Schluchzen aus. »Du darfst jetzt nicht sterben. Nicht heute. Niemals.«

Ich lasse den Kopf auf meine Brust sinken, und er legt seine Hand darauf. »Du bist so viel stärker, als du dir selber zutraust. Eines Tages wirst du es verstehen. Du warst schon vor deiner Geburt ein Kämpfer. Dir ist nichts in den Schoß gefallen, aber du musst die Augen öffnen und dir zugestehen, glücklich zu sein. Heirate diese Frau, gründe eine Familie und lebe dein Leben. Es vergeht schnell.« Ich sehe ihn an, und er lächelt mit Tränen in den Augen. »Du warst mein größtes Geschenk. Ich habe dich nicht gezeugt, aber ich durfte dich behalten.«

Kapitel 22

Grace

Die letzten vier Tage waren verheerend. Wir verbringen Tag und Nacht im Krankenhaus. Der Arzt hat eine weitere Bluttransfusion veranlasst, aber Rhetts Zustand hat sich nicht verbessert. Es ist die Lungenentzündung, die ihn das Leben kosten wird.

Er bekommt hoch dosierte Antibiotika, aber die Ärzte haben uns wenig Hoffnung gemacht, dass zu diesem Zeitpunkt noch eine große Veränderung eintritt. Der Onkologe hat uns empfohlen, uns vorzubereiten, denn es würde sehr schnell gehen.

Trent hat nach dem Gespräch mit seinem Dad mit seinen Brüdern geredet. Sie haben ihm verziehen, dass er verschwunden ist, und sich sehr bemüht, ihn zu verstehen. Sie haben sogar gescherzt, sie hätten immer schon gewusst, dass irgendwas nicht mit ihm stimme.

Idioten.

Ich weiß nicht, ob irgendjemand begreifen kann, wie aufgewühlt Trent ist. Ich fühle mit ihm, aber letztlich habe ich keine Ahnung, wie es wirklich in ihm aussieht.

Gestern waren wir bis Mitternacht im Krankenhaus. Er saß die ganze Zeit am Bett seines Vaters und versuchte, jede verbleibende Minute mit ihm auszukosten.

Es ist hart zu wissen, dass jemand, den man liebt, sterben wird.

Es ist hart, Menschen kämpfen zu sehen und nicht in der Lage zu sein, ihnen zu helfen.

Eine solche Hilflosigkeit kann die Seele zerfressen, bevor die Trauer auch nur begonnen hat.

Wir haben beide gestern Nacht nicht viel geschlafen, und ich versuche, ihn seinen Gedanken zu überlassen. Ich genieße es, in seinen Armen zu liegen und ihn in meiner Nähe zu spüren. Seit er die Zeit so intensiv mit seinem Vater verbringt, ist er wie ein Fels in der Brandung.

»Hast du alles mit deinem Dad geklärt?«, frage ich. Es geht mir gar nicht darum, genau zu wissen, was die beiden miteinander besprochen haben, aber ich kann meine Sorge nicht länger zurückhalten.

»Ja, ich verstehe ihn und weiß jetzt, warum sie geschwiegen haben. Mein leiblicher Vater hat meine Mutter misshandelt. Mom und Dad wollten mich vor ihm schützen. Ich hätte mich sonst womöglich auf die Suche nach ihm gemacht.«

Dann erzählt er, wie seine Mutter zusammengeschlagen wurde. Ich möchte mir nicht ausmalen, wie es gewesen wäre, wenn Trent durch die Hand seines gewalttätigen Vaters gestorben wäre. Eine Welt ohne ihn wäre ein sehr trostloser Ort. Trent beobachtet mich, während meine Tränen fließen. Welche Grausamkeiten seine Mutter erleiden musste! Meine Gedanken wandern zu meiner Schwester, und ich frage mich, ob Scarlett auch so für William empfunden hat. Ihre Geschichten gleichen sich sehr. Beide liebten einen Mann, der seine Fäuste sprechen ließ.

Als Scarlett nach Hause kam, nachdem William sie das erste Mal geschlagen hatte, bot Trent sofort an, ihren Schutz zu übernehmen. Zwei volle Tage harrte er draußen vor unserem Haus aus und wartete darauf, dass William auftauchte. Voller Zorn für jeden Mann, der Hand an eine Frau legt. Das hat Rhett ihm beigebracht. Er hat ihn gelehrt, Recht von Unrecht zu unterscheiden, und genau wegen dieses Mannes, der ihn großgezogen hat, ist Trent derjenige, der er heute ist.

»Weine nicht, Liebes.« Er streicht mit dem Daumen unter meinem Auge entlang. »Es ist alles gut gegangen. Ich bin hier, meine Mutter hat Pop gefunden, und es geht uns gut.«

Ich nicke und versuche meine Tränen zu stoppen. »Und deine Brüder?«

Darüber habe ich mir die meisten Gedanken gemacht. Wyatt und Zach wären mit dieser Enthüllung sicher auch nicht besser klargekommen.

Trent sieht mir in die Augen, und ich lege mein Kinn auf seine Brust. »Wyatt war fuchsteufelswild. Es war schwer, ihn davon abzuhalten, herumzubrüllen. Zach war im Stillen verärgert darüber, dass meine Eltern uns belogen haben. Mom hat geweint und die beiden gebeten, sie zu verstehen, aber es war Dad, der ihnen schließlich deutlich gesagt hat, es sei nicht ihre Sache gewesen, die Kinder großzuziehen und die Familie zusammenzuhalten. Dann hat er sie gefragt, ob es denn irgendwas geändert hätte.«

»Und?«

Ich kann mir Rhetts tiefe Stimme gut vorstellen und wie sich daraufhin Schweigen im Raum ausgebreitet hat. Wyatt hat sich vermutlich dagegen gesträubt, sich etwas sagen zu lassen. Zach hat die Sache wohl mit einem Schulterzucken abgetan, und Trent hat darauf gewartet, dass seine Brüder antworteten. Davor hat er sich wahrscheinlich am meisten gefürchtet. Dass seine Brüder anders für ihn empfinden könnten. Ich weiß in meinem Herzen, dass es niemals so sein würde, aber ich kenne auch Trent und seine Angst vor Zurückweisung.

Er lacht. »Sie haben Dad angesehen und geschnaubt und gesagt, die einzigen Menschen, die sie unter Umständen gern aus der Familie werfen würden, seien er und Mom.«

Ich lächele und lausche mit geschlossenen Augen seinem Herzschlag. In diesem Moment bin ich zufrieden.

Trent fährt mir mit den Fingern durchs Haar, während ich zur Ruhe komme. Das hier fühlt sich unglaublich an. Keine Geheimnisse zu haben, keine Sorgen wegen unserer Zukunft. Danach habe ich mich immer gesehnt. Ich drifte weg, selig und zufrieden.

»Heirate mich«, platzt Trent heraus, als ich kurz davor bin, einzuschlafen.

Ich erstarre. »Was?«, frage ich und denke, dass ich mich vielleicht verhört habe.

»Heirate mich«, wiederholt er.

Okay, also habe ich mich wohl nicht verhört. Ich sage kein Wort, während ich nach Luft schnappe. Das kann er nicht ernst meinen. Zwanzig Jahre lang habe ich auf diese Worte gewartet, und er würde sie sicherlich nicht aus einer Laune heraus aussprechen.

»Trent.« Ich hebe den Kopf und sehe ihn an. Mein Herz rast. »Du machst im Moment eine Menge durch. Ich bin mir nicht sicher, ob das wirklich das ist, was du willst.«

»Ich liebe dich. Ich will, dass du meine Frau bist.«

»Okay, aber …«

Er rollt sich herum, greift in die Schublade seines Nachttischs und holt ein Kästchen heraus. Ich beginne zu zittern, als er es vor mich hinlegt. »Ich habe diesen Ring einen Tag vor Zachs Hochzeit gekauft. Und ich habe ihn in dem Wissen gekauft, dass du ihn eines Tages tragen würdest.« Ich schlage mir die Hand vor den Mund und betrachte das schwarze Kästchen mit der goldenen Schrift. »Das ist keine spontane Idee. Es geht mir darum, keine einzige Minute mehr zu verschwenden. Ich möchte, dass du mein wirst. Ich möchte endlich auf mein Herz hören und das Richtige tun. Ich will dich heiraten. Sofort. Ich will dein Ehemann sein. Also frage ich dich, Grace Rooney, willst du mich heiraten?«

Er öffnet das Kästchen, und darin liegt ein wunderschöner, birnenförmiger Diamant, eingerahmt von vier weiteren

Diamanten. Der Ring ist zauberhaft. »Bist du dir sicher?«, frage ich. »Wenn nicht, können wir uns wieder hinlegen und vergessen, dass das jemals passiert ist.«

Er nimmt den Ring aus dem Kästchen und streift ihn über meinen Finger. »Weißt du noch, was du gegessen hast, bevor ich dich das erste Mal geküsst habe?«, fragt er, und mir kommen die Tränen.

»Nein.« Ich schüttele den Kopf.

»Eine Birne.«

»Wie um alles in der Welt kannst du das noch wissen?«, gebe ich zurück und starre auf meine Hand, an der jetzt der birnenförmige Diamant steckt.

»Weil ich sie ab und zu, wenn ich dich küsse, wieder schmecken kann.« Er hebt mein Kinn an und hält mich fest. »Du bist das Beste, was mir jemals widerfahren ist. Du bist mein Herz und meine Seele. Ich will niemals einen Tag ohne dich verbringen. Ich frage dich noch einmal ... Willst du mich heiraten?«

Ich muss keine einzige Sekunde mehr nachdenken. Ich liebe ihn seit einer Ewigkeit, und ich werde bis ans Ende meiner Tage immer nur ihn lieben. Wir hatten Höhen und Tiefen, Erfolge und Verluste, aber wir haben sie zusammen erlebt. Ja, er ist nicht perfekt, aber für mich ist er es vollkommen.

Ich schlinge die Arme um ihn, und Tränen strömen mir unablässig übers Gesicht. »Ja! Ja! Ja! Ich will nichts mehr, als deine Frau zu sein!«

Er lacht, und wir lassen uns aufs Bett fallen. Ich küsse ihn und hoffe, dass er die Birne wieder schmecken kann.

»In Ordnung.« Er hält inne und drückt mich ein Stückchen weg. »Ich will dich um noch etwas bitten.«

»Du kannst mich um alles bitten.« Ich kann nicht mehr aufhören zu lächeln.

»Heirate mich heute, Grace. Ich weiß, es ist nicht die

Hochzeit, die du dir wahrscheinlich ausgemalt hast, aber ich möchte, dass mein Vater dabei ist.«

Ich lehne mich zurück und lege ihm eine Hand auf die Brust. »Schatz, bist du dir sicher? Ich sage nicht Nein, ich will nur nicht, dass du in einer Woche aufwachst und dir wünschst, wir hätten gewartet.«

»Ich finde, wir haben lange genug gewartet. Mein Vater würde es miterleben wollen. Er liebt dich, und ich werde es niemals bereuen, dich geheiratet zu haben.«

Es geht alles so schnell, aber andererseits auch wieder nicht. Ich weiß, dass er seinen Vater dabeihaben will, und ich will ihm das nicht verwehren. Wir lieben einander, wir tun uns gut, warum also nicht?

»In Ordnung«, sage ich. »Wenn du heute heiraten willst, lass es uns tun.«

Trent nimmt mich in die Arme und rollt mich herum. »Ich liebe dich.«

»Ich liebe dich auch.«

Wir lachen beide, und er rollt sich von mir herunter. »Ruf deine Familie an. Ich werde meine anrufen.«

Wieder schaue ich auf meine Hand und beiße mir auf die Unterlippe. Ich bin verlobt. Ich bin tatsächlich verlobt mit meinem Freund, mit dem ich … eine Ewigkeit … zusammen war. Wir leben zusammen. Wir werden heiraten – heute.

Ich schnappe mir mein Telefon und rufe meine Mutter an. »Könnt ihr euch in ungefähr einer Stunde im Krankenhaus mit uns treffen?«

»Ist mit Rhett alles in Ordnung? Ich habe gerade mit Macie gesprochen.« Mama klingt besorgt.

»Mama, Trent hat mir einen Antrag gemacht, und er will heute heiraten.«

»Heute?«

»Ja, damit Rhett dabei sein kann.«

»Oh, Schätzchen! Er ist ein guter Mann«, antwortet sie und ruft dann nach meinem Vater. »Jim! Trent hat Grace endlich einen Antrag gemacht!« Ich höre ihn etwas zurückrufen, kann es aber nicht verstehen. »Nein! Sie heiratet heute im Krankenhaus.«

»Mama«, versuche ich, sie zu bremsen.

»Nein! Im Krankenhaus! Damit Rhett dabei sein kann.« Sie redet weiter, als sei ich gar nicht mehr am Telefon.

»Mama!«

Doch sie ist unmöglich aufzuhalten. »In einer Stunde, also musst du deinen Hintern in die Höhe schwingen und dich anziehen.«

»Mutter!«, schreie ich noch lauter.

»Nun, keine Ahnung, James. Ich habe es selbst gerade erst vor zwei Minuten erfahren.« Sie schnaubt, dann ist sie wieder in der Leitung. »Grace, dein Daddy will wissen, ob er seine gute Hose anziehen muss oder ob es dir etwas ausmachen würde, wenn er in Jeans kommt.«

Ich schüttele den Kopf und betrachte meinen Ring. »Er kann anziehen, was er will.«

»Sag ihm das bloß nicht, Grace. Er wird seine gute Hose anziehen. Schließlich ist es deine Hochzeit.«

»Ich muss noch einige Leute anrufen, ich hab euch lieb, und wir sehen uns in der Kir…, ich meine, im Krankenhaus.«

Als Nächstes rufe ich Emily an, und sie fängt vor Freude an zu kreischen. Wie das Glück es wollte, ist sie auf dem Weg nach Bell Buckle. Sie hat von Presley erfahren, wie es um Rhett steht, und wollte herkommen, um mich zu unterstützen. Ich weiß nicht, ob sie es rechtzeitig schaffen wird, aber ich hoffe es.

Schließlich stehe ich vor meinem Kleiderschrank und starre hinein. Ich habe natürlich kein Hochzeitskleid, und es wäre auch unpassend, eins im Krankenhaus zu tragen, aber ich hätte gern etwas Weißes. Trent schließt von hinten die Arme um mich und bettet den Kopf auf meine Schulter. »Bist du bald fertig?«

»Ich weiß nicht, was ich anziehen soll«, seufze ich.

Er lehnt sich zurück, und ich drehe mich zu ihm um. »Was immer du anziehst, wird perfekt sein. Tut mir leid, dass ich dir ein weißes Kleid und eine große Hochzeit vorenthalte.«

»Nein, nein, das ist es nicht.« Ich bremse ihn, bevor er etwas falsch versteht. »Das alles brauche ich nicht. Unsere Freunde und Verwandten sind es, die für mich zählen. Mir ist nur wichtig, wer kommt, nicht wo es stattfindet. Außerdem können wir später noch eine richtig große Party feiern, in Ordnung?«

»Wir können alles tun, was du willst.«

»Ich habe mir immer eine Scheunenhochzeit gewünscht.« Ich lächele.

Die Scheune meiner Eltern ist rustikal und wunderschön. Unter der hohen Decke aus dunklem grauen Holz habe ich mir stets meine Fantasiehochzeit ausgemalt. Ich habe mir vorgestellt, wie Trent dort steht, wenn die Scheunentür sich öffnet. Wenn ich die Augen schließe, kann ich die Laternen sehen, die den Weg zu ihm säumen. Wir hätten uns nicht wahnsinnig in Schale geworfen, und die Zeremonie würde bescheiden sein, nur mit den Menschen, die in unserem Leben wirklich eine Rolle spielen.

Ich bin ein einfaches Mädchen. Die Hälfte meines Lebens bin ich auf Festumzügen mitgelaufen und habe fulminante Kleider getragen, weil Mama dachte, es würde eine Dame aus mir machen. Ich denke, sie hat gern mit ihrer Barbie gespielt, und ich war die lebensechte Version für sie – abzüglich des blonden Haares.

Meine Freundinnen fanden es damals wichtig, ein prächtiges Kleid zu tragen und eine schicke Party zu feiern, aber für mich war immer nur der Mann von Bedeutung, der am Ende des Gangs auf mich warten würde.

»Kein Problem. Ich werde dir jede Hochzeit ermöglichen, die du dir wünschst.«

Ich lege die Hände auf Trents Brust und sehe grinsend zu ihm auf. »Oh! Und was ist mit Ringen und der Heiratserlaubnis?«

Das fällt mir jetzt erst ein.

Trent streicht mir das Haar hinters Ohr und fährt mit dem Zeigefinger über meine Wange. »Ich habe Richter Wheatley bereits angerufen. Er hat gesagt, dass wir nach der Zeremonie zum Gericht kommen sollen, um uns offiziell trauen zu lassen. Was die Ringe betrifft ...« Er streicht mir übers Gesicht, bevor er gesteht: »Ich habe noch keine, aber wir können uns morgen welche aussuchen, die dir gefallen.«

»Du hast wirklich an alles gedacht.« Ich beuge mich vor und drücke meine Lippen auf seine. »Und in wenigen Stunden wirst du mein Ehemann sein.«

»Dann wirst du mich nie mehr los.«

Ich schnaube. »Wenn es mir bis jetzt nicht gelungen ist ...«

»Du hast es versucht, Süße.«

»Und ich bin froh, dass ich gescheitert bin.«

»Ich auch.« Er küsst mich auf die Nase. »Aber jetzt lass uns ins Krankenhaus fahren.«

»Warte!« Ich greife nach seiner Hand, als er mich loslässt. »Was ist mit einem Kuchen oder etwas zu essen?«

»Zerbrich dir darüber nicht den Kopf.« Er zieht mich wieder an sich. »Das habe ich alles geregelt. Kümmere du dich um dein Kleid, damit wir fahren können. Alle sind bereits auf dem Weg dorthin.«

Er küsst mich erneut und geht dann ins Nebenzimmer. Und es kommt mir noch immer unglaublich vor: Ich werde heute heiraten.

Ein Klopfen an der Tür lässt mich zusammenzucken. Sie wird einen Spaltbreit geöffnet, und Presley streckt den Kopf herein. »Hi, Schätzchen.«

»Pres!«

»Darf ich hereinkommen?«

»Ja! Bitte!«

Sie tritt ein, und ich hülle mich fester in meinen Morgenmantel. »Zeig mir den Ring!« Sie eilt herbei und greift nach meiner Hand. »Oh, das hat er besser gemacht, als ich gedacht hätte! Als Zach mir vor einigen Monaten davon erzählt hat, war ich ein wenig skeptisch.«

»Du hast Bescheid gewusst?«

Sie zuckt mit den Schultern. »Ich habe gewusst, dass er einen Ring gekauft hat. Er hat es Zach gesagt.«

»Aber …« Ich halte für eine Sekunde inne. »Wenn du gewusst hast, dass Trent vor eurer Hochzeit einen Ring gekauft hat, warum hast du mir dann geraten, mit Cooper auszugehen?«

Presley setzt sich aufs Bett und zieht mich neben sich. »Weil ich gehofft habe, dass dadurch alles wieder ins Lot kommen würde. Vielleicht macht es mich zu einer furchtbaren Schwester, aber ich weiß, dass du zu Trent gehörst, und ich kenne meinen Bruder, er musste das ebenfalls einsehen. Zach hat mich gewarnt, mich nicht einzumischen.« Sie wedelt abschätzig mit der Hand und lächelt. »Ich schätze, der Apfel fällt nicht allzu weit vom Stamm. Gott, ich hoffe, ich bin nicht so schlimm wie meine Mutter. Kannst du dir das vorstellen? Wir sind die nächste Generation alter Ladys, die überall ihre Nase reinstecken.«

»Oh Gott.«

Presley winkt ab. »Darüber werden wir uns später Gedanken machen. Ich wusste, dass Cooper sich immer fragen würde, ob das mit euch beiden funktionieren könnte. Und ich habe befürchtet, dass du es immer bereuen würdest, wenn du nicht versuchst herauszufinden, ob es ein Leben jenseits von Trent gibt. Wenn du nicht mit Coop ausgegangen wärst, hättest du nie Gewissheit gehabt. Und Trent hätte sich weiter wie ein Idiot benehmen können, und du hättest es geschluckt.«

»Aber was ist mit Coop?«

»Wir wissen beide, auf wen Cooper steht, aber er würde niemals etwas in dieser Hinsicht unternehmen. Zumindest nicht, solange er glaubt, dass er vielleicht eine Chance bei dir hat.«

Ich lehne mich zurück und versuche, mich darauf zu besinnen, von wem sie spricht. Es gibt nur ein einziges Mädchen, das er jemals um ein Rendezvous gebeten hat, als wir jung waren. Davon hat er mir erzählt, aber ich erinnere mich nicht, wer es war. Er hat nur erwähnt, dass eine Blondine ihm das Herz gestohlen habe. Es gab nur wenige blonde Mädchen, mit denen wir zur Schule gegangen sind. Eine von ihnen ist …

»Emily?«, frage ich, als mir ein Licht aufgeht.

Sie lächelt.

»Unsere Emily? Wenn er auf sie steht, warum hat er dann überhaupt versucht, mit mir auszugehen?«

»Weil du ungefährlich warst. Weil Emily ihm eine Heidenangst einjagt.« Sie lacht. »Er ist ein guter Kerl, aber sein Leben spielt hier in Bell Buckle. Er kann die Farm nicht verlassen, noch dazu wo er, Wyatt und Zach darüber reden, enger zu kooperieren. Stell dir vor, er ließe eine Liebe zu jemandem von außerhalb zu!«

Ich weiß nicht, was ich sagen soll. Wenn ich es mir recht überlege, hat Emily einige Bemerkungen über ihn gemacht, aber ich habe sie immer abgetan, weil sie eben Em ist. Sie sagt einfach, was sie will.

»Wow.« Ich schüttele den Kopf und lächele. »Also, dann hattest du diesen Plan ausgeheckt, dass ich mit Cooper ausgehe, damit ich mich nicht in ihn verliebe und am Ende Trent heirate?«

Presley schlägt mir aufs Bein und grinst. »Ich hatte den Plan, Trent dazu zu bewegen, den Hintern hochzubekommen. Und dich zu der Einsicht zu bringen, dass dein Herz immer Trent gehören wird. Und Cooper sollte begreifen, dass er etwas wagen muss. Das hab ich gut gemacht, oder?«

Ich verdrehe die Augen und lache. »Ja, unsere Mütter wären stolz auf dich.«

»Aber jetzt genug davon. Du heiratest, und wir müssen dich fertig machen!«

»Wir?«

Die Tür schwingt auf, und Angie tritt ein. Sie trägt das gleiche helle Gelb wie Presley.

»Mädels!«

»Emily ist in ungefähr fünfzehn Minuten da. Genug Zeit, um dich zu schminken und mit deinen Haaren anzufangen.« Angie kommt zu mir und berührt mich am Arm. »Ich freue mich so für dich. Jetzt sind wir alle Schwestern!«

Ich war immer ein Teil dieser Familie, aber nun begreife ich ... Ich werde offiziell zu einer Hennington.

Mrs Trent Hennington.

Kapitel 23

Nacheinander gehen meine Freundinnen ins Krankenzimmer. Rhett hat seine Transfusion heute Morgen schon sehr früh bekommen, aber der Arzt hat erklärt, dass er das Bett nicht verlassen könne. Also ist das hier die einzige Möglichkeit, dass er dabei sein kann.

Dieser Tag erfüllt mich mit purem Glück. Ich werde Trent in Anwesenheit unserer Familien und Freunde heiraten.

Presley hat mir das Haar geflochten und es dann aufgesteckt. Angie hat ein hübsches weißes, kurzes Kleid gefunden, das ich fast vergessen hatte. Es war ganz hinten in meinem Kleiderschrank vergraben, aber es ist perfekt. Es ist knielang, und wir haben den dunkelbraunen Gürtel durch einen gelben Schal ersetzt.

Kurz nachdem wir mit dem Styling angefangen hatten, ist Emily eingetroffen und in einen gelben Rock aus meinem Schrank geschlüpft. Ich werde meine Trauzeugin Presley und meine beiden Brautjungfern an meiner Seite haben. Trent hat Rhett gebeten, sein Trauzeuge zu sein, und auch Zach und Wyatt. Wir haben eine vollzählige Brautgesellschaft, einen Pastor, der im Krankenhaus arbeitet und uns trauen wird, und alle, auf die es ankommt, sind bereit zu bezeugen, wie wir »Ja« zueinander sagen.

Mein Vater hält draußen vor dem Zimmer meine Hand und dreht sich zu mir um. »Ist alles in Ordnung mit dir, Daddy?«

Er lächelt, und seine Augen füllen sich mit Tränen. »Ich gebe mein letztes kleines Mädchen weg.«

»Ich gehe nirgendwohin«, sage ich und küsse ihn auf die Wange. »Ich bleibe genau hier.«

»Trent ist ein guter Mann. Er liebt dich, und er wird sich um dich kümmern.«

Daran habe ich keinen Zweifel mehr. Trent hat bewiesen, dass er sich geändert hat. Er hat sich schon geändert, bevor ich es erkannt habe, aber ich war zu verletzt, um es zu sehen. Es wird immer Herausforderungen geben, aber mit ihm an meiner Seite weiß ich, dass wir sie meistern werden.

»Ich liebe ihn ebenfalls.«

»Dann passt gut aufeinander auf. Eine Ehe hat manchmal auch schwierige Phasen, und es ist nicht immer einfach, jemanden trotz all seiner Fehler zu lieben, aber es ist immer die richtige Entscheidung, genau das zu tun. Es wird Tage geben, an denen du weglaufen willst, und dann wieder Zeiten, in denen du hoffen wirst, dass der Tag niemals endet. Es ist ein Geben und Nehmen, und manchmal … musst du die Last für euch beide schultern. Aber du und Trent seid stark genug, um das füreinander zu tun.« Daddy streichelt mir über die Wange. »Deine Stärke wird euch helfen, auch die schweren Zeiten durchzustehen.«

»Danke, dass du so ein großartiger Vater bist.«

»Oh, Kleines«, sagt er und küsst mich auf die Wange.

Schnell wische ich eine Träne fort und versuche, meine Wangen zu fächeln. »Ich will nicht jetzt schon weinen«, sage ich und stoße ein nervöses Lachen aus.

»Nun, bringen wir dich zu deinem Bräutigam, der schon sehnsüchtig auf dich wartet.«

»Okay.« Ich nicke.

Wir gehen los, und ich halte mich noch einmal am Arm des Mannes fest, der mich mein ganzes Leben lang aufgerichtet hat. Er ist der beste Vater, den sich ein Mädchen wünschen kann. Er hat meine Schwester und mich mit jeder Faser seines Daseins geliebt. Ich wünschte, sie wäre heute hier, und es bricht mir das Herz, dass sie keinen Mann wie Trent hatte.

Er würde niemals tun, was sein leiblicher Vater seiner Mutter angetan hat. Er kämpft für Frauen, die in solchen Beziehungen festsitzen. Trent würde niemals die Hand im Zorn erheben. Er ist ein Beschützer. Es hat ihn schwer getroffen, als er erfuhr, was für eine Art Mann sein Erzeuger war. Die Tatsache, dass sein eigener Vater versucht hat, ihn zu töten und möglicherweise auch seine Mutter, kann er nicht akzeptieren. Aber vielleicht hat es ihm gezeigt, wie sehr er Rhett ähnelt. Wie sehr er ein echter Hennington ist, wie sehr er Rhetts Sohn ist.

Daddy und ich treten durch die Tür, und Trent stellt sich neben das Bett seines Vaters. Mit Tränen in den Augen gehe ich auf ihn zu. Sein blondes Haar hat er zurückgekämmt, so wie ich es liebe, er trägt Khakihosen und ein blaues Hemd mit offenem Kragen. In einer Hand hält er eine gelbe Rose. Er wendet den Blick nicht von meinen Augen ab, als ich näher komme.

Mein Vater greift nach meiner Hand und legt sie in Trents. »Sei gut zu ihr«, sagt er.

»Das werde ich«, verspricht Trent.

Dann küsst mein Vater mich auf die Wange und tritt hinter meine Mutter.

Rhett räuspert sich. »Darf ich etwas sagen, bevor wir anfangen?«

»Natürlich«, antworte ich schnell.

»Grace«, beginnt er mit zitternder Stimme. »Du bist schon seit Langem in meinem Herzen meine Tochter. Ich habe niemals jemanden gesehen, der einen anderen Menschen mit solcher Überzeugung liebt. Dafür will ich dir danken.«

Ich lasse Trents Hand los und trete dicht an Rhetts Bett

heran. »Danke dafür, dass du den Mann großgezogen hast, den ich liebe.«

»Danke, dass du den Mann liebst, den ich großgezogen habe.«

Ich küsse ihn auf die Wange, und er berührt meine Hand, bevor er Trent ansieht. »Heirate dieses Mädchen, bevor sie wegläuft.«

»Genau so mach ich es, Pop.«

Der Pastor lächelt uns beide an und beginnt die Zeremonie. Es sind Worte, die eine Million Mal gesprochen wurden, aber für mich klingen sie besonders. Ich höre ihm zu, wie er über Liebe und Akzeptanz spricht, und ich schaue Trent an. Wir sind so weit gekommen. Unsere Beziehung hat sich in so vieler Hinsicht verändert und ist gewachsen. Vor zwei Jahren hätte er sich mir niemals geöffnet. Er hätte seinen Schmerz für sich behalten und gelitten. Unsere Beziehung befand sich am Rande einer Katastrophe. Jetzt empfinde ich nichts als Hoffnung für die Zukunft. Wir haben gelernt, dass wir zusammen stärker sind als getrennt voneinander.

Wir drehen uns zueinander um, und ich spreche die Worte, die ich schon so lange sagen wollte. Meine Augen füllen sich mit Tränen, und meine Stimme zittert. »Ich, Grace Louise Rooney, nehme dich, Trent Milton Hennington, zu meinem Ehemann. Ich verspreche dir Treue in guten und in schlechten Zeiten, in Gesundheit und Krankheit, bis der Tod uns scheidet. Ich will dich lieben, achten und ehren alle Tage meines Lebens.«

Trent drückt meine Hände und räuspert sich. Mein Herz hämmert, als er das Gelübde mir gegenüber wiederholt. »Ich, Trent Milton Hennington, nehme dich, Grace Louise Rooney, zu meiner Ehefrau. Ich verspreche dir Treue in guten und in schlechten Zeiten, in Gesundheit und Krankheit, bis der Tod uns scheidet. Ich will dich lieben, achten und ehren alle Tage meines Lebens.«

Ich lächele unter Tränen, und alle strahlen.

»Ich finde, nach einem ganzen Leben mit dir sollte sie eine Freikarte bekommen«, witzelt Wyatt.

»Weil es mit dir ein Zuckerschlecken ist, was?«, wirft Angie ein.

»Darf ich sie jetzt küssen?«, fragt Trent den Pastor.

»Kraft der Befugnis, die der Staat Tennessee mir verliehen hat, erkläre ich euch jetzt zu Mann und Frau. Sie dürfen die Braut küssen.«

»Küss mich, Mrs Hennington«, sagt Trent und zieht mich an sich.

»Meinetwegen, Mr Hennington.«

Unsere Lippen berühren sich, und ich schlinge ihm die Arme um den Hals. Ich halte mich an ihm fest, während er mich mit so viel Liebe küsst, dass es mir den Boden unter den Füßen wegzieht. In einem Krankenzimmer, umringt von unseren Familien, habe ich meinen besten Freund geheiratet.

Ich umarme alle nacheinander und danke ihnen, dass sie gekommen sind, während Tränen des Glücks in meinen Wimpern hängen. Dr. Halpern drängt uns alle, zügig zu gehen und Rhett ein wenig schlafen zu lassen. Er hatte einen sehr unruhigen Morgen, und obwohl ein Dutzend Leute in seinem Zimmer sind, sind seine Augenlider schwer geworden.

Wir versammeln uns in einem kleinen Pausenraum, den die Krankenschwestern uns freundlicherweise für ein paar Stunden zur Verfügung stellen. Es gibt keine Musik oder Dekoration, aber etwas zu essen. Oder so was in der Art. Wir haben Wackelpudding und Milch, und ich weiß nicht einmal, was das für ein Kuchen auf dem Tisch sein soll.

Das hat man davon, wenn man es Zach und Wyatt überlässt, etwas zu essen zu besorgen. Immerhin gehört Wyatts Frau die Bäckerei in der Stadt.

Solche Chaoten.

Mrs Hennington betritt den Raum und kommt direkt auf mich zu. In ihren Augen stehen Tränen, genau wie in meinen. »Oh, Schätzchen, weine nicht.« Sie drückt meine Arme. »Du warst schon immer wie eine Tochter. Noch bevor du meinen Sohn geliebt hast.«

Die Situation zwischen Trent und seiner Mutter ist nach wie vor ein wenig angespannt. Es ist ihm gelungen, seinem Vater zu verzeihen, aber auf sie ist er immer noch zornig. Ich dagegen möchte sie umarmen. Sie hat es geschafft zu überleben, was meiner Schwester nicht gelungen war. Aber Macie Hennington hat die häusliche Gewalt überstanden, wahre Liebe gefunden und mir meinen Ehemann geschenkt.

Ihr Blick wandert zu Trent hinüber, der mit meinen Eltern redet.

»Du weißt, dass er sich wieder beruhigen wird«, sage ich zu ihr.

Sie wedelt mit der Hand. »Oh, ich weiß. Er ist ein sturer Esel, aber er muss auf irgendjemanden wütend sein, und im Moment bin das wohl ich. Du weißt, worauf du dich mit einer Hennington-Hochzeit eingelassen hast?«

»Ich habe eine ziemlich gute Vorstellung davon.«

»Ich bin froh, dass er dich hat, Schätzchen.«

»Ich hoffe, dass ich auch nur einen Bruchteil der Liebe erfahren werde, wie sie zwischen dir und Rhett besteht.«

Ihre Augen werden traurig, als sie zurück zur Tür schaut. »Ich weiß nicht, wie ich ohne ihn leben soll. Ich habe mein ganzes Leben damit verbracht, für ihn zu sorgen. Ich dachte, ich wäre vorbereitet, aber wenn ich ihn mir heute ansehe, so schwach …« Sie seufzt. »Ich fürchte, dass ich es niemals schaffen werde, ohne ihn zurechtzukommen.«

»Hat die Transfusion geholfen?«, erkundige ich mich hoffnungsvoll.

Sie schüttelt den Kopf. »Es ist, als würde man Kaugummi auf einen aufgeschlitzten Reifen kleben. Es sind eine Menge Löcher zu flicken, und es gibt nichts mehr, was wir noch tun könnten.«

»Aber er hat heute besser ausgesehen.«

Verzweiflung tritt in Mrs Henningtons Stimme. »Das ist vorübergehend, Süße. Er hat besser ausgesehen, weil er das Blut bekommen hatte, das sein Körper braucht, aber in wenigen Stunden wird er wieder im gleichen Zustand sein wie zuvor. Es war wahrscheinlich seine letzte Transfusion. Er will die Prozedur nicht in die Länge ziehen.« Eine Träne rinnt ihr übers Gesicht, und sie wischt sie weg. »Es tut mir so leid, dass ich darüber spreche, heute ist dein Hochzeitstag.«

Ich berühre sie am Arm. »Ich weiß nicht, was ich sagen soll.«

Sie streicht mir über die Wange. »Zunächst einmal sagst du Mama zu mir, wie meine anderen Töchter auch. Zweitens sollst du heute glücklich sein. Denn wenn du das Lächeln auf dem Gesicht meines Mannes gesehen hättest, wüsstest du, dass ihr beide der Grund dafür seid, du und Trent. Rhett hat sich gewünscht, die Hochzeiten seiner Söhne mitzuerleben. Und dass er Trents Trauzeuge sein durfte, schenkt ihm tiefen Frieden.«

Trent kommt herbei und legt mir die Arme um die Schultern.

Macie lächelt ihren Sohn an und greift sich an die Kehle. »Ich freue mich so sehr für dich, Trent.«

»Ich bin froh, dass Dad das miterlebt hat.«

»Das ist er auch, Schatz.«

»Trent.« Ich schaue ihn über die Schulter hinweg an. »Ich lasse dich jetzt mal mit deiner Mutter allein, um mich meinen neuen Brüdern zu widmen.«

Sie müssen es auf die Reihe kriegen. Es gibt keinen besseren Zeitpunkt als eine Hochzeit, um Konflikte zu klären. Sein Grinsen verrät mir, dass er genau weiß, was ich vorhabe. Er küsst mich, und ich winde mich aus seinem Griff.

Als er mich näher kommen sieht, breitet Wyatt die Arme aus, und ich lehne mich an ihn. »Wer hätte gedacht, dass es so lange dauern würde, offiziell eine Familie zu werden?« Er lächelt mich an. »Ich freue mich für dich.«

Ich lege einem meiner ältesten Freunde die Arme um die Schultern und drücke ihn an mich. »Danke. Für alles.«

Wyatt ist immer für mich da gewesen. Er hat mir vermutlich mehr Ratschläge gegeben, als er vorgehabt hatte, und eine Menge Tränen weggewischt, aber er hat nie über mich geurteilt. »Hör zu, es gibt in dieser Sache kein Rückgaberecht. Du hast ihn gewollt, also musst du jetzt auch jeden Defekt reparieren.«

Ich lache und schlage ihm auf den Rücken. »Ist das so?«

»Nun, wir werden ihm natürlich liebend gern einen Tritt versetzen, wenn er es braucht«, sagt Wyatt und sieht Zach an, der mit einem Lächeln zustimmend nickt.

»Gut zu wissen.« Ich küsse Wyatt auf die Wange und unterhalte mich weiter mit allen.

Es mag kein richtiges Hochzeitsambiente sein, aber das merkt man gar nicht. Alle reden, essen miserables Krankenhausessen und lächeln. Das ist einer der Tage, an denen ich dankbar bin für das verrückte Kleinstadtleben, in dem sich alle in alles einmischen. Wir machen uns keine Sorgen um Kleinigkeiten. Denn wir können auf die Menschen in unserem Leben zählen. Sie sind das Fundament des Hauses, das ich baue. Wenn es mal schlecht läuft, weiß ich, dass trotzdem immer jemand da sein wird.

Kapitel 24

Vierzehn Monate später

»Die Regeln sind einfach.« Wyatt steht auf dem Tisch, während er die Grundregeln für den alljährlichen Rhett-Hennington-Familienwettbewerb durchgeht. »Wir haben sieben Disziplinen. Die Familie, die am Ende die meisten Punkte hat, nimmt die Trophäe mit nach Hause.«

Trent zieht mich an sich und räuspert sich. »Das machen Grace und ich mit links.«

»Träum weiter.« Zach lässt seinen Hals knacken. »Die Jungs und ich werden dafür sorgen, dass ihr heulen werdet wie kleine –«

»Hey, hey!« Mrs Hennington tritt vor. »Eurem Dad würde dieser Quatsch, den ihr von euch gebt, überhaupt nicht gefallen.«

»Hast du Dad überhaupt gekannt?«, fragt Wyatt. »Er hat mehr Quatsch geredet als jeder Dorfdepp.«

»Wyatt Hennington, du wirst in Gegenwart deiner Mutter nicht so reden!«, tadelt sie ihn. »Dein Vater war stolz darauf, Männer großgezogen zu haben. Benimm dich auch wie einer.«

»Ja, Ma'am.« Er lässt den Kopf hängen, schaut aber zu Angie hinüber und zwinkert ihr zu.

Wir haben die letzten sechs Monate damit verbracht, den heutigen Tag zu planen und uns vorzubereiten. Es ist ein Jahr vergangen, seit wir Rhett Lebewohl gesagt haben. Ein Jahr, in dem wir uns an seinen Verlust gewöhnt und unseren Weg in einem Leben ohne ihn gefunden haben.

Trent hat es hart getroffen, aber statt davonzulaufen, hat er sich auf seine Familie gestützt.

Nach einer Weile hat Macie ihre Schwiegertöchter gebeten, sich zu überlegen, wie man gleichzeitig Rhett ehren und die Familie zusammenhalten könnte.

Wir haben nicht lange gebraucht, um auf eine erweiterte Variante ihres alljährlichen Angelausflugs zu kommen. Außerdem sind die Männer immer für einen Wettstreit zu haben.

»Also.« Mama hebt Felicity hoch. »Deine Tochter beobachtet dich, Wyatt. Es würde ihr nicht besonders gut gefallen, wenn ihr Vater verlieren würde, nicht wahr?«

Wyatt betrachtet unsere niedliche kleine Nichte und lächelt. »Nein, und sie wird es niemals erleben. Daddy nimmt heute die Trophäe mit nach Hause.«

»Nicht so schnell, kleiner Bruder.« Trent macht einen Schritt nach vorn. »Man soll den Tag nicht vor dem Abend loben.«

»Jungs, Jungs, Jungs.« Presley tritt zwischen sie. »Wollen wir den ganzen Tag herumstehen, oder wollen wir den Wettbewerb durchziehen? Denn *diese* Familie wird den Hauptgewinn nach Hause mitnehmen.«

»Genau.« Zach legt einen Arm um seine Frau.

Du lieber Himmel, das wird ein furchtbarer Auftritt.

Vor zwei Monaten hat Trent die Operation Tritt-ihnen-in-den-Hintern begonnen, die ein ausgeklügeltes Vorbereitungstraining beschreibt. Er hat mich in aller Herrgottsfrühe geweckt, um angeln zu gehen, Wasserballons zu werfen, Dreibeinrennen zu bestreiten und alle möglichen anderen furchtbaren Dinge zu tun. Neulich habe ich schließlich ein Machtwort gesprochen, als er versucht hat, mich um fünf Uhr morgens dazu zu bringen, einen Fünf-Kilometer-Lauf zur Verbesserung meiner Kondition zu machen.

Ich laufe nicht.

Außer irgendetwas jagt mich, und selbst dann würde ich mich vielleicht einfach fressen lassen.

»Cooper«, ruft Wyatt, »du kennst die Regeln?«

»Jep.« Er grinst verschlagen. »Ich kann es gar nicht erwarten, der Schiedsrichter zu sein. Erste Disziplin … Schießen.«

Ich weiß nicht, warum diese Disziplin auf die Liste gekommen ist, aber die Männer haben stur danach verlangt. Es gibt drei Teams: Trent und mich, Angie und Wyatt und Zach und Presley. Jeder der Sprösslinge kann jeweils in einer Disziplin antreten. Da Presley und Zach als Einzige Kinder haben, die alt genug sind, um an dem Wettbewerb teilzunehmen, wissen wir, dass sie das zu ihrem Vorteil ausnutzen werden. Felicity wird in zwei Wochen ein Jahr alt, daher brauchen wir uns um sie noch keine Sorgen zu machen.

Wir gehen in den Bereich, in dem geschossen werden soll.

»In Ordnung.« Cooper klatscht in die Hände. »Diese Disziplin ist für die Frauen.«

»Was?«, stoße ich entgeistert hervor. »Nein, das ergibt keinen Sinn!«

Er grinst und hebt ein Blatt Papier hoch. »Steht hier in den Regeln.«

Wyatt und Zach lachen. »Ich bin so froh, dass wir Trent nichts von dieser Regel erzählt haben.«

»Blödmänner«, brummt Trent. »Ist schon gut, Schätzchen. Ich bin ein Cop, ich kann gut mit Waffen umgehen, und du bist meine Frau … Du schaffst das.«

»Was hat deine Waffenausbildung damit zu tun, dass ich das schaffe?«

Ich schieße nicht gern. Ich bin nur ein einziges Mal mit meinem Vater schießen gegangen und habe mich danach nie wieder dazu überreden lassen. Keine Ahnung, wie Trent darauf kommt, es mir in wenigen Minuten beibringen zu können. Aber so wie Angie und Presley grinsen, scheint es, als hätten sie reichlich geübt.

Ich funkele sie beide an. »Ich dachte, wir wären eine Familie! Was ist aus der Solidarität geworden, die ihr euch immer auf die Fahne schreibt?«

»Wir sind eine Familie, aber Zach hat mir eine Reise versprochen, wenn wir gewinnen.« Presley zuckt mit den Schultern.

Angie schenkt mir ein entschuldigendes Lächeln. »Und Wyatt hat mich damit bestochen, dass er einen ganzen Monat lang mit Felicity aufstehen wird.«

Ich schüttele den Kopf und sehe beide Frauen an. »Verräterinnen.«

»Moment mal«, sagt Angie und beugt sich vor. »Du warst in den Flitterwochen, während Pres und ich Babysitten mussten.«

»Was?«

Presley nickt. »Ja, Macie ist praktisch bei Angie eingezogen. Ich meine, du hast ja noch kein Kind, also ist sie ständig bei uns.«

Sie sind verrückt. An zwei Tagen die Woche ist Macie bei mir. »Sie ist genauso oft bei mir zu Hause wie bei euch«, flüstere ich. »Neulich hat sie meinen Kleiderschrank umsortiert, weil ich meinen Platz nicht gut genug genutzt habe. Ich brauche kein Kind, damit sie bei mir vorbeikommt.«

Ich liebe meine Schwiegermutter. Ich liebe sie so sehr, aber seit Rhett von uns gegangen ist, hat sie … Langeweile. Große Langeweile.

Angie hat den größten Teil ihrer Aufmerksamkeit abbekommen, da Felicity zwei Wochen nach seinem Tod geboren wurde. »Oh nein.« Angie schüttelt den Kopf. »Ich gewinne definitiv.«

Presley wedelt mit der Hand, um Angie Einhalt zu gebieten. »Sie ist ins Haus gekommen, als Zach und ich gerade … ihr wisst schon …«

Ich schlage mir die Hand vor den Mund, und Angie lacht. »Das war peinlich.«

»Kann ich mir vorstellen.«

»Ich bin mir sicher, dass sie schon bald mehr Zeit bei uns verbringen wird«, verkünde ich und lächele.

»Genug geredet, Mädels!« Wyatt klatscht in die Hände. »Zeit zu zeigen, welcher der Hennington-Brüder der Meister des Universums ist.«

Ich verdrehe die Augen, während Angie und Presley Wyatt auslachen.

Presley macht den Anfang und trifft den äußersten Ring der Zielscheibe. Zach signalisiert ihr, dass sie es besser machen muss, wenn sie die Reise will. Dann kommt Angie an die Reihe. Sie ist wirklich gut. Sie trifft zweimal, und Wyatt haut ihr leicht auf den Hintern.

Jetzt bin ich dran.

Trent erklärt mir ein paar Dinge zu der Waffe, und ich bete, dass ich überhaupt die Zielscheibe treffe. Dabei macht es mir eigentlich nichts aus, zu verlieren, ich habe nicht mal daran gedacht, eine Wette abzuschließen. Ich hätte das Haus streichen lassen können oder so was in der Art.

»Okay, so hältst du die Waffe.« Trent hebt die Schrotflinte und schiebt sie mir in die Achselhöhle.

»So?«, frage ich und fange an, sie zu drehen, aber er bremst mich.

»Okay, was war Regel Nummer eins, Gracie?«, fragt er noch einmal.

»Nicht in irgendeine Richtung.«

»Die Mündung in Schussrichtung, also nicht in meine Richtung!«

Trent packt mich an den Schultern und zeigt wieder auf das Ziel.

Ich nicke und versuche daran zu denken, dass ich eine geladene Waffe in der Hand halte.

Ich verstehe nicht, warum er das für eine gute Idee hält.

»Ich will nicht damit schießen«, jammere ich.

»Schätzchen, du musst damit schießen und in die Mitte treffen. Wir müssen diese Disziplin gewinnen, weil du nicht für den Lauf trainiert hast.«

»Für den Lauf trainiert«, murre ich. Er ist irre. Das hier ist ein Familienwettkampf, und sie tun so, als würden wir bei der Olympiade antreten.

Ich runzele die Stirn und überlege, was er noch gleich zu der Fußstellung gesagt hat. Näher zusammen oder weiter auseinander? Ich glaube, es war näher zusammen.

Ich stelle mich richtig hin und drücke ab.

Der Schuss löst sich, und die Waffe stößt so hart gegen meine Schulter, dass ich die Flinte fast fallen lasse. Verdammt, das hat wehgetan. »Autsch!«, brülle ich, als Trent mir die Waffe aus der Hand nimmt. Ich reibe die Stelle, an der sie mir beinahe die Schulter abgerissen hätte.

Trent lacht und legt die Waffe vor uns in das Regal zurück. »Sie hat einen ganz schönen Rückstoß.«

»Ich werde gleich dich stoßen! Und deine dummen Brüder.«

Er tritt näher und schürzt die Lippen. »Ist meine süße Ehefrau verletzt?«

»Ja«, brumme ich.

»Soll ich die Stelle reiben? Wir könnten uns jetzt davonstehlen …«

Seit wir verheiratet sind, ist er wieder zum Teenager geworden. Ich kann mich im Moment glücklich schätzen, überhaupt gehen zu können. Alles, was er will, ist Sex. Ständig. Dreimal am Tag. Manchmal öfter.

Und er hat nicht die geringste Ahnung, dass sich das alles bald ändern wird.

»Wirst du nicht langsam zu alt dafür?«, frage ich neckend, aber auch ein wenig neugierig. Die Männer in der Werbung mit diesen Problemen sehen nicht viel älter aus als er.

Auch wenn wir immer noch als Frischvermählte gelten, sind wir doch schon wirklich lange zusammen.

»Erzähl mir nicht, dass der Sex schon so kurz nach der Heirat nachlässt. Zach hat mir gesagt, dass das passieren könnte.«

Ich klatsche ihm gegen die Brust. »Ich fürchte nur, dass das Werkzeug kaputtgehen könnte.«

»Mach dir keine Sorgen, in meiner Werkzeugbox befindet sich jede Menge Schmieröl.«

»Du bist furchtbar«, entgegne ich und lache, dann schaue ich auf die Zielscheibe.

Cooper prüft die Zielscheibe und brüllt: »Grace ist die Gewinnerin!«

»Was?«, kreische ich. »Unmöglich!«

»Boom!«, ruft Trent und zeigt auf die Gesichter seiner Brüder. »Anfängerglück! Loser!«

Wir gehen zu den nächsten Disziplinen über. Jeder der drei Brüder durfte zwei Disziplinen auswählen, und dann ist Macie der Tiebreak eingefallen. Jede Disziplin würde jeweils einem Team einen Vorteil verschaffen, nur dass wir keine Ahnung hatten, dass die Frauen genau in dem Wettkampf antreten würden, der offensichtlich für die Männer gedacht gewesen war. Aber es ist durch Münzwurf entschieden worden.

»Okay, letzte Disziplin, Schätzchen.« Trent legt mir die Hände auf die Schultern. »Die müssen wir gewinnen.«

»Ein Wetttrinken? Ihr Idioten habt eine Disziplin ausgewählt, bei der es darum geht, wer die meisten Schnäpse verträgt?« Ich kann nicht fassen, wie blöd diese Kerle sind. »Können wir den Münzwurf wiederholen?«

»Nichts da.« Wyatt grinst.

»Zum Glück war Schießen als Erstes dran.«

Er nickt und strahlt vor Stolz. »Das war Absicht.«

Ich werde nichts trinken. Ich werde nicht mit dem bekloppten Wyatt, der wie ein Loch säuft, Glas für Glas herunterkippen. Das habe ich hinter mir, und es hat wochenlang gedauert, bis ich mich davon erholt hatte. Ich habe mir geschworen, nie wieder so dumm zu sein, an einem Wettsaufen teilzunehmen. Außerdem gibt es noch andere Gründe, die dagegen sprechen.

»Nun, wir werden diese Disziplin aufgeben müssen.«

»Was?«, ruft Trent. »Nie und nimmer. Wir gewinnen. Wenn wir hier gewinnen, schlagen wir Wyatt, und nichts auf der Welt macht mich glücklicher, als ihn weinen zu sehen.«

»Nichts, hm?«, frage ich und verschränke die Arme vor der Brust. »Nicht mal deine Ehefrau?«

Trent verzieht ein wenig das Gesicht. »Du weißt, was ich meine, Liebling.«

Ja, dass er seinen Bruder gern leiden sieht. Ich kapiere es. Ich sehe Wyatt ebenfalls gern schmollen, aber nicht so gern, um mich dafür umzubringen.

»Trent, ich kann Wyatt nicht einmal an einem guten Tag unter den Tisch trinken.«

Er betrachtet den bernsteinfarbenen Whiskey und dann wieder mich. »Ich habe eine Idee«, sagt er grinsend und geht davon.

Seine guten Ideen enden für gewöhnlich in irgendeiner Art von Missgeschick. Wie damals, als er dachte, es wäre einfacher, das Schlafzimmer mit Sprühfarbe zu streichen statt mit Malerrollen. Aber er hat es versäumt, die Stellen abzukleben, die er nicht streichen wollte, und am Ende musste er zwei Männer engagieren, die den Schaden behoben, den er angerichtet hatte. Letzte Woche befand er unsere Stromrechnung für zu hoch und wollte eine Windturbine bauen, weil er das in einer Überlebensshow in Alaska gesehen hat. Nachdem er eine Stunde lang versucht hat, drei Holzstangen dazu zu bringen, aufrecht stehen zu bleiben, hat er jedoch aufgegeben.

Ich bin mir nicht sicher, welche Art von Energie er eigentlich gewinnen wollte, denn wir haben hier keinen Wind.

Aber, wie meine Mutter immer sagt, Männer sind nicht die Hellsten, und wir können das beurteilen, weil wir ihnen immer wieder aufs Neue erlauben, idiotische Dinge zu versuchen.

Trent kommt mit einer weiteren Flasche Whiskey zurück, und jetzt mache ich mir Sorgen. »Findest du nicht, dass die beiden Flaschen auf dem Tisch genügen?«

Er beugt sich dicht zu mir vor und reicht mir die Flasche. »Vertausch die mit der, neben der du sitzt. Sie enthält keinen Whiskey.«

»Bitte, versprich mir, dass das nicht dein Jagdpinkelkrug ist«, flehe ich.

Er bricht in Gelächter aus. »Bin gleich wieder da!«

»Trent!« Ich rufe ihn zurück. »Was zur Hölle soll ich jetzt machen?«

»Liebling«, knurrt er. »Trink das einfach, und tue ab dem dritten Glas so, als seist du besoffen. Wir wissen alle, dass du nicht mehr verträgst.«

Das ist nicht wahr. »Hey!«

»Gracie, erinnerst du dich an den Wein?«

Meinetwegen.

Er beugt sich vor und küsst mich auf die Lippen. »Ich liebe dich, ganz gleich, was für ein Leichtgewicht du bist.«

Ich lächele und hole mir noch einen Kuss ab. »Ich werde nicht mehr lange so leicht sein.«

Er lacht und versteht meinen Fingerzeig schon wieder

nicht. Ich habe immer wieder Andeutungen fallen lassen, aber er ignoriert mich entweder oder kapiert es einfach nicht.

Trent und ich versuchen seit sechs Monaten, schwanger zu werden. Der Arzt hat mir gesagt, ich solle Geduld haben, weil ich älter sei und es deshalb schwieriger werden würde. Jeden Monat habe ich gewartet und gehofft und bin enttäuscht worden. Trent tut sein Bestes, mich zu trösten. Ständig scherzt er, dass wir einfach noch mehr Sex haben müssten, aber die Tatsache, dass es nicht geklappt hat, hat auch an ihm genagt.

Letzten Monat hat er mich in den Armen gehalten, als ich um all unsere verschwendete Zeit geweint habe. Ich habe mich betrogen gefühlt. Es war ein langer Weg für uns, mit Fehlern auf beiden Seiten. Ich hätte schon vor langer Zeit auf meinem Willen bestehen sollen, und er hätte sich seinen Ängsten stellen müssen.

Doch jetzt spielt das keine Rolle mehr. Wir sind verheiratet und genießen unser Zusammenleben. Oh, und es hat endlich geklappt.

»Bist du bereit, Grace?« Cooper ruft mich herüber.

»Behalt die Hosen an, Townsend«, antwortet Trent mit einem Grinsen.

»Ich will dich nicht in Verlegenheit bringen«, witzelt Cooper und geht davon.

»Ja, richtig«, spottet Trent. »Sag Bescheid, wenn du in die Pubertät kommst.«

Cooper zeigt ihm den Mittelfinger, und ich verkneife mir ein Lachen.

Cooper und Trent haben ihre Probleme endlich gelöst. Ich habe keine Fragen gestellt, aber Presley meinte, Trent sei vorbeigekommen, um sich bei Cooper zu bedanken, und zwar nicht lange, nachdem wir wieder zusammengekommen waren. Sie hat gesagt, Cooper hätte es sehr hoch geschätzt, dass Trent von Mann zu Mann mit ihm geredet habe. Seitdem hat es große Veränderungen auf der Townsend-Ranch gegeben. Wyatt ist jetzt Miteigentümer. Trent hat an den Wochenenden bei den Umbauarbeiten an der Scheune mitgeholfen.

»Bist du bereit, kleine Schwester?« Wyatt stupst mich an. »Nur du und ich. Da Presley beim Tomahawkwerfen scheitern wird, fechten wir die Sache unter uns aus.«

»Und das ist das Spiel, das alles entscheiden soll?«, frage ich.

»Meine Partnerin könnte die Chancen zu meinen Gunsten beeinflusst haben.«

»Wir werden sehen. Vielleicht habe ich für diese Disziplin trainiert, weil ich auf keinen Fall laufen wollte.«

Wyatt hebt die Arme über den Kopf und grinst. »Ich kenne deine Trinkgewohnheiten ... Ich mache mir keine Sorgen.«

Ich trete an die Seite des Tischs, wo meine Spezialflasche steht. Ich hoffe wirklich, dass Apfelsaft darin ist.

Cooper geht die Regeln durch, und ich frage mich, ob die Funktion dieses Tiebreaks eigentlich ist, sich ein Bein zu brechen.

»Ein Mitglied von jedem Team wurde durch Münzwurf ausgewählt. Ihr werdet drei Gläser trinken, aufstehen, euch zweimal herumdrehen, euch wieder hinsetzen und dann auf das Signal des Lufthorns warten. Dann werdet ihr zu dem Baum laufen, einen Pingpongball ins Glas schaufeln und zurücklaufen. Die Person, die es schafft, am häufigsten hin- und herzurennen, gewinnt.«

»Wirklich? Ich kann schon nüchtern kaum laufen!«

Wyatt schmunzelt. »Ich weiß.«

»Zeig's ihm, Grace!«, brüllt Presley.

»Ja, Tante Grace!« Logan reißt den Arm hoch. »Oder kann ich für dich antreten?« Zach versetzt ihm einen Schlag auf den Hinterkopf, und wir alle lachen. »Was? Ich wollte nur helfen.«

Macie schnauft und verdreht die Augen. »Lass dich nicht von ihm täuschen, Schätzchen. Diese Männer haben in eurem Alter unseren Whiskey gestohlen.«

»Ma!«, beschwert Zach sich.

»Was? Es ist wahr. Ihr Jungs hieltet euch für *so* schlau. Aber ihr hattet keine Ahnung, dass euer Daddy den Whiskey verwässert hat. Den Moonshine hat er in meinem Kleiderschrank versteckt.«

»Das reicht, oder wollen wir den bereits jetzt schon Chaos stiftenden Teenagern noch mehr Tipps geben?«, wirft Presley ein.

»Wir wollen ja schließlich nicht, dass ihr Onkel sie wegen unerlaubten Alkoholkonsums verhaften muss.« Trent wirft den Jungs einen vielsagenden Blick zu.

»Genau, schließlich ist es ja nicht so, dass er selbst mit ihnen abhängen und einen trinken würde«, ergänzt Wyatt lachend. Als Trent ihn anfunkelt, zuckt er nur mit den Schultern.

Unglaublich. Sie sind noch genauso wie vor zwanzig Jahren. Es ist, als habe die Zeit in ihren kleinen Männergehirnen stillgestanden und hätte sie als unreife Teenager konserviert. Und dann haben wir sie geheiratet.

»Also schön. Los!«, ruft Cooper.

Wir durchlaufen die erste Runde, in der ich Apfelsaft trinke. Wyatt scheint nicht allzu benommen zu sein, und ich bin aus vielen Gründen dankbar, dass in meiner Flasche Saft ist.

In Runde Nummer drei zeigt Wyatt die ersten Zeichen von Trunkenheit. Gott sei Dank, denn ich bin nicht allzu gut darin, mich zu verstellen. Normalerweise müsste ich schon auf dem Boden liegen und halb tot sein. Neun Gläser würden mich für einen Monat umnieten.

Aber jetzt bewege ich mich langsam und wackelig vom Saft.

Das Lufthorn ertönt, und ich warte darauf, dass Wyatt losläuft. Ich muss den Eindruck erwecken, als sei ich zu betrunken, um aufzustehen.

Es ist so bescheuert.

Wyatt kommt an den Tisch auf der anderen Seite und schnappt sich sein Glas. »Nur zu, Grace! Du wirst dich doch von so ein bisschen Whiskey nicht aufhalten lassen.«

Ich versuche, glaubwürdig auszusehen, als ich mich stolpernd erhebe und einen falschen Schritt mache, während ich an ihm vorbeigehe. Ich höre Wyatt lachen, und weil er denkt, er hätte gewonnen, reißt er seinen Drink in die Luft und gibt einen Siegesschrei von sich. Der Pingpongball fliegt raus, was bedeutet, dass er verloren hat. Ich muss nichts weiter tun, als mein Glas zurückzubringen.

»Du Idiot!« Angie schlägt nach ihm. »Wenn wir deswegen verlieren, wirst du trotzdem mit Felicity aufstehen!«

Wyatt salutiert ihr, und ich bemühe mich weiterhin, betrunken zu wirken. Das ist viel schwerer, als ich dachte. Ich achte normalerweise nicht darauf, was ich tun würde, wenn ich betrunken wäre, aber nach dem Ausdruck auf Trents Gesicht zu urteilen, muss ich noch glaubwürdiger werden.

Ich gehe mit meinem Glas zurück zum Tisch und brülle. »Ha! Gewonnen!« Ich tanze ein wenig herum und zeige auf Wyatt. Er liegt mit dem Kopf auf dem Picknicktisch.

Wenige Sekunden später hält Trent mich in den Armen und hebt mich hoch. »Braves Mädchen!«

»Wir haben euch besiegt!«, verkünde ich meiner Familie, während wir feiern.

»Jawohl, ihr Trottel!«, spottet auch Trent.

»Moment mal«, sagt Angie und kommt um den Tisch herum. »Ich war oft mit dir zusammen betrunken. Nach fünf Gläsern Wein warst du so hinüber, dass du nicht mehr gehen konntest. Ich habe erlebt, wie du nach drei Gläsern vergessen hast, wie man tanzt und sonst wie funktioniert. Das ist unmöglich.« Sie schnappt sich die Flasche, bevor ich mich darauf stürzen kann. »Wusste ich's doch!«

»Ich habe gewonnen!«

»Du hast Apfelsaft getrunken!«

Presley keucht auf und schlägt sich eine Hand vor den Mund. »Grace, ich bin schockiert.« Also, das ist hohe Schauspielkunst. Ich weiß, dass sie sich nicht wirklich darüber aufregt, sie versucht nur, Haltung zu wahren.

»Wer hat die Flaschen vertauscht?«, fragt Trent. Als sich niemand zu Wort meldet, zuckt er mit den Schultern und reckt einen Arm in die Luft. »Tja, Pech, wir haben gewonnen.«

Mrs Hennington geht zu Trent und schlägt ihm auf die Brust. »Zwing mich nicht, dich übers Knie zu legen. Grace, Schätzchen.« Sie fixiert mich mit ihren gütigen Augen. »Warum um alles in der Welt solltest du mogeln?«

Ich wollte nicht, dass es Trent so erfährt, aber ich kann sie nicht belügen.

»Nun«, antworte ich langsam und sehe alle der Reihe nach an. »Ihr wisst, dass ich nicht viel vertrage, und ich wollte für Trent gewinnen …«

Macie kneift die Augen skeptisch zusammen. »Das glaube ich nicht.«

»Gebt mir eine Minute«, bitte ich und eile zum Wagen. Es war meine Aufgabe, den Kuchen von Angie zu holen. Ich habe sie gebeten, die Oberseite nicht zu bestreichen, weil ich das zu Hause übernehmen wollte. Ich hatte vor, es Trent als Erstem zu erzählen, aber anscheinend läuft es jetzt anders.

Ich schnappe mir den Kuchen und den Schwangerschaftstest, der in einer kleinen Schachtel steckt. Dann gehe ich zu den anderen zurück und stelle beides auf den Tisch. Alle sehen mich an, als sei ich ein wenig verrückt und wolle meinen Mann dafür erwürgen, dass er mich dazu gebracht hat zu mogeln.

»Also«, beginne ich mit zittriger Stimme. »Der heutige Tag ist nicht ganz so gelaufen, wie ich geplant hatte, aber das ist nicht anders zu erwarten, wenn man mit dir verheiratet ist.«

»Was du in Wirklichkeit liebst.«

»Stimmt«, gebe ich zu.

»Also, du hast gedacht, wir sollten jetzt zum Kuchen übergehen?«, fragt Trent.

»Kuchen ist immer eine gute Idee.«

»Nun, zumindest wenn er ohne deine eklige schwarze Lakritze ist«, meint Angie und unterdrückt einen Schauder.

»Warum liest du nicht einfach vor, was draufsteht«, schlage ich meinem Ehemann vor. Trent wirft mir einen seltsamen Blick zu, dann nimmt er den Deckel von der Kuchenbox und liest die Aufschrift auf dem Kuchen laut vor. »Ein weiterer Hennington ist im Ofen.«

Alle verstummen, und ich drehe mich um, um Trents Gesicht zu sehen. Seine Augen sind sanft, als er näher tritt. Ich weiß nicht, ob er verstanden hat, was es bedeutet, denn er sagt immer noch nichts. »Du bist schwanger?«, fragt er schließlich.

»Ja.«

»Du bist schwanger?«, brüllt Presley.

»Ich bin schwanger.«

Trent legt die Arme um mich und zieht mich eng an sich. »Wir bekommen ein Baby.«

Ich fahre ihm durch das Haar in seinem Nacken und grinse. »Und ob wir das tun.«

Seine Lippen berühren meine, und ich kämpfe gegen meine Tränen an.

Bevor ich mich allzu sehr in dem Augenblick verlieren kann, scharen sich alle um uns und drücken uns fest.

»Wir bekommen ein Baby!«, ruft Macie, und wir alle umarmen einander erneut.

Trent lächelt mich an und küsst mich auf die Stirn. »Ja, ich bin heute definitiv der Gewinner hier.«

Epilog

Trent

Acht Jahre später

»Erzähl es nicht deiner Mama.« Ich deute auf Hannah, während ich das Bonbonpapier auf dem Tisch wegräume.

Hannah hat mich längst um ihren winzig kleinen Finger gewickelt. Meine süße Tochter mit den blauen Augen und den blonden Kringellöckchen – ist der Teufel. Mit ihren sieben Jahren schafft sie es, dass ich so ziemlich alles für sie tue.

Meine Mutter hat mich gewarnt, ihr nicht nachzugeben, aber ich hatte alles im Griff. Jetzt verstehe ich allerdings langsam, dass meine Tochter eine Meisterin der Überzeugungskunst ist.

»Okay, Daddy.« Hannah lächelt. »Aber nur damit ich es nicht vergesse ... Vielleicht solltest du mich zu Nana bringen, und wir sollten Sadie striegeln.«

Sie ist so geschickt, an ihr ist eine wahre Meisterin verloren gegangen.

»Ich habe dir doch gesagt, dass wir heute Abend schon etwas vorhaben und du dein Pferd nicht sehen kannst.«

»Aber Mama hat gesagt, keine Süßigkeiten, das hast du vergessen.«

»Wer bist du?«, murmele ich, bevor ich versuche, auch noch die restlichen Beweisstücke zu vernichten.

Grace hat sehr strenge Regeln, was Süßigkeiten betrifft. Sie verweist auf die Kinder, die sie unterrichtet und die sich immer auf Zuckerzeug stürzen. Ich gebe ihr ja im Allgemeinen recht, aber Hannah hat diese süßen Augen und einen Schmollmund.

Es ist der Schmollmund, immer der Schmollmund, der mein väterliches Herz erweichen lässt.

Ich bin gerade dabei, die letzte Handvoll Bonbonpapier in den Müll zu leeren, als die Tür auffliegt. »Hey, Lieb...« Grace' Blick fliegt zu meiner Hand. »Trent!«

»Es ist nicht so schlimm, wie es aussieht. Und sie hat wieder ihr Schmollmund-Gesicht aufgesetzt.«

Grace verdreht die Augen und schüttelt den Kopf. »Sie ist sieben, und du bist ein Cop. Unglaublich.«

Ich bin froh, dass sie begriffen hat, dass ich in diesem Punkt ein hoffnungsloser Fall bin. Seit Hannah in unsere Welt getreten ist, hat sie sie auf den Kopf gestellt. Sie war ein schwieriges Baby, das zu einem winzigen Terroristen herangewachsen ist. Sie hat nie geschlafen, mehr Kleidung schmutzig gemacht als menschenmöglich und sich ständig übergeben. Was immer hineinging, kam aus dem einen oder anderen Ende wieder heraus.

Ganz zu schweigen davon, dass Gracies Schwangerschaft wie die von Angie verlief.

Ihr war ständig übel, sie hat Dinge nach mir geworfen und mir mindestens einmal am Tag vorgeworfen, ich hätte ihre Seele zerstört. Ich war noch nie dankbarer für meine fürsorgliche Mutter. Aus irgendeinem Grund war Grace nie sauer auf sie. Mama ist jeden Tag gekommen, hat das Haus geputzt, irgendeine Art von Beschwörung gegenüber meiner Frau betrieben und sichergestellt, dass ich Grace nicht wegen Mordes verhaften musste. Obwohl – ich wäre sowieso derjenige gewesen, den sie getötet hätte.

Hannah kommt herausgelaufen und umarmt Grace. »Hi, Mama!«

»Hi, meine Süße. Ich sehe, du hattest zusammen mit Daddy bereits das Dessert für die ganze Woche.«

»Ja.« Sie lächelt und gibt mein Geheimnis preis. »Er lässt mich Süßigkeiten essen, wenn du weg bist. Sagt, dann würde ich auf seiner Seite stehen.«

»Hannah!«, brülle ich meine Verräter-Tochter an, als sie wegläuft. »Ich dachte, wir hätten eine Abmachung.«

»Du weißt, dass du das Sagen hast, richtig?«, sagt Grace, die am Türpfosten lehnt. »Ich meine, du bist der Vater, und es gibt keine Seiten.«

Diese Frauen werden mir immer ein Rätsel bleiben. »Das sagst du jetzt, aber eines Tages wird sie ein Teenager sein, und ich werde verflixt alt sein.«

»Du bist jetzt schon alt«, bemerkt Grace.

»Du bist auch kein junger Hüpfer mehr, Liebling.«

Das hätte ich nicht sagen sollen.

»Das nutzt dir sicher nicht, diesen Streit zu gewinnen.«

»Sie ist einfach so süß. Ich kann nicht anders. Es ist, als würde ich dich ansehen, und dann kann ich nicht Nein sagen.«

Ich versuche, an ihre weiche Seite zu appellieren.

»Du sagst ständig Nein.«

»Nicht, wenn du einen Schmollmund machst«, rufe ich ihr ins Gedächtnis. Da bin ich machtlos.

Sie kommt zu mir rüber und sieht mich mit genau dem Ausdruck an, den ich gemeint habe. Mit schmachtenden Augen, leicht vorgeschobener Unterlippe und schräg gelegtem Kopf. Ich schmelze dahin. Ich kann nicht anders. »Dieses Gesicht?«, fragt Grace und kommt noch näher. Ihre Hände wandern an meiner Brust empor und bleiben auf meinen Schultern liegen.

Ich schlinge die Arme um sie und drücke sie an mich. »Ich würde dir alles geben, was du willst.«

»Du bist ein Trottel.« Grace lacht ein wenig, und aus ihrem falschen Schmollen wird ein Lächeln.

»Aber ich bin dein Trottel.«

»Ich Glückliche.«

Ich küsse sie auf die Lippen und lächele. »Du hast deine Chance gehabt zu gehen, aber du konntest mir nicht widerstehen, Grace Hennington. Du liebst mich und würdest mich um nichts in der Welt eintauschen wollen.«

Das Leben mit Grace hat mir so viel über mich selbst verraten. Nie hätte ich gedacht, dass ich so glücklich sein könnte. Ich treibe sie in den Wahnsinn, und sie nörgelt an mir herum, aber ich würde keine Minute davon missen wollen. Das heißt nicht, dass ich es nicht manchmal genieße, für eine Woche mit meinen Brüdern zusammen die Flucht zu ergreifen, aber ich brenne immer darauf, wieder nach Hause zu kommen.

Sie lehnt sich zurück und sieht mich mit ihren blauen Augen an. »Ja, ich hatte schon immer eine Schwäche für Streuner.«

»Nicht umsonst wird man davor gewarnt, die Tiere nicht zu füttern.«

Grace kichert und gibt mir einen Kuss. »Ich liebe dich.«

»Ich liebe dich auch.«

Und das tue ich mit meinem ganzen Herzen. Mehr, als ich für möglich gehalten hätte. Als ich Grace versprochen habe, dass ich ihr mein Herz schenken würde, habe ich es wahr gemacht. Ich habe versucht, jeden Tag mit ihr zu etwas Besonderem zu machen. Ich hatte keine weitere Chance bei ihr verdient, aber sie hat sie mir gegeben. Das betrachte ich nicht als selbstverständlich.

»Wieso habe ich solches Glück?«, fragt sie. Eine rein rhetorische Frage, die ich trotzdem beantworte.

»Tja, eines Tages hast du bemerkt, wie perfekt ich bin.« Sie schlägt mir auf den Arm. In diesem Augenblick fällt mir etwas ein, das mein Vater mir gesagt hat. »Ich weiß nichts über das Wie und Warum, ich bin einfach froh, dass es so ist. Denn wenn es nicht so wäre, würde es uns nicht geben.«

Es gibt nicht viel, worin ich gut bin, aber ich gebe alles, um ihr all die Liebe zu schenken, die sie verdient.

Danksagung

Ich weiß genau, dass ich jemanden vergessen werde … Falls du also die- oder derjenige bist – tut es mir leid.

Ich danke meinem Mann und meinen Kindern: Für mich seid ihr die Welt. Danke, dass ihr mich auch dann liebt, wenn ich geistig gar nicht anwesend bin.

Meinen Beta-Leserinnen – Katie, Melissa, Holly, Michelle und Jenn: Ihr seid großartig. Bei diesem Buch lief nichts normal, und ich kann euch gar nicht sagen, wie sehr ich mich auf eure Unterstützung verlassen habe. Ich danke euch!

Meiner Verlegerin, Danielle: Du bist fantastisch. Danke, dass du mit meinem Wahnsinn zurechtkommst und mich trotzdem noch magst. Ich bin dir viel dankbarer, als du je ahnen wirst.

Meinen Lesern: Es gibt keine Möglichkeit, euch genug zu danken. Ich kann es immer noch nicht richtig fassen, dass ihr lest, was ich schreibe. Ihr bedeutet mir alles.

Meiner Facebook-Gruppe *Corinne Michaels Books:* Jeden Morgen schaue ich zuerst in eurer Gruppe vorbei. Ihr seid ein Licht in meinem Leben. Danke für alles!

Den Bloggern: Ihr seid das Herz und die Seele des Buchgeschäfts. Danke, dass ihr euch entschieden habt, meine Bücher zu lesen und Platz für mich in euren wahnsinnigen Terminplänen zu finden. Für mich bedeutet das mehr, als ihr wisst.

Ashley, meiner Lektorin, für den souveränen Umgang mit meinen verrückten Sprachnachrichten und die absolute Priorität, die sie meinem Buch eingeräumt hat. Es ist wirklich ein Segen, mit dir zusammenzuarbeiten. Sarah Hansen von Okay Creations, die für meine Bücher perfekte Cover schafft. Janice, Alison und Kara fürs Korrekturlesen und die Perfektionierung der kleinsten Details! Christine, von Type A Formatting, deine Unterstützung ist von unschätzbarem Wert. Ich liebe dein gutes Herz.

Wordcount Sprint, Kristy Bromberg und Kristen Proby – ohne euch wäre dieses Buch immer noch ungeschrieben. Ihr habt mich gedrängt, ermutigt und mich in die Gänge gebracht. Ich danke euch von ganzem Herzen.

Meiner Agentin, Kimberly Brower. Ich bin so froh, dich in meinem Team zu haben. Vielen Dank für deinen Rat und deine Unterstützung.

Squad, SOS & Holiday Reads Authors – vielen Dank für eure Freundschaft, Liebe und die Art und Weise, wie ihr mich dazu bringt, mal über den Tellerrand zu schauen. Ihr seid toll!

Christy Peckham. Mir gehen langsam die Worte aus, und was bleibt, ist ein dickes DANKESCHÖN! Ich liebe dich, und wenn ich einmal das Gegenteil behaupte, lüge ich. Nun, vielleicht.

Melissa Erickson, du bist unglaublich.

Milasy, meiner Brunch-Komplizin. Danke, dass du immer eine Bloody Mary für mich hast. Ich kann dir gar nicht sagen, wie sehr ich unser Sonntagmorgenritual schätze.

Vi, Claire, Mandi, Amy, Kristy, Kyla, Rachel, Mia, Tijan, Alessandra, Syreeta, Meghan, Laurelin, Kristen, Kendall, Kennedy, Ava, Leylah und Lauren – danke, dass ihr mich bedingungslos liebt und dafür sorgt, dass ich immer besser zu werden versuche.